# 日檢 N2 應考對策

# 本書詞性對照表

| | 本書標記方式 | 其他教材標記方式 | 例 |
|---|---|---|---|
| 動詞（V） | V 字典形 | V 辭書形、V 終止形、V 連體形 | 読<sup>よ</sup>む |
| | V ます形 | V 連用形 | 読<sup>よ</sup>み |
| | V て形 | V 中止形 | 読<sup>よ</sup>んで |
| | V た形 | | 読<sup>よ</sup>んだ |
| | V ない形 | | 読<sup>よ</sup>まない |
| | V ている形 | | 読<sup>よ</sup>んでいる |
| | V ば形 | V 假定形、V 條件形、V 假設形 | 読<sup>よ</sup>めば |
| | V 意向形 | V 意量形、V 意志形 | 読<sup>よ</sup>もう |
| | V 普通形 | | 読<sup>よ</sup>む<br>読<sup>よ</sup>まない<br>読<sup>よ</sup>んだ<br>読<sup>よ</sup>まなかった |
| イ形容詞（A） | A | イ形容詞語幹 | おいし |
| | Aい | イ形容詞的字典形 | おいしい |
| | Aいく | イ形容詞語幹＋く | おいしく |
| | A 普通形 | イ形容詞的普通形 | おいしい<br>おいしくない<br>おいしかった<br>おいしくなかった |

| | | | |
|---|---|---|---|
| ナ形容詞（NA） | NA | ナ形容詞語幹 | 好き |
| | NA である | ナ形容詞語幹＋である | 好きである |
| | NA 普通形 | ナ形容詞的普通形 | 好きだ<br>好きじゃない<br>好きだった<br>好きじゃなかった |
| | NA 的名詞修飾形 | ナ形容詞接名詞的形態 | 好きな<br>好きじゃない<br>好きだった<br>好きじゃなかった |
| 名詞（N） | N | 名詞 | 花 |
| | N の | 名詞＋の | 花の |
| | N（であり） | | 花 ( 花であり ) |
| | N 普通形 | 名詞的普通形 | 花だ<br>花じゃない<br>花だった<br>花じゃなかった |
| | N 的名詞修飾形 | 名詞接名詞的形態 | 花の<br>花じゃない<br>花だった<br>花じゃなかった |

# 目次

# ①

# 言語知識
# （文字・語彙）

考前總整理
題型分析與對策
試題練習與詳解

# 考前總整理｜文字・語彙

## 名詞

| 日文 | 日文唸法 | 重音 | 中文翻譯 | 備註（其他詞性） |
|------|---------|------|---------|----------------|
| 赤字 | あかじ | 0 | 赤字，入不敷出 | |
| 意志 | いし | 1 | 意志，意向 | |
| 意欲 | いよく | 1 | 熱情 | |
| 腕前 | うでまえ | 0，3 | 本事，本領 | |
| 快晴 | かいせい | 0 | 晴朗 | |
| 各自 | かくじ | 1 | 每個人，各自 | |
| 学割 | がくわり | 0 | 學生折扣 | |
| 肩書 | かたがき | 0 | 頭銜，稱呼 | |
| 間隔 | かんかく | 0 | 間隔，距離 | |
| 機嫌 | きげん | 0 | 心情，情緒 | |
| 休暇 | きゅうか | 0 | 休假 | |
| 給与 | きゅうよ | 1 | 工資，薪水 | |
| 休養 | きゅうよう | 0 | 休養 | |
| 行儀 | ぎょうぎ | 0 | 舉止，禮貌 | |
| 行事 | ぎょうじ | 1，0 | 儀式，活動 | |
| 筋肉 | きんにく | 1 | 肌肉 | |
| 苦情 | くじょう | 0 | 抱怨 | |
| 毛糸 | けいと | 0 | 毛線 | |
| 競馬 | けいば | 0 | 賽馬 | |
| 欠陥 | けっかん | 0 | 缺陷，缺點 | |
| 気配 | けはい | 2 | 情形，跡象 | |
| 限界 | げんかい | 0 | 界限，極限 | |
| 限度 | げんど | 1 | 限度 | |
| 見当 | けんとう | 3 | 推斷，方向，左右 | |
| 口座 | こうざ | 0 | 戶頭，帳戶 | |
| 口実 | こうじつ | 0 | 藉口，理由 | |
| 合同 | ごうどう | 0 | 聯合，合併 | |
| 候補 | こうほ | 1 | 候選人，候選，候補 | |
| 個性 | こせい | 1 | 個性 | |

| 娯楽 | ごらく | 0 | 娛樂 |
|---|---|---|---|
| 才能 | さいのう | 0 | 才能，才華 |
| 雑音 | ざつおん | 0 | 雜音，噪音，胡言亂語 |
| 支出 | ししゅつ | 0 | 支出，開支 |
| 実績 | じっせき | 0 | 實際成效，成績 |
| 祝日 | しゅくじつ | 0 | 國定節日 |
| 主人 | しゅじん | 1 | 主人，丈夫，家長，老板 |
| 寿命 | じゅみょう | 0 | 壽命，（物品）使用期限 |
| 需要 | じゅよう | 0 | 需求，需要 |
| 障害 | しょうがい | 0 | 障礙，毛病 |
| 症状 | しょうじょう | 3 | 症狀 |
| 食欲 | しょくよく | 0，2 | 食慾 |
| 白髪 | しらが | 3 | 白髮 |
| 素人 | しろうと | 1 | 外行，業餘，一般女性（指非從商的婦女） |
| 人生 | じんせい | 1 | 人生 |
| 親戚 | しんせき | 0 | 親戚 |
| 歳暮 | せいぼ | 0 | 歲末，年終禮品 |
| 世辞 | せじ | 0 | 恭維，奉承 |
| 世代 | せだい | 0 | 世代，一代，輩 |
| 全身 | ぜんしん | 0 | 全身，渾身 |
| 祖先 | そせん | 1 | 祖先 |
| 足し算 | たしざん | 2 | 加法 |
| 長所 | ちょうしょ | 1 | 優點 |
| 頂点 | ちょうてん | 1 | 頂點，最高點，極點 |
| 長男 | ちょうなん | 1，3 | 長子 |
| 津波 | つなみ | 0 | 海嘯 |
| 手当て | てあて | 1 | 津貼，補助，治療 |
| 定価 | ていか | 0 | 定價 |
| 手袋 | てぶくろ | 2 | 手套 |
| 手間 | てま | 2 | 時間，功夫 |
| 徒歩 | とほ | 1 | 徒步 |
| 日時 | にちじ | 1 | 日期與時間 |
| 人間 | にんげん | 0 | 人，人品 |
| 能率 | のうりつ | 0 | 效率，工作生產率 |
| 日付 | ひづけ | 0 | 年月日 |

| | | | | |
|---|---|---|---|---|
| 筆者 | ひっしゃ | 1 | 筆者，作者 | |
| 皮肉 | ひにく | 0 | 諷刺，挖苦 | ナ形容詞 |
| 夫婦 | ふうふ | 1 | 夫婦 | |
| 双子 | ふたご | 1 | 雙胞胎 | |
| 物資 | ぶっし | 1 | 物資 | |
| 雰囲気 | ふんいき | 3 | 氣氛，空氣 | |
| 包帯 | ほうたい | 0 | 繃帶 | |
| 本心 | ほんしん | 1，0 | 真心，良心 | |
| 迷子 | まいご | 1 | 迷路，迷路兒童 | |
| 名簿 | めいぼ | 0 | 名冊，名單 | |
| 物置 | ものおき | 3，4 | 倉庫，庫房 | |
| 文句 | もんく | 1 | 牢騷，詞句 | |
| 役割 | やくわり | 3，0 | 任務，職務，角色 | |
| 行方 | ゆくえ | 0 | 去向，下落 | |
| 湯気 | ゆげ | 1 | 熱氣，蒸氣 | |
| 用途 | ようと | 1 | 用途 | |
| 余暇 | よか | 1 | 餘暇 | |
| 世論 | よろん | 0 | 輿論，公論 | |
| 臨時 | りんじ | 0 | 臨時 | |
| 路線 | ろせん | 0 | 路線，線路 | |
| 話題 | わだい | 0 | 話題 | |
| 居心地 | いごこち | 0 | 感覺，心情 | |
| 一人前 | いちにんまえ | 0 | 獨當一面，一份，成人 | |
| 長持ち | ながもち | 0，3 | 持久，耐用 | |
| 区切り | くぎり | 3，0 | 段落 | |
| 出迎え | でむかえ | 0 | 迎接 | |
| 日当たり | ひあたり | 0 | 日照，向陽 | |
| 見習い | みならい | 0 | 見習 | |
| 見かけ | みかけ | 0 | 外觀，外表 | |
| 生きがい | いきがい | 0，3 | 生存價值 | |
| 誤り | あやまり | 3，0 | 錯誤 | |
| 勢い | いきおい | 3 | 勢力，氣勢 | |
| 勘 | かん | 0 | 直覺，第六感 | |
| 境 | さかい | 1 | 邊界，界限 | |
| てこぼこ | | 1，0 | 凹凸不平，不平均 | ナ形容詞 |

| | | | | |
|---|---|---|---|---|
| やかん | | 0 | 水壺 | |
| 合図 | あいず | 1 | 信號，暗號 | 他：Ⅲ類 |
| 一致 | いっち | 0 | 一致，相符 | 自：Ⅲ類 |
| 遺伝 | いでん | 0 | 遺傳 | 自：Ⅲ類 |
| 違反 | いはん | 0 | 違反 | 自：Ⅲ類 |
| 応対 | おうたい | 0，1 | 應對，應答，接待 | 自：Ⅲ類 |
| 介護 | かいご | 1 | 看護，照顧 | 他：Ⅲ類 |
| 外食 | がいしょく | 0 | 外食，在外吃飯 | 自：Ⅲ類 |
| 改正 | かいせい | 0 | 修正，修改，更改 | 他：Ⅲ類 |
| 改定 | かいてい | 0 | 修改，重新規定 | 他：Ⅲ類 |
| 回復 | かいふく | 0 | 恢復，康復，收復 | 自他：Ⅲ類 |
| 歓迎 | かんげい | 0 | 歡迎 | 他：Ⅲ類 |
| 勘定 | かんじょう | 3 | 考慮，算帳，計算，估計 | 他：Ⅲ類 |
| 乾燥 | かんそう | 0 | 乾燥 | 他：Ⅲ類 |
| 観測 | かんそく | 0 | 觀測，推測 | 自：Ⅲ類 |
| 寄付 | きふ | 1 | 捐贈 | 他：Ⅲ類 |
| 供給 | きょうきゅう | 0 | 供給，供應 | 他：Ⅲ類 |
| 恐縮 | きょうしゅく | 0 | 惶恐，對不起，不好意思，羞愧 | 自：Ⅲ類 |
| 空想 | くうそう | 0 | 空想 | 他：Ⅲ類 |
| 工夫 | くふう | 0 | 設法，下工夫，辦法 | 他：Ⅲ類 |
| 区別 | くべつ | 1 | 區別，分清楚 | 他：Ⅲ類 |
| 苦労 | くろう | 1 | 辛苦，操心，擔心 | 自：Ⅲ類 |
| 軽蔑 | けいべつ | 0 | 輕視，輕蔑，看不起 | 他：Ⅲ類 |
| 謙遜 | けんそん | 0 | 謙遜，謙恭 | 自：Ⅲ類 |
| 減退 | げんたい | 0 | 減退，衰退 | 自：Ⅲ類 |
| 減点 | げんてん | 0 | 扣分 | 他：Ⅲ類 |
| 合計 | ごうけい | 0 | 總計，合計 | 他：Ⅲ類 |
| 交代 | こうたい | 0 | 替換，輪流，交替 | 他：Ⅲ類 |
| 催促 | さいそく | 1 | 催促 | 他：Ⅲ類 |
| 栽培 | さいばい | 0 | 栽培，種植 | 他：Ⅲ類 |
| 作業 | さぎょう | 1 | 工作，操作 | 自：Ⅲ類 |
| 撮影 | さつえい | 0 | 攝影，拍照，拍攝 | 他：Ⅲ類 |
| 差別 | さべつ | 1 | 歧視，差別，區別 | 他：Ⅲ類 |
| 支給 | しきゅう | 0 | 支付，發放 | 他：Ⅲ類 |
| 持参 | じさん | 0 | 自備，帶來、帶去 | 他：Ⅲ類 |

| 持続 | じぞく | 0 | 持續，繼續 | 自他：Ⅲ類 |
|---|---|---|---|---|
| 支度 | したく | 0 | 準備，打扮 | 他：Ⅲ類 |
| 失格 | しっかく | 0 | 喪失資格 | 自：Ⅲ類 |
| 収穫 | しゅうかく | 0 | 收穫，收成 | 他：Ⅲ類 |
| 修正 | しゅうせい | 0 | 修正，修改 | 他：Ⅲ類 |
| 受験 | じゅけん | 0 | 應考，應試 | 他：Ⅲ類 |
| 出荷 | しゅっか | 0 | 出貨，運送，裝運 | 他：Ⅲ類 |
| 出勤 | しゅっきん | 0 | 上班，出勤 | 自：Ⅲ類 |
| 出産 | しゅっさん | 0 | 分娩，生產 | 自他：Ⅲ類 |
| 出世 | しゅっせ | 0 | 成功，成名 | 自：Ⅲ類 |
| 上昇 | じょうしょう | 0 | 上升，上漲 | 自：Ⅲ類 |
| 承知 | しょうち | 0 | 知道，同意，原諒 | 他：Ⅲ類 |
| 勝負 | しょうぶ | 1 | 勝負，比賽 | 自：Ⅲ類 |
| 消耗 | しょうもう | 0 | 消耗，疲勞 | 自他：Ⅲ類 |
| 処置 | しょち | 1 | 處理，處置，治療 | 他：Ⅲ類 |
| 処分 | しょぶん | 1 | 處理，處罰 | 他：Ⅲ類 |
| 署名 | しょめい | 0 | 簽名 | 自：Ⅲ類 |
| 所有 | しょゆう | 0 | 所有 | 他：Ⅲ類 |
| 審判 | しんぱん | 0 | 審判，裁判 | 他：Ⅲ類 |
| 請求 | せいきゅう | 0 | 請求，要求 | 他：Ⅲ類 |
| 操作 | そうさ | 1 | 操作，籌措 | 他：Ⅲ類 |
| 増税 | ぞうぜい | 0 | 增稅 | 自：Ⅲ類 |
| 増大 | ぞうだい | 0 | 增大，增多，增加 | 自他：Ⅲ類 |
| 遭難 | そうなん | 0 | 遇難 | 自：Ⅲ類 |
| 滞在 | たいざい | 0 | 逗留，停留 | 自：Ⅲ類 |
| 短縮 | たんしゅく | 0 | 縮短，縮減 | 他：Ⅲ類 |
| 抽選 | ちゅうせん | 0 | 抽籤 | 自：Ⅲ類 |
| 超過 | ちょうか | 0 | 超過 | 自：Ⅲ類 |
| 追加 | ついか | 0 | 追加，增補 | 他：Ⅲ類 |
| 訂正 | ていせい | 0 | 訂正，更正 | 他：Ⅲ類 |
| 徹底 | てってい | 0 | 徹底，貫徹 | 自他：Ⅲ類 |
| 伝染 | でんせん | 0 | 傳染 | 自：Ⅲ類 |
| 共働き | ともばたらき | 3，0 | 雙薪夫婦 | 自：Ⅲ類 |
| 納得 | なっとく | 0 | 理解，同意 | 他：Ⅲ類 |
| 妊娠 | にんしん | 0 | 懷孕 | 自：Ⅲ類 |

| 熱中 | ねっちゅう | 0 | 熱衷，著迷 | 自：Ⅲ類 |
| 配布 | はいふ | 0，1 | 分配，分派 | 他：Ⅲ類 |
| 非難 | ひなん | 1 | 責備，譴責 | 他：Ⅲ類 |
| 分割 | ぶんかつ | 0 | 分割，劃分 | 他：Ⅲ類 |
| 分担 | ぶんたん | 0 | 分擔 | 他：Ⅲ類 |
| 分布 | ぶんぷ | 0 | 分布，散布 | 自：Ⅲ類 |
| 閉鎖 | へいさ | 0 | 關閉 | 自他：Ⅲ類 |
| 弁償 | べんしょう | 0 | 賠償 | 他：Ⅲ類 |
| 募金 | ぼきん | 0 | 募款 | 自：Ⅲ類 |
| 保留 | ほりゅう | 0 | 保留，擱置 | 他：Ⅲ類 |
| 真似 | まね | 0 | 模仿 | 自他：Ⅲ類 |
| 見方 | みかた | 0 | 看法，觀點 | 自：Ⅲ類 |
| 密閉 | みっぺい | 0 | 封閉 | 他：Ⅲ類 |
| 矛盾 | むじゅん | 0 | 矛盾 | 自：Ⅲ類 |
| 油断 | ゆだん | 0 | 疏忽大意 | 自：Ⅲ類 |
| 予期 | よき | 1 | 預期，預想 | 他：Ⅲ類 |
| 割引 | わりびき | 0 | 折扣，減價 | 他：Ⅲ類 |

| **動詞** | **標記說明**<br>自＝自動詞<br>他＝他動詞 | Ⅰ類＝第一類動詞（五段動詞）<br>Ⅱ類＝第二類動詞（上一段動詞、下一段動詞）<br>Ⅲ類＝第三類動詞（力行變格動詞、サ行變格動詞） | | |

| 日文 | 日文唸法 | 重音 | 中文翻譯 | 備註（詞類） |
| --- | --- | --- | --- | --- |
| 抱く | いだく | 2 | 抱，懷有，懷抱 | 他：Ⅰ類 |
| 至る | いたる | 2 | 至，來臨，達到 | 自：Ⅰ類 |
| 承る | うけたまわる | 5 | 遵命，聽說，知道 | 他：Ⅰ類 |
| 疑う | うたがう | 0 | 懷疑，猜疑 | 他：Ⅰ類 |
| 撃つ | うつ | 1 | 射擊，發射 | 他：Ⅰ類 |
| 頷く | うなずく | 3，0 | 點頭 | 自：Ⅰ類 |
| 敬う | うやまう | 3 | 敬，尊敬 | 他：Ⅰ類 |
| 占う | うらなう | 3 | 占卜，算命 | 他：Ⅰ類 |
| 羨む | うらやむ | 3 | 羨慕，嫉妒 | 他：Ⅰ類 |
| 補う | おぎなう | 3 | 補充，貼補 | 他：Ⅰ類 |
| 犯す | おかす | 2，0 | 犯，侵犯 | 他：Ⅰ類 |

| 囲む | かこむ | 0 | 包圍，圈 | 他：Ⅰ類 |
|---|---|---|---|---|
| 偏る | かたよる | 3 | 偏頗，不公平 | 自：Ⅰ類 |
| 担ぐ | かつぐ | 2 | 扛，挑，推舉 | 他：Ⅰ類 |
| 配る | くばる | 2 | 分配，分給 | 他：Ⅰ類 |
| 削る | けずる | 0 | 削，刪去，縮減 | 他：Ⅰ類 |
| 漕ぐ | こぐ | 1 | 划（船），踩（腳踏車），盪（鞦韆） | 他：Ⅰ類 |
| 敷く | しく | 0 | 鋪設，鋪上 | 自他：Ⅰ類 |
| 縛る | しばる | 2 | 綁，捆，束縛 | 他：Ⅰ類 |
| 萎む | しぼむ | 0 | 枯萎，洩氣，落空 | 自：Ⅰ類 |
| 退く | しりぞく | 3 | 退出，退下 | 自：Ⅰ類 |
| 救う | すくう | 0 | 救，拯救 | 他：Ⅰ類 |
| 沿う | そう | 0，1 | 沿著，順著 | 自：Ⅰ類 |
| 躓く | つまずく | 0，3 | 受挫，絆倒 | 自：Ⅰ類 |
| 誓う | ちかう | 0，2 | 發誓，宣誓 | 他：Ⅰ類 |
| 照る | てる | 1 | 照，照耀，晴天 | 自：Ⅰ類 |
| 整う | ととのう | 3 | 完備，整齊 | 自：Ⅰ類 |
| 濁る | にごる | 2 | 混濁，（音色）沙啞，起邪念 | 自：Ⅰ類 |
| 狙う | ねらう | 0 | 把～當作目標，伺機，瞄準 | 他：Ⅰ類 |
| 除く | のぞく | 0 | 除了～之外，消除 | 他：Ⅰ類 |
| 計る | はかる | 2 | 丈量 | 他：Ⅰ類 |
| 外す | はずす | 0 | 取下，錯過 | 他：Ⅰ類 |
| 省く | はぶく | 2 | 節省，省略 | 他：Ⅰ類 |
| 響く | ひびく | 2 | 響徹，影響 | 自：Ⅰ類 |
| 放る | ほうる | 0 | 拋，放棄 | 他：Ⅰ類 |
| 潜る | もぐる | 2 | 潛入，鑽進 | 自：Ⅰ類 |
| 諦める | あきらめる | 4 | 死心，打消～念頭 | 他：Ⅱ類 |
| 呆れる | あきれる | 0 | 吃驚，愣住 | 自：Ⅱ類 |
| 憧れる | あこがれる | 0 | 憧憬，渴望 | 自：Ⅱ類 |
| 暴れる | あばれる | 0 | 胡鬧，鬧蕩 | 自：Ⅱ類 |
| 飢える | うえる | 2 | 饑餓，渴望 | 自：Ⅱ類 |
| 衰える | おとろえる | 4，3 | 衰弱，減退 | 自：Ⅱ類 |
| 抱える | かかえる | 0 | 抱，夾，承擔 | 他：Ⅱ類 |
| 傾ける | かたむける | 4 | 傾斜，傾注 | 他：Ⅱ類 |
| 悲しむ | かなしむ | 3 | 悲傷，悲痛 | 他：Ⅰ類 |
| 崩れる | くずれる | 3 | 倒塌，崩潰 | 自：Ⅱ類 |

| | | | | | |
|---|---|---|---|---|---|
| 砕ける | くだける | 3 | 破碎，減弱 | 自：II類 |
| 苦しむ | くるしむ | 3 | 痛苦，費力 | 自：I類 |
| 堪える | こらえる | 3 | 忍耐，忍受 | 他：II類 |
| 逆らう | さからう | 3 | 違背，抵抗 | 自：I類 |
| 妨げる | さまたげる | 4 | 妨礙，打擾，阻撓 | 他：II類 |
| 優れる | すぐれる | 3 | 優越，出色 | 自：II類 |
| 備える | そなえる | 3 | 準備，防備，設置 | 他：II類 |
| 蓄える | たくわえる | 4 | 儲存，留（長、蓄髮） | 他：II類 |
| 慰める | なぐさめる | 4 | 安慰，安撫 | 他：II類 |
| 怠ける | なまける | 3 | 懶惰，散漫 | 自：II類 |
| 剥がす | はがす | 2 | 剝下 | 他：I類 |
| 跳ねる | はねる | 2 | 跳起，飛濺 | 自：II類 |
| 膨らむ | ふくらむ | 0 | 鼓起，膨脹 | 自：I類 |
| 凭れる | もたれる | 3 | 憑靠，依靠，消化不良 | 自：II類 |
| 破れる | やぶれる | 3 | 破，裂 | 自：II類 |
| 散らかす | ちらかす | 0 | 零亂，亂扔 | 他：I類 |
| 当てはまる | あてはまる | 3 | 適用，合適 | 自：I類 |
| 威張る | いばる | 2 | 吹牛，自豪，擺架子 | 自：I類 |
| 裏切る | うらぎる | 3 | 背叛，出賣 | 他：I類 |
| 区切る | くぎる | 2 | 分段，斷句，劃分 | 他：I類 |
| 背負う | せおう | 2 | 背，擔負 | 他：I類 |
| 近寄る | ちかよる | 3，0 | 靠近，接近 | 自：I類 |
| 怒鳴る | どなる | 2 | 大聲喊叫 | 自：I類 |
| 長引く | ながびく | 3 | 拖延，耽擱 | 自：I類 |
| 払戻す | はらいもどす | 5，0 | 退還，退款 | 他：I類 |
| 微笑む | ほほえむ | 3 | 微笑 | 自：I類 |
| 真似る | まねる | 0 | 模仿，仿效 | 他：II類 |
| 見習う | みならう | 3，0 | 學習，見習 | 他：I類 |
| 見舞う | みまう | 2，0 | 探望，慰問 | 他：I類 |
| 目覚める | めざめる | 3 | 睡醒，覺醒，醒悟 | 自：II類 |
| 見上げる | みあげる | 0，3 | 抬頭看，欽佩 | 他：II類 |
| 見下ろす | みおろす | 0，3 | 俯視，輕視 | 他：I類 |
| 受け持つ | うけもつ | 3，0 | 擔當，擔任 | 他：I類 |
| 打ち消す | うちけす | 0，3 | 否定，否認 | 他：I類 |
| 追い出す | おいだす | 3 | 趕走，驅逐 | 他：I類 |

| 駆け込む | かけこむ | 3，0 | 跑進 | 自：Ⅰ類 |
|---|---|---|---|---|
| 透き通る | すきとおる | 3 | 清澈，透明 | 自：Ⅰ類 |
| 差し込む | さしこむ | 3，0 | 插入，劇痛 | 自他：Ⅰ類 |
| 飛び込む | とびこむ | 3 | 跳入，闖入 | 自：Ⅰ類 |
| 投げ出す | なげだす | 0，3 | 拋出，放棄 | 他：Ⅰ類 |
| 払い込む | はらいこむ | 4，0 | 繳納 | 他：Ⅰ類 |
| 巻き込む | まきこむ | 3 | 捲進，連累 | 他：Ⅰ類 |
| 呼び込む | よびこむ | 3 | 招徠，喚進 | 他：Ⅰ類 |
| 張り切る | はりきる | 3 | 繃緊，幹勁十足 | 自：Ⅰ類 |
| 引き返す | ひきかえす | 3 | 返回，折回 | 自：Ⅰ類 |
| 引っ掛かる | ひっかかる | 4 | 掛上，卡住，牽連 | 自：Ⅰ類 |
| 引き受ける | ひきうける | 4 | 接受，保證 | 他：Ⅱ類 |
| 引っ張る | ひっぱる | 3 | 拉，拖，帶領，拉攏 | 他：Ⅰ類 |
| 浮かび上がる | うかびあがる | 5 | 浮起，引人注目 | 自：Ⅰ類 |
| 追いかける | おいかける | 4 | 追趕，緊接著～ | 他：Ⅱ類 |
| 組み立てる | くみたてる | 4，0 | 組織，裝配 | 他：Ⅱ類 |
| 繰り上げる | くりあげる | 4，0 | 提前，往上提 | 他：Ⅱ類 |
| 突き当たる | つきあたる | 4 | 撞上，走到盡頭，碰到 | 自：Ⅰ類 |
| 通り掛かる | とおりかかる | 5，0 | 正好路過 | 自：Ⅰ類 |
| 飛び上がる | とびあがる | 4 | 飛起，跳起，越級 | 自：Ⅰ類 |
| 盛り上がる | もりあがる | 4，0 | 隆起，湧出，熱烈 | 自：Ⅰ類 |
| 仕上げる | しあげる | 3 | 完成，做完 | 他：Ⅱ類 |
| 読み上げる | よみあげる | 4，0 | 高聲朗讀，讀完 | 他：Ⅱ類 |
| 寄り掛かる | よりかかる | 4 | 憑靠，倚靠 | 自：Ⅰ類 |
| かじる | | 2 | 咬，啃 | 他：Ⅰ類 |
| ダブる | | 2 | 重複 | 自：Ⅰ類 |
| へこむ | | 0 | 凹下，屈服 | 自：Ⅰ類 |
| しゃがむ | | 0 | 蹲下 | 自：Ⅰ類 |
| ためらう | | 3 | 猶豫，遲疑 | 他：Ⅰ類 |
| ふざける | | 3 | 開玩笑，打鬧 | 自：Ⅱ類 |
| くたびれる | | 4 | 疲勞，用到變舊 | 自：Ⅱ類 |
| くっつける | | 4 | 黏上，靠近 | 他：Ⅱ類 |
| ぶらさげる | | 0，4 | 懸掛，提 | 他：Ⅱ類 |

# イ形容詞

| 日文 | 日文唸法 | 重音 | 中文翻譯 | 備註 |
|------|----------|------|----------|------|
| 危い | あやうい | 0，3 | 危險的 | |
| 荒い | あらい | 0，2 | 兇猛的，粗魯的 | |
| 偉い | えらい | 2 | 偉大的，不得了的 | |
| 幼い | おさない | 3 | 年幼的，幼小的 | |
| 賢い | かしこい | 3 | 聰明的，伶俐的 | |
| 煙い | けむい | 0，2 | 嗆人的 | |
| 快い | こころよい | 4 | 愉快的，爽快的 | |
| 鋭い | するどい | 3 | 銳利的，靈活的 | |
| 憎い | にくい | 2 | 討厭的，可恨的 | |
| 鈍い | にぶい | 0，2 | 遲鈍的，遲緩的 | |
| 醜い | みにくい | 3 | 難看的，醜陋的 | |
| 緩い | ゆるい | 2 | 鬆的，緩慢的 | |
| 怪しい | あやしい | 0，3 | 奇怪的，可疑的 | |
| 慌しい | あわただしい | 5 | 慌張的 | |
| 惜しい | おしい | 2 | 可惜的，遺憾的 | |
| 悔しい | くやしい | 3 | 氣憤的，懊惱的 | |
| 苦しい | くるしい | 3 | 痛苦的，困難的 | |
| 険しい | けわしい | 3 | 險峻的，險惡的 | |
| 恋しい | こいしい | 3 | 懷念的，眷戀的，愛慕的 | |
| 等しい | ひとしい | 3 | 相等的，相同的 | |
| 貧しい | まずしい | 3 | 貧窮的，貧乏的 | |
| 喧しい | やかましい | 5 | 吵鬧的，嘈雜的 | |
| 厚かましい | あつかましい | 5 | 無恥的，厚臉皮的 | |
| 頼もしい | たのもしい | 4 | 可靠的，有出息的 | |
| 憎らしい | にくらしい | 4 | 討厭的 | |
| 甚だしい | はなはだしい | 5 | 非常的，過分的 | |
| 図々しい | ずうずうしい | 5 | 不要臉的 | |
| 騒々しい | そうぞうしい | 5 | 嘈雜的，雜亂的，喧嘩的 | |
| 若々しい | わかわかしい | 5 | 年輕的，朝氣蓬勃的 | |
| 待ち遠しい | まちどおしい | 5 | 盼望的 | |
| 荒っぽい | あらっぽい | 4，0 | 粗野的，粗魯的 | |
| 有難い | ありがたい | 4 | 難得的，可貴的，值得感謝的 | |

| | | | |
|---|---|---|---|
| 思いがけない | おもいがけない | 5,6 | 出乎意料的 |
| 心細い | こころぼそい | 5 | 不安的，擔心的，膽怯的 |
| 何気ない | なにげない | 4 | 無意的，若無其事的 |
| きつい | | 0,2 | 嚴厲的，苛刻的，吃力的 |
| くだらない | | 0 | 無用的，無益的，無聊的 |
| くどい | | 2 | 囉唆的，絮叨的 |
| しつこい | | 3 | 難纏的，絮叨的 |
| ずるい | | 2 | 狡猾的，耍賴的 |
| そそっかしい | | 5 | 冒失的，草率的，馬虎的 |
| だらしない | | 4 | 放蕩的，懶怠的 |
| とんでもない | | 5 | 出乎意外的，毫無道理的 |
| ばからしい | | 4 | 愚笨的，無聊的 |
| めでたい | | 3 | 可喜可賀的，順利的 |
| もったいない | | 5 | 浪費的，可惜的 |

## ナ形容詞

| 日文 | 日文唸法 | 重音 | 中文翻譯 | 備註 |
|---|---|---|---|---|
| 曖昧（な） | あいまい（な） | 0 | 含糊的，曖昧的 | |
| 明らか（な） | あきらか（な） | 2 | 明顯的，清楚的 | |
| 安易（な） | あんい（な） | 1,0 | 容易的，輕易的 | |
| 異常（な） | いじょう（な） | 0 | 異常的，反常的 | |
| 偉大（な） | いだい（な） | 0 | 偉大的 | |
| 嫌味（な） | いやみ（な） | 3 | 挖苦的，討厭的 | |
| 温厚（な） | おんこう（な） | 0 | 溫厚的，敦厚的 | |
| 快適（な） | かいてき（な） | 0 | 舒適的，舒服的 | |
| 過剰（な） | かじょう（な） | 0 | 過剩的，過量的 | |
| 奇妙（な） | きみょう（な） | 1 | 奇妙的，怪異的 | |
| 器用（な） | きよう（な） | 1 | 手巧的，靈巧的 | |
| 気楽（な） | きらく（な） | 0 | 安逸的，輕鬆的 | |
| 強引（な） | ごういん（な） | 0 | 強行的，蠻幹的 | |
| 高度（な） | こうど（な） | 1 | 高度的 | |
| 純粋（な） | じゅんすい（な） | 0 | 純粋的，純真的 | |
| 正直（な） | しょうじき（な） | 3,4 | 老實的，誠實的 | |

| 上等（な） | じょうとう（な） | 0 | 上等的，高級的 |
|---|---|---|---|
| 真剣（な） | しんけん（な） | 0 | 認真的 |
| 深刻（な） | しんこく（な） | 0 | 嚴重的，深刻的 |
| 慎重（な） | しんちょう（な） | 0 | 慎重的 |
| 素直（な） | すなお（な） | 1 | 老實的，直率的 |
| 誠実（な） | せいじつ（な） | 0 | 誠實的，老實的 |
| 贅沢（な） | ぜいたく（な） | 3，4 | 奢侈的，過分的 |
| 率直（な） | そっちょく（な） | 0 | 直率的，直爽的 |
| 強気（な） | つよき（な） | 1 | 強硬的 |
| 手軽（な） | てがる（な） | 0 | 簡便的，輕易的 |
| 的確（な） | てきかく（な） | 0 | 適合的，確切的 |
| 適度（な） | てきど（な） | 1 | 適度的 |
| 手頃（な） | てごろ（な） | 0 | 合適的 |
| 独特（な） | どくとく（な） | 0 | 獨特的 |
| 微妙（な） | びみょう（な） | 2 | 微妙的 |
| 平等（な） | びょうどう（な） | 0 | 平等的 |
| 膨大（な） | ぼうだい（な） | 0 | 龐大的，膨脹的 |
| 見事（な） | みごと（な） | 1 | 精彩的，完美的 |
| 面倒（な） | めんどう（な） | 3 | 麻煩的，棘手的 |
| 陽気（な） | ようき（な） | 0 | 開朗的，歡樂的 |
| 余計（な） | よけい（な） | 0 | 多餘的 |
| 利口（な） | りこう（な） | 0 | 聰明的，機靈的 |
| 欲張り（な） | よくばり（な） | 3，4 | 貪心的，貪婪的 |
| 意地悪（な） | いじわる（な） | 3，2 | 壞心眼的，刁難的 |
| 生意気（な） | なまいき（な） | 0 | 自大的，傲慢的 |
| 不器用（な） | ぶきよう（な） | 2 | 笨拙的，不靈巧的 |
| 気の毒（な） | きのどく（な） | 3，4 | 可憐的，遺憾的 |
| 新た（な） | あらた（な） | 1 | 新的 |
| 盛ん（な） | さかん（な） | 0 | 旺盛的，繁榮的 |
| 豊か（な） | ゆたか（な） | 1 | 豐富的，充裕的 |
| 僅か（な） | わずか（な） | 1 | 稍微的，一點點的 |
| きゃしゃ（な） | | 0 | 苗條的，纖弱的 |
| さわやか（な） | | 2 | 清爽的，清淡的，爽快的 |
| でたらめ（な） | | 0 | 胡扯的，荒唐的 |
| なだらか（な） | | 2 | 平穩的，流利的 |

| 日文 | 日文唸法 | 重音 | 中文翻譯 | 備註 |
|---|---|---|---|---|
| やっかい（な） | | 1 | 麻煩的，棘手的 | |
| のんき（な） | | 1 | 悠閒的，樂天的 | |
| めちゃくちゃ（な） | | 0 | 亂七八糟的，一塌糊塗的 | |

## 副詞

| 日文 | 日文唸法 | 重音 | 中文翻譯 | 備註 |
|---|---|---|---|---|
| あいにく | | 0 | 不巧，遺憾 | |
| 案外 | あんがい | 1，0 | 出乎意料，沒想到 | |
| いきなり | | 0 | 突然，忽然 | |
| いちいち | | 2 | 逐一，一件件 | |
| 一段と | いちだんと | 0 | 更加，越發 | |
| 思い切り | おもいきり | 0 | 盡情地，徹底地 | |
| かえって | | 1 | 反倒，反而 | |
| かつて | | 1 | 曾經 | |
| ぎっしり | | 3 | 滿滿地 | |
| うっとり | | 3 | 陶醉，入迷 | |
| さすがに | | 0 | 不愧，畢竟 | |
| じかに | | 1 | 逕行，馬上，直接 | |
| じきに | | 0 | 就在眼前，立刻 | |
| 至急に | しきゅうに | 0 | 緊急，趕快 | |
| 次第に | しだいに | 0 | 逐漸，慢慢 | |
| じっくり | | 3 | 好好地，慢慢地 | |
| しばしば | | 1 | 常常，屢次 | |
| 徐々に | じょじょに | 1 | 逐漸，慢慢 | |
| さらりと | | 2，3 | 光滑地，爽快地 | |
| ずらり | | 2 | 一大排，一大堆 | |
| せいぜい | | 1 | 儘量，充其量 | |
| せっせと | | 1 | 拚命地，不停地 | |
| そのうちに | | 0 | 不久 | |
| 絶えず | たえず | 1 | 經常，不斷 | |
| 直ちに | ただちに | 1 | 立刻，直接 | |
| たびたび | | 0 | 再三，屢次 | |
| どうにか | | 1 | 總算，好歹 | |

| | | | |
|---|---|---|---|
| とっくに | | 3 | 早就，很早以前 |
| どっと | | 0，1 | 蜂擁，哄然 |
| とにかく | | 1 | 總之，不管怎樣 |
| ともかく | | 1 | 好歹，姑且不論 |
| 何もかも | なにもかも | 4 | 全部，一切 |
| 何となく | なんとなく | 4 | 總覺得，不由得 |
| 何やら | なにやら | 1 | 總覺得 |
| のろのろ | | 1 | 慢吞吞 |
| 果たして | はたして | 2 | 果然，究竟 |
| ばったり | | 3 | 突然 |
| びしょびしょ | | 1 | 濕淋淋地 |
| 再び | ふたたび | 0 | 再次，又 |
| ふらふら | | 1 | 搖晃，蹣跚 |
| ぶらぶら | | 1 | 晃蕩，蹓躂 |
| 本気 | ほんき | 0 | 認真，正經 |
| ぼんやり | | 3 | 精神恍惚，不清楚 |
| まもなく | | 2 | 不久，一會兒 |
| めっきり | | 3 | 顯著 |
| めったに | | 1 | 不常，少 |
| 最も | もっとも | 3 | 最 |
| やがて | | 0 | 不久後，即將 |
| ようやく | | 0 | 總算，好不容易 |
| わりに | | 0 | 比較，意外地 |

# 外來語

| 日文 | 原文 | 重音 | 中文翻譯 | 備註（詞性） |
|---|---|---|---|---|
| アピール | appeal | 2 | 呼籲，受歡迎 | 名詞・自他：III 類 |
| アマチュア | amateur | 0 | 業餘，外行 | 名詞 |
| アリバイ | alibi | 0 | 不在場證明 | 名詞 |
| アンテナ | antenna | 0 | 天線 | 名詞 |
| イラスト | illustration | 0 | 插畫（「イラストレーション」的簡稱） | 名詞 |
| インク | ink | 0，1 | 墨水 | 名詞 |
| インテリア | interior | 3 | 室內裝飾 | 名詞 |

| | | | | |
|---|---|---|---|---|
| ウイークデー | weekday | 4，2 | 平日 | 名詞 |
| ウイルス | virus | 2，1 | 病毒 | 名詞 |
| エコロジー | ecology | 2 | 生態學 | 名詞 |
| エッセー | essay | 1 | 短文，隨筆 | 名詞 |
| エラー | error | 1 | 錯誤 | 名詞 |
| オリエンテーション | | | | |
| | orientation | 5 | 新人教育，定位 | 名詞 |
| カーブ | curve | 1 | 彎曲，曲線 | 名詞・自：Ⅲ類 |
| カウンセリング | counseling | 2，1 | 輔導 | 名詞 |
| カルチャー | culture | 1 | 文化 | 名詞 |
| キャプテン | captain | 1 | 首領，船長 | 名詞 |
| キャラクター | character | 1，2 | 人物，特質 | 名詞 |
| キャリア | career | 1 | 履歷，經歷 | 名詞 |
| クレーム | claim | 2，0 | 索賠，不平，抱怨 | 名詞 |
| コマーシャル | commercial | 2 | 商業，廣告 | 名詞 |
| コラム | column | 1 | 專欄 | 名詞 |
| コレクション | collection | 2 | 收藏，珍藏品 | 名詞 |
| コンクリート | concrete | 4 | 混凝土 | 名詞 |
| コンセント | concent | 1，3 | 插座，插口 | 名詞 |
| コントロール | control | 4 | 控制，管理 | 名詞・他：Ⅲ類 |
| サイレン | siren | 1 | 汽笛，警報器 | 名詞 |
| シーズン | season | 1 | 季節，旺季 | 名詞 |
| ダイヤ | diamond／ | 1，0 | 鑽石（「ダイヤモンド」的簡稱）／ | 名詞 |
| | diagram | | 時刻表（「ダイヤグラム」的簡稱） | |
| ダウンロード | download | 4 | 下載 | 名詞・他：Ⅲ類 |
| ダム | dam | 1 | 水壩，水庫 | 名詞 |
| デフレ | deflation | 0 | 通貨緊縮（「デフレーション」的簡稱） | 名詞 |
| デモ | demonstration | 1 | 遊行示威（「デモンストレーション」的簡稱） | 名詞 |
| プライバシー | privacy | 2 | 個人隱私 | 名詞 |
| プラスチック | plastic | 4 | 塑膠 | 名詞 |
| フリーズ | freeze | 2 | 結冰、當機 | 名詞・自：Ⅲ類 |
| フリーター | free＋Arbeiter（德） | 2 | 打工族，自由業 | 名詞 |
| プレッシャー | pressure | 2，0 | 壓力 | 名詞 |
| プロバイダー | provider | 3，0 | ISP（網際網路服務提供者） | 名詞 |
| ペースト | paste | 1，0 | 黏貼 | 名詞 |

| メーター | meter | 0 | 儀錶，電錶 | 名詞 |
|---|---|---|---|---|
| ユニーク | unique（法・英） | 2 | 別緻的，獨特的 | ナ形容詞 |
| ユニットバス | unit＋bath | 5 | 一體成型的浴室 | 名詞 |
| リストラ | restructuring | 0 | 裁員（「リストラクチュアリング」的簡稱），（組織）改組 | 名詞・他：Ⅲ類 |
| リハビリ | rehabilitation | 0 | 復健（「リハビリテーション」的簡稱） | 名詞 |
| ルーズ | loose | 1 | 鬆懈的，散漫的 | ナ形容詞 |
| レギュラー | regular | 1 | 正式、普遍 | 名詞 |
| レクリエーション | recreation | 4 | 娛樂，休養 | 名詞 |
| レジャー | leisure | 1 | 閑暇，娛樂 | 名詞 |
| ワクチン | vaccine（英） | 1 | 疫苗 | 名詞 |

# 題型分析與對策｜文字・語彙

※ 根據官方公布，實際每回考試題數可能有所差異

| 問題1<br>漢字讀法 | 一共5題。測驗項目為漢字的讀法。漢字分為音讀和訓讀，音讀和中文讀音相近易於判斷，訓讀則靠平時多背。試著寫出四個選項的漢字，有助於將範圍縮小解題。 |
| --- | --- |

範例題

（例）けがをしたところに包帯を巻いた。

　　　1　つつおび　　　2　ほうたい　　　3　ほうだい　　　4　ぼうだい

（回答用紙）

| （例） | ① ● ③ ④ |
| --- | --- |

| 問題2<br>漢字書寫 | 一共5題。測驗項目為平假名的漢字寫法。可從字面上的意思、音讀及訓讀來判斷。 |
| --- | --- |

範例題

（例）クラスメートから結婚式にしょうたいされた。

　　　1　紹介　　　2　招待　　　3　正体　　　4　接待

（回答用紙）

| （例） | ① ● ③ ④ |
| --- | --- |

## 問題 3
## 複合詞彙

一共 5 題。測驗項目為選出適當的衍生語和複合詞的用法。

範例題

（例）風邪をひいたのか、寒（　　　）がする。

　　　1　さ　　　　　　2　み　　　　　　3　け　　　　　4　げ

（回答用紙）

| （例） | ① ② ● ④ |

## 問題 4
## 前後關係

一共 7 題。測驗項目為判斷前後語意選擇適當語彙。必須根據前後語意判斷，括弧中應該放哪個語彙句子則成立。將四個選項代入括弧中，逐一確認句子語意有助於解題。

範例題

（例）いつも優しい彼女がそんなことを言うなんて、（　　　）信じられない。

　　　1　とても　　　　2　めったに　　　3　別に　　　　4　大して

（回答用紙）

| （例） | ● ② ③ ④ |

一共5題。測驗項目為挑出與題目中畫底線的語句意思相同的選項。必須先理解畫底線語句的意思，再從四個選項中，找出類似表達的語彙就能順利解題。

範例題

（例）この作家はかつて京都に住んでいたそうだ。

1　以前　　　　　2　つねに　　　　　3　ずっと　　　　4　しばらく

（回答用紙）

一共5題。測驗項目為詞彙在四個選項中的使用，哪一個才是正確用法。

範例題

（例）口に合う

1　彼とは初めて会ったときからなぜか口に合う。

2　お口に合うかわかりませんが、どうぞ召し上がってください。

3　大きすぎて口に合わないので小さく切ってください。

4　ごはんの口に合っている料理を作った。

（回答用紙）

## 問題 1　_____の言葉の読み方として最もよいものを、1・2・3・4から一つ選びなさい。

**1** その件に関しましては、ご回答を保留させていただきます。
　　1　ほる　　　　　2　ほりゅ　　　　3　ほりゅう　　　4　ほうりゅう

**2** 何があったのかを正直に話してください。
　　1　すなお　　　　2　せいちょく　　3　しょうちょく　4　しょうじき

**3** 息子は 20 歳になったとはいえ、考え方がまだまだ幼い。
　　1　ようい　　　　2　おさない　　　3　つたない　　　4　はかない

**4** 今朝はかなり寒いようだから、手袋をして出かけよう。
　　1　たび　　　　　2　てふくろ　　　3　てぶくろ　　　4　しゅたい

**5** マイクの雑音がひどくて、何を話しているのかよく聞こえない。
　　1　ざつおん　　　2　ざついん　　　3　ぞうおん　　　4　そうおん

---

**解説**

**1** 正答：3　關於那件事，請容我之後再答覆您。
　　! 保 **音** ほ **訓** たも－つ ； 留 **音** りゅう **訓** と－める
　　保留：ほりゅう，保留。

**2** 正答：4　請老實告訴我到底發生什麼事。
　　! 正 **音** しょう、せい **訓** ただ－す ； 直 **音** ちょく、じき **訓** なお－す
　　正直：しょうじき，正直、老實。

**3** 正答：2　雖說兒子已經 20 歲了，但是想法還很幼稚。
　　! 幼 **音** よう **訓** おさな－い
　　幼い：おさない，年幼、幼稚。

**4** 正答：3　今天早上好像很冷，戴上手套再出門好了。
　　! 手 **音** しゅ **訓** て ； 袋 **音** たい **訓** ふくろ
　　手袋：てぶくろ，手套。

**5** 正答：1　因為麥克風的雜音太多，聽不清楚在說什麼。
　　! 雜 **音** ぞう **訓** ざつ ； 音 **音** おん **訓** おと
　　雜音：ざつおん，雜音。

**6** 激しく運動した後、ゆっくり休んで呼吸を整えた。

　　　1　こきゅ　　　　2　こきゅう　　　3　こっきゅう　　　4　こうきゅう

**7** おもしろいテレビ番組を見て、腹を抱えて笑った。

　　　1　かかえて　　　2　だえて　　　3　かまえて　　　4　とらえて

**8** 横浜や神戸は昔から港を中心に栄えてきた。

　　　1　みなみ　　　2　みなと　　　3　ちまた　　　4　みさき

**9** その商品は来週月曜日に出荷する予定です。

　　　1　でか　　　2　だしに　　　3　しゅっか　　　4　しゅつに

**10** 小学校１年生のときに、足し算を習った。

　　　1　あしさん　　　2　あしざん　　　3　たしさん　　　4　たしざん

---

**解説**

**6** 正答：2　在激烈運動後，好好地休息，調整呼吸。
　　　① 呼 音こ 訓よ－ぶ ；吸 音きゅう 訓す－う
　　　呼吸：こきゅう，呼吸。

**7** 正答：1　看有趣的電視節目，捧腹大笑。
　　　① 抱 音ほう 訓だ－く・いだ－く・かか－える
　　　抱える：かかえる，抱、捧。

**8** 正答：2　橫濱和神戶自古是以海港為中心發展起來的。
　　　① 港 音こう 訓みなと
　　　港：みなと，海港。

**9** 正答：3　那商品預定在下週一出貨。
　　　① 出 音しゅつ 訓で－る ；荷 音か 訓に
　　　出荷：しゅっか，出貨。

**10** 正答：4　小學一年級時，學了加法。
　　　① 足 音そく 訓あし・た－りる・た－る・た－す
　　　算 音さん
　　　足し算：たしざん，加法。

**問題2** _____の言葉を漢字で書くとき、最もよいものを1・2・3・4から一つ選びなさい。

**1** 1月になってから寒さがいっそう厳しくなってきた。
　　1　一掃　　　　　2　一層　　　　　3　一総　　　　　4　一相

**2** このグラフがしめしているとおり、少子化問題は非常に深刻になってきている。
　　1　記して　　　　2　指して　　　　3　表して　　　　4　示して

**3** 明日はしゅくじつのため、学校は休みです。
　　1　祝日　　　　　2　祭日　　　　　3　休日　　　　　4　翌日

**4** これはすぐれた成績をおさめた学生に贈られる賞です。
　　1　秀れた　　　　2　明れた　　　　3　賢れた　　　　4　優れた

**5** 交通事故でけが人が出たので、きゅうきゅうしゃを呼んでください。
　　1　求究車　　　　2　給休車　　　　3　救急車　　　　4　急救車

---

**解説**

1 正答：2　進入1月之後寒冷的氣候更加地嚴寒。
　　　　1　一口氣　2　更加地　3　×　4　×

2 正答：4　如同這份圖表所示，少子化問題越來越嚴重。
　　　　1　しるして，記錄　　2　さして，指
　　　　3　あらわして，表示　4　しめして，意示

3 正答：1　因為明天是國定假日所以學校放假。
　　　　1　しゅくじつ，國定假日　2　さいじつ，節日
　　　　3　きゅうじつ，假日　　　4　よくじつ，隔日

4 正答：4　這是頒發給成績優秀學生的獎項。
　　　　1　×　2　×　3　×　4　優秀

5 正答：3　車禍有人受傷了，請幫忙叫救護車。
　　　　1　×　2　×　3　救護車　4　×

**6** 山田氏は社長の職をしりぞいて、会長に就任することになった。

1 退いて　　　2 逃いて　　　3 去いて　　　4 背いて

**7** 銀行こうざを開くときは、本人確認の書類が必要だ。

1 硬座　　　2 高座　　　3 口座　　　4 講座

**8** 昨日送ったデータにあやまりがあったので、訂正した。

1 謝り　　　2 誤り　　　3 異り　　　4 違り

**9** どう計算しても今月のしゅうしが合わない。

1 収支　　　2 終始　　　3 修士　　　4 終止

**10** 仕事の効率を上げるため、新しい機械をどうにゅうした。

1 道入　　　2 導入　　　3 同入　　　4 動入

---

解說

**6** 正答：1　山田先生從董事長的職位退職，就任會長職務。
　　1 退職　2 ×　3 ×　4 そむいて，背著

**7** 正答：3　開銀行帳戶時，必須確認本人的資料文件。
　　1 ×　2 上座　3 帳戶　4 講座

**8** 正答：2　因為昨天傳送的資料有錯誤，所以訂正了。
　　1 道歉　2 錯誤　3 ×　4 ×

**9** 正答：1　無論再怎計算這個月的收支都不吻合。
　　1 收支　2 終始　3 碩士　4 終止

**10** 正答：2　為了提升工作的效率，導入新的機器。
　　1 ×　2 導入　3 ×　4 ×

## 問題3　（　　）に入れるのに最もよいものを、1・2・3・4から一つ選びなさい。

**1** 地震に強く、丈夫で（　　　　）持ちする家を建ててほしい。

　　1　超　　　　　2　強　　　　　3　長　　　　　4　久

**2** 一人暮らしの1か月のガス（　　　　）は平均3,000円ぐらいだ。

　　1　金　　　　　2　料　　　　　3　費　　　　　4　代

**3** （　　　　）の精算は、下車駅の自動精算機でお願いします。

　　1　乗り遅れ　　　2　乗り過ごし　　3　乗り越し　　　4　乗り換え

**4** ジョギングを始めたばかりのときは、30分走る（　　　　）に休憩していた。

　　1　ごと　　　　　2　ぶり　　　　　3　おき　　　　　4　ずつ

**5** ハワイ行きの飛行機はトラブルのため成田空港へ引き（　　　　）。

　　1　出した　　　　2　返した　　　　3　込んだ　　　　4　入れた

**解説**

**1** 正答：3　希望能蓋一間耐震、堅固，可以耐久的房子。
　　　1　超　2　強　3　長　4　久
　　　⚠ **長持ちする：ながもちする，耐久**

**2** 正答：4　一個人在外獨居的單月瓦斯費用平均是3,000日圓左右。
　　　1　金　2　料　3　費　4　代
　　　⚠ **ガス代：ガスだい，瓦斯費**

**3** 正答：3　越區搭乘的車費結算，請利用下車車站內的自動補票機。
　　　1　沒搭上　2　搭錯車　3　坐過站　4　換車

**4** 正答：1　剛剛開始慢跑時，每跑30分鐘就休息一次。
　　　1　每　2　經過　3　間隔　4　各

**5** 正答：2　飛往夏威夷的班機因故障而遣返成田機場。
　　　1　領出　2　返回　3　引進　4　拉進

**6** 気温も上がり、ようやく春（　　　　）きたようだ。

1　めいて　　　　2　じみて　　　　3　ばんで　　　　4　ついて

**7** 炊き（　　　　）のごはんほどおいしいものはない。

1　すぎ　　　　2　かけ　　　　3　あげ　　　　4　たて

**8** 子供は急に道路に飛び（　　　　）ことがあるので、運転中は気をつけましょう。

1　込む　　　　2　降りる　　　　3　出す　　　　4　起きる

**9** 結婚式に出席するときは、全身黒（　　　　）の服装はやめたほうがいい。

1　だらけ　　　　2　まみれ　　　　3　ずくめ　　　　4　づくし

**10** 日本では政治に（　　　　）関心な若者が増えている。

1　不　　　　2　非　　　　3　無　　　　4　未

---

**解説**

**6** 正答：1　氣溫上升，終於帶有春天的氣息了。
　　　1　帶有～（的樣子）　2　×　3　×　4　×

**7** 正答：4　再也沒有比剛煮好的飯來得美味的東西了。
　　　1　×　2　×　3　×　4　剛～（完成某動作）

**8** 正答：3　有時會有小孩從突然衝出道路來，開車時要多多注意。
　　　1　×　2　×　3　突然衝出　4　×

**9** 正答：3　出席結婚典禮時，最好不要穿渾身黑的服裝。
　　　1　×　2　×　3　完全是～的樣子　4　×

**10** 正答：3　在日本對政治漠不關心的年輕人增加了。
　　　1　×　2　×　3　漠不、毫不　4　×

## 問題4　（　　　）に入れるのに最もよいものを、1・2・3・4から一つ選びなさい。

**1** 彼は昇進のために、いつも上司に（　　　）をすっている。
　　1　言い訳　　　　2　ミス　　　　3　おせじ　　　　4　ゴマ

**2** パソコンが急に（　　　）してしまったので、再起動した。
　　1　フリーズ　　　2　フォント　　　3　プリンター　　　4　プロバイダー

**3** 上司に対して敬語が使えない新入社員に（　　　）しまった。
　　1　あきて　　　　2　あきれて　　　3　あきらめて　　　4　あこがれて

**4** 休日も会社へ行かなければならないなんて、気が（　　　）。
　　1　重い　　　　2　弱い　　　　3　小さい　　　　4　短い

**5** この料理は作るのに（　　　）がかかるわりにはおいしくない。
　　1　手間　　　　2　敷金　　　　3　合間　　　　4　工夫

---

**解説**

**1** 正答：4　他為了升遷，老是拍上司馬屁。
　　　1　藉口　2　錯誤　3　恭維　4　芝麻
　　　(!) **ゴマを擂る：ゴマをする，拍馬屁**

**2** 正答：1　因為電腦突然當機，所以再開機一次。
　　　1　當機　2　字體　3　列表機　4　終端機
　　　(!) **フリーズ：凍結**
　　　**パソコンがフリーズする：當機**

**3** 正答：2　對那些跟上司説話不會使用敬語的新進人員感到驚愕。
　　　1　厭煩　2　驚愕　3　放棄　4　憧憬

**4** 正答：1　想到假日還得去上班，心情真是沉重。
　　　1　沉重　2　軟弱　3　膽小　4　著急
　　　(!) **気が重い：きがおもい，心情沉重**

**5** 正答：1　做這道料理花了很大工夫，結果卻沒有預期好吃。
　　　1　工夫　2　押金　3　空閒　4　設法
　　　(!) **手間がかかる：てまがかかる，花工夫**

**6** わたしの会社では6月と12月にボーナスが（　　　　）される。

1　支社　　　　　2　支出　　　　　3　支持　　　　　4　支給

**7** 長い間迷っていたが、（　　　　）留学することを決めた。

1　まもなく　　2　ようやく　　3　いずれ　　　4　やがて

**8** 彼女はとても（　　　　）ので、仕事でいつもミスばかりしている。

1　そうぞうしい　2　ずうずうしい　3　そそっかしい　4　あわただしい

**9** このレストランは年末特に忙しくて、（　　　　）が足りない。

1　大工　　　　　2　目安　　　　　3　手前　　　　　4　人手

**10** 引越しの荷物を入れた段ボール箱に（　　　　）を貼った。

1　ペットボトル　2　ポリバケツ　　3　ガムテープ　　4　アルミホイル

---

解説▶

**6** 正答：4　我們公司在6月和12月發紅利獎金。
　　1　分公司　2　支出　3　支持　4　支付

**7** 正答：2　我猶豫了好久，終於決定要去留學了。
　　1　快要　2　終於　3　反正　4　不久

**8** 正答：3　因為她很粗心大意，所以在工作中老是犯錯。
　　1　吵鬧　2　厚臉皮　3　粗心大意　4　慌張

**9** 正答：4　這家餐廳在年尾時特別忙，人手不足。
　　1　木工　2　目標　3　眼前　4　人手

**10** 正答：3　在裝有搬家的物品的厚紙箱上貼上膠帶。
　　1　塑膠瓶　2　塑膠水桶　3　膠帶　4　鋁箔紙

**11** スペースキーを押して、かなを漢字に（　　　　）する。

　　1　検索　　　　　2　入力　　　　　3　変換　　　　　4　更新

**12** パンはかじらずに、小さく（　　　　）食べてください。

　　1　ちぎって　　　2　ずらして　　　3　うなって　　　4　ふさいで

**13** 子供の（　　　　）は大切だが、厳しすぎるのもよくない。

　　1　だっこ　　　　2　おむつ　　　　3　しつけ　　　　4　おんぶ

**14** タクシーで行けば、（　　　　）会議に間に合うでしょう。

　　1　なんとか　　　2　なんとなく　　3　なんとも　　　4　なんと

---

解説

**11** 正答：3　按下空白鍵，就可將假名轉換成漢字。
　　　　1　檢索　2　輸入　3　轉換　4　更新

**12** 正答：1　麵包不要用咬的，請將它撕成小片吃。
　　　　1　撕　2　移　3　挖　4　塞

**13** 正答：3　小孩的教養雖然重要，但過於嚴格也不好。
　　　　1　抱抱　2　尿布　3　教養　4　背背

**14** 正答：1　坐計程車去的話，我想應可趕上會議吧。
　　　　1　我想應（該可以～）　2　總覺得　3　實在（無法～）　4　怎樣

## 問題5　_____の言葉に意味が最も近いものを、1・2・3・4から一つ選びなさい。

**1** 彼が結婚するといううわさは会社中にたちまち広がった。

　　1　すでに　　　　2　ようやく　　　3　もうすぐ　　　4　すぐに

**2** 家庭の事情により、やむを得ず留学をあきらめた。

　　1　とっくに　　　2　次第に　　　　3　しかたなく　　4　ありがたく

**3** 写真を撮るときは、サングラスをはずしてください。

　　1　かけて　　　　2　置いて　　　　3　取って　　　　4　しまって

**4** 登山で使うロープをきつく結んだ。

　　1　しっかり　　　2　こっそり　　　3　せっせと　　　4　ちらっと

**5** 彼はそのレストランのサービスに対してクレームをつけた。

　　1　注文した　　　　　　　　　　　2　点数をつけた

　　3　文句を言った　　　　　　　　　4　感謝した

---

### 解説

**1** 正答：4　他要結婚的謠言一下子就傳遍整個公司。
　　　1　已經　2　終於　3　即將、快要　4　馬上
　　　⚠「たちまち」指「立刻」，所以和「すぐに：很快、馬上」意思最接近。

**2** 正答：3　因為家裡的事情，不得已放棄留學。
　　　1　已經　2　逐漸　3　不得已　4　感激
　　　⚠「やむを得(え)ず」指「不得已」，所以和「しかたなく：不得不」意思最接近。

**3** 正答：3　拍照時請取下太陽眼鏡。
　　　1　戴　2　放　3　取下　4　收拾
　　　⚠「はずす」指「拿開」，所以和「取(と)る：取下」意思最接近。

**4** 正答：1　緊緊地綁好登山用繩索。
　　　1　確實地　2　偷偷地　3　努力地　4　瞬間地
　　　⚠「きつく」指「緊密地」，所以和「しっかり：牢牢地、確實地」意思最接近。

**5** 正答：3　他對那家餐廳的服務有所不滿。
　　　1　點餐　2　打分數　3　發牢騷　4　感謝
　　　⚠「クレームをつける」指「有怨言、抱怨」，所以和「文句(もんく)を言(い)う：發牢騷、不滿」意思最接近。

**6** 会社をリストラされてから、新しい仕事がなかなか見つからない。

　　1　顔を出して　　　2　耳にして　　　3　足が出て　　　4　首になって

**7** 山田さんはしょっちゅうこの食堂でご飯を食べている。

　　1　たまに　　　　　2　ときどき　　　3　めったに　　　4　よく

**8** 想像もしなかった問題が生じた。

　　1　産出した　　　　2　起こった　　　3　生んだ　　　　4　発見した

**9** 今回の展覧会は見事な作品ばかりだった。

　　1　すばらしい　　　2　目立った　　　3　平凡な　　　　4　いい加減な

**10** 子どもの頭をぶってはいけません。

　　1　たたいて　　　　2　いじめて　　　3　さわって　　　4　引っ張って

---

▶ 解説

**6** 正答：4　被公司裁員後，實在是找不到新的工作。
　　　1　露臉　2　聽到　3　露出缺點、赤字　4　解雇

**7** 正答：4　山田先生經常在這家餐廳用餐。
　　　1　偶而　2　有時　3　不常　4　常常

**8** 正答：2　發生了連想都沒想到的問題。
　　　1　生產　2　發生　3　生出　4　發現

**9** 正答：1　這次的展覽會全是精采的作品。
　　　1　絕佳的　2　明顯的　3　平凡的　4　隨便的

**10** 正答：1　不可打小孩的頭。
　　　1　敲　2　欺負　3　觸摸　4　拉

**問題6**　　　次の言葉の使い方として最もよいものを、１・２・３・４から一つ選びなさい。

**1** 案外

1　先週のパーティーでは案外な人に出会った。
2　あの二人が結婚するなんて案外に思った。
3　その映画の結末はあまり案外じゃないものだった。
4　この試験は難しいと思っていたが、案外易しかった。

**2** どける

1　その箱はじゃまですから、どけてください。
2　その日は会議がありますから、一日どけよう。
3　氷がどけて、水になった。
4　夜遅く家に帰ったら、父にどけられた。

**3** 落書き

1　作文を書く前に、まず別の紙に落書きした。
2　子どもが家の壁に落書きして困っている。
3　すみませんが、落書きしたので拾ってください。
4　落書きは使った後、元の場所に戻しておきましょう。

---

**解説**

**1** 正答：4　意料外、比想像中更〜
　　　　4　我以為這次考試很難，沒想到出乎意料的簡單。

**2** 正答：1　挪開、移開
　　　　1　那個箱子擋到路了，請把它移開。

**3** 正答：2　塗鴉
　　　　2　孩子在家裡的牆壁上塗鴉，真是傷腦筋！

**4** 高くつく

1 しばらく見ない間にすっかり背が<u>高くつき</u>ましたね。

2 棚をそんなに<u>高くついたら</u>手が届かないよ。

3 彼女は自分が金持ちだと、いつも<u>高くついている</u>。

4 安い中古品を買ったら、修理が必要でかえって<u>高くついて</u>しまった。

**5** 本気

1 会社を辞めるなんて、<u>本気</u>で言っているのか。

2 もうすぐ試験ですから、そろそろ<u>本気</u>をしましょう。

3 今日は<u>本気</u>がないようですが、体の調子が悪いんですか。

4 酔っ払って<u>本気</u>を失ったことがある。

**6** 立て替える

1 今月の家賃はわたしが<u>立て替えて</u>おきましょう。

2 彼は昔は行いが悪かったが、今ではすっかり<u>立て替えた</u>。

3 日曜日が祝日のときは、月曜日を休みに<u>立て替えます</u>。

4 給料を社長に<u>立て替えて</u>、支払いをすませた。

**7** 余計

1 夫婦で働いているので、<u>余計</u>がある生活をしている。

2 先生の説明を聞いたら、<u>余計</u>にわからなくなってしまった。

3 待ち合わせの時間には<u>余計</u>をもって出かけましょう。

4 アルバイトの人数に<u>余計</u>が出たため、やめてもらった。

---

### 解説

**4** 正答：4　貴了、變高價

　　4　買了便宜的二手貨，因為需要修理反而變<u>買貴了</u>！

**5** 正答：1　真心

　　1　你說要辭去工作，這話<u>當真</u>嗎？

**6** 正答：1　代付

　　1　這個月的房租我先幫你<u>代付</u>吧。

**7** 正答：2　更加

　　2　聽了老師的說明，我<u>更加</u>不懂了。

**8** ひとりでに

1　教室に入ったら、学生が<u>ひとりでに</u>すわっていた。

2　彼女<u>ひとりでに</u>責任を押し付けてはいけない。

3　風もないのに、<u>ひとりでに</u>ドアが開いた。

4　先月会社を休んで、<u>ひとりでに</u>海外旅行をした。

**9** イラスト

1　あの人の職業は<u>イラスト</u>だ。

2　子どもの本に<u>イラスト</u>をかく仕事をしている。

3　試験のときに、<u>イラスト</u>をしてはいけない。

4　<u>イラスト</u>のため、会社は明日まで休みだ。

**10** 若々しい

1　このりんごは<u>若々しく</u>おいしそうだ。

2　新入社員は仕事のやり方がまだまだ<u>若々しい</u>。

3　生まれたばかりの<u>若々しい</u>猫を飼っています。

4　吉田さんのおじいさんはいつまでも<u>若々しい</u>ですね。

---

**解説**

**8** 正答：3　自動

　　　3　明明就沒風，門<u>自動</u>打開。

**9** 正答：2　插圖

　　　2　從事畫兒童書籍<u>插圖</u>的工作。

**10** 正答：4　年輕

　　　4　吉田先生（小姐）的叔叔一直都很<u>年輕</u>。

## ② 言語知識（文法）・讀解

考前總整理
題型分析與對策
試題練習與詳解

# 考前總整理｜文法

## 01 〜あげく（に）

**接續**
V た形＋あげく

N の＋あげく

**解說**
這個句型表示「〜した後〜結局〜」之意，中文可譯成「〜後，結果〜／最後〜」。
意指雖然經過深思熟慮，結果卻不盡人意。後面接續的句子通常表示不好的結果。

**V た＋あげく**

・時間通りに出勤できるように早めに家を出たあげく、電車が遅延した。

　　為了能準時上班而早點出門，結果電車誤點了。

・前もって資料を渡したあげくに、なくされた。

　　明明提前交出了資料，結果卻被弄丟了。

・さんざん迷ったあげく、仕事を辞めることにした。

　　經過再三思量的結果，最後還是決定辭去工作。

**N の＋あげく**

・あの二人は激論のあげく、犬猿の仲になった。

　　那兩人經過激烈的爭論之後，關係變得水火不容了。

**Point** 結果通常是負面情況。一般會與「さんざん」一起使用，後面的句子則用過去式。

## 02 〜あまり（に）／〜のあまり（に）／あまりの〜（に）

**接續**
| V 字典形／V た形／A い／NA 的名詞修飾形／用言連體形＋の／N の | ＋

あまりの＋ N ＋に

あまりの＋ N ＋に

**解說**
中文可譯成「〜之餘」「過於〜」「由於過度〜」，表示事物程度差距甚大，超出一般常識與預料之外。

・怒りのあまりに自分の感情をコントロールできない。

　　由於過度氣憤，以致無法控制自己的情緒。

・宝くじに当たって、嬉しいあまりに友達を抱きしめた。

　　中了樂透，高興之餘忍不住與朋友相擁。

・あまりの寒さに、陽明山では 5 センチほどの雪が積もった。

　　由於過冷，在陽明山積了 5 公分左右的雪。

**Point** 用法類似於「非常に〜ので」，中文可譯成「因為非常〜而〜」。「ので」用於表原因或理由，後面接既定事實的敘述。

## 03 ～以上（は）

**接續** V普通形／A／NA／N的名詞修飾形 ＋以上（は）

**解說** 中文可譯成「既然～」「既然～就～」。此用法意同「～だから、当然／必ず～」（所以必定～），表示因為前句的情況，而有了呼應前句，表自己的義務與決心的後句。後面通常接「～なければならない」（必須～）、「～べきだ」（應該要～）、「～はずだ」（應該是）、「～つもりだ」（打算～）、「～にちがいない」（一定～）等用法。

- 留学した以上は、一刻も早く異国の文化に慣れるつもりだ。

  既然留學了，我想快點習慣異國的文化。

- 子供を生んだ以上は、責任をもって養うべきだ。

  即然生了孩子，就該負起責任養育他。

**Point** 在句子「A以上、B」的表現中，A表「事實」，B表「説話者的決心、期望、判斷」等。

## 04 ～一方／～一方で（は）

**接續** 意思①：V普通形／Aい／NA的名詞修飾形／N的名詞修飾形 ＋一方／一方で（は）

（或 NAである／Nである ＋一方／一方で（は））

意思②：V普通形＋一方（で）

**解說** 意思①：中文可譯為「一方面～，另一方面～」「雖然～，但～」，用於表示兩個對立的事物，前句與後句為逆接的表現。

- 風邪薬は効果がある一方、眠気などの副作用もある。

  雖然感冒藥有效，但會有嗜睡等副作用。

- 国は天然資源が豊かな一方で、それを十分に活用できる技術がない。

  國家雖然擁有豐富的天然資源，卻沒有能充分活用它的技術。

  意思②：中文可譯為「在～進行的同時，還得～」。

- 彼は日本語を教える一方で、研究もしている。

  他在教日文的同時，還得進行研究。

**Point** 意思①用法相近於「～のに対して」表對比，意近於「相對於A～，B卻～」。意思②則與「～かたわら」用法類似，表必須同時進行的事物。

## 05 ～上（に）

**接續** V普通形／Vた形／A普通形／NA的名詞修飾形／Nである ＋上（に）

**解說** 中文可譯為「而且還～」「另外加上～」。此句型用於表現除了發生第一件事之外，同時第二件事接著發生。

・傘を忘れた上に財布が盗まれた。

　不但傘忘了（拿），錢包還被偷了。

・お礼を言われた上にプレゼントをもらいました。

　不但收到道謝，還拿了謝禮。

**Point** 與「～し、（それに／しかも／さらに）～」（不但～，（還／且／更）～）用法相近，表事物的增添或累積。

## 06 ～上で（の）／～上で（も）／～上で（は）

**接續** 意思①：Vた／Nの ＋上で（の）
　　　意思②：V字典形／Nの ＋上で（も）
　　　意思③：Nの＋上で（は）

**解說** 意思①：中文可譯為「在～之後」「～之後再～」「～以後」。表兩件事情在時間上的先後關係。根據第一件事的結果，再進行第二件事。

・取り扱い説明書を確認した上で操作しないといけません。

　必須確認說明書以後再操作。

・家族と相談した上で決めました。

　跟家人討論後決定了。

意思②：中文可譯為「在～時」。表示當要做什麼時，就必須注意到什麼情況。

・新しい携帯電話を買う上で注意しなければならないことは何でしょうか。

　在買新手機時，必須注意的事是什麼呢？

意思③：中文可譯為「在～上」。表示在某事物的原則之上，說明理由或想法。

・法律の上ではみんな平等でも、現実には不公平なことがたくさんあります。

　即便在法律上人人平等，在現實中仍有許多不公平的事。

**Point** 像這類有多種用法的句型，必須注意每一種用法的差異。

**07** **～上（は）**

**接續** | **V普通形／Vた** + 上（は） |

**解說** 中文可譯為「既然～」「既然～就～」。前接必須負責的行為句，表既然接受了它就理當盡責。

・この契約書にサインした上は、最後まで責任をもって済ませるべきだ。

既然在這契約書上簽了名，就必須負起責任把事情處理好。

・やると言った上は、無責任なことをしてはいけない。

既然說了「我要做！」，就不可以做不負責任的事情。

**Point** 「～上は」是書面用語，在口語上用「～以上」「～からには」來表達較為適當。

**08** **～（よ）うではないか／～（よ）うじゃないか**

**接續** | **V意向形** + ではないか／じゃないか |

**解說** 中文可譯為「來～吧！」「讓我們一起來～吧！」「不是該來～嗎？」。表示邀約、提議、呼籲等表現用法。

・偏見と傲慢を捨てて、平和で住みやすい社会を作ろうではないか。

讓我們摒除偏見與傲慢，一起開創和平宜居的社會吧！

・天気がいいから、ドライブしようじゃないか。

因為天氣很好，一起去兜風吧。

・卵がセールで半額になったし、一緒に買おうじゃないか。

雞蛋因為特賣而變半價，我們一起去買吧。

**Point** 用法類似於「一緒に～（し）よう」（一起～吧）。若「～」表非雞毛蒜皮的小事，而是較正經的事情時要用「～（よ）うではないか」（不～嗎？），口語表達一般則用「～じゃないか」（～吧）。

**09** **～得る／～得ない**

**接續** | **Vます形** + 得る／得ない |

**解說** 意思①：中文可譯為「能／不能」，表示可以做這動作或不可以做這動作。意同「～することができる／できない」。

・考え得る方策は全部試してみたが、どれも失敗に終わった。

能考慮的方法全都試過了，但全以失敗收場。

意思②：中文可譯為「可能／不可能」。表示有可能發生或不可能發生的事。意同「～の可能性がある／ない」。

・彼は優しい人なので、暴言を吐くのはあり得ない話だと思う。

　他是溫柔的人，所以我覺得他不可能會口出惡言。

・将来、宇宙に移住するというのはあり得る話だ。

　未來移民到宇宙是可能的事情。

**Point** 「得る」的表現比「得る」來得生硬些。

## 10 ～かぎり（は）／～ないかぎり（は）／～かぎりでは

**接　續** 意思①： | V 字典形／A い／NA 的名詞修飾形／N の／N である | ＋かぎり（は）

意思②： | V ない形／A－いく／NA で／N で | ＋ないかぎり（は）

意思③： | V 字典形／V た形 | ＋かぎりでは

**解　説** 意思①：中文可譯為「只要～就」。用於假定時意同「～する間は絶対～」（做～時，一定～），意指只要符合假定的期間範圍內，就會去實行某件事。

・体が丈夫な限り、仕事を続けるつもりだ。

　只要我還健壯，就打算繼續工作下去。

意思②：中文可譯為「只要不～，就～」「除非～，否則就～」。意同「～なければ、～」，表示「如果沒有達到前句條件，就會～」的用法。

・この会社が倒産しないかぎり、私はここを離れない。

　只要這間公司不破產，我就不會離開這裡。

・来月、仕事が忙しくないかぎり、同窓会に参加したい。

　下個月只要工作不忙，想去參加同學會。

意思③：中文可譯為「就～來説」「據～所知」，表示限定於這範圍來説，後句加上自己見解或判斷。

・私が知っているかぎりでは、この機種は今年一番よく売れたそうです。

　就我所知，聽説這是今年最熱賣的機型。

**Point** 常見的「かぎり」慣用句有「力の限り」（盡力）、「できるかぎり」（盡可能）、「あらんかぎり」（竭盡全力）。

## 11 〜がたい

**接續** Vます形＋がたい

**解說** 中文可譯為「難以〜」「很難〜」「難做〜」。「〜がたい」表示「〜するのは難しい」「なかなか〜することができない」，意指實際難以做到。

- こんなに社会を大きく揺るがした事件に対して、地方法院は全員に無罪判決を下したなんて信じがたいことだ。

  對於如此大到足以動盪社會的案件，地方法院竟做出全員無罪的判決，實在難以置信。

- 理解しがたいことはまず放っておいて、いつかまた考えればいいと思う。

  把難以理解的事情先擺一邊，總有一天再去思考就好了。

**Point** 此句型與「〜にくい」相似，最大的不同是「〜にくい」表示難雖難，但想做還是能做到，和「〜がたい」的困難度相比，相異甚大。

## 12 〜（か）と思うと／〜（か）と思ったら

**接續** Vた形＋ （か）と思うと／（か）と思ったら

**解說** 中文可譯為「才剛〜就〜」「剛〜馬上就〜」。表示剛做完前句的動作，就產生後句令人出乎意料的結果。

- ドアを閉めたかと思ったら開いていた。

  以為已經關上門了，門卻還是開著。

- ガス代を支払ったかと思うと、まだ済ませていなかった。

  以為已經付了瓦斯費，才發現還沒繳錢。

**Point** 用於表達前後兩者的對比。

## 13 〜か〜ない（かの）うちに

**接續** V字典形／Vた形 ＋か＋Vないかのうちに

**解說** 中文可譯為「才剛〜就開始〜」「正要〜就〜」。此句型用同一個動詞，表示動作才剛開始的同時，另一個動作也開始了。

- 私がエレベーターに乗ったか乗らないかのうちに、ドアが閉まった。

  我才剛要搭電梯（的瞬間），電梯門就關了。

- ベルが鳴るか鳴らないかのうちに、学生が教室を飛び出した。

  下課鐘聲才剛響起（的瞬間），學生就衝出教室了。

**Point** 意同「〜とほぼ同時に」（與〜幾乎同時）、「〜すると、すぐ〜した」（一〜，很快就〜），表動作接連發生。

## 14 ～かねる

**接續** Vます形＋かねる

**解說** 中文可譯為「難以～」「無法～」「不能～」「礙難～」。此句型表由於心理或感情上的原因導致不能夠做某件事。

- 会社の将来と関わる重大なことは私一人で決めかねます。

  攸關公司未來的重大事情我無法一個人決定。

- その要求は受け入れかねます。

  礙難接受那個要求。

**Point** 表否定的「～かねる」句型，非典型的動詞加上「ない形」，所以容易誤譯，須多加留意。

## 15 ～かねない

**接續** Vます形＋かねない

**解說** 中文可譯為「很有可能～」「說不定會～」。表發生事情的可能性增高，多用於負面評價的事物。

- 秋になると、風邪を引きかねない。

  到了秋天，很有可能會感冒。

- いくら才能があるとしても、性格が悪かったらクビになりかねない。

  就算再怎麼有才能，只要個性不好就有可能被裁員。

**Point** 表肯定的「～かねない」句型，易誤以為是「動詞ない形」而誤譯，須多加留意。

## 16 ～かのようだ／～かのような／～かのように

**接續** V／A／NA／N 的普通形 ＋かのようだ／かのような／かのように

（但 N 與 Na 要加上「である」再接續，如 N である／NA である ＋ かのようだ）

**解說** 中文可譯為「好像～似的」「簡直就像～一樣」。表實際上不是那麼一回事，稍帶負面或責備的語氣。

- 陽明山の激しい風雨は、まるで台風が来たかのようだ。

  陽明山的大風雨，簡直就像颱風來襲。

- 彼はそのことを知っているはずなのに、何も知らないかのような顔をしている。

  他明明應該知道那件事，卻表現出一副事不關己的模樣。

非單純的比喻用法，日文意思為「実際にはそうではないが、〜のようだ」（實際上不是那樣，倒像〜）。

# 17 〜からして

**接續** N ＋からして

**解說** 意思①：中文可譯為「就連〜都〜」。舉一個代表例子，其它也不例外之意，一般用於負面評價。

・上司からして社内ルールを守らないのだから、下の人が守るわけがない。

　　因為就連上司都不遵守公司內部規則，底下的人就更不用說了。

意思②：中文可譯為「從〜來看」。用於強調，意指「從事物的某特點來說，就是〜」。

・この部屋はあまり好きじゃない。デザインからして好みじゃない。

　　我不太喜歡這個房間。從設計來看都不是我的喜好。

意思③：中文可譯為「根據〜」「就因為〜」「從〜看來」。

・あの人は態度からして気に入らない。

　　從那個人的態度來看，就讓我不喜歡。

**Point** 像這類具有多種意思的句型，翻譯時須多加判斷、留意。

# 18 〜からすると／〜からすれば

**接續** N ＋ からすると／からすれば

**解說** 意思①：中文可譯為「從〜看來」「就〜來說」「在〜看來」「對〜而言（來說）」，指從某特定的立場去看事物，再做出判斷。

・先輩からすると、くだらない悩みかもしれない。

　　對前輩來說，或許是庸人自擾。

意思②：中文可譯為「根據〜來看」。

・彼女の能力からすれば、一流大学に十分合格できるだろう。

　　依她的能力來看，應有十分把握可以考上一流大學。

**Point** 意思①帶有「〜の立場から見ると」（從〜立場來看）；意思②則為「〜から判断すると」（表示推測的根據）。

## 19 ～からといって

**接續** V／A／NA／N 的普通形＋からといって

**解說** 意思①：中文可譯為「雖說是～」「不能說～就」「雖說～，但～」。表不能因前句的關係，就讓後句成立。

- 安いからといって、こんなにたくさん買ってはいけません。
  雖說便宜，但也不能買這麼多。

- 子供だからといって、わがままなことを言っちゃいけない。
  雖說是個小孩，但也不可以說任性的話。

意思②：中文可譯為「不能僅因～就」「不能你說～，就～」。表引用一般的看法或他人的陳述，但不代表因為其理由就能這麼做。

- 仕事が忙しいからといって、全然家事をしないのはよくない。
  不能你說工作忙，就完全不做家事，這樣不好。

**Point** 意思①的用法相當於「～という理由があっても」（即使有～的理由也～）；而意思②則相當於「そうは言っても」（即使這麼說也～）。

## 20 ～から見ると／～から見れば／～から見て（も）

**接續** N＋ から見ると／から見れば／から見て（も）

**解說** 中文可譯為「從～來看」「從～來說」。意指以某觀點與角度看待事物。

- 外国人の語学教育という点から見ると、分かりやすく教えるのが大事なことだ。
  就外國人的語言教育來看，簡單易懂的教學很重要。

- 外から見れば、日本はとても礼儀が正しい民族だ。
  以外人的角度來看，日本是個非常有禮的民族。

**Point** 用法相似於「～から考えると」（從～來思考）、「～からすると」（從～來看）。

## 21 ～きり（だ）

**接續** 意思①：N＋きり

　　　　意思②：V た形＋きり

**解說** 意思①：接名詞時，表示限定範圍。中文可譯為「僅有（只有）～」。

- 人生は一回きりだから、毎日をありがたく過ごすべきだ。

  人生只有一次，所以應該要每天心存感謝地度過。

- 不思議な出会いは一度きりか予測できない。

  我們不能預測不可思議的邂逅是不是只有一次。

  意思②：接動詞た形時，表某狀態一直持續著。中文可譯為「一直～（著）」。

- 父はあの病気からずっと入院したきりです。

  父親自從那個病之後就一直住院。

**Point** 意思①的用法相當於「～だけ」（只～）、「～しか～ない」（僅～）；意思②的用法則相當於「ずっと～ている」（一直～）、「～たまま」（一直～）。

## 22 ～きり～ない

**接續** Ｖた＋きり～ない

**解說** 中文可譯為「～之後就再也沒～」「～之後就沒～」。表前句的動作完了後，不再有後句的情況。

- 息子は、アメリカへ留学に行ったきり、帰ってこない。

  兒子去美國留學之後就再也沒回來。

- この前親戚に 10 万円を貸したきりで、返ってこない。

  之前借親戚十萬日圓後，就一直沒還。

**Point** 意同「～を最後として」（以～為最後～）、「～のままで」（始終～的狀態）。

## 23 ～げ

**接續** Ｖます形／Ａ／ＮＡ／Ｎ＋げ

**解說** 中文可譯為「好像～的樣子」「好像～似的」。表示種種原因下表現出的感覺、模樣。

- 彼女は悲しげに泣いてた。

  她好像哭得很傷心。

- 彼は寂しげに、一人で公園のベンチで夕食をしていた。

  他看起來好像很寂寞，一個人在公園的長椅上吃著晚餐。

**Point** 用於表達看了別人的樣子後，自己也感同身受。

## 24 ～ことか

**接續** **V 普通形／A 普通形／NA 的名詞修飾形** ＋ことか

**解說** 中文可譯為「是多麼的～」「得多麼～啊」「怎會是～」。用於表現事物呈現出的最大的狀態，一般帶有感慨、感嘆語氣。

・ この景色はなんときれいなことか。

　　這個景色怎會如此美麗！

・ 新しい政策立てられたのは国民にとってどんなにうれしいことか。

　　新政策得以創立，對於國民來說是多麼開心啊！

**Point** 前面通常出現「どんなに」（多麼地～）、「なんと」（竟然～）、「どれだけ」（多麼地～）等詞，用於強調後面所陳述的心情。

## 25 ～ことから

**接續** **V ／ A** 的普通形＋ことから

NA 的名詞修飾形＋ことから

NA である＋ことから

N である＋ことから

N の＋ことから

**解說** 中文可譯為「因為～」「因此～」「從～來看」「由於～」。用於說明前句是導致後句的原因或理由的情況。

・ 先生の左手の薬指に指輪をしていることから、既婚だということが分かる。

　　從老師左手無名指上的戒指看來，可知是已婚。

・ 自分の興味に詳しいことから博士と呼ばれている。

　　因為對自己的興趣很熟悉，所以被稱為博士。

**Point** 意思相當於「～ので」（因為～）、「～なので」（因為～）。

## 26 ～ことだ

**接續** **V 字典形／V ない形** ＋ことだ

**解說** 在給別人一些建議或意見時使用，表示這樣做會比較好，帶有忠告或命令的語氣。中文可譯為「最好～」「必須～」「應該～」「就得～」「要～」「不可以～」。

・ 図書館では大声を出さないことだ。

　　在圖書館不可大聲喧嘩。

- うまく外国語（がいこくご）が話（はな）せるようになりたいなら、毎日練習（まいにちれんしゅう）することだ。

  外語想說得更流暢的話，就得每天練習。

**Point** 用法相似於「〜したほうがよい」（〜比較好）。

## 27 〜ことだから

**接續** Nの＋ことだから

**解說** 中文可譯為「因為是〜所以應該〜」「由於是〜所以〜」。表示説話者對談及對象非常熟悉，所以依照談及對象的言行舉止，判斷對方應該會做什麼事。

- あの先生（せんせい）のことだから、きっと夏休（なつやす）みに入（はい）る前（まえ）に宿題（しゅくだい）を出（だ）すに決（き）まっている。

  因為是那位老師，所以肯定會在暑假前出作業。

- 優（やさ）しい林先生（りんせんせい）のことだから、喜（よろこ）んで参加（さんか）してくれるでしょう。

  因為是人很好的林老師，所以應該會樂於參加吧。

**Point** 後面接續推測語氣的句子。

## 28 〜ことなく／〜こともなく

**接續** V字典形＋　ことなく／〜こともなく

**解說** 表示從來沒做過前面所敘述的事。中文可譯為「不〜就」「也不〜就〜」「連〜也不」。

- 彼（かれ）は謝（あやま）ることもなく、そのまま家（いえ）に帰（かえ）っていった。

  他也不道歉就那樣回家去了。

- 新人（しんじん）は挨拶（あいさつ）することもなく、自分（じぶん）の席（せき）に向（む）かった。

  菜鳥連聲招呼都不打，就走向自己的座位了。

**Point** 用法類似於「〜ず」（不〜）、「〜ないで」（不〜而〜）。

## 29 〜ことに（は）

**接續** 　Vた／Aい／NA 的名詞修飾形　＋ことに（は）

**解說** 中文可譯為「令人〜的是〜」「令人感到〜的是」「很〜地」。將帶有情感表現的動詞和形容詞接續在前面，後面則是敘述説話者的心情，一般用於強調。

- 困（こま）ったことに、定期券（ていきけん）を家（いえ）に忘（わす）れてしまった。

  令人困擾的是，我把定期車票忘在家了。

・ 残念<sup>ざんねん</sup>なことに、彼<sup>かれ</sup>を助<sup>たす</sup>けることができなかった。

很遺憾地，沒能救他。

**Point** 大多用於書面用語。

## 30 ～さえ／～でさえ

**接續** N ＋ さえ／でさえ

**解說** 中文可譯為「連～」。意指連基本的都不會，其他的就更不用說了。可與「～も」「～でも」替換使用。

・ 先生<sup>せんせい</sup>でさえ答<sup>こた</sup>えできない質問<sup>しつもん</sup>だから、学生<sup>がくせい</sup>には無理<sup>むり</sup>でしょう。

就連老師都無法回答的問題，學生就更別說了。

・ 年末<sup>ねんまつ</sup>に大変<sup>たいへん</sup>忙<sup>いそが</sup>しくて、テレビを見<sup>み</sup>る暇<sup>ひま</sup>さえない。

年底非常忙碌，連看電視的時間都沒有。

**Point** 如果名詞後面接「さえ」，「が」「を」可以省略，但其它助詞則不能省略。

## 31 ～ざるを得ない

**接續** V ない形＋ざるを得<sup>え</sup>ない

**解說** 中文可譯為「不得不～」「只好～」「被迫～」。意指在不得已的情況下，做出違背自己心意的事。

・ 上司<sup>じょうし</sup>の命令<sup>めいれい</sup>に従<sup>したが</sup>わざるを得<sup>え</sup>ない。

不得不服從上司的命令。

・ こんなに激<sup>はげ</sup>しい雨<sup>あめ</sup>では遠足<sup>えんそく</sup>は中止<sup>ちゅうし</sup>せざるを得<sup>え</sup>ない。

下這麼激烈的雨，遠足被迫中止。

**Point** 可與「どうしても～なければいけない」（怎麼也不得不～）、「～ないわけにはいかない」（不～不行～）、「～しなければならない」（不得不～）替換使用。

## 32 ～次第

**接續** V ます形／ N ＋次第<sup>しだい</sup>

**解說** 表示完成第一個動作，接著馬上做第二個動作。中文可譯為「一旦～就立刻」「一～就馬上～」。

・ 商品<sup>しょうひん</sup>が届<sup>とど</sup>き次第<sup>しだい</sup>、送<sup>おく</sup>ります。

商品一到，就馬上寄給你。

- このマシーンの完成の次第、展示会を開きたい。

  機器一完成，我想立刻辦展示會。

**Point**　意思相近於「〜したら、すぐ〜」（一〜馬上〜）。

## 33 〜次第だ／〜次第で（は）

**接續**　意思①：| V ます形／ A いく／ NA 的名詞修飾形 | ＋次第だ／次第で

　　　意思②：N ＋| 次第だ／次第で（は） |

**解說**　意思①：中文可譯為「因為〜的原因」用於說明事情的原委，表示因為這些原因才做
出這個決定。

- このたび台湾政府の招きにより、親善大使として台北に来た次第です。

  這次應台灣政府的邀約，所以才以親善大使的身分來到台北。

　　　意思②：中文可譯為「全看〜而定」「依〜來看」「全憑〜」。表示全憑某物或某人，
再來決定事情發展動向。

- ポジティブに考えるか、ネガティブに考えるかはあなた次第です。

  要正面思考抑或負面思考全取決於你。

**Point**　意思①與「〜わけだ」（因為〜的緣故）用法相似，用於表現事情原委；而意思②則表示「〜
によって決まる」（因〜而定）依某事物來決定做什麼。

## 34 〜上（は）／〜上も／〜上の

**接續**　N ＋| 上（は）／上も／上の |

**解說**　意思①：中文可譯為「從〜來看」「從這觀點來看」「在〜上是〜」。表示以這觀點
來看某事物。

- これは理論上は可能だが、実用化にはまだ長い時間がかかりそうだ。

  這在理論上雖然是有可能，但距離實用化似乎還有很長的路要走。

　　　意思②：中文可譯為「鑑於〜」「為了〜起見」「基於〜考量」「由於〜的關係」。
表示正在做這件事情時，必須考量的原因。

- 彼女は健康上の理由で学校を中退した。

  她基於健康上的考量休學了。

**Point**　「〜上」的前面通常接漢語詞。比如教育上（教育上）、表面上（表面上）、政治上（政治
上）、外交上（外交上）、国防上（國防上）等等。

## 35 ～ずにはいられない

**接續** Ｖない形＋ずにはいられない

**解說** 中文可譯為「不禁～」「不由得～」「不得不～」「禁不住～」「忍不住～」。表示在自己的意志力無法控制的情況下所產生的情緒。

- 映画を見て、感動せずにはいられない。

  看了電影，不禁令人感動。

- 彼の態度を見て、怒らずにはいられなかった。

  看到他的態度，忍不住地生氣了。

**Point** 書面用語，意同「～ないではいられない」（口語）。

## 36 ～せいで／～せいだ／～せいか

**接續** Ｖ普通形／Ａ普通形／ＮＡ的名詞修飾形／Ｎ的名詞修飾形 ＋せいで／せいだ／せいか

**解說** 意思①：中文可譯為「都怪～」「只因～」「因為～的緣故」。表示因為這個原因而導致不好的結果出現。

- 台風のせいで運動会が中止になった。

  都怪颱風，運動會被取消了。

- インフルエンザのせいで学校に来られない人が増えている。

  因為流感的緣故，無法來學校的人持續增加。

意思②：表自己也不怎麼清楚的原因。中文可譯為「也許是～」「或許是～」「可能是～」。

- 天気のせいか、全然食欲がない。

  也許是天氣的關係，完全沒有食欲。

**Point** 與「～ために」（因～）用法相似，表示因那個原因而有不好的結果。

## 37 ～だけあって

**接續** Ｖ普通形／Ａ普通形／ＮＡ的名詞修飾形／Ｎ的名詞修飾形 ＋だけあって

**解說** 中文可譯為「不愧是～」「怪不得～」。表示所指的名詞與實際相符，對其心生敬佩而發出的讚嘆。

- さすが本店だけあって、雰囲気は違う。

  不愧是總店,氣氛不一樣。

- 彼はフィギュアスケート選手だけあって、姿勢がとてもきれいだった。

  他不愧是花式溜冰的選手,姿勢非常優美。

**Point** 在接續上,名詞後不加「の」。例如「選手だけあって」(不愧是選手)。

## 38 ～だけ（で）

**接續** | V 普通形／A 普通形／NA 的名詞修飾形／N 的名詞修飾形 | ＋だけ（で）

**解說** 意思①：中文可譯為「只要～就」「光是～就」。表示只要完成前句的動作,便可達到後句想達成的目標。但通常在說話的當下並未完成前句的動作。

- この携帯の新機能を聞くだけで、好きになっちゃう。

  光是聽這支手機的新功能,就會愛上它。

  意思②：中文可譯為「只有～」「就只有～」「光只有～」「光只是～」。表示只有這一點,其它就沒了。

- 杞憂するだけで、何も変わっていない。

  光只是在杞人憂天罷了,什麼都沒改變。

**Point** 多種意思的句型,要留意其差異。在接續上,名詞後不加「の」。

## 39 ～だけに

**接續** | V 普通形／A 普通形／NA 的名詞修飾形／N 的名詞修飾形 | ＋だけに

**解說** 表示就是因為這個理由,所以才會有後面句子所敘述的情形。中文可譯為「正因為～所以～」「就是因為～所以才更加～」「到底是～」。

- 偉い人だけに、多くの人から尊敬されている。

  正因為是很了不起的人物,理所當然地受很多人尊敬。

- この試験は卒業可否がかかっているだけに学生たちが一生懸命に勉強していた。

  正因為這考試攸關能否畢業,學生們才拼命地讀書。

**Point** 在接續上,名詞後不加「の」,意思類似於「～だからいっそう」(所以才～)。

## 40 ～だけのこと（は／が）ある

**接續** | V 普通形／A 普通形／NA 的名詞修飾形／N 的名詞修飾形 ＋だけのこと（は／が）ある

**解說** 中文可譯為「到底沒白～」「不愧是～」「果真有～價值」。用於對人所付出的努力，及其名符其實的情況給予肯定與讚美。

- さすが世界遺産（せかいいさん）だ。行（い）ってみるだけのことはある。

  不愧是世界遺產。有去看看的價值。

- この商品（しょうひん）はやはり高（たか）いだけのことはある。

  這個商品果然有賣這麼貴的價值。

**Point** 意思類似「～にふさわしく」（相稱於～），用於正面評價。在接續上，名詞後不加「の」。

## 41 ～たところが

**接續** V た形＋ところが

**解說** 前後兩句一正一負的評價。表示做了某個動作，而其結果與預想的狀況不一樣。中文可譯為「然而～」「雖然～可是～」。

- メールをもう一度（いちど）送信（そうしん）したところが、返事（へんじ）がなかなか来（こ）ない。

  郵件已再次寄出，可是遲遲沒回音。

- 親戚（しんせき）を訪（たず）ねたところが、留守（るす）だった。

  雖然拜訪了親戚，但不在家。

**Point** 為逆接用法。

## 42 ～っこない

**接續** V ます形＋っこない

**解說** 中文可譯為「不可能～」「絕對不會～」。表示事情發生的機率極低。

- そんなに頼（たの）まれても、できっこない。

  就算被那樣拜託，也做不到。

- 親（おや）には理解（りかい）しっこない。

  對父母來說絕對無法理解。

**Point** 一般用於關係比較親密的人之間的對話。意同「決（け）して～ない」（絕不～）、「絕対（ぜったい）～ない」（絕不～）。

## 43 ～つつ／つつも

**接續** 意思①：Vます形＋つつ

意思②：Vます形＋ つつ／つつも

**解說** 意思①：中文可譯為「一邊～一邊～」。書面用語，指兩個動作同時進行。

・受験勉強しつつ、アルバイトを探している。

一邊準備大考，一邊找打工。

意思②：意為「雖然～但卻～」。

・野菜を多くとるのが健康にいいと知りつつも、つい肉ばかり食べてしまう。

雖然知道多吃蔬菜對健康有益，終究還是只吃肉。

**Point** 有兩種用法，一個是時間上的同步，另一個是逆接用法。

## 44 ～つつある

**接續** Vます形＋つつある

**解說** 中文可譯為「正在～中」「持續～中」「不斷～中」「漸漸～中」。表示事物正在進行，或是描述其變化狀態。

・最近の人は初心を忘れつつある。

最近的人們逐漸忘卻初衷。

・少子化の影響で、台湾では子供の数が減りつつある。

因為少子化的影響，台灣的兒童人數持續減少中。

**Point** 書面用語，意近於「（だんだん）＋ている」。

## 45 ～て（で）しょうがない

**接續** Vて／A-いくて／NAで／Nで ＋しょうがない

**解說** 中文可譯為「～得不得了～」「非常～」。前接情感的詞句，加以表達自己無法抑制的情況。

・戦争について考えるたび、悲しくてしょうがない。

每當想到跟戰爭有關的事情，就悲傷得不得了。

・今の仕事でストレスが溜まりすぎて、転職したくてしょうがない。

目前的工作累積了許多壓力，我非常想要轉職。

**Point** 用法近於「〜て仕方がない」（非常〜），表示程度的強烈。

## 46 〜といえば／〜といったら／〜というと

**接續** N ＋ といえば／といったら／というと

**解說** 意思①：中文可譯為「説到〜」「提到〜」「説起〜」「談起〜」「一提到〜」。表示只要討論到某事物，就會想起最具代表性的事物。

・秋といえば、柿を思い出す。
　説到秋天，就想到柿子。

意思②：中文可譯為「若説到〜」「若提到〜」。表示提到某事物時，後句通常接帶有驚訝，令人不敢置信等的情感表現。

・阿里山の美しさといったら、言葉では表せませんでした。
　若説到阿里山的美，真的無法用言語來表達。

意思③：中文可譯為「提到〜」「説到〜」。表示討論到某話題時，就自然想到相關的事物。

・台北というと、すぐ 101 ビルが心に浮かぶでしょう。
　一提到台北，心裡就會浮現 101 大樓吧。

**Point** 也可替換成「〜といえば」。

## 47 〜というものだ／〜というものではない／〜というものでもない

**接續** 意思①： V ／ A ／ NA ／ N 的普通形＋というものだ

意思②： V ／ A ／ NA ／ N 的普通形＋というものではない／というものでもない

**解說** 意思①：中文可譯為「也就是説〜」「就是〜」。表説話者對事物理所當然的想法。

・本音が言い合えるのが、友達というものだ。
　能對對方説出真心話的才稱得上是朋友。

・まだ知り合ったばかりなのに、お金を貸してくれと言った彼はずうずうしいというものだ。
　明明才剛認識卻跟別人借錢的他，真是不要臉。

意思②：中文可譯為「並非〜」「並不是〜」。表説話者對事物不完全贊同，語氣較委婉。

- 一流企業に入社したからといって、それで幸せに暮らせる<u>というものではない</u>。

  雖然說是進入一流企業，但並不是因此就能過得幸福。

**Point** 意思②與「〜とは言いきれない」（也不是說〜）相似。另外，NA 與 N 的普通形有時不用加「だ」即可接續。

## 48 〜というより

**接續** V／A／NA／N 的普通形＋というより

**解說** 表示要針對某事物做出評斷時，還是採取第二種說法會比較適當。中文可譯為「與其說〜不如說是」「與其說〜還不如說〜」。

- 彼女は声優<u>というより</u>むしろアイドルだ。

  與其說她是聲優，不如說是偶像。

- この建築工事はしない<u>というより</u>できない。

  這個建築工程不是不做，而是做不到。

**Point** 用法類似於「〜だが、それよりむしろ〜」（雖然〜，但與其〜不如〜）。另外，NA 與 N 的普通形有時不用加上「だ」即可接續。

## 49 〜といっても

**接續** V／A／NA／N 的普通形＋といっても

NA／N／Nである ＋といっても

**解說** 中文可譯為「雖然〜但是〜」「雖說〜但也只不過是〜」。用於表示雖然有達到前句所述的狀態，但充其量也只不過是前句的一小部分。

- 日本料理を食べた<u>といっても</u>、親子丼と寿司ぐらいです。

  雖說是吃過日本料理，但也只不過是親子井和壽司而已。

- 彼は豪邸を持っている<u>といっても</u>猫の額ほどです。

  他雖然擁有豪宅，但充其量也只不過是巴掌大般而已。

**Point** 意近於「〜だが、しかし〜」（雖然〜但〜），意指與實際情況略有差距。

## 50 〜どころか

**接續** V／A／NA／N 的普通形＋どころか

**解說** 中文可譯為「別說是〜」「非但〜」「不要說〜」「簡直〜」。表示前句所說的就不用說了，後句所敘述的比前句來得更嚴重或實際上並非如此。

- 忙しすぎて自炊どころか、ごはんを食べる時間すらなかった。

  忙到無法自己煮飯，甚至連吃飯的時間都沒有。

- ペットの世話をするどころか、自分の体調管理もできない。

  別說是照顧寵物，我連自己的身體都顧不好。

**Point** 用於強調正好相反的情形。另外，NA 與 N 的普通形不用加「だ」即可接續。

## 51 〜どころではない／〜どころではなく

**接續** 意思①：V 普通形／N ＋どころではない／どころではなく

意思②：V 普通形／N ＋どころではない／どころではなく

**解說** 意思①：中文可譯為「哪能〜」「哪有〜」「哪還能〜」。表示因為前句的原因，而使原本想做的事無法順利進行。

- スケジュールがハードすぎて、有休をとるどころではない。

  行程太滿，哪能請有薪假。

- 仕事が溜まりすぎて、休むどころではない。

  累積了太多工作，根本無法休息。

意思②：中文可譯為「不是〜的時候」。用於表達不是做某事的時機或狀況。

- 期末試験で遊ぶどころではない。

  由於要期末考，所以不是玩的時候。

- 結婚の前に父が急に入院して、結婚式どころではありませんでした。

  在結婚前夕父親突然住院，不是舉辦婚禮的時候。

**Point** 表示「事情があって、〜できない」（因有事，無法〜）之意。

## 52 〜うちに／〜ないうちに

**接續** A い／NA 的名詞修飾形／N の ＋うちに

V ない形＋ないうちに

**解說** 意思①：「〜うちに」中文可譯為「在這段期間內〜」。

- 大学のうちにいろんなことに挑戦した方がいい。

  趁大學時多挑戰各種事物會比較好。

意思②：「〜ないうちに」意指「還沒有〜之前」。

- スープが冷めないうちに召し上がってください。

  請在湯還沒冷卻前享用吧。

意思③：「～ないうちに」也表示「在某動作持續期間，出現了些許變化」之意。

・ しばらく会わないうちに、彼女の背が結構伸びました。
　　一陣子沒見面而已，她長高很多。

**Point** 有多種意思的句型，須留意它的每種用法。

## 53 ～ないかぎり

**接續** Ｖない形／Ｎで ＋ないかぎり

**解說** 表示只要前句所述的情形不發生，後句所敘述情況就可在這條件下出現。中文可譯為「除非～否則就～」「只要不～就～」。

・ 会社が倒産しないかぎり、転職するつもりはない。
　　只要公司不倒閉，我就不打算轉職。

・ 相手が約束を破らないかぎり、できるだけ協力しておく。
　　只要對方沒有打破約定，我會盡可能協助他。

**Point** 用法類似於「～なければ」（不～的話）、「～ないなら」（不～的話）。

## 54 ～ないことには

**接續** Ｖない形／Ａいく／ＮＡで／Ｎで ＋ないことには

**解說** 意為「如果不～的話，就～」「不～就不～」。表示如果未達到前句的條件，後句也不會達成。

・ 体が丈夫でないことには、日本の留学は無理だ。
　　如果身體不強壯的話，就無法去日本留學。

・ 教室がもっと広くないことには、茶道の活動としては使えない。
　　如果教室不更大的話，就不能用於茶道活動。

**Point** 意似於「～なければ」（不～的話），後面接否定表現句。

## 55 ～ないではいられない

**接續** Ｖない形＋ないではいられない

**解說** 中文可譯為「忍不住～」「不得不～」「不由得～」「不能不～」「無法不～」。表示自然而然地想做什麼，無法控制本身的意志力。

・ 助けを求められると、手を差し伸べないではいられない。
　　有人向我求助時，實在難以不出手救援。

- 可哀想な捨て猫を見かけると、拾わないではいられない。

  看到可憐的棄貓時，無法不撿回家。

**Point** 意近於「どうしても～してしまう」（怎麼也～），主語為第一人稱。如果是第三人稱時，通常句尾會加「～ようだ」「～らしい」。

## 56 ～ながら

**接続** | Vます形／Aい／NA／N／Vない形 |＋ながら

**解説** 中文可譯為「雖然～但是～」「明明～卻～」「儘管～」。表示前後兩句相互矛盾，或是後句呈現的結果不同於前句原本的預想。

- 日本語がわからないながら、日本の歌を楽しんでいます。

  雖然不懂日語，但還是享受日本的歌曲。

- この掃除ロボットは、小型ながら性能がいい。

  這台掃地機器人，儘管機型小，功能倒很好。

**Point** 注意要區別與「～ながら」（一邊～一邊～）的用法。

## 57 ～にあたって／～にあたり

**接続** | V字典形／N |＋にあたって／にあたり

**解説** 意為「在～之際」「在～的時候」「當～之時」。表示正逢事物的重要階段，或是剛好在這個時刻。一般用於致詞演講或是書寫感謝信的情況。

- 新しい年にあたり、計画を新たにした。

  在新的一年之際，更新了計劃。

- カードの利用にあたり、いくつか注意しないといけないことがある。

  使用卡片時，有幾件必須注意的事。

**Point** 意思相當於「～の時」（～的時候），用於正式場合與重要時刻。

## 58 ～に応じて／～に応じ／～に応じた

**接続** N ＋| に応じて／に応じ／に応じた |

**解説** 中文可譯為「因應～」「依～」「依照～」「根據～」「回應～」。表示配合前句所需的狀況，後句為此做了一些應變。

- ファンの希望に応じ、コンサートを増やした。

  為了回應粉絲的期望，增加演唱會。

- 新人の能力に応じて、仕事の内容を調整する。

  根據新進員工的能力調整工作內容。

**Point** 意近於「～にしたがって」（隨著～）、「～に適している」（照著～）。

## 59 ～にかかわらず／～に（は）かかわりなく

**接續** | V 字典形／N／V ない形 | ＋にかかわらず／にかかわりなく

**解說** 中文可譯為「不管～都～」「無論～與否～」「不論～」。表示不論在什麼情況下，都會去執行某動作。前面的詞句通常有相反或對立的表現，如「好／不好」「晴／雨」「喜歡／討厭」「成功／失敗」等組合。

- 年齢や性別にかかわらず、誰でも応募できる。

  不論年齡與性別，誰都可以申請。

- 結果の善し悪しにかかわりなく、最大限の努力をしてみよう。

  不管結果的好壞，總之盡最大的努力看看。

**Point** 意近於「～に関係なく」（無關～）。

## 60 ～に限る／～に限って／～に限り

**接續** 意思①：N ＋に限る

意思②：N ＋に限って

意思③：| V 字典形／N／V ない形 | ＋に限り

**解說** 意思①：中文可譯為「最好是～」「最好不要～」「就是要～」。

- 台風の日はラフティングをするに限るもんだ。でなければ何をするの。

  颱風天就是要泛舟啊！不然要幹嘛？

意思②：意為「只有～」「唯獨～」。表示事物發生時，剛好排除某人之意。

- 教授は今日出席をとったが、その日に限って私は授業に出なかった。

  教授今天點名了，但唯獨這天我沒去上課。

意思③：中文可譯為「限於～」「只限～」「否則就～」。表示限制某人、事、物之意。

- うちの子に限って、カンニングをするはずはない。

  就我們家的孩子不可能作弊。

**Point** 意思③意近於「～だけは」（只有～）、「～の場合だけは」（只在～情況下～）、「～だけは特に」（只有～特別地～）。

## 61 ～にかけては／～にかけても／～にかけての

**接續** N ＋ にかけては／にかけても／にかけての

**解說** 中文可譯為「在～方面」「關於～」「在～這一點」「就～來說」。表示暫時忽略事物 99% 的部分，只就其中 1% 這點來說明之意。「～にかけては」後面接正面評價的句子。「～にかけても」句型是由同音的動詞「賭（か）ける」演變而來，其後面通常接「信用」「威信」「名譽」「性命面子」「～之名」等詞句，來表示後句的決心與誓約，如「就算是（賭上）～也要～」「以～來說」。

- 語学の研究にかけては、彼は誰にも負けない。

  就語言的研究來說，他不會輸給任何人。

- 国家の威信にかけても、そのような談合はしていないと断言します。

  就算是賭上國家的威信，我們敢斷言絕無做那樣的協商。

**Point** 用法類似於「～について言えば」（就～而言～）。

## 62 ～にかわって／～にかわり

**接續** N ＋ にかわって／にかわり

**解說** 意思①：中文可譯為「代替～」「替代～」。意指將現有的事物替換掉，或是代替的情況。

- 実の親にかわって、養子の世話をしていた。

  代替親生父母撫養了養子。

- 今はタイプライターにかわり、コンピューターが使われている。

  代替打字機，現在使用電腦。

  意思②：中文可譯為「代替～」「代表～」。表示原本應該是某人要做的事，改由他人代替來做。

- 今週は黄先生にかわって、私が代講する。

  這禮拜由我代替黃老師上課。

- 父にかわって長男である私が祖母の世話をする。

  由身為長男的我代替爸爸照顧奶奶。

**Point** 第一個用法意近於「今までの〜ではなく」（非至今的〜），第二用法意近於「〜の代理で」（代替〜）。

## 63 〜にこたえて／〜にこたえ／〜にこたえる／〜にこたえた

**接續** N ＋ にこたえて／にこたえ／にこたえる／にこたえた

**解說** 中文可譯為「響應〜」「回應〜」。表示接受對方的請求而有適當的回應。

- ファンの期待にこたえて、追加演奏を行った。

  為了響應粉絲的期待，多追加了演奏曲目。

- 市民の要望にこたえ、市民センターのリフォームをした。

  為了回應市民的要求，重新裝潢了市民中心。

**Point** 意近於「〜に応じて」（呼應〜）。

## 64 〜に際して／〜に際し／〜に際しての

**接續** V 字典形／N ＋ に際して／に際し／に際しての

**解說** 中文可譯為「當〜之際」「在〜之際」。表示開始做什麼時，或正在做什麼的時候。

- 別れに際して、お世話になった人に感謝の手紙を出した。

  在離別之際，向照顧我的人寄出了感謝信。

- 新政策の実施に際し、改めて考慮すべきことがある。

  在新政策實施的同時，應該有必須重新思考的事情。

**Point** 意思相當於「〜を始める時に」（開始〜時）、「〜をしている時に」（正〜時）。

## 65 〜に先立って／〜に先立ち／〜に先立つ

**接續** V 字典形／N ＋ に先立って／に先立ち／に先立つ

**解說** 中文可譯為「事先〜」「預先〜」「在〜之前，先〜」。表示在做某事情之前。

- 映画の放送に先立って、俳優の紹介があった。

  在電影的放映之前，有演員的介紹。

- 出発に先立ち、準備がちゃんとできているか確認してほしい。

  在出發之前，請先確認有沒有準備好。

**Point** 意近於「〜（の）まえに」（在〜之前）。

## 66 ～にしたがって／～にしたがい

**接續** |V字典形／N|＋にしたがって／にしたがい

**解說** 意思①：中文可譯為「依照～」「遵照～」「按照～」。表示依照指示而行動之意。

· 取り扱い説明書にしたがって操作すれば危険はない。

  只要照著說明書的內容操作的話，就不會有危險。

· 先生の言う通りにしたがって実験してみると、成功した。

  依照老師說的內容去做實驗後成功了。

意思②：中文可譯為「隨著～」。表示依前句的變化，後句也跟著同步改變。

· デジタルブックの普及にしたがって、読書が楽しくなった。

  隨著電子書的普及，讀書變愉快了。

**Point** 意似於「～と一緒に」（與～一同）。

## 67 ～にしても

**接續** |V普通形／A普通形／NA（である）／N（である）|＋にしても

**解說** 對前句先給予認可，後句再說出還是必須得做或仍可能發生的結果。中文可譯為「即便～也～」「就算～也～」「即使～也～」「就算要～」。

· 奨学金を利用するにしても、卒業後に返還しなければいけない。

  就算利用獎學金，畢業之後還是得還。

· 夜遅くまで勉強するにしても、必ずしもいい成績がとれるわけではない。

  即便讀（書）到很晚，也不見得能獲得好成績。

**Point** 意近於「～も、～としても」（即使～也～）。

## 68 ～にしては

**接續** |V／A／NA／N|的普通形＋にしては

**解說** 中文可譯為「就～來說」「就～而言已經～」「～相對～，但～」。表示針對前句所敘述的對象，以懷疑、責難、讚美等語氣說明。

· 小学生にしては良い出来だった。

  就小學生而言已經做得很棒了。

- 素人にしてはかなり能力がある。

  就外行人而言已經算很有能力了。

- このパソコンは値段が高いにしては、性能がよくない。

  這（台）電腦很貴，性能卻不好。

**Point** 用法類似於「～の割りには」（雖然～但～）、「～考慮すると」（就～來看）。

## 69 ～にしろ／～にせよ／～にもせよ

**接續** V／A／NA／N 的普通形＋にしろ／にせよ／にもせよ

NA である／N である ＋にせよ／にもせよ

**解說** 在前句表示退一步的認同，但後句提出相反的建議。中文可譯為「無論～都～」「不論～還是～」「即使～也」「即便～也」。

- 失敗するにしろ、できる限り努力してみる。

  即便失敗也好，總之先盡量努力試試看。

- いずれにせよ、その話は二度としないほうがいい。

  不論如何，那個話題還是別再提起比較好。

**Point** 意近於「たとえ～ても」（即使～也）、「～でも」（即使～也）。另外，NA 與 N 的普通形不用加「だ」即可接續。

## 70 ～にすぎない

**接續** V 普通形＋にすぎない

NA である＋にすぎない

N（である）＋にすぎない

**解說** 中文可譯為「這不過是～」「僅僅是～」「只是～」。表示程度的限制，後項將前項的程度減弱與降低評價。

- 資格試験に受かったのは始まりにすぎない。

  通過資格考試只不過是開始。

- 所詮彼は身代わりにすぎない。

  他不過是個備胎罷了。

**Point** 意近於「ただ～だけだ」（只是～而已）、「それ以上のものではない」（不超過～）。

## 71 ～に相違ない

接続 | V ／ A ／ NA ／ N 的普通形＋に相違ない

解説 | 中文可譯為「一定是～」「肯定是～」。表示根據說話者的經驗判斷，做出肯定的定論。

- ・ 300 万円の現金を盗んだのは彼に相違ない。

  偷了日幣三百萬現金的一定是他。

- ・ 先生は協力するに相違ない。

  老師絕對會協助。

Point | 書面用語，意近於「～に違いない」（一定是～，的確是～）。另外，NA 與 N 的普通形可加「である」再接續，或不用加「だ」直接接續。

## 72 ～に沿って／～に沿い／～に沿う／～に沿った

接続 | N ＋ に沿って／に沿い／に沿う／に沿った

解説 | 意思①：通常接於河川或道路等具備延續性的名詞之後，多用於具體物。中文可譯為「沿著～」。

- ・ この川に沿ってずっと行くと、水源地が見える。

  只要順著這條河川走下去，就能看到水源地。

意思②：中文可譯為「按照～」「依照～」。表示按照事物的程序或方針做事。多用於抽象物。

- ・ 会議で出した結論に沿って、仕事をこなそう。

  按照開會得出的結論，好好把工作做好吧。

- ・ お客様の希望に沿い、商品を改良することにした。

  依照客人的期望而決定改良產品。

Point | 用法近於「～に従って」（沿著～）、「～のとおりに」（如同～）。

## 73 ～につけ／～につけて（は）／～につけても／～につけ～につけ

接続 | 意思①：V 字典形／ N ＋につけ／につけて（は）／につけても
意思②：V 普通形／ A ／ N ＋につけ、 V 普通形／ A ／ N ＋につけ

解説 | 意思①：中文可譯為「每當～時」「每當～之際」「一～就～」。表示看到或聽到什麼事時，就會想另一件事情。

- 息子の写真を見るにつけ、会いたくてたまらなくなる。

  每當看到兒子的照片時，就會非常想念他。

意思②：例舉兩個相反的事物，再來陳述無論是哪一個都是同樣的情形。中文可譯為「無論～都～」「不管～都～」。

- 大学に行くにつけ、留学するにつけ、この成績ではとても無理だよ。

  無論要上大學，或者去留學，以這個成績來説絕對不可能。

**Point** 意思①意近於「～するたびに」（每做～）；意思②意近於「意味～の場合にも」（～的情況也～）、「～の場合も」（～的情況也～）。

## 74 ～にほかならない

**接續** | V普通形／A普通形／NA（である）／N（である） |＋にほかならない

| V／A |＋から＋にほかならない

| N／NA／副詞 |＋だから＋にほかならない

**解說** 十分肯定地敘述一件事情，表只有一個原因，屬於強烈的肯定。中文可譯為「不外乎～」「多虧了～」「無非是～」「其實是～」「正是～」。

- この企画が通ったのは皆さんのご協力の結果にほかなりません。

  這個企畫會通過都多虧了大家的協助。

- 留学試験に受かったのは、彼自身の努力の結果にほかならない。

  能通過留學考試不是因為別的，而是他自身努力的成果。

- 先生が学生を叱るのは学生を愛しているからにほかならない。

  老師之所以斥責學生，無外乎是對學生愛的表現。

**Point** 意近於「まさに～だ」（正是～）、「それ以外でない」（不外乎是～）。另外，NA 與 N 的普通形不用加「だ」即可接續。

## 75 ～にもかかわらず

**接續** | V／A／NA／N 的普通形＋にもかかわらず

| NA（である）／N（である） |＋にもかかわらず

**解說** 表示結果與預期為相反的情況。中文可譯為「雖然～但是～」「儘管～，卻～」「不管～，還是～」。

- 大雨にもかかわらず、出かけた。

  儘管外面下大雨還是出門了。

- 自分から誘ったにもかかわらず、結局姿を現さなかった。

  也不管是他自己先約的，結果他本人並沒有現身。

**Point** 意近於「～のに」。另外，NA 與 N 的普通形不用加「だ」即可接續。

## 76 ～によると／～によれば

**接續** N ＋ によると／によれば

**解說** 中文可譯為「根據～報導～」「據～」「依～」。

- 先輩の話によると、三年生は就職活動のために忙しくなる。

  據前輩所說，三年級的時候會因為就職活動而變忙。

- 新聞によれば、今は不景気の時代である。

  根據新聞報導，現在是不景氣的時代。

**Point** 後面常搭配「～そうだ」（據說～）、「ということだ」（～的為～一事）等傳聞表現。

## 77 ～ぬきで（は）／～ぬきに（は）／～ぬきの／～ぬく

**接續** 意思①：N ＋ ぬきで／ぬきに

意思②：N ＋ぬきの＋ N

意思③：V ます形＋ぬく

**解說** 意思①：中文可譯為「沒有～」「省去～」。表示省略原本應該有的部分。

- お世辞ぬきに話すと、相手を傷つけることになる可能性がある。

  如果不說客套話的話，可能會傷到對方的心。

意思②：中文可譯為「不添加～」。表示食品不添加調味或香料等等。

- こちらは香辛料ぬきの料理です。

  這是不添加辛香料的料理。

意思③：中文可譯為「～做到底」「堅持到底～」「貫徹到底～」「相當～」。

- 中間試験の前夜、出題の範囲を一気に読みぬいた。

  期中考的前一晚，一口氣把考題的範圍讀完了。

**Point** 意似於「～なしで」（無～就～）、「～なしに」（無～地～）、「～なしの」（無～的～）。

## 78 ～た末（に／の）／～の末（に）

**接續**
Vた形＋末（に／の）
N＋の末（に）

**解說**
中文可譯為「結果最後～」「經過～最後～」「～結果」。表示在一段時間內做了某件事後，所呈現出的結果。

・一晩中片付けた末に、部屋をきれいにできた。
打掃了房間一整晚，結果將房間弄乾淨了。

・友人のお手伝いの末に、問題を解決した。
在朋友的幫助下，最後解決問題了。

**Point**
為書面用語，意近於「長い間～をしたあとで」（長時間經過～後）。

## 79 ～のみならず

**接續**
V／A／NA／N 的普通形＋のみならず
NAである／Nである ＋のみならず

**解說**
表示前句為基本範圍，後句程度比前句來得更大。中文可譯為「不只～，還～」「不僅～，也～」「不但～，而且～」。

・社会人は自分の専門のみならず、人付き合いにも力を入れるべきだ。
社會人士不只要努力增進自己的專業知識，更應該在人際關係上花費心力。

・外見のみならず、内面も大事である。
不只外貌，內在也很重要。

**Point**
日語中添加的用法，意近於「～だけでなく」（不只～）。另外，NA 與 N 的普通形不用加「だ」即可接續。

## 80 ～のもとで／～のもとに

**接續**
意思①：N＋のもとで
意思②：N＋のもとに

**解說**
意思①：中文可譯為「在～之下」（範圍）。表示在某人或某事物的影響之下，進行了某些行為。

・良い環境のもとで研究したい。
想在好的環境下做研究。

意思②：中文可譯為「在～的情況下」「以～為條件」。表示在某人或某事物的條件下，進行某些行為。

- サインした契約<ruby>けいやく</ruby>をもとに、残業<ruby>ざんぎょう</ruby>をしてもらう。

  以簽署了的契約，要求對方加班。

**Point** 意近於「～のしたで」（在～之下）。

## 81 ～ばかりに

**接續** Ｖた形／Ａ普通形／ＮＡ的名詞修飾形／Ｎである ＋ばかりに

**解說** 中文可譯為「就只因～，結果～」「就只因為～」「只因為～」。表示因為某事的緣故之下，導致不好的結果。

- 軽<ruby>かる</ruby>く嘘<ruby>うそ</ruby>をついたばかりに、友人<ruby>ゆうじん</ruby>に嫌<ruby>きら</ruby>われてしまった。

  只因為説了點小謊，就被朋友討厭了。

- 電話<ruby>でんわ</ruby>に出<ruby>で</ruby>るのが苦手<ruby>にがて</ruby>なばかりに、叱<ruby>しか</ruby>られた。

  只因為不擅長接電話，就被斥訓了一頓。

**Point** 意近於「～だけのために」（只因～）。

## 82 ～はともかく（として）

**接續** Ｎ＋はともかく（として）

**解說** 中文可譯為「姑且不論～」「先別説～」「～就算了」。表示先將這個排除在外，後面再來論述比前句更重要的事。

- 他人<ruby>たにん</ruby>はともかく、家族<ruby>かぞく</ruby>には理解<ruby>りかい</ruby>してもらいたい。

  別人就算了，只希望家人可以理解。

- 値段<ruby>ねだん</ruby>はともかくとして、味<ruby>あじ</ruby>がとてもおいしいです。

  姑且不論價格，（但是）味道非常好。

**Point** 意近於「～は今問題<ruby>いまもんだい</ruby>にしないが」（～不是現在的問題）。

## 83 ～ほど（だ）

**接續** 意思①：Ｖ字典形／Ｖない形／Ａい／ＮＡ的名詞修飾形／Ｎ ＋ほど
意思②：Ｖ普通形／Ａ普通形／ＮＡ的名詞修飾形 ＋ほど

**解說** 意思①：中文可譯為「越～越」「～得令人～」「～得～像」。表示隨著前句的變化，後句的程度隨之連動，或處於某種程度。

・ 食材は新鮮なほど美味しい。

食材越新鮮越美味。

・ 溜まっている仕事は山ほどだ。

未處理的工作堆積得像山一樣高。

・ 死ぬほど試験勉強をしていた。

拚死地準備考試。

意思②：依前句的狀況，後句舉出一個比較有力的例子。中文可譯為「甚至到～」
「甚至能～」「簡直～」「幾乎～」。

・ あの店の料理は好評で、長い行列ができるほどだ。

那家店的料理因為受到好評，到大排長龍的地步。

**Point** 意近於「～くらい」，表程度。

## 84 ～ほど～はない／～ほどのことはない

**接續** 意思①： V 普通形／ N ＋ほど～はない

意思②： V 普通形＋ほどのことはない

**解說** 意思①：表示沒有任何事物可以與之相比，為最高程度。中文可譯為「沒有比～
更～」「最～」。

・ チョコレートほど心を落ち着かせられるものはない。

沒有比巧克力更能讓人心裡安穩的東西了。

・ 彼ほど頭のいい人には会ったことがない。

我從未見過頭腦比他還要好的人。

意思②：中文可譯為「用不著～」「沒必要～」「不需要～」「不用～」。表示沒有
必要做某事。

・ 彼氏に振られたからって、世界末日が来るほどのことはない。

雖說是被男朋友給甩了，也用不著像世界末日來臨一樣吧。

**Point** 意思①與「～が一番～だ」（～是最～）意思相似；意思②多用於勸解或鼓勵別人。

## 85 ～まい／～まいか／～のではあるまいか

**接續** | V普通形／Vます形 ＋まい／まいか／のではあるまいか

**解說** 意思①：中文可譯為「不打算～」「不想～」「絕不～」「不可能～」。表示不想或不做某事的決心或意志。

- こんなまずいレストランへは二度と来るまい。

  像這麼難吃的餐廳，絕不會再來。

  意思②：中文可譯為「不會～吧」「也許不～」「大概不～」「應該不會～」。用於否定的推測表現。

- 彼はベテランの選手だから、あんな易しい動作でミスすることはあるまい。

  因為他是老練的選手，應該不會在那麼簡單的動作上犯錯。

**Point** 書面用語。意思①意近於「絶対～するのをやめよう」（絕對不～）；意思②意近於「～ないだろう」（不會～吧）。

## 86 ～も～ば～も／～も～なら～も

**接續** Nも＋Vば形＋Nも

Nも＋Aければ＋Nも

Nも＋Vなら＋Nも

Nも＋Nなら＋Nも

Nも＋NAなら＋Nも

Nも＋Aなら＋Nも

**解說** 對於前句所提到的事物，給予正面或負面的評價。中文可譯為「又～又～」「既～又～」「也～也～」。

- 父はお酒も飲めばタバコも吸うので、健康が心配だ。

  因為父親喝酒又抽煙，擔心他的健康。

- 新しくできた店は値段も安ければ味もいいと評判です。

  新開的店價格既便宜且味道也受到好評。

- 彼女は歌も上手ならピアノもうまい、クラスの人気者だ。

  她歌唱得好鋼琴也彈得好，是班上的風雲人物。

**Point** 用法類似「～も～し、～も」（也～也～）。

## 87 ～もかまわず

**接續** V 普通形＋の／N ＋もかまわず

**解說** 中文可譯為「不顧～」「不介意～」「不在乎～」「不畏～」「不理會～」。表示不顧別人的感受而執意要去做某件事。

- 相手の気持ちもかまわず、ひたすら自分の不満ばかりを言う。
  不在乎對方的心情，只管不斷訴說自己的不滿。

- レポートの締め切りもかまわず、毎日夜遅くまで遊んでいる。
  不在意報告的交件期限，每天都玩到很晚。

**Point** 意近於「～を気にしないで」（不介意～）、「～に気を使わず平気で」（不在意～，冷靜地～）。

## 88 ～ものがある

**接續** V 普通形／A い／NA 的名詞修飾形 ＋ものがある

**解說** 中文可譯為「有～之處」「非常～」「感到～」「的確是～」。表示讓人感受得到或看得到的特徵。

- 新しい政策にはどこかおかしいものがある。
  總覺得新政策有奇怪之處。

- 偉い人の話でも納得できないものがある。
  就算是偉人說過的話，的確也有令人無法接受的部分。

**Point** 意近於「～という感じがある」（有～的感覺）、「～ように感じられる」（感到有如～般～）。

## 89 ～ものだ／～ものではない

**接續** 意思①：V 普通形／A い／NA 的名詞修飾形 ＋ものだ

意思②：V 普通形＋ ものだ／ものではない

意思③：V 普通形／A い／NA 的名詞修飾形 ＋ものだ

意思④：V ／ A ／ NA 的普通形過去式＋ものだ

意思⑤：よく＋V た形＋ものだ

意思⑥：V ます形＋たいものだ

**解說** 意思①：中文可譯為「本來就是～」「就是～」「就該～」。表示本能，敘述普遍的真理、特性。

- 年末は、誰でも忙しいものだ。
  年末本來就是無論是誰都很忙（的時候）。

意思②：表示訓誡，用於命令或給人建議。中文可譯為「本來就是～」「就是～」
「就該～」。

・ 父親の言うことをよく聞くものだ。
本該好好聽父親所説的話。

意思③：中文可譯為「真是～」，表示對事物的感慨。

・ 月日の経つのは早いものですよね。
時間過得真是快啊！

意思④：回憶過去的事情而有所感慨。中文可譯為「回想當時～真是～啊」。

・ 子供の時、いたずらをして、よく父に叱られたものだ。
回想小時候很搞蛋，常被父親罵。

意思⑤：中文可譯為「居然能～」「竟然～」。表示對某事感到佩服或意料之外。

・ こんなに不況の時期によく就職できたものだと思う。
在這麼不景氣的時期，居然還可以找到工作。

意思⑥：表慾望，後接「～たい」「～ほしい」等搭配使用。中文可譯為「真想～」
「很想～」。

・ あのコンサートはもう一度見たいものだ。
真想再看一次那場演場會啊！

**Point** 有多種意思的句型，要特別留意各用法的不同。

## 90 ～ものなら

接　續　意思①：V字典形＋ものなら
意思②： V意向形／V字典形 ＋ものなら

解　說　意思①：中文可譯為「假如～」「如果可能的話～」。表示想做的事其實有難度，
但還是抱持期待。

・ できるものなら、一年中あっちこっち遊んでいたいけれど。
如果可能的話，我想一整年都到處去玩。

意思②：語帶有點威脅的説法。雖然成真的可能性不高，但有嘲諷的意味。中文可譯
為「如果要～的話」。

- カンニングをするものなら、単位を落とすよ。

    如果作弊的話，會當掉喔！

**Point** 口語説法為「〜もんなら」。

## 91 〜ものの

**接續** | V 普通形／A い／NA 的名詞修飾形 | ＋ものの

**解說** 中文可譯為「雖然〜但是〜」「雖然〜但怎沒〜」。表示雖然前句所説的是事實，後句卻和自己預測的不同。

- 何度も注意したものの、生徒たちはやはり同じ過ちを犯してしまう。

    雖然告誡了好幾次，但是學生們還是會犯同樣的錯誤。

- 今の給料は少ないものの、仕事はやりがいがある。

    現在的薪水雖然很少，但工作卻很有意義。

**Point** 意近於「〜けれども」（但〜）、「〜ということは本当だが、しかし〜」（〜是真的，但〜）。

## 92 〜やら〜やら

**接續** 意思①：N ＋やら＋ N ＋やら

意思②：| V 字典形／A い／N | ＋やら＋ | V 字典形／A い／N | ＋やら

**解說** 意思①：中文可譯為「比如〜啦〜等等」「例如〜啦〜」「像〜啦〜」。用於同類事物的例舉。

- スーパーで果物やらチーズやら買った。

    在超市買了像水果啊起司之類的。

意思②：中文可譯為「又〜又〜」。表示由於一些事情導致發生不好的事。

- 無重力の環境で、どっちが上やら下やら分からない。

    在無重力的環境下，哪裡是上面，哪裡是下面都搞不清楚。

**Point** 意近於「〜や〜など」（〜或〜等等），為書面用語。

## 93 〜よりほか（は）ない

**接續** V 字典形＋よりほか（は）ない

**解說** 中文可譯為「只好〜」「只有〜」「除了〜」「只能〜」。表示處於某種狀態之下，只有一個方法可行，別無他法。

- ここまで怒られたら、謝るよりほかないだろう。

  既然對方氣到這種地步，除了道歉之外也不能怎麼樣吧。

- 宝くじに当たる確率は非常に低いから、諦めるよりほかはない。

  中獎的機率非常低，只能放棄了。

**Point** 意近於「～以外に方法はない」（除了～以外，別無他法）。

## 94 ～を～として／～を～とする／～を～とした

**接續** N＋を＋N＋として

N＋を＋N＋とする

N＋を＋N＋とした

**解說** 中文可譯為「把～當作～」「假設為～」「判斷為～」「把～當成習慣」「以～」。「として」前面常接表目的、立場、角色、種類等詞句。

- 安全を第一条件として、イベントを行った。

  以安全為第一條件，舉辦了活動。

- 国際交流をテーマとした会議が開かれた。

  以國際交流為主題的會議被召開了。

**Point** 意近於「～を～と決めて」（把～決定為～）、「～が～である」（～就是～）。

## 95 ～をきっかけに（して）／～をきっかけとして／
## ～がきっかけで／～のきっかけ

**接續** N＋をきっかけに（して）／をきっかけとして／がきっかけで／のきっかけ

**解說** 中文可譯為「以～為契機」「以～為起因」「以～為開端」「自從～之後」「因～的機緣」。表示以一件事為契機開始，後面的事情也隨之變化。

- マンガをきっかけに、彼は自転車に関心を持ち始めた。

  因為漫畫的機緣，他開始對腳踏車產生了興趣。

- テレビ番組がきっかけで、子供は語学の学習に力を入れるようになった。

  因為電視節目的影響，小孩在語言的學習上變得更加努力。

**Point** 一般用於偶然發生的事。

## 96 ～を契機に（して）／～を契機として

**接續**　N ＋ を契機に（して）／を契機として

**解說**　中文可譯為「以～為契機」。

- 子供がこの世に生まれたことを契機にして、夫婦の間の距離はより縮まった。

  以孩子出生在這個世上作為契機，夫婦之間的距離又縮得更短了。

- 雑誌の紹介を契機として、人々は新発売のデザートへの関心が急上昇した。

  因為雜誌介紹的契機，人們突然非常關注於新發售的點心。

**Point**　比「～をきっかけに」還要正式。

## 97 ～を問わず／～は問わず

**接續**　N ＋ を問わず／～は問わず

**解說**　中文可譯為「不問～」「不看～」「不分～」「不限～」「不論～還是～」。表示不把事物的條件或差異視為問題。

- 年齢、性別、国籍を問わず募集しております。

  不論年齡、性別、國籍，我們都募集。

- 休日、平日を問わず、ここは常に混雑している。

  不論是假日還是平日，這裡總是人山人海。

**Point**　意近於「～に関係なく」（無關～）、「～に影響されないで」（不被～所影響）。

## 98 ～はぬきにして／～をぬきにしては

**接續**　N ＋ はぬきにして／をぬきにしては

**解說**　中文可譯為「去除～」「去掉～」「別提～」「別説～」。表示排除某些特定的對象後，再敘述後句的情況。

- お世辞はぬきにして、本音を聞かせてほしい。

  不要説客套話，我想聽你真正的意見。

- ムードメーカーの彼をぬきにしては、パーティーは盛り上がらない。

  如果沒有他這個開心果的話，派對就無法熱絡起來。

**Point**　意近於「～なしで」（無～就）、「なしに」（無～就）。

## 99 ～をめぐって／～をめぐる

**接続** N ＋ をめぐって／をめぐる

**解說** 中文可譯為「關於～」「～相關」「事關～」「攸關～」「針對～問題」。以某事物為中心點，就其相關問題討論。

・新しい政策をめぐってもめている。
　針對新政策相關問題起了爭執。

・ダム建設をめぐる議論はいつまでも続いている。
　興建水庫相關的議論依然持續白熱化。

**Point** 在日文中，表「～を中心に、それに関係あることについて」（以～為中心，討論與其有關聯之事）之意，中文有很多不同的譯法，可視句子做變化。

## 100 ～をもとに（して）／～をもとにした

**接續** N ＋ をもとに（して）／をもとにした

**解說** 意思①：中文可譯為「以～為～」。表示以某物品作為材料使用。

・精進料理の多くは大豆をもとにして作ったのである。
　素食料理大多數是以大豆為原料所製成。

意思②：中文可譯為「以～為～」。表示由某事物那得到啟發。

・自分の経験をもとに後輩に指導した。
　以自己的經驗為基礎指導後輩。

意思③：中文可譯為「以～為參考」「以～為根據」「在～基礎上」。表示以某事物做為根據。

・何をもとに私のせいだと思ったのか。
　你是根據什麼覺得是我的錯呢？

**Point** 表示事物判斷或材料的來源。

# 題型分析與對策｜文法・讀解

## 言語知識 ・ 讀解（105 分鐘）

※ 根據官方公布，實際每回考試題數可能有所差異

| 問題 7 句子語法 1 （語法形式的判斷） | 一共 12 題。測驗項目為句子語法的結構。常考助詞、時態、授受表現、使役受身表現等用法，必須根據前後語意判斷，括弧中應該放哪一個選項，句子才能成立。 |
|---|---|

### 範例題

（例）ボーナスは勤務状況に（　　　）、支払われます 。

　　　1　おいて　　　　　2　ともに　　　　　3　として　　　　4　おうじて

（回答用紙）

| （例） | ① ② ③ ● |
|---|---|

| 問題 8 句子語法 2 （句子的組織） | 一共 5 題。測驗項目為組成句子。可從句子前後關係找出線索，從句頭或句尾開始逐一代入選項，拼湊出線索解題。 |
|---|---|

### 範例題

（問題例）

　　あそこで ＿＿＿＿＿ ＿＿＿＿＿ ＿★＿＿ ＿＿＿＿＿ は山本さんです。

　　　1　CD　　　　　2　聞いている　　　3　を　　　　4　人

（解答の仕方）

1. 正しい文はこうです。

| あそこで ＿＿＿＿＿ ＿＿＿＿＿ ＿★＿＿ ＿＿＿＿＿ は山本さんです。 1 CD　3 を　2 聞いている　4 人 |
|---|

2. ＿★＿＿ に入る番号を解答用紙にマークします。

（解答用紙）

| （例） | ① ● ③ ④ |
|---|---|

## 問題 9
## 文章語法

一共 5 題。測驗項目為文章語法的結構。常考接續、時態等用法，必須從句與句的前後文判斷語意，將四個選項逐一翻成中文再帶入文中，將有助於解題。

✏ **範例題**

実力も人気も　**50**　スポーツ選手が勢ぞろいしているところなどを「きら星のごとく」と表すことがあります。「きらぼし」とにごって、ひとつの言葉のように続けて発音してしまいます　**51**　、「きら、ほしのごとく」と区切るのがもともとの言い方です。

**50** 　1　ない　　　　　2　ある　　　　　3　いる　　　　　4　いない

**51** 　1　が　　　　　　2　で　　　　　　3　から　　　　　4　のに

（解答用紙）

| （例） | ① ● ③ ④ |
|---|---|

| （例） | ● ② ③ ④ |
|---|---|

## 問題 10
## 內容理解（短篇）

一共 5 題。測驗項目為理解 200 字左右短篇文章的大意。文章主題環繞在生活、工作等各種話題，文章以說明文或指示文等文體呈現。可先看題目的問題，再從文中找尋解題線索。

✏ **範例題**

　　目の前にあらわれる現実は、どうあがいても現実です。夢を見たからといって消せるものではありません。それよりも、まずその現実を受け入れて、新しい現実を踏まえたプランにつくり直す。ある計画がダメになるのはどこかに必然的な理由があるからで、壁にぶつかるたびにひとつひとつ隠れていた無理や無駄や矛盾が洗い出され、よりスマートな解答が見えてきます。つまり、計画はひとつつぶれるたびに実現に近づくのです。

（玉村豊男『今日よりよい明日はない』による）

**57** 筆者の言いたいことは次のどれか。

1　計画をひとつずつつぶしていくと、より早く夢が実現する。

2　あるプランがダメになっても、現実をよく見てプランを作り直せば実現に近づく。

3　夢が実現するように、最初から無理や無駄のない現実的な計画を立てるべきである。

4　夢を見ても実現するのは難しいので、夢は見ないほうがいい。

（解答用紙）

## 問題 11
## 内容理解（中篇）

一共9題。測驗項目為理解500字左右中篇文章的大意。文章內容為較平易的解説、評論，讀解文章時從中理解其因果關係、原因概要以及筆者的想法，將有助於解題。

✏️ 範 例 題

(1)

　　「シェイクスピアの戯曲は、諺（ことわざ）で書いたみたいなところがありますね」と聞いたことがある。

　　随所に名言が潜んでいる。シェイクスピア手製の諺が散っている。どの戯曲にもこの傾向が繁（しげ）く見られるのだが＜ハムレット＞は、みんなによく読まれるだけにとりわけ①この特徴が顕著に感じられる。

**60**　①この特徴とは何を指すか。

1　シェイクスピアの戯曲が人生の素晴らしさを述べていること。

2　シェイクスピアが諺だけで戯曲を書いていること。

3　シェイクスピアの戯曲の台詞には名文句が多いこと。

4　シェイクスピアの戯曲を探すと名言が発掘できること。

（解答用紙）

問題 12
綜合理解

一共 2 題。測驗項目為理解 600 字左右的複合文章大意。
文章內容較平易，讀解文章時綜合比較一下內容，將有
助於解題。

 範例題

相談者：

> ここ 1 年で 10 キロ太りました。
>  2 ～ 3 キロならなんとか戻せるかなと思いましたが、気付いたときには 10 キロも増え
> ていました。

回答者：A

>  そうですね、私は単純ですが、玄米、生野菜、果物、水を意識して多めにとること、そ
> して加工食品、肉、揚げ物はできるだけ食べないこと、お菓子はあまり食べないことなど
> を実行しました。

回答者：B

> 「やせたい」という気持ちは女性共通ですよね。私が教えてもらったのは「3 つの白い
> ものを断つ」方法です。その 3 つの白いものとは、炭水化物、砂糖、乳製品です。ただし、
> 全てを一気に抜くのはもちろん危険です。少しずつ量を減らしましょう。基本的に朝ご飯
> をたくさん食べて、昼ご飯や晩ご飯はあまり食べないことです。

**69**　①体型が気になってきました。とはどんな気持ちか。

　　1　もう少し美しい顔になりたいという気持ち。

　　2　もう少しやせてきれいになりたいという気持ち。

　　3　もう少し太ってかわいくなりたいという気持ち。

　　4　もう少し元気になって健康になりたいという気持ち。

（解答用紙）

| （例） | ① ● ③ ④ |
| --- | --- |

問題 13
主張理解（長篇）

一共 3 題。測驗項目為理解 900 字左右的長篇文章大意。文章內容以較明快的評論為主，必須抓到文章整體想傳達的主張或意見才有助於解題。

## 範例題

　　社長とあなたとでは、社会的な地位は失礼ながら天地の差です。社長もそれはわかっている。②しかし社長は「ふんふん、どれがいいかね」などとは絶対に言いません。あくまでフリーターのあなたを上位者として位置づけた対応をするでしょう。そしてたしかに、そのときあなたは上位者なのです。社長は下位者です。だから社長は「なさいますか」という、程度の高い敬語を使った。あなたは客らしく鷹揚に（注２）ふるまえばよろしい。

**72** ②しかし社長は「ふんふん、どれがいいかね」などとは絶対に言いません。という理由は何か。

1　社長は礼儀正しい性格の人だから。

2　社長はフリーターに同情したから。

3　社長は店員という立場だから。

4　社長は社会的な地位を気にしないから。

（解答用紙）

| （例） | ① 　② 　● 　④ |
| --- | --- |

**問題 14**
**信息檢索**

一共 2 題。測驗項目為從 700 字左右的訊息資料找到相應的答案。必須從題目中的廣告、指南圖冊、商業文件等資料，找出所需的情報。

 範例題

平成 22 年 7 月 18 日

社員のみなさま

総務部

## 社員旅行のお知らせ

社員旅行の日程が下記のとおり決まりましたので、お知らせします。

アンケートの結果、今年は北海道の函館と札幌へ行くこととなりました。日ごろの疲れを癒し、社員相互の親睦をはかっていただきたいと思います。各自予定を調整し、ぜひご参加ください。

なお、旅程は今年から 2 班に分かれて参加することになりますので、部署ごと可能な限り各班同人数になるよう調整してください。また、二日目は 3 コースに分かれての行動となります。所属長は、所定フォームに各班のメンバーとそれぞれの希望コースをご記入の上、7 月 29 日までに総務部大野までメールをご返送ください。

## 記

日時　　（1 班）2011 年 9 月 14 日（水）〜 9 月 16 日（金）
　　　　（2 班）2011 年 9 月 28 日（水）〜 9 月 30 日（金）
行き先　北海道　函館・札幌
宿泊　　一日目：ホテル花嵐
　　　　二日目：ホテルニューさっぽろ
集合時間・場所　午前 9 時半　羽田空港第二ターミナル 3 番カウンター前
参加費　旅行積立金より充当します。
　　　　（現地での買い物や個人的な飲食代は自己負担となります。）
旅程　　別紙ご参照ください。

なお、業務等の都合で急に不参加となった場合、必ず総務部大野携帯（090-XXXX-XXXX）までご連絡ください。

以　上

# 旅行日程

| 一日目 | 9:30 羽田空港集合→ 11:50 函館空港着→ 12:30 昼食（レストラン花）→ 市内観光→ 16:30 ホテル着→ 18:30 宴会<br>（宿泊：ホテル花嵐） |
|---|---|
| 二日目 | 11:00 ホテル発→ 各コース（下記参照）→ 各コースバスで札幌へ<br>A コース：ゴルフ（雨天中止、B コースか C コースを選んでください）<br>B コース：あけぼの動物園<br>C コース：温泉めぐり＋エステ<br>（宿泊：ホテルニューさっぽろ） |
| 三日目 | 11:00 ホテル発→ 札幌市内観光（各自自由行動、バスツアーもあり）→ バスで空港へ→ 18:30 新千歳空港発→ 20:10 羽田空港着・解散 |

※１班、２班ともに行程は同じです。

**76** この旅行に関して、正しいものは次のどれか。

1　B さんは、当日家庭の事情でどうしても参加することができなくなったため、総務部の大野さんにメールした。

2　旅行二日目に雨が降ったため、C さんはゴルフに行かず、動物園へ行った。

3　D さんは、旅行二日目の午前に動物園に行って、午後温泉めぐりをした。

4　E さんは、この旅行に参加するために参加費を支払った。

（解答用紙）

| （例） | ① ● ③ ④ |
|---|---|

## 問題 7　次の文の（　　　）に入れるのに最もよいものを、1・2・3・4から一つ選びなさい。

**1** 彼は弁護士であるが、作家（　　　）も有名だ。

　　1　に関して　　　2　として　　　3　について　　　4　というの

**2** 時代の変化（　　　）、若者の価値観も変わってきた。

　　1　についた　　　2　にとって　　　3　につれて　　　4　にともなう

**3** 人に（　　　）考え方が違う。

　　1　よって　　　2　よる　　　3　ように　　　4　ような

**4** （　　　）さまで、無事に就職できました。ありがとうございます。

　　1　あなた　　　2　みな　　　3　おかげ　　　4　うれしい

**5** バスが遅れた（　　　）、試験に遅刻した。

　　1　ようで　　　2　せいで　　　3　ついて　　　4　ためで

**解說**

**1** 正答：2　他雖然是律師，但也以作家身分聞名。
　　① 正確答案 2 的「～として」意思是「以～身分」。1 的「～に関して」是表「關於～」的意思。3 的「～について」是表「至於～、對於～」的意思。4 的「～というの」是表「所謂～」的意思。

**2** 正答：3　隨著時代變遷，年輕人的價值觀也逐漸改變。
　　① 正確答案 3 的「～につれて」意思是「隨著～」。2 的「～にとって」是表「對～而言」的意思。4 的「～にともなう」正確文法是「～にともなって」。

**3** 正答：1　事情的想法因人而異。
　　① 正確答案 1 的「～によって」意思是「因～、依照～」。「人によって違う」因人而異。

**4** 正答：3　託您的福已經順利找到工作了。謝謝您！
　　① 正確答案 3 的「おかげさまで」，意思是「託您的福～」。

**5** 正答：2　都是因為公車太晚來，害我考試遲到！
　　① 正確答案 2 的「～せいで」意思是「都是因為～」，用於負面的原因。1 的「～ようで」表示「好像～」的意思。

**6** 留学して（　　　　　）、異文化交流に対して関心をもつようになった。

1　いらい　　　　　2　ことで　　　　3　ために　　　　4　つれて

**7** これから二年間、アメリカで日本語を教えること（　　　　）います。

1　になって　　　　2　ができ　　　　3　はなくて　　　4　があって

**8** 彼女はまだ 15 歳なのに、とても大人（　　　　　）です。

1　がたい　　　　　2　やすい　　　　3　だらけ　　　　4　っぽい

**9** 西日本全域（　　　　　）、大雪警報が出ています。

1　にはんして　　　2　にもとづいて　3　にわたって　　4　にとって

**10** 息子は家に帰ってきたかと（　　　　　）、すぐに外に遊びに行ってしまった。

1　みると　　　　　2　おもうと　　　3　いうと　　　　4　かんがえると

---

解説 ▶

**6** 正答：1　自從留學後，開始對不同文化之間的交流感興趣。
　　　⚠ 正確答案 1 的「動詞て形＋いらい〜」意思是「自從〜以來」。

**7** 正答：1　接下來兩年，我將會在美國教日語。
　　　⚠ 正確答案 1 的「〜ことになっている」意思是「已經（客觀）決定好要〜」。

**8** 正答：4　她雖然才 15 歲，卻很成熟。
　　　⚠ 正確答案 4 的「名詞＋っぽい」意思是「像〜般」。1 的「動詞ます形＋がたい」
　　　是表「難以〜」的意思。2 的「動詞ます形＋やすい」是表「容易〜」的意思。
　　　3 的「名詞＋だらけ」是表「全是〜、滿是〜」的意思。

**9** 正答：3　對西日本整個區域發出大雪警報。
　　　⚠ 正確答案 3 的「〜にわたって」意思是「橫跨〜、包含〜範圍」。1 的「〜に
　　　はんして」是表「與〜相反地」的意思。2 的「〜にもとづいて」是表「依據〜」
　　　的意思。4 的「〜にとって」是表「對〜而言」的意思。

**10** 正答：2　才剛想説兒子回家了吧，結果馬上又出去玩了。
　　　⚠ 正確答案的 2「〜とおもうと」意思是「才剛想〜、才剛覺得〜」。1 的「〜
　　　とみると」是表「認為〜」的意思。3 的「〜というと」是表「說到〜」的意思。
　　　4 的「〜とかんがえると」是表「考慮到〜」的意思。

**11** その絵のすばらしさと（　　　　）、とても口では言い表せません。

　　1　いったら　　　2　おもったら　　3　みたら　　　　4　のべたら

**12** 試験に合格できて、嬉しくて（　　　　）

　　1　かぎりない　　2　やすい　　　　3　すばらしい　　4　たまらない

**13** 今年の冬は去年（　　　　）比べ、寒さが厳しい。

　　1　を　　　　　　2　へ　　　　　　3　に　　　　　　4　は

**14** この街は、地下鉄の駅を（　　　　）発展しました。

　　1　ちゅうしんに　2　そって　　　　3　たいして　　　4　ところで

**15** 年齢、経験を（　　　　）、実力のある人を採用したいと思います。

　　1　ちゅうしんに　2　とわず　　　　3　かんして　　　4　ともなって

---

解説

**11** 正答：1　談到那幅畫的美好，可真是無法用言語形容。

　　⚠ 正確答案1的「～といったら」意思是「談到～、提到～」。2的「～とおもったら」是表「以為～」的意思。3的「～とみたら」是表「認為～」的意思。4的「～とのべたら」是表「敘述～」的意思。

**12** 正答：4　考試能夠及格，實在高興得不得了！

　　⚠ 正確答案4的「動詞て形＋たまらない」意思是「～得不得了，非常～」。

**13** 正答：3　今年的冬天比起去年還要來得嚴寒。

　　⚠ 「に」加在名詞的後面，表示比較的基準，對象。

**14** 正答：1　這城市是以地下鐵車站為中心發展起來的。

　　⚠ 「～を中心に」表「以～為中心」。

**15** 正答：2　不拘年齡、經驗，我想錄用有實力的人。

　　⚠ 正確答案2的「～を問わず」表「不問～，不拘～」。1、3、4的「～を中心に」「～に関して」「～に伴って」分別表示「以～為中心」「關於～」「伴隨著～」。

**16** 映画を見ている（　　　　）、隣の人に話しかけられて困りました。

　　1　とたんに　　　　2　さいちゅうに　3　よって　　　　4　さいして

**17** ホテルに着き（　　　　）、ご連絡します。

　　1　ちかい　　　　　2　さいに　　　　　3　たびに　　　　4　しだい

**18** 自然破壊によって、都市の環境は悪くなる（　　　　）だ。

　　1　おそれ　　　　　2　いっぽう　　　　3　こと　　　　　4　しだい

**19** 出席するしないに（　　　　）、必ず連絡してください。

　　1　かかわる　　　　2　かかわって　　　3　かかわらず　　4　かかわらない

**20** あんな下手な人がプロである（　　　　）がない。

　　1　こと　　　　　　2　もの　　　　　　3　わけ　　　　　4　しか

---

解説 ▶

**16** 正答：2　正在看電影的時候，被隔壁的人攀談真的很困擾。
　　① 正確答案2的「～最中に」表「正在～的時候」，表示動作正起勁的當時。
　　　1的「～とたんに」則表某動作結束後，接著就發生下一個動作，「オ～就～」。

**17** 正答：4　一旦抵達飯店，就立刻與您連絡。
　　① 「しだい」接於動詞ます形或具動作性之名詞下，表示一旦做完該動作就立刻
　　　做下一個動作。「一旦～就立刻～」。

**18** 正答：2　由於自然環境被破壞，都市的環境走向惡化一途。
　　① 「いっぽう」是副助詞，表示事物之演變全偏於某一方面。

**19** 正答：3　不論要不要出席，都請務必要聯絡（我們）。
　　① 正確答案的3的「～にかかわらず」是「不論～」的意思，等同於「～にかか
　　　わらないで」，是比較生硬用法，多用於文章或正式的場合。1的「～にか
　　　かわる」是「關係（涉及）到～」的意思。2的「～にかかわって」是「與～
　　　有關」的意思。4的「～にかかわらない」是「與～無關」的意思。

**20** 正答：3　那樣笨拙的人沒道理是專家。
　　① 「～わけがない」表示強烈的否定，「沒有～的理由」「沒有～的道理」。

**21** 家族のために、働かない（　　　　）いかない。

1 ものには　　　2 わけには　　　3 ことには　　　4 のには

**22** 昨日から風邪（　　　　）で、頭が痛いんです。

1 かけ　　　　　2 わけ　　　　　3 がち　　　　　4 ぎみ

**23** 父は疲れ（　　　　）顔をして帰ってきた。

1 かけた　　　　2 きった　　　　3 がちだ　　　　4 ぎみだ

**24** がんばって、ゴールまで走り（　　　　）ぞ。

1 ぬく　　　　　2 いく　　　　　3 やる　　　　　4 する

解説 ▶

**21** 正答：2　為了家庭不可能不去工作。
　　！「〜わけにはいかない」表示「不可能〜」「不能〜」。

**22** 正答：4　從昨天開始就有點感冒的徵兆，頭很痛。
　　！「〜ぎみ」接於名詞或動詞ます形後，表有那樣的傾向或狀況。

**23** 正答：2　父親帶著疲憊不堪的樣子回來了。
　　！「〜きる」接於動詞ます形後表「極為〜，非常〜」之意。

**24** 正答：1　加油，要跑完全程，跑到目的地。
　　！「〜ぬく」接於動詞ます形後，表示做某事物貫徹到底之意。

**問題8**　次の文の＿＿＿　★　＿＿＿に入る最もよいものを、1・2・3・4から一つ選びなさい。

**1** 佐藤さんがくれたワインは香りがすばらしい。相当＿＿＿＿　＿＿＿＿　★　＿＿＿＿。

　　1　に　　　　　2　違い　　　　　3　高かった　　　4　ない

**2** 彼女の気持ちも分からない＿＿＿＿　＿★＿　＿＿＿＿　＿＿＿＿、彼女と仲直りするのはもう無理だろう。

　　1　ない　　　　2　でも　　　　　3　わけ　　　　　4　が

**3** 田中先生のご指導＿＿＿＿　＿＿＿＿　★　＿＿＿＿を完成させることができた。

　　1　ようやく　　2　の　　　　　　3　論文　　　　　4　もとで

---

**解説**

**1** 正答：2　佐藤さんがくれたワインは香りがすばらしい。相当　高かった　に　**違い**　ない。
　　　　　　　　　　　　　　　　　　　　　　　　　　　　　　　　★

　　佐藤先生送我的紅酒香味很濃郁，想必價位一定很高。
　　⚠ ～に違いない：想必～、一定～。

**2** 正答：2　彼女の気持ちも分からない　わけ　**でも**　ない　が、彼女と仲直りするのはもう
　　　　　　　　　　　　　　　　　　　　　　　　★
　　無理だろう。
　　雖然並非不能理解她的心情，但是要跟她合好已經不可能了。
　　⚠ ～ないわけでもない：不是不能～。

**3** 正答：1　田中先生のご指導　の　もとで　**ようやく**　論文　を完成させることができた。
　　　　　　　　　　　　　　　　　　　　　　　　★

　　在田中老師的指導下終於完成論文了。
　　⚠ ～のもとで：在～之下。

**4** 修学旅行 ＿＿＿ ＿★＿ ＿＿＿ ＿＿＿ 親しくなりました。

　　1　きっかけ　　　2　にして　　　3　を　　　　4　田村さんと

**5** あきらめたほうがいい。どんなに待っても、彼は ＿＿＿ ＿＿＿

＿★＿ ＿＿＿ よ。

　　1　ない　　　　　2　約束の　　　　3　来っこ　　　4　場所に

**6** 事件に ＿＿＿ ＿＿＿ ＿★＿ ＿＿＿ ことでもいいから、話して
ください。

　　1　小さな　　　　2　関する　　　　3　どんな　　　4　ことは

**7** 実際に ＿＿＿ ＿★＿ ＿＿＿ ＿＿＿ 小説は書かれたそうだ。

　　1　この　　　　　2　起こった　　　3　基づいて　　4　事件に

---

**解説**

**4** 正答：1　修学旅行　を　**きっかけ**　にして　田村さんと　親しくなりました。
　　　　　　　　　　　　　　　★

因為畢業旅行才和田村同學變熟了。

　! 　～をきっかけに：以～為契機，因為～。

**5** 正答：3　あきらめたほうがいい。どんなに待っても、彼は　約束の　場所に　来っこ
ない　よ。
　　　　　　　　　　　　　　　　　　　　　　　　　　　　　　　　　　　★

還是放棄吧！再怎麼等他都不會出現在約定地點的。

　! 　～っこない：不會～，不可能～。

**6** 正答：3　事件に　関する　ことは　**どんな**　小さな　ことでもいいから、話してください。
　　　　　　　　　　　　　　　　　　★

關於這件事，無論是多小的事都可以，請告訴我。

**7** 正答：4　実際に　起こった　**事件に**　基づいて　この　小説は書かれたそうだ。
　　　　　　　　　　　　　　★

聽説這部小説是依實際發生事件所寫成的。

**8** 彼の ＿＿＿ ＿＿＿ **★** ＿＿＿ セーターを編んでいます。

　　1　こめて　　　2　ために　　　3　この　　　4　こころを

**9** 彼は野球選手 ＿＿＿ **★** ＿＿＿ ＿＿＿ ほうだ。

　　1　な　　　　　2　しては　　　3　小柄　　　4　に

**10** いくら忙しい ＿＿＿ ＿＿＿ **★** ＿＿＿ は食べていきなさい。

　　1　ぐらい　　　2　に　　　　　3　朝食　　　4　せよ

---

解説

**8** 正答：1　彼の　ために　こころを　**こめて**　この　セーターを編んでいます。
　　　　　　　　　　　　　　　　　　★

　　　為了男朋友而用心地織著毛衣。

**9** 正答：2　彼は野球選手　に　**しては**　小柄　な　ほうだ。
　　　　　　　　　　　　　　★

　　　以棒球選手看來，他的身材是較嬌小的。

**10** 正答：3　いくら忙しい　に　せよ　**朝食**　ぐらい　は食べていきなさい。
　　　　　　　　　　　　　　　　　★

　　　無論再怎麼忙，至少早餐要去吃。

**問題9**　次の（1）から（2）の文章を読んで、文章全体の内容を考えて、　1　から　10　の中に入る最もよいものを、1・2・3・4から一つ選びなさい。

(1)

　インターネットが普及して、世界中のことが「分かるような気が　1　社会」です。現地に来る若者は、国際協力、環境問題、世界の南北問題といろんな課題を語ります。　2　、ものを造るにはとにかくシャベルを振るったり、発破作業をしたり、汗とほこりにまみれて労働しなくては始まらない。日本では、どうも　3　労働を卑しい仕事のように考え違いしているから、やってきた当初はみんな不満そうにしていますよ。俺はエンジニアだからと言い張って、結局はシャベルを握ることもせず、この状況が受け入れ　4　て帰国していく人もいる。言葉も違い、環境も習慣も違う現地では、とにかくみんなと汗を流していくしかありません。やがて具体的に働き方が分かって、労働が身についてくる頃には、国際協力なんて理屈は出て　5　。

（平成23年1月16日付け『朝日新聞』による）

| 1 | 1 ある | 2 いる | 3 する | 4 なる |
|---|---|---|---|---|
| 2 | 1 しかし | 2 そして | 3 だから | 4 また |
| 3 | 1 精神の | 2 社会的 | 3 頭の | 4 肉体の |
| 4 | 1 られなく | 2 されなく | 3 られ | 4 させ |

| 5 | 1 くるようになる | | 2 こなくなる |
|---|---|---|---|
| | 3 きたものだ | | 4 くるかもしれない |

---

**解說**

（1）

網際網路普及之後，變成了「世界上的事自己似乎都知道」的社會。我和來到當地的年輕人聊了一些有關國際合作、環境問題、南北半球對立問題等種種議題。但要建造東西，就得從拿起鏟子、進行爆破作業，在汗水和塵土中勞動開始。在日本，大家好像都誤認為勞力工作是卑微的工作，所以剛來的時候大家似乎都很不滿。也有人堅持自己是工程師，結果不願拿起鏟子，最後因為無法接受現況而回國。在語言不同、環境、習慣也不相同的當地，唯有和大夥一起流汗打拼才行。只有掌握具體的作業方式，身體習慣勞動，才不會在從事國際合作等議題提出諸多藉口。

（出自平成 23 年 1 月 16 日《朝日新聞》）

**生詞** シャベル：鏟子／〜にまみれる：〜沾滿全身／〜と言い張る：堅持〜／
理屈：藉口、理由

1 正答：3 **気がする**：覺得

2 正答：1 **しかし**：但是

3 正答：4 **肉体の**（にくたい）：肉體的

4 正答：1 **受け入れられない**（う・い）：無法接受

5 正答：2 **出てこない**（で）：不會出現

(2)

法隆寺 (注1) には有名な「七不思議」を $\boxed{6}$ 謎が多い。だから人を引きつけてやまない魅力がある。近年最大の謎といえば、塔の心柱 (注2) の伐採年が年輪代法で 594 年とわかったことだろう。再建 $\boxed{7}$ 、創建年より 10 年以上も前に伐採された木が使われていたとは……。五重塔と金堂は世界最古の木造建築だが、部分補修はあっても、昭和の大修理まで一度も解体修理されたことが $\boxed{8}$ らしい。太く良質な木材をつがず (注3) に使い、以降の塔に $\boxed{9}$ 構造がシンプルなのも頑丈な理由だそうだ。大和の旅の終わりに、これまた由来が $\boxed{10}$ の百済観音 (注4) （飛鳥時代、国宝）をたずねた。

（平成 22 年 12 月 26 日付け『産経新聞』による）

（注1）法隆寺：奈良県にある寺

（注2）心柱：中心の柱

（注3）つぐ：二つのものを組み合わせる

（注4）百済観音：法隆寺にある菩薩の像

| 6 | 1 さいしょ | 2 はじめ | 3 さいご | 4 おわり |
|---|---|---|---|---|
| 7 | 1 にしても | 2 をはじめ | 3 ならでは | 4 どころか |
| 8 | 1 いなかった | 2 なかった | 3 していた | 4 あった |
| 9 | 1 比べ | 2 関し | 3 際し | 4 時に |
| 10 | 1 謎 | 2 有名 | 3 最古 | 4 魅力 |

**解説**

（2）

> 在法隆寺（註1），以有名的「七大不可思議」為首，有許多謎團，頗富魅力，非常吸引人。而説到近年來最大的謎，可説是塔心柱（註2）所用木材的砍伐時間。按年輪來推算，約有594年。別説是重建，塔心柱選用的木材，砍伐的時間不僅更早，也比原來創建的時間早10年。五重塔和金堂雖是世界最古的木造建築，但僅進行過部分整修。據説到昭和的大整修為止，從來沒有進行過解體整修。使用粗且良質無接縫（註3）的木材，比起之後的塔構造簡單，據説也是耐用的理由。在大和之旅的終點，我們參訪了由來成謎的百濟觀音（註4）（飛鳥時代的國寶）。

（出自：平成22年12月26日《產經新聞》）

（註1）法隆寺（ほうりゅうじ）：奈良縣內的寺廟
（註2）心柱（しんばしら）：中心之柱
（註3）つぐ：將兩個東西組合成對
（註4）百済観音（くだらかんのん）：法隆寺內的菩薩像

6 正答：2 **はじめ**：以～為開始，一般用於多項事物的舉例，舉出其最具代表的事物

7 正答：4 **どころか**：別説是～、非但～、豈止～

8 正答：2 **なかった**：沒有

9 正答：1 **～に比べ（くら）**：比起～

10 正答：1 **謎（なぞ）**：謎

## 問題 10 次の（1）から（5）の文章を読んで、後の問いに対する答えとして最もよいものを、1・2・3・4から一つ選びなさい。

（1）

　いつでも思い通りに行く人生ほどつまらないものはない。どんな辛いときでも、自分の境遇を呪わしく（注）思ってはならない。社会に対して不満や不信を持っているだけでは、明るい明日は来ない。大切なことは、自分の課題を見つけて能力を磨き、頑張ること。自らの力で境遇を変える努力をすること。どんなことでもいい、自分の好きなこと、やりたいことに全力投球をすることである。やりだしたら絶対に途中で諦めずにやり抜いてこそ、人生の喜びに巡り合うこともある。

（清水三夫『考えることで人生は変えられる』日本経済新聞出版社による）

（注）呪わしい：悪いと思う

**1** 文章の内容と合わないものはどれか。

1　思い通りに行かない人生もおもしろい。
2　自分の課題が見つからないときは、自分で境遇を変える努力をすればいい。
3　自分の好きなことを最後まであきらめずに一生懸命頑張ることが大切だ。
4　絶対に社会に対して不満や不信を抱いてはいけない。

---

**解説**

（1）

　　沒有什麼比事事如願的人生更無聊的了。無論在如何痛苦的時刻，都不應該怨恨（註）自己的遭遇。如果我們對這個社會若只有不滿或不信任，則看不見光明未來。重要的是，要找到自己的職責，磨練自我能力，努力不懈。試著以自己的力量來改變境遇。任何事情都好，要全心投注在自己喜歡做或想做的事情上。只有投入後絕不中途放棄，才會有機會嚐到人生的喜悦。

（出自清水三夫《人生可以因思考而改變》日本經濟新聞出版社）

（註）呪わしい：憎恨的

**生詞**　課題：題目、習題、任務／巡りあう：相遇、邂逅

**1** 正答：4　與文章內容不符合的是哪個選項？
　　　　4　絕對不行對社會抱持不滿或不信任。

（2）

　生まれて半年から一年近くの赤ちゃんは、見覚えのない顔を見て泣きだすことがある。ひとみしりだ。（中略）ひとみしりでは、おじいさんやおばあさんの顔を見て泣く子が多いという。なぜだろうか。おじいさんやおばあさんの顔は、その形態が特徴的だ。最近は若いおじいさんやおばあさんも多いかもしれないが、たいていは顔の皺（しわ）や髪の色など、お父さんやお母さんの姿と異なる点が多い。このような顔を普段から目にしていたら、その特異性は目立たないだろうが、全く見ないで過ごすとしたら、未知の生命に出会うのと同じことだ。その特異性が際立ち（きわだ）（注）、泣いてしまうこともあるだろう。

（山口真美『赤ちゃんは世界をどう見ているのか』平凡社新書による）

（注）際立つ：目立つ

**2** 「その特異性」は何を指しているか。
1　人見知り
2　お父さんやお母さんの姿
3　おじいさんやおばあさんの姿
4　生まれてすぐの赤ちゃんの姿

**解説**

（2）

　出生半年至一年左右的嬰兒，看到自己不認識的臉會哭起來。這就是所謂的「怕生」。（中略）據說在「怕生」的狀況中，看見老爺爺或老奶奶的臉就哭出來的小孩子很多。為什麼會這樣呢？老爺爺或老奶奶的臉，那種樣子是有其特色的。最近或許有不少年輕的爺爺、奶奶，但大部分老人家臉上的皺紋啦、頭髮的顏色等等，和自己爸媽樣子不同的地方很多。如果平時就看習慣這樣子的臉，那麼其特異性就不會突顯出來。但如果生活中從來沒見過，就等同於遇見未知的生命。想必小孩子會因為其特色非常醒目（註），而不自覺地哭了出來吧！

（出自山口真美《小嬰兒怎麼看世界？》平凡社新書）

（註）際立つ（きわだ）：明顯、醒目

**生詞**　人見知り：怕生

**2** 正答：3　「其特色」指的是什麼？
　　　　3　爺爺或奶奶的身形的特點

（3）

　生きがいを感じられる場所としての特徴を比較してみると、「生活にはりあい（注1）や活力をもたらしてくれる」や「充足感や満足感を感じる」場所としては、家庭も職場も同程度選択されています。しかし、「いろいろな人との交流やふれあいがある」では家庭よりも職場が、「心の安らぎや気晴らし（注2）を感じる」では職場よりも家庭が多く選ばれ、その差もかなり大きなものとなっています。つまり、家庭でも職場でも満たされる生きがいもあるが、家庭でのみ満たされる生きがいや、職場でのみ満たされる生きがいもあるのだということがわかるでしょう。

（浦上昌則ほか『就職活動をはじめる前に読む本』北大路書房による）

（注1）はりあい：価値があると感じる気持ち
（注2）気晴らし：嫌な気持ちをなくすもの

**3** 文章の内容と合っているのはどれか。

1 「心の安らぎや気晴らしを感じる」のは職場でより家庭の方が圧倒的に多い。

2 職場でのみ満たされる生きがいは、「充足感や満足感を感じる」ということである。

3 「生活にはりあいや活力をもたらしてくれる」場所としては、家庭よりも職場がかなり多く選ばれている。

4 家庭でも職場でも満たされる生きがいは、「いろいろな人との交流やふれあいがある」ということだ。

---

**解説**

（3）

　　當我們比較可以讓人感受到生存價值的場所的特徵時，如果談到「給生活帶來衝勁（註1），活力」或「感受到充實感或滿足感」的場所，選擇家庭及職場的比例幾乎是不相上下。但是在「和各式各樣的人交流或接觸」上，家庭就不如職場，「感受到內心的平靜或能夠排遣悶氣（註2）」則是職場不如家庭，而且兩者之間的差異相當大。也就是說，有些生存價值可以透過職場與家庭得到滿足，也有只能在家庭中才能得到滿足的生存價值，或者只有在職場上才能得到滿足的生存價值。

（出自浦上昌則等《在求職前事先閱讀的書》北大路書房）

（註1）はりあい：起勁

（註2）気晴らし：解悶、消遣

**生詞**　生きがい：生存的價值、生存的意義

**3** 正答：1　與文章內容相符合的是哪個選項？

　　1　「感受到內心的平靜或能夠排遣悶氣」的部分，家庭比職場獲得壓倒性的多數。

（4）

　日本におけるコミュニケーション活動は、基本的に往復をもって、一単位となっています。何かが来たら、できるだけ早く何らかの反応を返すというのが、礼儀であり常識。

　メールの世界においてもそれは同様であるわけですが、しかし「異様に早いレスポンス (注)」を常に返す人がいると、「この人ってよっぽど暇なんだなあ」と思われるのもまた、事実。何時であろうと、メールを出したとたんにすぐに返信が来たりすると、「他にやることはないのか」と、少し恐いような気分にすらなってくるのです。

（酒井順子『黒いマナー』文春文庫による）

（注）レスポンス：返事、反応

**4** 筆者の言いたいことは次のどれか。

1 どんなに遅い時間でも、メールが来たらすぐに返事をするのが日本人の礼儀だ。

2 メールを使うようになってから、日本人の礼儀や常識は全く変わってしまった。

3 メールは日本人の礼儀や常識として、できるだけ早いレスポンスを返すことが大切だ。

4 メールはなるべく早く返答したほうがいいが、いつも早いと変だと思われることがある。

**解說**

（4）

在日本，溝通行為基本上是以來回為一個單位。有什麼東西過來了，就盡快回應對方，這是禮貌也是常識。

在電子郵件來說也一樣。但如果有人總是「異常快速地回應（註）」，就會被認為「這個人，真的很閒哦！」不過，這也是事實。假設無論在任何時間發出 mail 都會馬上收到回信，難免會想：「難道對方沒有其他的事要做嗎？」甚至會覺得有些可怕。

（出自酒井順子《黑暗禮儀》文春文庫）

（註） レスポンス：答覆、反應

**生詞** よっぽど：「よほど」的口語用法，很、相當之意

**4** 正答：4　作者想表達的是以下哪個選項？

4 雖然說電子郵件儘早回覆比較好，但總是都太快回的話也會被認為很怪。

（5）

2016 年 5 月 20 日

株式会社トヨハラ

営業部　中山様

HSJ 株式会社

営業部　浅野

　このたびは弊社商品をご注文いただきまことにありがとうございます。

　さて、ご注文いただきました JP-2000 は、発売以来予想以上の好評のため品切れとなりました。まことに残念ながら今回配送することができません。

　何とぞご了承のほどよろしくお願い申し上げます。

　なお 6 月下旬には再入荷の見込みでございます。入荷次第ご連絡いたしますので、その節は改めてご注文くださいますようお願いいたします。

**5** この手紙について正しいものはどれか。

1 「HSJ 株式会社」は「株式会社トヨハラ」に JP-2000 を注文した。

2 「HSJ 株式会社」は６月下旬に「株式会社トヨハラ」に連絡する予定だ。

3 「HSJ 株式会社」は「株式会社トヨハラ」の苦情に対して謝っている。

4 「株式会社トヨハラ」は JP-2000 を製造販売している会社である。

---

**解説▶**

（５）

---

2016 年 5 月 20 日

豐原股份有限公司
營業部　中山先生

HSJ 股份有限公司
營業部　淺野

　　非常感謝貴公司這次採購本公司商品。

　　貴公司訂購的 JP-2000 自上市以來獲得超越預期的好評，商品已銷售一空，所以無法供貨實在非常抱歉。敬請諒解。

　　此外，本公司預定６月下旬會再度進貨。貨品一到將立即通知貴公司，屆時再麻煩重新訂購。

---

**生詞**　　入荷次第：一進貨就～／～次第：一～立即～

**5** 正答：2　關於這封信件正確的選項是哪一個？
　　　　2　「HSJ 股份有限公司」預定在６月下旬聯絡「豐原股份有限公司」。

## 問題 11　　次の（1）から（3）の文章を読んで、後の問いに対する答えとして、最もよいものを、1・2・3・4から一つ選びなさい。

（1）

　日本の文章の歴史を見渡して下さい。漢文訓読系の文体と和文系の文体とがあります。日本語のための文字として平仮名が作り出され、流通するようになるのと並んで、平仮名は『古今集』以下数多くの和歌集、『源氏物語』を代表とする物語を産出し、そこに日本人の心情、情緒を表現する和文の文学が確立されました。内容は四季の移り行きの情趣と恋愛が中心で、その微妙な動きをとらえています。和文は一つの流れをなし、女性はもっぱらその文体に馴染みました。先の一葉 (注1) の文章もその例です。

　しかし男たちにはもう一つの面、漢字・漢文の学習に骨身を削ったのです。儒教も仏教も行政も歴史も医学も、みな漢文によって成立していた。漢文は和文に較べて抽象概念を表わす言葉がはるかに多い。また漢字二字を組み合わせて一つの語としますから、一語でありながらその中に二つの概念を含むのです。①それがお互いの意味を限定し合っている。

　ヤマトコトバ (注2) では「みとめる」（認。これも「見」と「止める」の複合語ですが）一つしか言葉がないところを、認知・認可・認定・認識と区別できる。

（大野晋『日本語の教室』による）

（注1）一葉：樋口一葉（1872-1896）、日本の有名な小説家
（注2）ヤマトコトバ：大和言葉、日本の昔からある言葉

1　①それは何を指しているか。

　　1　和文
　　2　平仮名
　　3　語
　　4　漢字

**2** 「和文系の文体」で書かれているものはどれか

1　儒教

2　文学

3　仏教

4　歴史

**3** 「漢文」の特徴は何か。

1　男性にはあまり使われなかったこと

2　抽象概念の言葉が多いこと

3　日本人の性質に合っていること

4　和文より優れていること

---

**解說**

（1）

　　綜觀日本的文章史，可說具有漢文訓讀系統文體及和文系統文體兩種形式。平假名以日語的文字形態被創造出來，在其開始通用之後，出現了《古今集》及其後為數眾多的和歌集、以及以《源氏物語》為代表的小說等。常常被用以表達日本人的心境、情緒的和文文學也因此得以確立。其內容以四季流轉的風情及戀愛為主，並捕捉其中微妙的律動。於是和文自成一格，女性特別擅長使用這樣的文體。先前我們提到的一葉（註1），她的文章也是其中一例。

　　但就另一個層面來說，男性則是拚命地學習漢字、漢文。無論是儒教、佛教、行政、歷史、醫學等，全部都是藉漢文而成立。相較於和文，漢文表現抽象概念的說法為數較多。另外，因為漢字可以兩個文字組合成一個單字，所以這一個單字也就包含了兩個概念。①那會彼此限定彼此的意思。

　　就在大和語言（註2）來看，「認」（認。這個字也是「見」和「止」的複合語）雖然只是一個單字，但涵義上可以區分為認知、認可、認定、認識。

（出自大野晉《日語教室》）

（註1）一葉：樋口一葉（1872-1896），日本著名的小説家

（註2）大和言葉：大和語言，日本古來的語言

**生詞**　　もっぱら：專門、專擅、主要／～に馴染む：熟識～、融入～

**1** 正答：4　①那指的是什麼？

　　　　4　漢字

**2** 正答：2　以「和文系文體」書寫的是哪個選項？

　　　　2　文學

**3** 正答：2　「漢文」的特徵為何？

　　　　2　有許多抽象概念的單字

（2）

　ここで、先ほど後回しにした「少し太っていた」の問題をとりあげてみたい。再びＡ子についての描写を引く。

　Ａ子は、背が高く、肌が綺麗で、顔立ちも整っていたが、少し太っていた。

　このように、Ａ子について、「背が高い」「肌が綺麗」「顔立ちが整っている」「少し太っている」の四つの情報が提示されている。が、ここで気になるのは、「背が高い」「肌が綺麗」「顔立ちが整っている」と「少し太っている」とが、どうして逆接の接続の「が」で結ばれているのかということだ。なぜ「Ａ子は、背が高く、肌が綺麗で、顔立ちが整っていて、（しかも）少し太っていた」ではないのか。つまり、この文章は、Ａ子についての客観的情報を与えるものでは決してなく、語り手がその情報を自らの価値観にしたがって整理しなおしたものである。だから①「背が高い」「肌が綺麗」「顔立ちが整っている」と「少し太っている」が逆接の関係で連結されているのだ。もし語り手が「太っている」女性が大好きで、その特徴を前の三つと同じくプラスの価値に仕分けしていたのなら、決して逆接の接続詞などで結びはしない。

　先に、②「事実」は並んでいないということを述べた。そして、「事実」並んでいないだけでなく、それぞれが連結もされていないのである。③それらは、語り手が、自分の価値観に合わせて、勝手に結びつけたものにすぎない。

（香西秀信『論より詭弁　反論理的思考のすすめ』による）

4　①「背が高い」「肌が綺麗」「顔立ちが整っている」と「少し太っている」が逆接の関係で連結されているということで表される筆者の価値観はどれか。

　　1　語り手は背が高い女性が好きではない。
　　2　語り手は肌が綺麗な女性が好きではない。
　　3　語り手は顔立ちが整っている女性が好きではない。
　　4　語り手は少し太っている女性が好きではない。

**5** ②「事実」は並んでいないという文で筆者が言いたいことは何か。

1　語り手にとって客観的な「事実」は存在しないこと。

2　語り手の価値観によって「事実」の順番が変わること。

3　「事実」は語り手の価値観では変わらないこと。

4　語り手が「事実」を連結させるのは難しいこと。

**6** ③それらは何を指しているか。

1　事実

2　価値観

3　話

4　言葉

---

解説

（2）

　　在這裡討論一下剛才迴避不談的「有一點胖」的這個問題。再次引用有關 A 子小姐的描述。

　　A 子小姐個子高、皮膚漂亮、五官端正，但是有一點胖。

　　像這樣，關於 A 子小姐提示了「個子高」「皮膚漂亮」「五官端正」「有一點胖」四個資訊。但是在這裡我比較在意的是「個子高」「皮膚漂亮」「五官端正」和「有一點胖」，為什麼是用逆接的接續詞「が」來連接的呢？為何不是説「A 子小姐個子高、皮膚漂亮、五官端正，（而且）有一點胖」呢？也就是説，在這篇文章中，絕不是提供對 A 子小姐的客觀資訊，而是説話者依據自己的價值觀將那些資訊重新整理過的東西。因此①「個子高」「皮膚漂亮」「五官端正」和「有一點胖」才以逆接的關係來做連接的。如果説話者鍾情「胖的」女生，而將其特徵和前三個歸類為同樣正面價值，就絕不會以逆接的接續詞來連接的。

　　剛才我説：②事實並未被陳述出來。但在這裡，並不只是「事實」未被陳述，也沒有一個完整的結構。③那些只不過是説話者根據自己的價值觀，擅自構成而出的東西罷了。

（出自香西秀信《詭辯勝於理論　推薦反理論式思考》）

**生詞**　　顔立ち：相貌、長相

**4**　正答：4　①「個子高」「皮膚漂亮」「五官端正」和「有一點胖」才以逆接的關係來做連接的。
　　　　　　　這裡所表達的作者的價值觀為何者？
　　　　4　説話者不喜歡有點胖的女生。

**5**　正答：2　②「事實」並未被陳述出來。這句話作者想表達的是什麼？
　　　　　　2　因説話者的價值觀，「事實」的順序會改變。

**6**　正答：1　③那些指的是什麼？
　　　　　　1　事實

（3）

2001年の暮れ、私は羽田空港にいた。朝一番の飛行機で旅行から帰ってきて、レストランでカレーライスを食べていた。私の横に、家族連れがいた。五歳くらいの女の子が、隣の妹に話しかけていた。

「ねえ、サンタさんていると思う？○○ちゃんは、どう思う？」

それから、その女の子は、サンタクロースについての自分の考え方を話し始めた。

「私はね、こう思うんだ……。」

①その先を、私は良く聞き取れなくなり、カレーライスの皿の上にスプーンを置いた。

「サンタクロースは存在するか？」

この問いほど重要な問いはこの世界に存在しないという思いが、私を不意打ちした(注1)のだ。私がクオリア（質感）の問題に出会い、脳から心がどのように生み出されるかという謎に取り組み始めてから、七年が経過していた。

サンタクロースが五歳の女の子に対して持つ切実さとは、すなわち仮想というものの切実さである。②サンタクロースは、仮想としてしか十全(注2)には存在しない。サンタクロースの実在性を証明しようとして、目の前にでっぷりと太った赤服、白髪の男を連れてきたとしても、私たちはしらけて(注3)笑うだけだろう。

（茂木健一郎『脳と仮想』による）

（注1）不意打ち：突然起こって驚くこと

（注2）十全：完全

（注3）しらける：つまらないと思う

7 ①その先を、私は良く聞き取れなくなり、カレーライスの皿の上にスプーンを置いた。という理由は何か。

1 女の子の声が急に小さくなったから。

2 カレーライスを食べ終わったから。

3 重要な課題を発見したと思ったから。

4 サンタクロースの存在を信じていないから。

**8** ②<u>サンタクロースは、仮想としてしか十全には存在しない。</u>とはどういう意味か。

1　サンタクロースは十人しか存在していない。

2　サンタクロースは完全に想像上の存在である。

3　サンタクロースは仮想としては存在できない。

4　サンタクロースは完全に存在が証明できる。

**9** ③<u>この文章を読んで想像できる筆者の職業は何か。</u>

1　銀行員　2　エンジニア　3　学者　4　藝能人

---

**解説**

（3）

2001 年的年底，我在羽田機場。搭最早的班機旅行回國，在餐廳吃著咖哩飯。我隔壁坐著一家人。一個 5 歲左右的小女孩，正在對旁邊的妹妹說話：

「那個，真的有聖誕老公公嗎？妳覺得有沒有啊？」

接著，那個小女孩就開始說起自己對聖誕老公公的看法了。

「我哦，是這樣覺得啦……」

①再來我就聽不清楚他們之間的對話了。我把湯匙擺在咖哩飯的餐盤上。

「到底有沒有聖誕老人？」

我突然覺得（註1），世界上沒有比這個問題更重要的問題了。從我接觸到與知覺（從實際層面引發的感知）有關的疑問，著手研究心靈如何從大腦誕生這個謎題，已經過七年的歲月。

聖誕老人對一個 5 歲小女孩所意味的切實性，亦即所謂假想的切實性。②聖誕老人只有在假想的狀態下完整地（註2）存在。為了證明聖誕老人真實存在，把一個穿著紅衣、白鬍子的肥胖男子帶到我們面前，我們想必只有掃興地（註3）笑笑而已吧！

（出自茂木健一郎《大腦與假想》）

（註1）不意打ち：突然襲擊

（註2）十全：完整無缺

（註3）しらける：掃興、敗興

🈁詞　切実さ：切實性、迫切性／でっぷり：肥胖

**7**　正答：3　①<u>再來我就聽不清楚他們之間的對話了。我把湯匙擺在咖哩飯的餐盤上。</u>其理由為何？
　　　　　　　3　因為認為發現了一個重要的課題。

**8**　正答：2　②<u>聖誕老人只有在假想的狀態下完整地存在。</u>這裡指的是什麼意思？
　　　　　　　2　聖誕老人完全只是想像中才存在的人物。

**9**　正答：3　讀了這篇文章可以想像作者的職業是什麼？
　　　　　　　3　學者

問題12　　　　次の（1）から（2）の文章は、「相談者」からの相談と、それに対するＡとＢからの回答である。三つの文章を読んで、後の問いに対する答えとして、最もよいものを１・２・３・４から一つ選びなさい。

（1）

相談者：

　仕事のことで相談したいことがあります。私はずっと美術の教師になりたいと思っていました。しかし、なかなか赴任先が見つかりませんでした。やっと、半年前、ある中学校から非常勤教師として来てくれないかと言われました。私は嬉しくて、喜んで学校へ行きました。初めてのクラスで教壇に立ち、自己紹介をしたとき、自分の絵を見せました。そのとき、いきなり男子生徒たちから「自慢するなよ！」と怒鳴られたのです。頭の中が真っ白になりました。それ以降、私は学校へ行くのが怖くなりました。

　もう限界です。毎日、「辞めたい」とばかり思っています。どうしたらよいでしょうか。

回答者：Ａ

　厳しい環境でよく頑張りましたね。お疲れ様です。中学生くらいの年頃の生徒は、なかなか先生の言うことを聞かないとよく聞きます。あなたも、そのような生徒を相手にして半年間頑張ってきたのですね。①あなたのような悩みをもつ先生方は全国にたくさんいます。皆さん、真面目な先生です。しかし、頑張りすぎて、心の病になってしまう人もいます。あなたもそうなる前に、今の仕事を辞めたらどうですか。あなたはまだ若いのですから、方向転換することもできますよ。

回答者：B

　半年間、本当に辛かったでしょうね。中学校の生徒というのは、ちょうど反抗期ですから、大人に反抗したくなるのでしょう。しかし、そんな生徒ばかりでしょうか。中には、あなたのことを好きで、慕ってくる生徒もいるのではありませんか。あなたの頭の中には「態度の悪い生徒」のことしかないようですが、「良い生徒」も必ずいます。そういう生徒たちのことを忘れていませんか。今のあなたは疲れていますので、少し休暇をとってもいいと思います。でも元気になったら、そういう生徒たちのために、また学校に戻ってみてはいかがでしょうか。

**1**　①あなたのような悩みとはどんな悩みか。

　　1　先生が威圧的だから学校に行きたくない。
　　2　試験に受かっても就職することができない
　　3　生徒が反抗的だから学校に行きたくない。
　　4　生徒同士が仲が悪いから学校に行きたくない。

**2**　「相談者」の相談に対するＡ、Ｂの回答について、正しいのはどれか。

　　1　ＡもＢも心身を休めるために仕事をやめたほうがよいと言っている。
　　2　ＡもＢも相談者を励まし、仕事を続けたほうがよいと言っている。
　　3　Ａは相談者の心身を心配し、Ｂは相談者に別の仕事をすすめている。
　　4　Ａは相談者に同情し、Ｂは仕事を続けるように励ましている。

（1）

---

諮詢者：

　　有件關於工作上的事想找您商量。我一直以來都想成為美術老師。但是始終沒辦法找到任教學校。終於在半年前，有一所中學問我要不要去當兼任老師。我很高興，於是就開開心心地赴任了。第一次上課站上講台，我在自我介紹時讓大家看了自己的畫作。就在那時，男學生們突然大聲怒罵說：「別在這裡現寶！」我聽了腦筋一片空白，之後我變得會很怕到學校去。

　　我快要受不了了。每天就只想著「好想辭職！」。我該怎麼辦才好呢？

---

回答者：A

　　在這樣嚴苛的環境下您已經很努力了。真的辛苦了！我常常聽人家說，中學這個年齡層的學生都不太聽老師的話。您面對那樣的學生已經努力半年了。全國還有很多老師①和您有同樣的煩惱。大家都是認真的好老師。但是也有人太過努力而患了心理疾病。在您也患病之前辭掉現在的工作如何？您還很年輕，是還可以轉換跑道的！

---

回答者：B

　　這半年來，想必您一定很痛苦吧！中學的學生正好是叛逆期，所以都會想反抗大人的吧！不過，難道只有那樣叛逆的學生嗎？學生之中應該也有喜歡您、仰慕您的人吧。雖然在您腦海中似乎「只有態度惡劣的學生」，但必定也有「好學生」。您是否忘了那些好學生了呢？現在的您是疲憊的，我認為請假休息一陣子會比較好。不過，為了那些好學生，等恢復元氣後再返校任教吧。您覺得如何呢？

---

**1** 正答：3　①和您有同樣煩惱指的是什麼煩惱呢？
　　　　　　3　因為學生的叛逆所以不想到學校去。

**2** 正答：4　關於對「諮詢人」商量內容 A、B 所做的答覆，正確的是哪個選項？
　　　　　　4　A 同情諮詢人，而 B 鼓勵他繼續這份工作。

(2)

相談者：

　最近、プロ野球の人気が落ちています。テレビ視聴率を見ると、その人気の凋落（ちょうらく）がはっきり分かります。かつて、人気チームのテレビ中継は、毎回視聴率を 20％ほど稼ぎ、その放映権収入などで球団は利益を得ることができました。

　しかし、今では若い人の野球離れもあって、視聴率は一桁（ひとけた）に留まっています。昔からプロ野球が大好きだった私には、とても寂しいことです。何か、①いい対策はありませんか。

回答者：Ａ

　そうですね、確かに日本のプロ野球の人気は落ちていますが、しかし、アメリカのプロ野球であるメジャー（ＭＬＢ）の人気は、逆に上がっていますね。よくニュースの話題になりますし、試合のテレビ中継も増えてきました。これは、日本人選手の活躍によるものでしょう。日本の一流選手がメジャーで活躍する姿を見るのは嬉しい限りです。

　しかし、一方で、日本のプロ野球はメジャーへの人材供給源にすぎなくなっています。そういう状態では人気が下がるのも仕方がありませんね。才能をもつ選手がメジャーへ行きたがる気持ちも分かりますし。日本のプロ野球の人気の回復は難しいですね。

回答者：B

　確かに日本のプロ野球の人気は落ちているように見えますが、でも、高校野球は今でも人気が高いですよ。毎年、多くの人が春と夏の大会をテレビで見ますし、ドラマやマンガの舞台にもなっています。若い人でも野球が好きな人は多いと思います。ただ、今のプロ野球には「真剣さ」があまりないのではありませんか。プロの選手たちは試合に慣れてしまって、あまり真剣に試合をしていないような気がします。選手たちが真剣におもしろい試合をすれば、きっとまた多くの人が試合を見るようになると思いますよ。

**3** ①いい対策とは具体的に言うと、どういう意味か。

1　多くの人がテレビをもっと見るようになるための対策。

2　プロ野球の人気を回復させるための対策。

3　プロ野球のテレビ中継をもっと増やすための対策。

4　若い人がプロ野球にあこがれるような対策。

**4** 回答者AとBの意見について、正しいのはどれか。

1　Aは日本のプロ野球に興味がないと言い、Bは日本のプロ野球はアメリカのメジャー（ＭＬＢ）より優れていると言っている。

2　Aは日本のプロ野球はアメリカのメジャーを目指すべきだと言い、Bは日本のプロ野球には特徴がないと言っている。

3　Aは日本のプロ野球の人気が落ちるのは仕方がないと言い、Bは野球が好きな人は少なくないと言っている。

4　Aは日本とアメリカのプロ野球の違いを言い、Bは日本とアメリカの高校野球の違いを言っている。

（2）

> 諮詢者：
>
> 　　最近職業棒球的人氣直線下滑，就電視的收視率看來，其人氣凋落地一目了然。在以前，電視轉播人氣球隊的比賽時，每回的收視率約可達 20％左右，球隊則可透過播放權利金獲得利益。
>
> 　　但是，即便現今的年輕人不喜歡看棒球，收視率還保有一位數。對從以前就喜歡棒球的我來說，覺得倍感凄涼。有沒有什麼①好的對策呢？

> 回答者：A
>
> 　　沒錯，確實日本職棒的人氣直落，可是美國職業棒球聯盟（MLB）的人氣卻逆勢上揚，常常成為新聞的話題，比賽的電視轉播也持續增加。這應是日籍選手活躍的表現所致吧。看到日本的一流選手在大聯盟活躍的樣子，我就感到無比的高興。
>
> 　　另一方面，日本的職業棒球只不過是大聯盟的人才供給來源。在這樣的狀況下，人氣驟降也是無可厚非的事。我也可體會有才能的選手想去大聯盟的心情，依我看日本職業棒球的人氣要恢復是很困難的。

> 回答者：B
>
> 　　確實日本的職棒人氣看起來一直在下降，但高中棒球至今還是人氣很高。大部分的人每年都會觀看春天和夏天的大會，也時常成為連續劇或是漫畫的背景。我認為年輕人也是有很多人喜歡棒球，只是您不覺得現今的職棒少了些「認真的態度」嗎？職業選手慣於比賽，讓人感覺不是那麼認真。如果選手們能夠認真地打場精采好球，我認為一定會有更多的人會再去看比賽。

3 　正答：2　①好的對策具體說來是指什麼意思？
　　　　　　2　讓職棒的人氣恢復的對策。

4 　正答：3　針對 A、B 的意見，何者正確？
　　　　　　3　A 說日本的職業棒球的人氣下降是無可奈何的事，B 說喜歡棒球的人並不少。

## 問題13　次の（1）から（2）の文章を読んで、後の問いに対する答えとして、最もよいものを、1・2・3・4から一つ選びなさい。

（1）

　難しい論説文を読み、記号式の読解問題はすらすら解ける、でも、書いたり意見を述べたりするとなると①<u>一文すらままならない。</u>とりわけ、想像的、創造的なことになるととたんにだめになる。そのような試験のみの優秀生が増えています。書くことと読むことの間に生じているこのアンバランスは何なのでしょうか。きちんとした文章を書くことができないことと、時間をかけた本格的な読書をしていないということは、根底で通じ合っていることのように私には思われます。

　②<u>本来、読み書きは、表裏一体のもののはず</u>、あるいは、同じことを逆方向から見ているにすぎないことでもあります。両者とも頭の中で意味を組み立てていかなければなりません。とりわけ書くことは、他者の書いたものを読み、自分の位置からさらにそれを考え直し生き直すことの中で発展していくものです。読むこともまた、単なる情報の収集を超えて、自分で書くことを通し、より深い確信と世界観に到達してその人の人生を構築していくはずです。

　もっと簡単に言うと、読んだものについて、何か書くということは、どんな関わり方であれ、その内容に自分が関わるということです。あるいは逆に、何かを書くために読むということも、同じことがいえるでしょう。

　③<u>書くことがこんなにできていないのに、一見、読むことだけが発達しているということ</u>はいったいどんな事態なのでしょうか。あるいはそのような受験的優秀生たちは本当に読めているのだろうかと、疑ってみてもよいはずです。

　このアンバランスの下で起こっていることで考えられることは、とにかく読み書きに自分というものを関わらせないという態度ではないでしょうか。学校推薦のうまい作文には本当の自分など表現されていません。そして、厳密で客観的な読みにも自分のリアル（注）な主観を入れる余地はありません。彼らは、すこしでも④<u>それ</u>が入りこまざるをえない記述による解答が苦手です。まして「登場人物の気持ちを書きなさい」とくるといやがります。そして周知のごとく、本を読んだ感想文を書くことを子どもたちは極端にいやがります。

（工藤順一『国語のできる子どもを育てる』による）

（注）リアル：現実的

**1** ①一文すらままならない。とはどういう意味か。

1 短い文章ならできるが長い文章は読めない。

2 短い文章でもなかなか書くことができない。

3 短い文章でも長い文章でも読めない。

4 長い文章になると一つの文も分からない。

**2** ②本来、読み書きは、表裏一体のもののはずが意味していることな何か。

1 昔から読み書きは重視されているので、教育に欠かせないはずである。

2 読む能力があるなら、書く能力もあるはずである。

3 読む能力と書く能力は生まれつきの才能のはずである。

4 昔から読み書きは同じ時間に教えられているはずである。

**3** ③書くことがこんなにできていないのに、一見、読むことだけが発達している

るということが起こっている理由を筆者はどう考えているか。

1 本を読む時間と作文を書く時間の差があるから。

2 自分の好きな読み書きをしていないから。

3 自分の頭で考えて読み書きしていないから。

4 受験用の文章が難しすぎるから。

**4** ④それは何を指しているか。

1 文を読む人の主観的考え

2 自分の客観的考え

3 筆者の主観的考え

4 筆者の客観的考え

（1）

　　可以閱讀艱澀的論說文，能夠順暢地解答選擇題形式的閱讀測驗。但一碰到書寫或陳述意見，①就連一個句子也無法隨意寫出。特別是一遇上想像的創造性內容，馬上就投降了。像這樣只會考試的優等生越來越多了。到底為什麼會產生這種讀與寫之間的不平衡呢？我認為無法寫出好文章和沒有花時間確實地閱讀這兩件事，基本上是相通的。

　　②原本讀寫應該就是互為表裡，或者可以說，讀寫本來就是同一件事，只不過是從相反方向來看罷了。這兩者都必須在自己腦海中重新組合思維。特別是寫文章這件事，在讀了別人寫的東西以後，從自己的角度重新思考，並以新的面貌重新呈現。文章就是從這個過程中發展出來的。閱讀也應超越單純的資訊收集，並且透過自己的書寫，加深自己的信念，以及自己看世界的角度，進而構築自己的人生。

　　說得更簡單一點，如果是因為閱讀而寫作，不論怎麼寫，其內容必定與自己有關。或者反過來說，為寫作而閱讀這件事也可以說是一樣的道理。

　　③明明對寫作如此地不拿手，但乍看之下，這些學生可說只有閱讀能力發達。這樣的情形，到底是怎麼一回事呢？或者我們該試著懷疑，那群應考優等生真的都讀懂文章嗎？

　　在這樣不平衡的狀態下，可以想見學生會認為無論是讀或是寫，都與自己無關。而在學校推薦的優秀作文中，這些學生並沒有展現出自我。而且，嚴密客觀的閱讀過程中，也沒有放入自己現實（註）主觀意見的餘地。對學生來說，他們並不擅長透過④那些他們不得不硬著頭皮完成的文章提出解答。如果要他們「寫下出場人物的心境」，就會更顯得厭惡。於是如眾所周知的，孩子們也就對閱讀之後寫讀後感想這件事感到極度厭惡。

（出自工藤順一《培育擅長國語的孩子》）

（註）　リアル：現實的

**生詞**　すらすら：流利地、流暢地／一文すら：連一句都～／～すら：連～也～／
ままならない：不如意、不隨心／～なるととたんに：一～就～／
～に関わる：關係到～、涉及到～／いやがります：討厭

1　正答：2　①就連一個句子也無法隨意寫出，指的是什麼意思？
　　　　　2　即便是短的文章也寫不出來。

2　正答：2　②原本讀寫應該就是互為表裡，意味的是什麼？
　　　　　2　如果有閱讀能力，應該也會有寫作能力。

3　正答：3　③明明寫作如此地不拿手，但乍看之下，這些學生可說只有閱讀能力發達，作者如何分析發生這種狀況的原因。
　　　　　3　因為沒有用腦袋思考而讀寫。

4　正答：1　④那些指的是什麼？
　　　　　1　閱讀文章者的主觀意見

（2）

　われわれはよく事実、事実っていいますけど、こういった例からも明らかなように、事実はすべて、実は仮説のうえに成り立っているんですね、①「裸の事実」などないのです。

　ということは、データを集める場合も、やっぱりその仮説――最初に決めた枠組みがあって、その枠組みのなかでデータを解釈するわけです。

　つまり、「はじめに仮説ありき」ということです。

　なにかしらの実験を行う場合、実験者はあらかじめ「こういうデータを集めよう」と考えているわけです。なにかしらの仮説があって、はじめてそういう実験を思いつくのです。

　もし、そういう仮説がなければ、そもそも実験・観察をしようなどとは考えつかないわけです。

　わかりやすい例として、神話・伝承と考古学の関係を考えてみましょう。

　ある村に、「むかしここに王の墓があった」という伝承が残っているとしましょう。たいていの人は、それは作り話にすぎないと考えています。でも、考古学を専攻する若い学生がたまたまその村に旅行にきて、村はずれの小山をみて（妙なかたちだな。もしかしたら人工物かもしれない）と考えるかもしれません。そして（ここが実際に王の墓なのではないか）という仮説を立てるわけです。そして、準備を重ね、指導教授や周囲を説得し、村人とも話し合いをして、その小山の発掘をはじめます。すると、一ヶ月後には王の墳墓がみつかって、神話・伝承は歴史的な事実として認められるのです。

　でも、この学生の指導教授の頭が固くて、「きみ、そんなのはどこにでもある民間伝承にすぎんよ。頭を冷やしたまえ」と一蹴して（注1）しまえば、そこで話はおわりです。②学生の新仮説は権威によって否定されてしまったので、それ以上の実験・観察は行われません。

ガリレオ (注2) の例でいえば、名だたる教授だちは、宇宙は完璧な世界だと思いこんでいるから、実際に望遠鏡で月のクレーター (注3) を目撃しても、「望遠鏡はデタラメ (注4) だ！」という結論を下してしまうわけです。

　③いまある枠組みに都合のいいように、事実のほうがねじ曲げられてしまいます。でも、本人には意図的に事実をねじ曲げたという意識はない。自覚がないから、自分が特定の仮説にしばられていることにも気づかないのです。

（竹内薫『99．9％は仮説　思いこみで判断しないための考え方』による）

（注1）一蹴する：反対する、否定する

（注2）ガリレオ：（1564-1642）、「天文学の父」とも呼ばれる科学者

（注3）月のクレーター：月の表面にあるでこぼこな場所

（注4）デタラメ：嘘、偽の情報

**5** ①「裸の事実」とはどういう意味か。

1　服を着ていない事実

2　必ず真実であるという事実

3　仮説を基にしていない事実

4　見ればすぐにわかる事実

**6** ②学生の新仮説とは何のことか。

1　考古学専門の学生が村はずれの小山にきたこと。

2　村はずれの山を人工物だと思ったこと。

3　王の墳墓が発見されたこと。

4　指導教授や村人が同意したこと。

**7** ③いまある枠組みをこの文章中の別の言葉で言うと、どれか。

1　データ

2　実験・観察

3　事実

4　仮説

**8** この文章で筆者が最も言いたいことは何か。

1　事実の追求は仮説を立てることから始まるということ。

2　仮説を考えると新しい事実が見つかるということ。

3　民間伝承は事実である可能性が高いということ。

4　権威のある学者はいい仮説を立てるということ。

（2）

　　我們常説事實、事實，但從這個例子我們可以知道，事實其實完全成立於假説之上，沒有所謂①「赤裸裸的事實」這樣的説法。

　　收集資料也是，我們還是會有一個假設──也就是一開始決定的架構，並在這個架構下對資料做解釋。

　　換句話説，就是「一開始就有假説」這麼一回事。

　　在做某些實驗時，實驗者會預先想著「來收集這樣的資料吧」。先有某些假説，才會想出這樣的實驗。

　　如果，沒有這樣的假説，也無從著手實驗與觀察等。

　　舉個比較好理解的例子，想想神話、傳説和考古學的關係吧。

　　假設在某村莊流傳著「從前這裡有國王的墳墓」的傳説，大部分的人會認為那只不過是編出來的故事，但專攻考古學的年輕學生湊巧到那村莊旅行，看著村外的小山（好奇妙的形狀啊，會不會是人為所造成的）或許會這樣思考。接下來會做出（這裡其實會不會就是國王的墳墓？）這樣的假説。之後，經過準備、説服指導教授及周遭的人，再和村人洽談，開始挖掘那座小山。接著，一個月後找到國王的墳墓，神話與傳説被認定為歷史上的事實。

　　但是，如果這學生的指導教授頭腦非常死……

　　「你啊，那只不過是到處都有的民間傳説，清醒點！」如此一口否定（註1），之後就沒戲唱了。

　　因為②學生新的假説被權威所否定，之後就不會有後續的實驗與觀察了。

　　以伽利略（註2）的例子來説，遠近馳名的教授們認為宇宙是完美的世界，所以即便實際上用望遠鏡看到月球表面的凸凹不平（註3），也會做出「望遠鏡是不可靠的！（註4）」的結論。

　　③依現有的框架、依個人的方便行事，事實也因此被扭曲，但當事人並不會意識到自己刻意扭曲了事實。因為沒有自覺，因此也不會察覺自己已經被特定的假説所束縛。

（出自竹內薰《99.9%是假説　不依迷思做判斷的思考方法》）

（註1）一蹴する：反對、否定

（註2）ガリレオ：伽利略（1564-1642）。亦被稱為「天文學之父」的科學家

（註3）月のクレーター：月球表面凸凹不平的地方

（註4）デタラメ：假的、虛構的情報

---

5　正答：3　①「赤裸裸的事實」是什麼意思？
　　　　　　3　沒有基於假説的事實

6　正答：2　②學生新的假説是指什麼意思？
　　　　　　2　將村外的山認定是人造物。

7　正答：4　在這文章之中要是將③現有的框架用別的詞句來説，是何者？
　　　　　　4　假説

8　正答：1　在這文章中作者最想表達的是什麼？
　　　　　　1　事實的追求始於立定假説。

**問題 14**　　次のページは、ある大学の公開講座のリストである。下の問いに対する答えとして、最もよいものを 1・2・3・4 から一つ選びなさい。

**1** 30 代主婦の村上さんは、月曜日から金曜日の午前中から午後 4 時までは時間があり、教材費も含めて 3 万円以内で受けられる講座を探している。村上さんが受講可能な講座はいくつあるか。

1　1つ
2　2つ
3　3つ
4　4つ

**2** 会社員の中山さんは、公開講座で何か外国語を習いたいと思っている。平日午後 5 時以降で 2 万 5 千円以内の講座を探している。また、1 月中旬は出張があるため、1 月 20 日以降に開講されるものに限る。中山さんの条件に合う講座は下の 4 つのうちどれか。

1　「韓国語（初級）」
2　「映画で学ぶ英会話」
3　「旅行で使える中国語」
4　「ビジネス英語－メールの書き方」

# 阪東大学　公開講座一覧（2016 年 1、2 月開講）

| | 講座期間 | 曜日時間 | 講座名<br>講座概要 | 回数 | 受講料 |
|---|---|---|---|---|---|
| 1 | 2/15 ～ 4/5 | 火・金<br>18:00-20:15 | 簿記検定 3 級受験講座<br>ゼロから始める簿記入門コース。 | 15 | 32,000 円 |
| 2 | 1/7 ～ 3/4 | 金<br>10:30-12:00 | シニアのためのやさしい英会話<br>50 歳以上の英語初心者の方対象です。 | 8 | 21,000 円 |
| 3 | 1/13 ～ 2/7 | 月・木<br>18:00-20:00 | 就職面接対策講座<br>短期大学・大学・大学院在学生対象。 | 8 | 18,000 円 |
| 4 | 1/17 ～ 3/14 | 月<br>15:30-17:30 | 囲碁を楽しむ<br>初めて囲碁をされる方でも安心。 | 6 | 9,000 円 |
| 5 | 1/12 ～ 3/16 | 水<br>11:30-12:30 | ハワイアン・フラダンス<br>女性限定。フラの基礎を学びましょう。 | 10 | 24,000 円 |
| 6 | 1/11 ～ 3/29 | 火<br>19:00-20:30 | 韓国語（初級）<br>初めて韓国語を学ぶ人におすすめです。 | 12 | 22,000 円 |
| 7 | 2/12 | 土<br>10:30-14:30 | 親子で楽しく！お料理！<br>親子でいっしょにお料理しましょう。 | 1 | 3,000 円<br>※ 1 |
| 8 | 1/19 ～ 3/23 | 水<br>9:30-11:00 | 映画で学ぶ英会話<br>英語レベルが中級以上の方向け。 | 10 | 32,000 円 |
| 9 | 1/24 ～ 3/14 | 月<br>19:00-21:00 | ビジネス英語ーメールの書き方<br>ビジネスマンに必要な英語を強化します。 | 8 | 25,800 円 |
| 10 | 1/21 ～ 4/1 | 金<br>18:30-20:00 | 旅行で使える中国語<br>発音から簡単な日常会話まで勉強します。 | 10 | 18,000 円 |
| 11 | 1/7 ～ 3/18 | 金<br>19:10-21:10 | ウェブデザイン（中級）<br>授業は全て英語で行います。 | 10 | 50,000 円 |
| 12 | 1/17 ～ 3/28 | 月<br>9:30-11:00 | 簡単！エクセル<br>初めてエクセルを使う方でも大丈夫。 | 10 | 20,000 円 |
| 13 | 1/19 ～ 2/23 | 水<br>10:40-12:40 | フランス家庭料理<br>フランス人の先生と楽しく。 | 3 | 12,000 円<br>※ 2 |
| 14 | 1/27 ～ 3/3 | 木<br>11:00-13:00 | 元気になるメイク<br>女性限定。メイクで元気になりましょう。 | 3 | 9,000 円 |
| 15 | 1/14 ～ 3/25 | 水<br>16:30-17:30 | こどものえいご<br>小学生限定。楽しみながら英語を勉強します。 | 9 | 22,500 円 |

※ 1：教材費が別に 1,200 円必要です。
※ 2：教材費が別に 1,800 円必要です。

**解說**

[1] 正答：4　30 多歲的家庭主婦村上小姐，週一到週五的上午到下午四點有空，她在找含教材費 3 萬日圓以內的講座。村上小姐可以去上課的講座有幾個呢？

    4　4 個

[2] 正答：3　上班族中山先生想在公開講座中學點外語。他要找平日下午五點以後，2 萬 5 千日圓以內的講座。另外，因為 1 月中旬要出差，所以限定 1 月 20 日以後才開始的課程。符合中山先生條件的講座是下列 4 種的其中那一項？

    3　「旅遊中文」

## 阪東大學　公開講座一覽（2016 年 1、2 月開講）

| | 講座期間 | 星期時間 | 講座名<br>講座概要 | 次數 | 學費 |
|---|---|---|---|---|---|
| 1 | 2/15 ～ 4/5 | 週二・週五<br>18:00-20:15 | **簿記檢定 3 級應考講座**<br>從零開始的簿記入門課程。 | 15 | 32,000 日圓 |
| 2 | 1/7 ～ 3/4 | 週五<br>10:30-12:00 | **銀髮族的簡易英語會話**<br>以 50 歲以上的英語初學者為對象。 | 8 | 21,000 日圓 |
| 3 | 1/13 ～ 2/7 | 週一・週四<br>18:00-20:00 | **就業面試對策講座**<br>以短期大學・大學・研究所在學學生為對象。 | 8 | 18,000 日圓 |
| 4 | 1/17 ～ 3/14 | 週一<br>15:30-17:30 | **歡樂圍棋講座**<br>圍棋初學者也能安心學習。 | 6 | 9,000 日圓 |
| 5 | 1/12 ～ 3/16 | 週三<br>11:30-12:30 | **夏威夷草裙舞**<br>限女性。草裙舞的基礎教學。 | 10 | 24,000 日圓 |
| 6 | 1/11 ～ 3/29 | 週二<br>19:00-20:30 | **韓語（初級）**<br>推薦初學韓語者。 | 12 | 22,000 日圓 |
| 7 | 2/12 | 週六<br>10:30-14:30 | **開心親子料理教室**<br>親子一起學料理！ | 1 | 3,000 日圓<br>※1 |
| 8 | 1/19 ～ 3/23 | 週三<br>9:30-11:00 | **看電影學英語會話**<br>適合英語中級以上程度者。 | 10 | 32,000 日圓 |
| 9 | 1/24 ～ 3/14 | 週一<br>19:00-21:00 | **商用英語－電子郵件的書寫方法**<br>強化商業人士必備英語。 | 8 | 25,800 日圓 |
| 10 | 1/21 ～ 4/1 | 週五<br>18:30-20:00 | **旅遊中文**<br>學習發音至簡單日常會話。 | 10 | 18,000 日圓 |
| 11 | 1/7 ～ 3/18 | 週五<br>19:10-21:10 | **網頁設計（中級）**<br>全英語授課。 | 10 | 50,000 日圓 |
| 12 | 1/17 ～ 3/28 | 週一<br>9:30-11:00 | **簡易！Excel**<br>Excel 初學者也沒問題。 | 10 | 20,000 日圓 |
| 13 | 1/19 ～ 2/23 | 週三<br>10:40-12:40 | **法式家庭料理**<br>和法國老師開心學料理！ | 3 | 12,000 日圓<br>※2 |
| 14 | 1/27 ～ 3/3 | 週四<br>11:00-13:00 | **元氣化妝法**<br>限女性。透過化妝帶來元氣！ | 3 | 9,000 日圓 |
| 15 | 1/14 ～ 3/25 | 週三<br>16:30-17:30 | **兒童英語**<br>限小學生。快樂學英語。 | 9 | 22,500 日圓 |

※1：另需繳教材費 1,200 日圓。

※2：另需繳教材費 1,800 日圓。

右のページは、「二宮市」の交流センターの利用案内である。下の問いに対する答えとして、最もよいものを１・２・３・４から一つ選びなさい。

**3** 二宮市で活動するボランティアグループが交流センターの会議室を利用したいと思っている。会議は午後２時から４時までで、参加者は36人である。会議のときにプロジェクターも利用したいと思っている。このボランティアグループはセンターにいくら支払うか。

1　600円

2　1,200円

3　2,700円

4　3,200円

**4** このセンターの利用に関して、正しいものはどれか。

1　９月のミーティングで会議室を利用したいので、４月に電話で予約した。

2　二宮市の社会人サークルが小会議室を利用して、食事会を行った。

3　３週間後のパソコン研修室の予約を２週間後に変更したいので、使用許可変更取消申請書を提出した。

4　窓口で２週間後の大会議室の利用申込みをする前に、メールで先に予約をしておいた。

# 二宮市交流センター　利用案内

開館時間：火曜日～日曜日　9:30 ～ 21:00
窓口受付時間：火曜日～日曜日　9:30 ～ 17:30
休館日：毎週月曜日・年末年始

➤ **申込方法**

1. センター窓口、または電話で各施設の空き状況をご確認の上、ご予約ください。（受付電話：00-0000-0000）
2. 使用許可申請書をご記入の上、窓口でお申込みください。利用料金はお申込み時に全額お支払いください。
3. センターから使用許可書をお渡しします。

   ● ご予約後、1週間以内に窓口にて申請手続きをしてください。1週間を過ぎてもお申込み手続きのない場合、キャンセルとさせていただきます。
   ● ご予約はご利用日の3ヶ月前から受け付けます。
   ● キャンセルしたり変更したりする場合は、使用日の10日前までに使用許可変更取消申請書を提出してください。それ以降のキャンセルの場合、ご利用料金の返金はできません。
   ● Eメールでの受付はお受けできませんので、ご注意ください。

➤ **利用料金（1時間あたり）**

| | 席数 | 午前<br>9:30-12:00 | 午後<br>13:00-17:00 | 夜間<br>17:00-21:00 |
|---|---|---|---|---|
| 大会議室 | 120 | 1,100 円 | 1,200 円 | 1,500 円 |
| 中会議室 | 42 | 500 円 | 600 円 | 800 円 |
| 小会議室 | 18 | 250 円 | 300 円 | 500 円 |
| パソコン研修室 | 20 | 1,700 円 | 1,700 円 | 2,000 円 |
| 一般パソコンルーム | 20 | 100 円 | 100 円 | 150 円 |

   ● 大会議室以外でプロジェクターをご使用になる場合は、下記の利用料金が必要です。　午前、午後…1,500 円／夜間…2,000 円
   ● コピーはセンター事務所でできます。1枚 10 円です。

➤ **注意事項**

   ● 利用開始時は必ずセンター窓口までご連絡ください。
   ● 試用時間は厳守してください。
   ● 施設内では、喫煙・飲食をしないでください。
   ● 他の利用者の迷惑にならないように、静かに利用してください。
   ● 移動させた机やいすは元の位置に戻してください。

③ 正答：3　在二宮市活動的志工團體想使用交流中心的會議室。會議是下午 2 點開始到 4 點，參加者有 36 人。會議時也想使用投影機，這個志工團體要付中心多少費用？

　　　　　3　2,700 日圓

④ 正答：3　關於這中心的使用，何者正確？

　　　　　3　因想將 3 週後使用的電腦研習室預約變更成 2 週後使用，所以提出使用許可變更取消申請書。

---

# 二宮市交流中心　使用簡介

開館時間：星期二～星期日　9:30 ～ 21:00
櫃台受理時間：星期二～星期日　9:30 ～ 17:30
休館日：每週一・年末年初

## ➤申請方法
1. 請事先向中心櫃台、或以電話確認各施設的使用狀況，再行預約。
（受理電話：00-0000-0000）
2. 請填妥使用許可申請書，再至櫃台申請。使用費請於申請時全額繳納。
3. 由中心發行使用許可書。
- 在預約後 1 週之內，請到櫃台辦理申請手續。若 1 週過後仍未辦理申請手續，予以取消處理。
- 可在使用日的 3 個月前預約。
- 要做取消或變更時，請在使用日的 10 天前提出使用許可變更取消申請書。若之後再行取消，使用費恕不退還。
- 恕不受理 E-mail 申請，請注意了。

## ➤使用費（每小時）

| | 席數 | 上午<br>9:30-12:00 | 下午<br>13:00-17:00 | 晚上<br>17:00-21:00 |
|---|---|---|---|---|
| 大會議室 | 120 | 1,100 日圓 | 1,200 日圓 | 1,500 日圓 |
| 中會議室 | 42 | 500 日圓 | 600 日圓 | 800 日圓 |
| 小會議室 | 18 | 250 日圓 | 300 日圓 | 500 日圓 |
| 電腦研修室 | 20 | 1,700 日圓 | 1,700 日圓 | 2,000 日圓 |
| 一般電腦室 | 20 | 100 日圓 | 100 日圓 | 150 日圓 |

- 在大會議室以外使用投影機時，必須支付下列費用。
　上午、下午…1,500 日圓／晚上…2,000 日圓
- 可在中心事務所影印，一張 10 日圓。

## ➤注意事項
- 開始使用時務必與中心櫃台連絡。
- 請嚴格遵守使用時間。
- 在施設內請勿抽菸、飲食。
- 請勿造成其他使用者的困擾，保持安靜。
- 移動過的桌椅請歸回原位。

# 3

# 聽解

考前總整理
題型分析與對策
試題練習與詳解

# 考前總整理｜聽解

| 日文 | 中文翻譯 |
| --- | --- |
| 今お時間よろしいでしょうか。 | 請問您現在有空嗎？ |
| 何でしょうか。 | 有什麼事嗎？ |
| ご相談したいんですが……。 | 有事想找您商量…… |
| どうぞお掛けください。 | 請坐。 |
| ご紹介します。 | 請讓我為您介紹。 |
| 内緒にしてほしいです。 | 請您保密。 |
| 手伝ってもらえますか。 | 可以麻煩您幫忙嗎？ |
| 開館時間は以下の通りです。 | 以下為開館時間。 |
| 発表を始めさせていただきます。 | 請容我開始發表。 |
| お考えを伺いたいと思います。 | 我想聽聽您的看法。 |
| ○○さんに話すようにしてください。 | 請轉告○○先生／小姐。 |
| 上司に連絡するようにしてください。 | 請聯絡上司。 |
| 許可を得た上で複写してください。 | 請在取得同意後影印。 |
| 来週までに提出してください。 | 請在下個禮拜前繳交。 |
| ５時まで開いています。 | 開到5點。 |
| 会議を開くことになっています。 | 預定要召開會議。 |
| 面白そうじゃないですか。 | 聽（看）起來挺有意思的嘛！ |
| お休みのところ、お電話してすみません。 | 不好意思在您休息時打電話叨擾。 |
| 約束したからには、何があっても守ってください。 | 既然已經約定好了，無論發生什麼事都應該遵守。 |
| 分かりやすい話ですね。 | 這件事明白易懂。 |
| 頼みづらいことがあるんですが……。 | 有件難以啟齒的請求…… |
| あの店は予約しにくいです。 | 那間店不好訂位。 |

|  |  |
|---|---|
| 詳しいわけではありません。 | 詳細情形我也不是很清楚。 |
| 忘れないようにしてください。 | 請不要忘記。 |
| 商品は明日までにお届けします。 | 商品預計明天會送達。 |
| ○○さん、昇格したんだって。 | 聽說○○先生／小姐升遷了。 |
| 急用ができて来られないとか言ってました。 | 他說突然有事所以沒辦法來。 |
| 受付で問い合わせてみたらどうですか。 | 去服務處問問看吧！ |
| 手伝ってくださったおかげです。 | 多虧有您的幫忙。 |
| お土産といっても、大したものではないけどね。 | 雖然說是伴手禮，也不是什麼太貴重的東西啦！ |
| 風邪は治らないことはないよ。 | 感冒沒有治不好的啦！ |
| 言いたいことは分かる。 | 我懂你的意思。 |
| 停電のお知らせ、聞いていますか。 | 有聽說會停電嗎？ |
| 失礼な話し方はやめたほうがいい。 | 最好不要用沒有禮貌的口氣講話。 |
| もっと早く気付けばよかったのに。 | 要是能提早發現就好了。 |
| 無理をしなくても結構です。 | 不用勉強沒關係。 |
| 心配しなくてもよかったのに。 | 你大可不必那麼擔心。 |
| どこかでお会いしたことがありますか。 | 我們是不是在哪裡見過面呢？ |
| 国によって文化が違います。 | 文化會因為國家而不同。 |
| 見方は人によります。 | 看法因人而異。 |
| 議論の結果次第で決めます。 | 我們將視討論結果而決定。 |
| 状況に応じて判断すべきです。 | 應該根據情況做出判斷。 |
| 今日その店は空いてないんじゃない? | 那間店今天應該沒有開吧？ |
| 若者には語学力は必要です。 | 年輕人一定要具備語文能力。 |
| 早めに予約したほうがいいです。 | 提早預訂比較好。 |
| 子供に携帯を持たせないほうがいいです。 | 不要讓小孩使用手機比較好。 |
| 理由もなく遅れるべきではありません。 | 不應該沒有任何理由而遲到。 |

| | |
|---|---|
| 保険料はきちんと払うべきです。 | 保費應該確實繳交。 |
| 地震が起きても慌てずに避難してください。 | 就算發生地震也要不慌張地前往避難。 |
| 知らないうちに財布がなくなっていました。 | 錢包不知道何時突然不見了。 |
| 忘れないうちにメモを取ってください。 | 請在忘記之前記下來。 |
| 人身事故のため、電車の運転を見合わせています。 | 因發生死亡事故，電車暫時停開。 |
| 不景気により、閉店する店が増えています。 | 因為經濟不景氣而關門的店鋪增加了。 |
| 歩きスマホによる事故が頻繁に起こるようになりました。 | 因為邊走邊滑手機而發生的事故頻繁地增加。 |
| お客様本人が手続きをする必要があります。 | 需要客人親自辦理手續。 |
| パスワードの確認には、携帯番号が必要です。 | 為了做密碼的確認，必須要有手機號碼。 |
| 統計によると、観光客が増えているという。 | 根據統計，觀光客有增加的趨勢。 |
| レシートは結構です。 | 發票就不用了。 |
| 何か意見がある人はいませんか。 | 有沒有人有任何意見？ |
| 指示通りにやれば問題ありません。 | 只要遵從指示去做就沒有問題。 |
| 今年の問題は例年に比べると簡単でした。 | 今年的問題比起往年還要簡單。 |
| この映画は涙が出るほど面白かったです。 | 這部電影好笑到眼淚都流出來了呢！ |
| 自分の部屋ぐらい自分で掃除しなさい。 | 至少自己的房間請自己整理。 |
| 部屋に入るとき、ノックぐらいしてよ。 | 進房間時至少敲個門吧！ |
| あなたほど真面目な人はいません。 | 沒有比你還認真的人了。 |
| 授業料は安ければ安いほどいいんだけど。 | 學費是愈便宜愈好。 |
| 年をとるにつれて、行動が不自由になってきました。 | 隨著年紀增長，行動也愈來愈不方便了。 |
| 年数が増えるにつれ、ボーナスも増えてきます。 | 隨著工作年數增加，年終獎金也會變多。 |
| だんだん慣れてくるから大丈夫です。 | 會慢慢習慣所以沒問題。 |
| 長年務めていた会社が合併されました。 | 我工作許久的公司被合併了。 |
| 日本へ来たばかりなので、何も分かりません。 | 我才剛到日本所以什麼都不懂。 |
| 勝負はこれから始まるところです。 | 勝負才剛要開始呢！ |

| | |
|---|---|
| 空港に着いたところです。 | 我剛抵達機場。 |
| 今話し合っているところです。 | 現在正在討論。 |
| 寝るどころじゃなかった。 | 根本沒辦法睡覺。 |
| これは興味深い講演会です。 | 這是個令我深感興趣的演講。 |
| 安全問題は最優先に考えなければなりません。 | 安全應該是最優先考量的事。 |
| 外国人からすると、納豆は変わった食べ物だそうです。 | 聽說在外國人看來，納豆是一種很奇特的食物。 |
| あなたの言う通りにします。 | 會照你說的去做。 |
| 私には私なりの考えがあります。 | 我有我自己的想法。 |
| 自分なりに頑張ったつもりです。 | 我認為自己努力過了。 |
| パスポートを提示してください。 | 請出示護照。 |
| 誰か反対意見はありませんか。 | 有人反對嗎？ |
| あのレストランは中華料理がお薦めです。 | 那間餐廳我推薦中式料理。 |
| インターネットは便利な反面、危険も多いです。 | 網路很方便，但另一方面也有不少危險。 |
| この車は値段が高いのに良く売れています。 | 這輛車雖然價位高但是賣得很好。 |
| 台風に備えて、水と食料を買い溜めました。 | 為了防颱措施而囤積了水和糧食。 |
| 試験に備えて、きちんと復習するようにしてください。 | 為了應考，請紮實地複習。 |
| ご意見がある際、係員にお申し付けください。 | 若有任何意見，請吩咐工作人員。 |
| 表を付け加えることで、もっと理解しやすくなります。 | 附上表格更容易理解。 |
| 思いやりがあるからこそ、皆に好かれます。 | 正因為有顆替別人著想的心才被大家喜愛。 |
| こちらこそいろいろとお世話になりました。 | 是我受您的關照了。 |
| 今度こそ是非、遊びに来てください。 | 下次請您一定要來玩。 |
| 失敗してはじめて、自分の不足に気付くようになるのです。 | 就因為失敗過才會發現自己的不足。 |
| 登録の手続きをしてからでないと、カードを作ることはできません。 | 要先辦完登記手續之後才能辦卡。 |

| | |
|---|---|
| 部長が来ないことには、会議を始めることはできません。 | 部長沒到會議就無法開始。 |
| すでに予約済みの方はこちらへ。 | 已經預約的人請往這邊。 |
| 同僚に代わり、私が出席することになった。 | 我將代替同事出席。 |
| 朝起きて窓を開けると、雪が降っていました。 | 早上起來開窗戶時發現外面在下雪。 |
| このゼミでは中国の歴史を見てみましょう。 | 這門課堂討論就讓我們來看看中國的歷史吧。 |
| 温暖化の問題をどのように取り組めるのか考えよう。 | 讓我們來思考如何處理全球暖化問題吧！ |
| 夢を実現するために、いっしょに頑張ろうではありませんか。 | 為了實現夢想讓我們一同努力吧！ |
| 天気予報によると、明日は晴れるようです。 | 根據氣象預報，明天似乎會放晴。 |
| 忙しかったようなので、邪魔してはいけないと思いまして。 | 您看起來很忙，我不好意思打擾您。 |
| この資料に間違いがあるみたいです。 | 這個資料上似乎有些錯誤。 |
| これは私のじゃないようなんですけど。 | 這個好像不是我的。 |
| カメラの修理には一週間ほどかかります。 | 相機的維修大概需要一週的時間。 |
| ラッシュの電車ほど嫌なものはありません。 | 沒有比尖峰時刻的通勤電車還令人厭煩的了。 |
| 去年の夏は暑かったです。ところが、今年の夏は涼しいです。 | 去年的夏天很熱，但今年的夏天卻很涼快。 |
| お腹空いたなあ。 | 我肚子餓了呢！ |
| このセットコースをお願いします。 | 我要這一個套餐。 |
| 明日の授業は休講です。 | 明天停課一天。 |
| 彼の言っていることは確かに一理あります。 | 他說的話確實有道理。 |
| 合格したからといって、日本人のように話せるわけではありません。 | 就算考試及格，並不代表就能像日本人一樣說一口流利的日文。 |
| 外食するとお金がかかります。 | 吃外食就會花錢。 |
| 友人から聞いたところ、彼はすでに結婚しているそうです。 | 聽我朋友說他已經結婚了。 |
| 昨日から吐き気がするんです。 | 從昨天開始就想吐。 |

| | |
|---|---|
| 実験結果を分析してみよう。 | 讓我們來分析實驗結果吧！ |
| 経済問題に真剣に取り組んでください。 | 請認真處理經濟問題。 |
| この点についてはまだ明らかにされていません。 | 關於這點我們尚未查明。 |
| 何度も練習することが大切なのです。 | 反復練習很重要。 |
| 会社の代表として立ち会わせていただきます。 | 我將以公司的代表身分一同參與。 |
| これは誰を対象とした調査ですか。 | 這是以誰為對象做的調查呢？ |
| この線を基準に並んでください。 | 請以這條線為基準排隊。 |
| ここで働きたいと思うようになりました。 | 我開始有想在這邊工作的想法。 |
| 私としては、どちらを選らんでも構いません。 | 對我而言，不管選哪一個都無所謂。 |
| 内線で連絡してください。 | 請用內線電話聯絡。 |
| 夏休みは友人とイタリアに行くことになっています。 | 暑假要和朋友去義大利。 |
| この件は君に任せます。 | 這件事就交給你了。 |
| というわけで、後片付けお願いね。 | 所以呢，就交給你善後囉！ |
| 少し検討させてください。 | 請讓我思考一下。 |
| 鍵が違うわけだから、ドアが開かないのも当然のことです。 | 因為鑰匙不對，（所以）當然沒有辦法開門。 |
| 努力もせずに成功するわけがない。 | 沒經過努力怎麼可能會成功。 |
| 必ず今日中には完成させます。 | 我一定會在今天之內完成。 |
| 会員に入れば、列を並ばずに済みます。 | 只要加入會員就不必排隊了。 |
| ボタンを押せば、作動するようになっております。 | 只要按下按鈕就會啟動。 |
| 結論を先に言います。 | 我先說結論。 |
| 残った仕事は明日続けることにしよう。 | 剩下的工作就留到明天再繼續吧！ |
| 報告書が出来上がっております。 | 報告書已經完成了。 |
| 時間がないから、タクシーで行くことにします。 | 因為沒有時間，所以我會搭計程車去。 |
| ご一読ください。 | 敬請過目。 |
| お降りの際は足元にご注意ください。 | 下車時請留意您的腳步。 |

| | |
|---|---|
| 火事の際は階段をご利用ください。 | 火災時請走樓梯。 |
| 人が話してる最中に口出しするのは良くないです。 | 別人在講話時插嘴是不好的。 |
| ご迷惑をかけることになってはいけません。 | 不能給您添麻煩。 |
| 日本なんて何年ぶりかな。 | 上次來日本是多久以前了呢？ |
| やればできる。 | 努力就能辦到。 |
| あなたなら絶対にできますよ。 | 你一定做得到。 |
| この薬は6時間おきに飲んでください。 | 這個藥請每六個小時服用一次。 |
| 私が責任を取るから。 | 我會負責的！ |
| 保険料は一ヶ月ごとに払ってください。 | 保費請每個月繳一次。 |
| 是非あなたにやってもらいたいです。 | 我非常希望由你來做。 |
| 少しずつゆっくりやればいいよ。 | 一點一點慢慢地做就可以啦！ |
| その後お変わりありませんか。 | 在那之後有什麼變化嗎？ |
| こっちの手伝いお願いできるかな。 | 可以麻煩來這邊幫忙嗎？ |
| ご無沙汰しております。 | 好久不見。 |
| 頑張れるところだけ頑張ってみたらどうですか。 | 能努力的就努力看看如何？ |
| 持てるだけ持っていっていいですよ。 | 能拿多少就拿多少吧！ |
| わりに良くできているじゃない。 | 你比我預期做得好啊！ |
| ただ今戻りました。 | 我回來了。 |
| 食べたいだけ食べてね。 | 想吃多少就吃多少吧！ |
| 五つ星ホテルにしてはサービスはいまいちでした。 | 雖說是五星級飯店，服務還差那麼一點。 |
| なかなかよく出来ていますね。 | 做得還不錯呢！ |
| このスピーチ、聴くだけは聴いてみてよ。 | 來聽聽看這個演講嘛！ |
| あれほど威張ってたくせに、自分でもできてないなあ。 | 原本還那麼囂張，自己也沒做好嘛！ |
| もう一息です。 | 就差一點了。 |
| 緊張しなくてもいいと思います。 | 不需要那麼緊張。 |
| さっきどこまで話してたっけ。 | 剛剛講到哪裡了？ |

| | |
|---|---|
| わざわざここに来てまで私に会いたいなんて、光栄です。 | 竟然特地來這邊說要見我，真是我的榮幸！ |
| ありえない。 | 不可能。 |
| もっと積極的に問題に取り組んでください。 | 請更積極面對問題。 |
| 何か変わったことがありましたか。 | 有什麼變化嗎？ |
| あっ、こんなところにありました。 | 啊！原來在這邊。 |
| この前お借りした本はすでにお返ししたはずです。 | 之前跟您借的書，照理說已經還給您了才對。 |
| もう少しで終わります。 | 再一會兒就會結束了。 |
| そのつもりです。 | 是這麼打算的。 |
| そんなはずではなかったのですが……。 | 不應該是這樣的…… |
| 何かお手伝いすることはありませんか。 | 有什麼需要幫忙的嗎？ |
| 冗談のつもりで言ったから、そんなに怒らないでくださいよ。 | 我原本是開玩笑講的，所以不要那麼生氣嘛！ |
| ご覧になりましたか。 | 您過目了嗎？ |
| 長い挨拶は抜きにして、乾杯しましょう。 | 讓我們省略冗長的客套話，一起乾杯吧！ |
| 私にもったいないです。 | 如果給我就太浪費了。（我配不上） |
| ついでにこれ、送ってきてもらえるかな。 | 可以順便幫我寄這個嗎？ |
| お元気にお過ごしでしょうか。 | 您過得好嗎？ |
| 出かけるついでにごみを出しといてくれませんか。 | 出門時可以順便幫忙把垃圾拿出去嗎？ |
| 日本人というと、どんなイメージを持っていますか。 | 說到日本人，你有什麼印象呢？ |
| そういえば、この前の話、引き受けてくれますか。 | 話說之前提到的那件事，能麻煩你嗎？ |
| そのように致します。 | 就這麼辦。 |
| 恥ずかしがらないで、一緒に話をしようよ。 | 不要害羞，一起來聊天吧！ |
| 言葉が通じなくても、気持ちは伝わるものです。 | 就算語言不通，心意也是可以傳達的。 |
| お決まりになりましたらお呼び下さい。 | 決定好的話請叫我們。 |
| 責任者が知っているとは限りません。 | 負責人不一定知情。 |
| あいにくまだ帰っておりません。 | 很不巧，他還沒回來。 |

| 早く帰ってきて欲しいものです。 | 希望你快一點回來。 |
|---|---|
| 念のためもう一回確認をお願い致します。 | 謹慎起見請您再做一次確認。 |
| よく彼の家に誘われたものです。 | 我常被邀請到他家呢！ |
| 私には理解できません。 | 我沒辦法理解。 |
| 受けとるわけにはいきません。 | 我沒有辦法收下。 |
| 仕事はうまくいっています。 | 工作進行得很順利。 |
| 許可されるわけがないです。 | 不可能會得到同意。 |
| 今の生活には満足しています。 | 我很滿意現在的生活。 |
| 朝遅れがちじゃないか。 | 怎麼早上都會遲到呢？ |
| 割り勘にしましょう。 | 我們各付各的吧！ |
| この問題を放っておくわけにもいきません。 | 總不能把這個問題擱在一旁。 |
| ついでにやっていただけますか。 | 可以順便幫我做嗎？ |
| 少し風邪気味です。 | 似乎有點感冒了。 |
| 別々に包装してください。 | 請分開包裝。 |
| もう年だから忘れっぽくなります。 | 上了年紀就會變健忘。 |
| それなら私にもできそうです。 | 是這樣的話我應該也做得到。 |
| 地面が濡れてるから、さっき雨が降ったみたいです。 | 因為地面是濕的，所以剛剛似乎下過雨。 |
| 元気なうちに旅行したいです。 | 想趁健康的時候旅行。 |
| 明日はマイナス5度まで気温が下がるらしいです。 | 明天氣溫似乎會降到零下5度。 |
| 最寄り駅はどこですか。 | 最近的車站是哪兒呢？ |
| 話を聞くと、とても受け入れてもらえるような感じではなかったです。 | 對方聽起來不像是會接受的感覺。 |
| そう言えばそうですよね。 | 這麼說好像是這樣。 |
| そのように言われてみれば、その気がします。 | 被這麼一說，好像真的有這種感覺。 |
| 話が変わりますが……。 | 我要講另外一件事…… |
| 一位をとったとはいえ、いつ追い越されるのか分かりません。 | 雖說拿了第一，但也不知道何時會被超越。 |

| | |
|---|---|
| それならいいけど。 | 如果是這樣就好。 |
| お一人様のお買い上げは二点までです。 | 一位最多只能購買兩個。 |
| 先の話に戻りますが……。 | 回到剛剛的話題…… |
| 会員のみ参加可能です。 | 只有會員能參加。 |
| そうだったらいいのに。 | 如果是這樣就好了。 |
| 自分のことしか考えないからそうなります。 | 正因為你只想到自己才會變這樣。 |
| そばにいてほしいです。 | 希望你在我身邊。 |
| 滅多に怒らない先生にさえ叱られました。 | 居然被不常生氣的老師罵了。 |
| 気持ちを分かってほしいです。 | 希望你能理解我的心情。 |
| 君がいなければ困ります。 | 你不在的話我會覺得困擾。 |
| 忙しくて、寝るどころじゃなかったよ。 | 已經忙到根本不是睡覺的時候。 |
| 無事でさえいれば、安心しました。 | 只要你沒事我就放心了。 |
| あなたが悪くないです。 | 不是你的錯。 |
| 道に迷うおそれがあるので、住所を教えていただけますか。 | 因為擔心會迷路，所以能請您給我地址嗎？ |
| 忘れ物をしたことに気がつきました。 | 發現有忘記什麼東西了。 |
| 諦めるしかないです。 | 只好放棄了。 |
| あの人のことが気になります。 | 會在意那個人。 |
| 聞いてみるしかありません。 | 只好問問看了。 |
| 隣の部屋から誰かの声がしました。 | 從隔壁房間傳來不知道是誰的聲音。 |
| もう、どうしようもないじゃないか。 | 真的已經沒辦法了啊！ |
| 家でごろごろします。 | 在家裡休息放鬆。 |
| うまい話には裏があります。 | 好話背後可能有其他目的。 |
| 今、うちに帰ってきたところ。 | 剛剛回到家。 |
| 地震が起きたが、幸いなことに、けが人は出ませんでした。 | 雖然發生地震，但幸好沒有任何人受傷。 |
| 一緒にどうかなと思って。 | 想說可以邀請你一起嗎？ |

| | |
|---|---|
| 私ならではのこだわりがあります。 | 有我獨特的堅持。 |
| 誰も分かってくれません。 | 沒有人懂我。 |
| 今回に限って、許してあげます。 | 就原諒你這一次。 |
| あなたが行くなら私も行きます。 | 你要去的話我也要跟去。 |
| もうすでに手遅れでした。 | 已經來不及了。 |
| 確認したほうが妥当だと思います。 | 我想最好確認一下比較妥當。 |
| 私が言うまでもないが……。 | 不用我說應該要知道的…… |
| あなたのことだから、心配ありませんよ。 | 我一點都不擔心你。 |
| 話にならない。 | 這事免談。（說了也沒用） |
| 自分で料理するのは面倒です。 | 自己煮飯很麻煩。 |
| それでいいの？ | 就那樣沒關係嗎？ |
| 別にかまいません。 | 也沒什麼關係。 |
| とりあえずビールをください。 | 先給我一杯啤酒吧！ |
| 早速のご返事ありがとう。 | 感謝您迅速的回覆。 |
| 返事が遅れてすみません。 | 不好意思，回覆晚了一些。 |
| 疲れが出てきたようです。 | 看來是開始覺得累了。 |
| あなたの努力次第です。 | 這就看你的努力了。 |
| あの学生は休みがちです。 | 那位學生常常請假。 |
| アルバイトを代わってもらってもいいですか。 | 可以請你幫我代班（打工）嗎？ |
| 悪いけど、宜しく頼むよ。 | 真不好意思，麻煩你了喔！ |
| 今日は御馳走しますよ。 | 今天由我來請客吧！ |
| お母さんの味が懐かしいなあ。 | 真懷念媽媽煮的味道啊！ |
| 義理チョコはもらっても嬉しくないです。 | 就算收到人情巧克力也不會覺得開心。 |
| 引っ越しが落ち着いたら連絡しますね。 | 搬家告一段落後再跟你聯絡喔！ |
| いいことじゃないか。 | 這不是好事嗎？ |
| あの子は世話好きです。 | 那個孩子喜歡照顧別人。 |

| | |
|---|---|
| もう一度考え直してください。 | 請再重新思考。 |
| 携帯はマナーモードに切り替えてください。 | 手機請切換成靜音模式。 |
| 明日の会議はもう準備万端です。 | 明天的會議已做好萬全的準備了。 |
| 伝言お願いできますか。 | 能託你傳話嗎？ |
| 後ほどこちらから掛けなおします。 | 稍後會再由這邊回撥電話。 |
| 電話があったことをお伝えください。 | 請轉達他說有一通來電。 |
| 十分間休みを取りましょうか。 | 先休息十分鐘好了。 |
| 土足のまま部屋に入らないでください。 | 請不要穿著鞋子進房間。 |
| スリに十分にご注意ください。 | 當心扒手。 |
| ただいま正社員募集中です。 | 目前正在招募正職人員。 |
| 他の人に先を越されたら悔しいですね。 | 被別人搶先一步會很不甘心的呢！ |
| どれがいいか決められないです。 | 我沒辦法決定哪一個比較好。 |
| 彼は次期社長の候補と言われています。 | 據說他是下一任社長人選。 |
| とにかくやってみます。 | 總之做做看。 |
| 建前と本音とは違います。 | 表面上說的話與內心的真心話是不同的。 |
| 会社を辞めさせて頂きたいです。 | 請容我辭掉工作。 |
| できる限りのことをやります。 | 盡力而為。 |
| プライベートの時間を大切にしています。 | 珍惜私人時間。 |
| 彼は言われないと行動しないタイプです。 | 他是那種不叫他做就不會主動做事的人。 |
| ご迷惑じゃないでしょうか。 | 會不會打擾到您呢？ |
| やる気満々。 | 摩拳擦掌。 |
| どんな理由であっても犯罪は許せません。 | 無論理由為何，犯罪是無法寬恕的。 |
| 彼は本当に困った人です。 | 他真的是令人傷腦筋的人。 |
| もう一度確認しておくべきでした。 | 早知道就再確認一遍了。 |
| 遠慮せずに言ってください。 | 請不要客氣，儘管吩咐。 |
| 無理なお願いをしてすみません。 | 提出無理的請求真的很不好意思。 |

| | |
|---|---|
| 遅刻<sub>ちこく</sub>しないようにしてください。 | 請不要遲到。 |
| 約束<sub>やくそく</sub>をうっかり忘<sub>わす</sub>れてしまいました。 | 不小心忘了約定。 |
| 周<sub>まわ</sub>りの人<sub>ひと</sub>に迷惑<sub>めいわく</sub>をかけないでください。 | 請不要給身邊的人造成困擾。 |
| 何<sub>なに</sub>を言<sub>い</sub>われようと気<sub>き</sub>にしません。 | 不管被說什麼都不在乎。 |
| ご理解<sub>りかい</sub>いただき、ありがとうございます。 | 感謝您的體諒。 |

# 題型分析與對策｜聽解

## 聽解（50 分鐘）

※ 根據官方公布，實際每回考試題數可能有所差異

| 問題 1<br>問題理解 | 一共 5 題。測驗項目為理解情報找出解決問題的選項。<br>先掌握問題選項，邊聽音檔邊筆記線索。最常問「接下<br>來要做什麼？」「最後的決定是什麼？」等。<br>本大題開始作答前會播放例題，請勿作答。每題僅播放<br>一次，播放結束後，約 12 秒為作答時間。 |
| --- | --- |

### ✏ 範例題

テレビの料理番組で男の人と女の人が話しています。男の人がこのあとすることは何ですか。

F：はい、ではこちらをご覧ください。材料がずらりと準備されていますね。

M：はい、こちらは今旬のお魚、そして、えび。

F：わあ、大きいですね。

M：ええ、せっかくですから魚も大きめに切ってみました。

F：サツマイモに、玉ねぎ……、こちらは、春らしいですね。

M：ええ、春なので木の芽もご用意いたしました。

F：この木の芽は今朝山でとれたばかりのものだそうです。新鮮ですよ。ではこち
　　らの鍋にすでに油が準備されていますので……。

M：はい、では 170 度になったら始めましょう。

男の人がこのあとすることは何ですか。

1. 魚とえびを大きめに切る
2. 魚や野菜を油で揚げる
3. 食材を紹介する
4. 新鮮な野菜や木の芽を用意する

問題 2
重點理解

一共 6 題。測驗項目為理解課題發生的原因、理由。
先掌握問題選項,邊聽音檔邊筆記線索。最常問「為什
麼?」「重要的是什麼?」等。
本大題開始作答前會播放例題,請勿作答。每題播放情
境提示和問題後,約 20 秒停頓可先解讀選項;整題播
放結束後,約 12 秒為作答時間。

✏ 範例題

男の人が話しています。男の人はどんな小説がいい小説だと言っていますか。

M: 例えば小説の登場人物の行動などを読んで、どうしてその人はそんなことを
したのか、どういう理由でそう言ったのか、それを読者に考えさせることに
こそ意味があるんです。だから、事細かに説明しているものよりも、書かれ
ている状況を読んで、あとは読者の想像に任せる、そんな描き方のものが作
品としては評価されるべきじゃないでしょうかね。

男の人はどんな小説がいい小説だと言っていますか。

1. 登場人物の行動がはっきり書かれたもの
2. 人物を細かく説明しているもの
3. 読んでいる人に想像させるもの
4. 行動の理由を説明しているもの

一共 5 題。測驗項目為理解文中話者的意圖或主張。先掌握問題選項，邊聽音檔邊筆記線索。
本大題開始作答前會播放例題，請勿作答。每題僅播放一次，播放結束後，約 10 秒為作答時間。

## 範例題

男性がある商品について話しています。

M：私は当初、どちらかといえばもう少し派手目のパッケージ・デザインがいいと思ってたんです。新商品ということでお客さまの目をひくものがいいって、単純にそういう考えがあってですね。でもみなさんの意見を聞いているうちに、そもそもこれは 20 代から 30 代の女性向けのものだということを思い出したんです。そういう層の人たちの好みに合う、素敵だと感じて手にとってもらえる外見にしたほうがいいですからね。

男性が話している内容は何ですか？

1. 商品デザインを派手にした理由
2. 商品を女性向けにした理由
3. 商品のパッケージデザインを変更した理由
4. 商品を手に合う大きさにした理由

一共 12 題。測驗項目為理解「回應者」應該如何回應。聆聽情境提示時，必須掌握發話者所說的內容，選出適當的回應選項。
本大題開始作答前會播放例題，請勿作答。每題僅播放一次，播放結束後，約 8 秒為作答時間。

## 範例題

M：風邪の具合はいかがですか。

F：1. ようやく熱が上がりつつあります。

2. ようやく熱が下がりつつあります。

3. もうすぐ熱が出つつあります。

一共4題。測驗項目為聽解較長的文章內容。將所聽到的複數情報綜合比較後，理解分析內容將有利於解題。本大題沒有例題，在播完該問題5題型講解後，即進入1番。每題僅播放一次，播放結束後，約8秒為作答時間。

# 範例題

男の人と女の人が買い物中に話しています。

M：そろそろさ、通勤用のを買い換えたいんだよね。

F：かばんのこと？そうね。もう古くなってきてたしね。仕事用か……、ちょっとくらい高くても、いいものを買ったら？

M：うん、色はね、今と同じのがいいんだ。

F：ああ、黒い革のかばんなら、昨日デパートでいいのを見たわよ。

M：営業先をまわるときもあるから、重いのは使いにくいよ。

F：じゃあナイロン製？それなら雨の日にちょっとくらい濡れても安心よね。

男の人はどんなかばんを買いたいと言っていますか。

1. 高いかばん

2. 革製のかばん

3. 軽いかばん

4. 雨の日にも使えるかばん

# 問題 1

問題1では、まず質問を聞いてください。それから話を聞いて、問題用紙の1から4の中から、最もよいものを一つ選んでください。

## 1番 MP3 001

1 505教室に移動する

2 もとの教室へプリントを取りに行く

3 パソコンを501教室へもって行く

4 実験のサンプルを準備する

女の人が先生と授業の教室について話しています。女の人はこのあとすぐ何をしますか。

F：先生、今日の午後の授業なんですが、さっき職員の人が来て、教室を505号室から501号室に変更するそうなんですが、もうご存知ですか。

M：えっ、そうなの？聞いてないなあ。

F：何でも急にそうなったみたいで……。私たちとりあえず実験道具は新しい教室に移動させたんですけど、他に何か持っていくものはありますか。

M：あ、ありがとう。道具は持っていってくれたんだね。その横に配布しようと思っていたプリントもまとめておいたんだが……。

F：あの資料も先生のだったんですね。じゃあそれも501へ移しておきます。

M：あとは……パソコンなんかはどうなったかな？

F：はい、それは各教室に一台ずつ設置してあるので、向こうでも使えるはずです。

M：そう。じゃ、サンプルはここにあるから、私が授業のときに持っていくよ。

F：はい、わかりました。

**女の人はこのあとすぐ何をしますか。**

女士和老師正在討論有關上課教室的事，女士之後馬上做了什麼？

女：老師，有關今天下午的課，剛才行政人員來説教室要從505號教室改到501號教室，老師知道嗎？

男：哦，是嗎？我沒聽説。

女：好像是突然更動的……我們已經先把實驗器具移到新教室了，另外還有什麼要拿過去的嗎？

男：啊，謝謝。先把器具搬過去了呀。旁邊我放了要發給大家的講義……

女：原來那些資料也是老師的啊！那我也把它拿到501去。

男：還有……個人電腦呢？

女：是，那個應該是每個教室都設置有一台，所以那邊應該也能用。

男：這樣啊。那麼這裡有新的標本，上課時我再拿去。

女：好，知道了。

**生詞** サンプル：樣品、標本

**女士之後馬上做了什麼？**

1. 往505教室移動
2. 去原教室拿講義
3. 拿個人電腦到505教室
4. 準備實驗的標本

正答：2

# 2番 (MP3) 002

1 沸騰した湯を持ってくる

2 駅へ急いで行く

3 湯を沸かす

4 自転車の修理を手伝う

家の前で夫婦が話しています。夫は妻に何をしてほしいと言っていますか。

M：まいったなあ。

F：どうしたの？

M：寒さで自転車の車輪が凍っちゃっててさ、回らないんだよ。ちょっと、お湯持って
きてくれる？

F：あなた、もう7時50分よ。駅まで歩いていったら？

M：何言ってんだよ。歩いていたら間に合わないよ。自転車が一番速いんだから。

F：でもお湯、今から沸かしたら時間がかかるわよ。

M：別に沸騰するまで沸かさなくてもいいんだよ。少し温まってきたらそれでいいんだ。

F：あ、そう？じゃ、ちょっと待っててね。

## 夫は妻に何をしてほしいと言っていますか。

一對夫妻在家門前談話，先生説希望太太做什麼呢？

男：真糟糕！

女：怎麼了？

男：因為天氣太冷的關係，腳踏車的輪子結凍了不能轉動。妳能拿熱水過來一下嗎？

女：老公，已經7點50分啦！要不要走路去車站？

男：妳在説什麼啊？用走的會來不及的啦。騎腳踏車最快。

女：可是現在才燒熱水要花點時間哦。

男：不用把水燒到開也可以呀，有一點溫溫的就好了。

女：是嗎？那，等一下哦！

**先生說希望太太做什麼呢？**

1. 拿燒開的水來
2. 趕緊去車站
3. 燒開水
4. 幫忙修腳踏車

正答：3

# 3番 (MP3) 003

1 振込用紙の書き方を教えてあげる

2 振込金額を書き直す

3 もう一枚の振込用紙に書き直す

4 家へ持って帰って金額を記入する

ある男の人が銀行の係員と話しています。男の人はこのあと何をしなければなりませんか。

F：いらっしゃいませ。お振込でよろしいですか。

M：うん、今月の電気料金なんだけど、振込用紙の書き方はこれでいいかな？

F：ちょっと拝見します。あ、お振込金額のところですが、右詰でご記入をお願いしておりまして……。

M：あ、左に詰めてかいちゃったんだ。じゃ、書き直してくるからもう一枚もらえる？

F：それではもとの数字の部分を棒線で消して、その下に正しく書き直していただければけっこうです。

M：あ、そう。じゃあ今ここでやればいい？

F：はい、こちらのペンをお使いください。

**男の人はこのあと何をしなければなりませんか。**

有位男士正在和銀行的行員說話。男士之後需要做什麼呢？

女：歡迎光臨，您要匯款嗎？

男：對，是這個月的電費。匯款單的寫法這樣寫可以嗎？

女：請讓我看一下。啊，匯款金額的部分，麻煩請對齊右邊填寫。

男：啊！我從左邊寫了！那我重寫一次，可以再給我一張單子嗎？

女：只要在原來的數字部分畫橫線刪除，在下面寫上正確的就可以了。

男：喔，是嗎？那現在在這裡改可以嗎？

女：是的，請用這裡的筆填寫。

**生詞**　　右詰：對齊右邊／左に詰める：對齊左邊

男士之後需要做什麼呢？

1. 教他匯款單的寫法
2. 重寫匯款金額
3. 重新寫在另一張匯款單上
4. 拿回家填寫金額

正答：2

# 4番 （MP3）004

1　店の定休日を確認する

2　他の支店が営業しているか、見に行ってみる

3　田畑さんといっしょに店へ向かう

4　田畑さんがまだ確認していない支店へ電話してみる

男の人が会社へ電話しています。女の人はこれからどうすると言っていますか。

F：はい、フジタ商事でございます。

M：あ、松本さん？田畑です。

F：あ、田畑さん、お疲れさまです。外回りはいかがですか。

M：いやー、今ね、顧客の店を回ってんだけどさ、北区のジュエリーキムラさん、閉まってるんだよね。

F：えっ、そうなんですか？

M：うん。定休日は水曜日のはずなんだけど、何でだろう？

F：ええ、確かそうでしたよね。支店はどうなんでしょうか。私、電話で聞いてみましょうか。

M：いや、さっき2件ほど電話してみたんだけど、つながらないんだよ。

F：そうなんですか……。

M：僕、ちょっとそこへ直接行ってみるから、松本さん、他の支店も調べてみてくれる？

F：はい、じゃ、市外の店をいくつかかけてみます。また折り返し電話しますね。

**女の人はこれからどうすると言っていますか。**

男士打電話到公司。女士之後要做什麼呢？

女：您好，這裡是藤田貿易公司。

男：是松本小姐嗎？我是田畑。

女：啊，田畑先生，辛苦了。外面業務跑得還好嗎？

男：那個，我現在繞了幾家客戶的店視察了一下，北區的木村珠寶店是關著的。

女：哦？真的嗎？

男：對啊。公休日應該是星期三呀，不知道為什麼沒開？

女：嗯，的確是。其他分店不曉得怎麼樣，我來打電話問問看吧。

男：那個，剛才我試過打了2間，但都沒有接通。

女：這樣啊……

男：我直接去那裡看看。松本小姐，可以請妳查一下其他分店嗎？

女：好，那我打去幾間市外的分店試試。我再回你電話。

**女士之後要做什麼呢？**

1. 確認店家的公休日
2. 親自去看其他分店有沒有營業
3. 和田畑先生一起去店裡
4. 打電話去田畑先生尚未確認的分店試試

正答：4

## 5番 🎧 MP3 005

1 飲み物のメニューを持ってくる

2 ワインのリストを客に見せる

3 飲み物をすぐ持ってくる

4 注文の料理を先に持ってくる

レストランで客が注文しています。男の人はこのあとすぐ何をしなければいけませんか。

M：ご注文はお決まりでしょうか。

F：えっと、季節のサラダと神戸牛ステーキ、それを二つずつ。

M：かしこまりました。お飲み物はいかがいたしましょう。

F：えっと、どこに書いてありますか？

M：メニューの前のほうのページにございます。

F：いえ、アルコールじゃなくて、コーヒーとかジュースなんかの……。

M：あ、ソフトドリンク類は別の冊子にメニューがございますので、すぐにお持ちいたします。

F：お願いします。

M：では、お二人様とも季節のサラダと神戸牛ステーキでよろしいでしょうか。お飲み物はいつお持ちいたしましょうか。

F：食事のあとでいただけますか。でも先に選んでおきたいので、よろしくね。

M：かしこまりました。では今すぐお持ちいたします。

**男の人はこのあとすぐ何をしなければいけませんか。**

餐廳裡客人正在點餐。男士之後馬上要做什麼呢？

男：請問要點些什麼呢？

女：嗯，時令沙拉和神戶牛排，各兩份。

男：好的。請問飲料部分要來點什麼嗎？

女：呃，寫在哪裡呢？

男：在菜單前面的頁面上。

女：不對，我不要酒精類飲料，有沒有咖啡或果汁之類的……

男：啊，不含酒精的飲料在另一本菜單裡裡面，稍後為您送過來。

女：麻煩你了。

男：那麼，兩位都點時令沙拉和神戶牛排嗎？請問飲料什麼時候上好呢？

女：可以餐後再上嗎？但我想先選好，麻煩你了。

男：好的，現在馬上拿過來。

**男士之後馬上要做什麼呢？**

1. 拿飲料的菜單來
2. 給客人看紅酒選單
3. 馬上送飲料來
4. 先上點好的菜

正答：1

# 6 番 ばん  MP3 006

1 ホームルームを続ける
つづ

2 体育館へ移動する
たいいくかん いどう

3 進路調査用紙を先生に提出する
しんろちょうさようし せんせい ていしゅつ

4 始業式に参加する
しぎょうしき さんか

先生が学生たちに話しています。学生たちはこのあとすぐ何をしなければなりませんか。

M：はい、それでは体育館で始業式が行われますので、みんな、靴を持ってすぐ移動するように。

F：先生、この進路調査用紙はいつ提出するんですか？

M：あ、それそれ。教室を出る前にこの机の上に置いてください。置いた人から速やかに体育館へ行ってください。

F：あのー、まだ具体的に進路決めてないんですけど……。明日出してもいいですか？

M：えー、じゃあまだはっきり決めてないって人も、とりあえず今日一度回収するから、名前だけ書いて持ってきてください。

F：わかりましたー。

M：始業式が終わったら、またすぐこの教室へもどってくるように。ホームルームをしますからね。

**学生たちはこのあとすぐ何をしなければなりませんか。**

老師正在向學生們說話，學生們在這之後必須馬上做什麼？

男：好，因為要在體育館舉辦開學典禮，各位，請拿著鞋子馬上移動。

女：老師，畢業生出路問卷調查什麼時候要交？

男：啊，那個啊，離開教室前請放在這桌子上。已交的人請迅速往體育館移動。

女：那個……我還沒有明確地決定我畢業後的出路……明天再交可以嗎？

男：怎麼還沒決定，那還沒有明確決定的人今天先交回來吧，請寫上名字拿過來就可以了。

女：了解了。

男：開學典禮一結束，就馬上再回到這教室。因為要開班會喔。

**學生們在這之後必須馬上做什麼？**

1. 繼續開班會
2. 往體育館移動
3. 交畢業生出路問卷調查給老師
4. 參加開學典禮

正答：3

# 7番 🎧 MP3 007

1 ワインが好きかどうか、みんなに聞いてみる

2 インターネットでワインの店を予約する

3 だいたいの予算を決める

4 忘年会で使えそうな店の情報を集める

男の人と女の人が忘年会の計画をしています。女の人はこのあと何をしますか。

F：先日話していた忘年会、具体的に決めちゃいたいんですが、どうしますか？

M：うん、君たち若い社員にまかせるよ。

F：え、本当に私たちが決めていいんですか。じゃあみなさん、ワインとかお好きですかね？

M：ああ、そういう店もいつもと違って、いいんじゃないか。

F：予算はどれくらいと考えればいいですか。

M：じゃあ、その店で飲んで食べて、だいたいどれぐらいになるの？

F：えっと、まだこの店って決まったところがあるわけじゃないんで、ネットでいくつか店の場所や予算なんかを調べてみます。

M：そうだな。まずそれをしてから、また話を持ってきてくれるかな。

F：はい、わかりました。

**女の人はこのあと何をしますか。**

男士與女士正在企劃忘年會。女士在這之後要做什麼？

女：前幾天提到的忘年會，想具體定案，該如何做呢？

男：嗯，就交給你們年輕職員了。

女：啊，真的可以由我們來決定嗎？那各位，都喜歡紅酒之類的吧？

男：嗯，這樣的店和平時去的店不一樣，不錯啊。

女：預算大約要抓多少呢？

男：那在那家店吃吃喝喝，大約要多少錢？

女：我想想，還沒確定要在這家店吧？我上網再查查幾家店的位置和預算看看。

男：也對，那你先處理好那之後，再來跟我談好嗎？

女：是的，了解了。

**女士在這之後要做什麼？**

1. 問大家喜不喜歡酒
2. 在網路預約賣酒的店
3. 決定大概的預算
4. 收集忘年會可使用的情報

正答：4

# 8番 (MP3) 008

1 この町の保存と整備に取り組みたい

2 自分の住む町の歴史について調べたい

3 もう一度この町にゆっくり遊びに来たい

4 長野県三好村の伝統工芸を紹介したい

あるテレビ番組で、男の人と女の人がこの町について話しています。男の人はこれから何をしたいと言っていますか。

F：このように、この町のいたるところには昔の城下町のおもかげが見られます。これを私たちは、次の世代へ引き継いでいくためにも、保存と整備に取り組んでゆくつもりなんですよ。

M：町の歴史を知るっていうことは、とてもおもしろいですね。

F：ええ、その土地によって歴史の長さも違いますし、地域産業とも深くかかわりがあるわけですから、この町の将来を考える上でもとても重要なことだと思いますよ。

M：はい、そこに住む子供たちにもぜひ知ってほしいですね。私も早速、今自分の住んでいる町について、時間をさかのぼっていろいろ調べてみようと思います。

F：きっと歴史からいろんな発見があるはずですよ。

M：そうですね。今日は町に残る史跡を中心に見て周りました。興味深いお話も聞けて、本当に勉強になりました。どうもありがとうございました。

F：いいえ、今度またゆっくり遊びに来てください。

M：では来週は長野県三好村に伝わる伝統工芸をご紹介いたします。それでは今日はこの辺で、さようなら。

**男の人はこれから何をしたいと言っていますか。**

在某電視節目，男士與女士針對這城鎮在交談。男士接下來說他想做什麼？

女：就這樣，這城鎮到處都可看到古代城堡城鎮的遺跡。為了能傳承給下個世代，我們打算著手於它們的保存與維修。

男：了解一個城鎮的歷史是件非常有趣的事。

女：是啊，依各地區的不同歷史的長度也自然不一樣，因為它與地區產業也有很深的關係，所以我認為在思考這城鎮的未來時，這也是相當重要的。

男：是啊，我想也一定要讓住在那裡的小孩們了解。我也想就我所住的城鎮，回溯到過去來做各式各樣的調查。

女：一定可以從歷史中看到各式各樣的發現。

男：沒錯，我今天就以殘存在這城鎮的史跡為中心走了一趟。又聽到引人深省的談話，真的是受益良多。非常感謝。

女：哪裡哪裡，下次請再來慢慢遊玩。

男：那麼下週來為您介紹長野縣三好村流傳的傳統工藝，今天就先到此告一個段落，再見。

**男士接下來說他想做什麼？**

1. 想著手於這城鎮的保存及維修
2. 想調查自己所住城鎮的歷史
3. 想再來到這城鎮慢慢地遊玩
4. 想介紹長野縣三好村的傳統工藝

正答：2

# 9番 🎧 MP3 009

1 塩を 5g 加える

2 砂糖を少し入れる

3 チョコレートで味を引き出す

4 こしょうを入れる

男の人と女の人が料理について話しています。女の人はこのあと何をしますか。

F：店長、少し味をみていただきたいんですが……。

M：どれどれ……、うん、ちょっと薄いかな。

F：あ、本当ですか？

M：うん、少しだけだけどね。塩はどれくらい入れた？

F：えっと、5g です。少なかったですか？

M：ん、まあそんなもんだろうね。じゃあ、砂糖を加えてみようか。

F：え？甘くなってしまいますよ。いいんですか。

M：ちょっとだけだよ。そうすると、甘み以外の味が引き立つはずなんだよ。

F：へえ、チョコレートをひとかけら入れるって言うのは聞いたことあったんですが……。

M：要はそれと同じことだよ。チョコレートも甘いだろ？

F：あ、なるほど。そうですね。

M：塩やこしょうを入れるより、ずっと味の深さが増すんだ。

F：へえ、それで味が濃く感じる、というわけですね。じゃ、やってみます。

**女の人はこのあと何をしますか。**

男士與女士針對料理在交談。女士在這之後要做什麼？

女：店長，想請您試試這味道……

男：我看看……嗯，有點淡喔。

女：啊，真的嗎？

男：嗯，是只有一些些而已，你鹽放了多少了？

女：我想想，放入 5g，太少嗎？

男：嗯，大概就放那樣子差不多，那來加些糖進去吧。

女：不會吧？會變甜喔！這樣可以嗎？

男：只加一點點啦，這麼一來，可以將甜味以外的味道提出來喔。

女：真的嗎，我是有聽說加一塊巧克力的說法……

男：重點是那道理是相同的喔。巧克力不也是甜的嗎？

女：啊，原來如此，沒錯。

男：比起加入鹽或胡椒，更能增加它的味道的深度。

女：原來是這樣，因此味道就會變濃了，那我也來試試看！

**女士在這之後要做什麼？**

1. 加入鹽 5g

2. 加入些許的砂糖

3. 以巧克力來提味

4. 加入胡椒

正答：2

# 10番 (MP3) 010

1 花屋の店員に黄色のバラがあるかどうか、聞く

2 先に店に入って、女の人が来るのを待つ

3 女の人に電話して、花が何本あるか確認する

4 すぐ会社にもどって、配達の花を受け取る

男の人と女の人が電話で話しています。男の人はこのあとすぐ何をしますか。

M：もしもし、今どこ？

F：あ、山田君？ごめんごめん、もう着いたの？

M：うん、僕はもう店の前だよ。

F：あのさ、もうすぐそっちに着くんだけど、さっき来る途中で花屋があったから、黄色の
バラが何本あるか、聞いてみたのよ。

M：あ、そうだったんだ。

F：そしたらさ、今50本ほどあるって。

M：え、本当？

F：そう、それで、100本探してるんですって言ったら、倉庫にあと20本くらいあるから、
店のと合わせて、うちの会社まで配達してくれるって言ってくれたの。

M：あ、よかったじゃん。じゃ、あと30本だね。

F：そうなの。それでさ、もう時間もないし、山田君、今その店に、黄色のバラがあるかど
うか聞いておいてくれない？

M：あ、うん。わかった。

F：それで、あったかなかったかまたすぐ電話ちょうだい。もしなかったら、あとは私が探
すわ。それで山田君は、先に会社にもどって、配達の花を受け取っておいてほしいの。

M：了解。じゃ、とりあえず今から店に入るね。

F：うん、よろしく。

## 男の人はこのあとすぐ何をしますか。

男士與女士在電話中交談。男士在這之後要馬上做什麼？

男：喂，現在在哪裡？

女：啊，山田？不好意思不好意思，已經到了嗎？

男：是啊，我已經在店門口了喔。

女：剛才我就快到你那邊了，但在途中因為有看到花店，所以去問了一下黃玫瑰有多少朵。

男：啊，原來是這樣啊。

女：問過之後，說現在還有50朵左右。

男：真的嗎？

女：是啊，於是我就說我在找100朵黃玫瑰，他說在倉庫裡還有20朵左右，和店面的加起來，他說可以幫
我們宅配到我們的公司。

男：啊，太好了！那就差30朵了。

女：是啊，所以啊，也沒什麼時間了，山田，現在你進去那店裡，先幫我問一下有沒有黃玫瑰？

男：啊，好。了解。

女：所以，有或沒有，再打給我。如果沒有，其餘的我來找。所以山田你就先回去公司，想麻煩你收宅配
的花。

男：了解。那，我現在就先進去店裡了。

女：好，麻煩了。

**男士在這之後要馬上做什麼？**

1. 向花店的員工問有沒有黃玫瑰
2. 先進到店裡等女士的到來
3. 打電話給女士，確認花有幾朵
4. 馬上回公司去收宅配的花

正答：1

　問題 2 では、まず質問を聞いてください。そのあと、問題用紙のせんたくし
を読んでください。読む時間があります。それから話を聞いて、問題用紙の 1
から 4 の中から、最もよいものを一つ選んでください。

## 1 番 （MP3）011

1　公園のごみを全部掃除したから

2　公園の雑草が多すぎて全部取れないから

3　寒くて清掃作業は困難になってきたから

4　夕方になって、暗くなりはじめたから

清掃ボランティアに参加している人が話しています。男の人はどうしてもう今日の清掃作業を終わると言っていますか。

M：みなさま、どうもお疲れさまです。おかげさまでゴミがすっかりなくなり、雑草取りのほうもかなりきれいになってきたようです。

F：ええ、あと一息ですね。

M：それで、まだ途中ではありますが、本日のところはこの辺で手を止めていただければと思っております。

F：え？まだ雑草も残っていますし、できれば全部掃除を終わらせたほうがいいのではないでしょうか？

M：ありがとうございます。この続きはまたの機会を設けさせていただく予定です。もう日も暮れてきたようですし、今日のところはこれで……。

F：ここまでやって、あと少しなのに……。今日はそんなに寒くないですし、もう少しがんばりませんか？

M：そうおっしゃっていただいて本当にありがとうございます。しかし明日もまたみなさまお仕事もおありでしょうし、また次回ご協力のほどをお願いいたします。

F：そうですか。私たちはいつでも参加しますから、また声をかけてくださいね。

**男の人はどうしてもう今日の清掃作業を終わると言っていますか。**

參加打掃義工的人正在談話。男士為什麼說要結束今天的打掃工作呢？

男：大家辛苦了，多虧大家幫忙，垃圾已經完全清除，除草也已經大致完成了。

女：對呀，再努力一下就完成了。

男：雖然還沒做完，不過我想今天是不是就在這邊結束。

女：什麼？還有雜草沒除完，可以的話全部完成不是比較好嗎？

男：謝謝您，不過剩下的部分，我們預計下次再找機會完成。因為天色漸暗，所以今天就到這裡……

女：都做到這裡，就剩一點點而已耶……今天也沒那麼冷，要不要再加把勁？

男：很感謝您這麼說。不過明天大家都要上班，還是下次再請各位協助。

女：是嗎？我們是隨時都可以參加，下次跟我們說一聲吧。

**男士為什麼說要結束今天的打掃工作呢？**

1. 因為公園的垃圾已經全部清除
2. 因為公園雜草太多除不完
3. 因為天氣變冷，清除工作執行困難
4. 因為傍晚天色變暗了

正答：4

# 2 番 （MP3）012

1　スキーができる北海道

2　海のきれいな外国のリゾート地

3　暖かい地域

4　季節が反対の南半球

男の人と女の人が休暇の予定について話しています。男の人はどんなところへ旅行したいと言っていますか。

F：お正月休みはどう過ごすの？

M：うん、どこか旅行に行けたらいいな、と思ってるんだ。

F：へえ、スキー旅行とか？

M：あー、それは去年行った。北海道へね。今年はハワイとかグアムとか、南の島なんかの……浜辺でのんびりなんていいな。

F：海外旅行へ行きたいんだ。

M：いや、沖縄とかでもいいんだよ。この寒さから抜け出せたらどこでもいいのさ。

F：ああ、なるほど。じゃ、オーストラリアなんて今夏だし、いいんじゃない？

**男の人はどんなところへ旅行したいと言っていますか。**

男士和女士正在討論有關放假的計劃。男士說他想去哪裡旅行呢？

女： 你新年要怎麼過呢？

男： 嗯，如果能出去旅行就好了。

女： 哦，像滑雪之類的嗎？

男： 啊，那去年去過了啦。去年去了北海道吧。今年想去夏威夷或關島這種南方的島嶼……好想去海邊悠哉地過幾天。

女： 你想去國外玩哦。

男： 沒有啊，沖繩也可以啊。只要能脫離這種日常生活中的嚴寒，哪裡都好呀。

女： 是這樣啊。那，像澳洲現在是夏天，去澳洲應該也不錯吧？

**男士說他想去哪裡旅行呢？**

1. 可以滑雪的北海道
2. 海景優美的國外度假勝地
3. 氣候暖和的地區
4. 季節相反的南半球

正答：3

# 3番 MP3 013

1　夏でも必ず冬の服を着て登山しなければいけない

2　急に気温が下がるので、暖かい服装にするべきだ

3　日差しが強く暑いので、半そでなどの軽くて動きやすい服がいい

4　脱いだり着たりしやすい、夏と冬両方の服装を準備しておく

男の人が登山について話しています。男の人はどんな準備をしてほしいと言っていますか。

M：山の天気は平地と比べものにならないほど激しく変化します。昼と夜の気温の較差はもちろんですが、突然の雨や強風に見舞われることもしばしばです。夏山だからといって半そでのＴシャツに短パンのみの装備なんて、もってのほかです。夏でもリュックには必ず冬支度をしておくように。また、その時に応じてすばやく着替えられるものがいいですね。

**男の人はどんな準備をしてほしいと言っていますか。**

男士正在討論有關登山的事。男士説希望大家做怎樣的準備呢？

男：山上氣候的多變是平地無法相較的。早、晚的溫差不在話下，也經常會遭遇突如其來的雨勢或強風。認為因為是夏季登山就只穿著短袖Ｔ恤加短褲這種裝扮，是最錯誤的示範。即便是夏天，也請在背包裡準備冬天的必需用品。最好是能因應當時狀況馬上替換的衣物較理想。

**生詞** もってのほか：荒謬、無理、不合理

男士說希望大家做怎樣的準備呢？

1. 即使是夏天但務必穿著冬衣登山
2. 因為氣溫會驟降，應該要穿暖和的衣服
3. 因為日曬炎熱，短袖等輕便的服裝較好
4. 準備穿脫方便，夏季、冬季兩種服裝

正答：4

# 4 番 (MP3) 014

1 全投票数の半分以上の票数を、まだ誰も獲得していないから

2 支持率 50 % 以上を下回っていないから

3 二人の候補者が同率票を獲得したから

4 候補者が五人いることで時間がかかるから

学生が学校の生徒会選挙について話しています。男の学生はなぜ生徒会長がまだ決まっていないと言っていますか。

F：生徒会長を決める選挙、もう結果出たの？五人の候補者のうち二人が激しく争ってるって聞いたけど。

M：結局その二人で決選投票なんだって。

F：え？票が同率だったの？

M：ううん。過半数の票を獲得していなければ当選にならないんだよ。

F：あ、じゃあどちらかが50％以上の支持率になるまで、投票が続けられるってわけ？

M：うん、そういうこと。

**男の学生はなぜ生徒会長がまだ決まっていないと言っていますか。**

學生正在討論學生會選舉的事。男學生說為什麼學生會長尚未選出呢？

女：學生會長的選舉，結果已經出爐了嗎？我聽說五個候選人中有兩個人競爭激烈。

男：聽說最後由那兩個人進行決選投票。

女：哦？得票率相同嗎？

男：對。如果沒有獲得半數以上的票就無法當選。

女：啊，所以在任何一方拿到過半數的選票前，都有可能會持續進行投票囉？

男：嗯，就是這樣。

**男學生說為什麼學生會長尚未選出呢？**

1. 因為還沒有人獲得全投票數一半以上的票
2. 因為沒有低於支持率 50% 以上
3. 因為兩個候選人獲得相同得票率
4. 因為有五個候選人比較花時間

正答：1

## 5番 🎧 MP3 015

1 裁判の判決をくだしてほしい

2 裁判員に選ばれた際は、断らないでほしい

3 裁判の判決に民意を取り入れないほうがいい

4 裁判員制度の意見をもっと聞いたほうがいい

女の人が話しています。女の人は裁判員制度についてどう考えていますか。

F：昨年より刑事裁判において、国民も裁判の判決に加わる「裁判員制度」が導入され
ています。これは、判決に一般の人の意見を反映させることをねらってのことです。
これによってみなさんの誰もが、裁判員に選出される可能性が出てきました。こう
した機会を得た際には、ぜひこの制度の目的や意義を理解した上で、みなさまには
できる限り前向きに考えて、任務を引き受けていただきたいと思っています。

**女の人は裁判員制度についてどう考えていますか。**

女士正在談話。女士對於陪審制有什麼看法？

女：去年開始在刑事法庭上，導入國民也能參加法庭判決的「陪審制」。這是為了讓一般人民的
意見也能反應在法庭上而定的。因此任何人都有可能被選為陪審員。當你得到這個機會時，
請務必理解此制度的目的與意義，希望大家都能正向思考，進而接受這個任務。

**女士對於陪審制有什麼看法？**

1. 希望大家做出法庭的判決
2. 希望被選為評審員時大家不要拒絕
3. 法庭的判決中不要加入民意較好
4. 多聽取陪審制的意見較好

正答：2

# 6番 (MP3) 016

1 今日の仕事を今日中に終わらせたいから

2 飛行機の時間に間に合わないから

3 会社に戻る時間がないから

4 今日中に出張しなければならないから

男の人と女の人が話しています。男の人が誘いを断った理由は何ですか。

M：本日はお忙しいところお時間をいただき、ありがとうございました。

F：いいえ、こちらこそわざわざお越しいただきまして……。あ、よかったら、このあとお夕飯、召し上がっていかれませんか？

M：いえいえ、お気遣いなく。これからまた社に戻らなければなりませんので。

F：まだお仕事ですか。

M：ええ、この見積もりを今日中に仕上げておきたいので。

F：まあ、それならなおさら、夕食をとるお時間もないでしょうし、ぜひ食べていってください。

M：恐れ入ります。しかし明日から出張で、朝一番の飛行機に乗らなければならないんです。その前に何とか完成させて、アシスタントに引き継いでおかないとなりませんので……。

F：そうですか。大変ですね。じゃ、また次の機会に。

**男の人が誘いを断った理由は何ですか。**

男士和女士正在談話。男士拒絕邀約的理由是什麼？

男：感謝各位今天百忙之中撥出時間給我。

女：哪裡哪裡。我們才要感謝您特地蒞臨。如果方便的話，等一下是否可以一起用個晚餐呢？

男：謝謝，不用客氣了。我還得回公司一趟。

女：還有工作嗎？

男：是啊，我想在今天完成這份估價單。

女：哎呀，那就更沒有吃晚飯的時間了吧！請您用過餐再離開。

男：不敢當，不過明天起我要出差，得搭一大早的早班飛機。在那之前要設法完成它，好讓助理接下去做才行……

女：是嗎？您辛苦了。那下次有機會再邀請您。

**男士拒絕邀約的理由是什麼？**

1. 因為希望在今天完成今天的工作
2. 因為來不及搭飛機
3. 因為沒時間回公司
4. 因為今天內要去出差

正答：1

1　かわいいものが好（す）きな女性（じょせい）のみをターゲットとしたビールとして売（う）る

2　甘（あま）さではなく、苦味（にがみ）好（この）みの人（ひと）のためのビールとして売（う）る

3　若（わか）い人（ひと）が飲（の）むビールとして売（う）る

4　水分（すいぶん）が多（おお）くておいしいビールとして売（う）る

男の人が新しい商品について話しています。男の人はどう売っていけばいいと言っていますか。

M：えー、5月の発売を目指しています、新商品「フルーツビール」について、サンプルを試飲していただいた方へのアンケートの結果が出ました。まず、やはり期待通り女性の方からの「おいしい」「かわいい」といった好評が目立っています。価格についても「ちょうどいいと思う」または「安くて買いやすい」との声が多く、まとめ買いしたいという意見もいただきました。一方男性からの声としては「少し甘い」「お酒じゃないみたい」という反応が聞かれ、苦味を求める消費者からは「これは違う」という感想があったようです。私自身としましては、実はこれも想定内のことでして、男性の意見をマイナスではなく、むしろプラスとしてとらえてみたいんです。男女問わず若い世代のビールとして、みずみずしさを前面に出し、20代前半をターゲットにしていくのがいいんじゃないんでしょうか。

**男の人はどう売っていけばいいと言っていますか。**

男士針對新的商品正在談話。男士說要怎樣賣比較好？

男：以5月能發售為目標，針對新商品「水果啤酒」，採樣試喝的問卷調查結果已經出來了。首先，如預期一般，女性採樣者普遍回答「好喝」「可愛」，明顯好評居多。針對價格也是以「我認為剛剛好」或是「便宜好入手」之類的意見佔大多數，也收到想一次買齊的意見。另一方面，男性採樣者的意見是可以聽到「有點甜」「好像不太像酒」的反應，從追求苦味的消費者來看則有「這不是啤酒」的感想。我自己是覺得，事實上這也是預料中的事，並不是要否定男性的意見，反而想把它解讀成正面的。不分男女，這是屬於年輕世代的啤酒。以新鮮度來做為訴求，將對象設為20年代前半不是很好嗎？

**男士說要怎樣賣比較好？**
1. 只以喜歡可愛物品的女性為目標來賣啤酒
2. 以不喜歡甜味，而是喜愛苦味的人來賣啤酒
3. 以年輕人喝的啤酒來賣
4. 以水分多又好喝的啤酒來賣
正答：3

# 8番 (MP3) 018

1 右側の寿司を腐らせた

2 右側の寿司にこうじ菌を入れた

3 左側の寿司を腐らせた

4 左側の寿司にこうじ菌を入れた

解説 ▶

男の人と女の人がある二つの食べ物を比べています。女の人は、どちらの食べ物に何をしたと
いっていますか。

F：こちらにマグロのにぎりを用意しております。

M：ええ、普通のお寿司のにぎりですよね。二つありますが……。

F：はい。この二つ、まずは食べ比べてみてください。

M：はい、では失礼して……。うん、左のお皿のほうがおいしいですね。

F：はい、何が違うと思いますか。

M：えっと……、右より左のマグロのほうが新鮮ですか？いや、それとも、米の種類が違う
とか……。

F：はい、左のほうがおいしいと感じられたのは正解です。実はこちらの食材には、こうじ
菌を使っているんです。

M：こうじ菌？菌って、カビですか？

F：はい、カビの一種です。

M：え！こっちは腐ってるってことですか？

F：いえいえ、食べ物に付着して、その食材のうまみを増す働きをしているんですよ。だか
らこの菌は食べても問題ありません。こうじ菌が刺身と米をおいしく変化させたのです。

M：ああ、そうなんですね。びっくりした！

**女の人はどちらの食べ物に何をしたといっていますか。**

男士與女士正在比較某兩種食物。女士説對哪一種食物做了什麼？

女： 這裡備有鮪魚握壽司。

男： 嗯，這是普通的壽司沒錯吧，怎會有兩種……

女： 是的，請先試吃這兩種比較看看。

男： 好，那就不客氣了……嗯，左邊那一盤比較好吃喔。

女： 是，你認為有什麼不同呢？

男： 我想想……比起右邊，左邊的鮪魚比較新鮮嗎？好像不對，還是説是米的種類不同……

女： 是的，正確解答是左邊會令人感到比較美味。事實上左邊這邊的食材有使用麴菌。

男： 麴菌？妳説的菌，是黴菌嗎？

女： 是的，是黴菌的一種。

男： 不會吧！妳是説這些是臭掉的？

女： 不是不是，是依附在食物上，有增加食材美味的作用喔。所説這菌吃了也沒問題。麴菌讓生魚片和米
飯變得更美味。

男： 啊，原來是這樣啊，嚇我一跳！

**女士説對哪一種食物做了什麼？**

1. 讓右邊的壽司腐敗
2. 在右邊的壽司放入麴菌
3. 讓左邊的壽司腐敗
4. 在左邊的壽司放入麴菌

正答：4

# 9番 MP3 019

1 研究に最も適したデータが入手困難なこと

2 研究資料がまったく見つけられないこと

3 今ある資料で研究を分析すること

4 中央図書館に思うようなデータがあまりないこと

女の人が研究内容について先生と相談しています。女の人は何が問題だと言っていますか。

M：うーん、思ったより完成までに時間がかかりそうですね。

F：はい、データや資料を集めるのがけっこう大変で……。

M：どうして手間取ってるんですか？

F：ネットでいろいろ探しているんですが、最新の数字が出てないことが多いんですよ。やっぱり古いのだと意味がないので。

M：うん、もちろん新しいのを持ってきたほうがいいですからね。

F：はい、そうなんですが……。先生、時間をかけるより、今ある資料でとりあえず分析をまとめたほうがいいのでしょうか？

M：いや、自分が欲しいデータでやるのがもちろん一番ですよ。問題はそのデータをどうするか……。

F：はい……。

M：中央図書館へは行ってみましたか。

F：中央図書館ですか？

M：うん。あそこなら他の図書館のデータや資料を取り寄せてくれるので、一度行ってみたらどうでしょう。

F：あ、まだ行ったことがありませんでしたので、早速行ってみます。

**女の人は何が問題だと言っていますか。**


女士針對研究內容和老師交談。女士說哪裡是問題所在？

男：嗯，到完成為止比想像還要來得花時間吧。

女：是啊，收集數據或資料真的相當辛苦……

男：為什麼費時呢？

女：在網路上找到很多資料，但是大都沒有出現最新的數據。如果還用舊數據也沒什麼意義。

男：嗯，當然拿新的來會比較好啊。

女：是，的確如此……老師，與其浪費時間，是不是要先整理手邊有的資料會比較好？

男：不，以自己想要的數據來做當然最好，問題是那該怎樣弄到……

女：是……

男：去中央圖書館看過了嗎？

女：中央圖書館嗎？

男：嗯，因為那裡可以幫我們取得其它圖書館的數據或資料，去一趟看看如何？

女：啊，我還沒去過，我馬上過去看看。

**女士說哪裡是問題所在？**

1. 要拿到最適合研究的數據很困難
2. 完全找不到研究資料
3. 分析現有的資料
4. 在中央圖書館沒有想要的數據

正答：1

## 10 番 （MP3）020

1　花束

2　女性が身につけるもの

3　高価じゃない腕時計

4　食べ物

男の人がある贈り物について女の人に相談しています。男の人はどんなものを贈ればいいですか。

M：山下さんへのプレゼント、やっぱり身につけたりするものがいいかな。ネクタイとか、腕時計とか……。

F：腕時計？あまり高価なものだと、山下さんも気を遣うんじゃない？

M：ああ、そうか。じゃあ、くつ下とか？

F：身につけるものって、その人の好みとかがあるから、難しいと思うよ。

M：まあ確かにね。じゃ、普通に花やお菓子を持っていく感じでいいかな？

F：お祝いの会には、山下さんご夫婦そろっていらっしゃるんでしょ？

M：うん、確かそう聞いてるけど。

F：それなら奥様の好きなものを選んで差し上げてもいいんじゃない？

M：そうだね、女性は花が好きだしね。でも明日は奥様じゃなくて山下さんの受賞のお祝いだしな……。

F：ご一緒に召し上がってください、って渡せるものにしたら？

M：うん、やっぱりそれがいいね。

**男の人はどんなものを贈ればいいですか。**

男士針對某件禮品與女士正在交談。男士要送怎樣的禮品比較好？

男：要送山下先生的禮物，還是可以戴在身上的東西比較好吧？像是領帶，手錶之類的……

女：手錶？如果太高價的東西，山下先生也會很在意不是嗎？

男：啊，也對，那襪子呢？

女：你説穿戴在身上的東西，也有那人喜好的問題，我認為很難送喔。

男：也對啦，那就像大家一樣送花或拿點心去就好了嗎？

女：在慶祝會上，山下夫婦不是會一起出席嗎？

男：嗯，聽説確實是這樣。

女：如此一來選夫人喜歡的東西不就好了？

男：對對對，女性也喜歡花，但是明天是要慶祝山下先生獲獎，並不是夫人啊……

女：那説請兩位一起享用，然後再拿出來送他們如何？

男：好，還是送那個好了。

**男士要送怎樣的禮品比較好？**

1. 花束
2. 女性戴的東西
3. 不高價的手錶
4. 食物

正答：4

# 11番 (MP3) 021

1 10時半

2 11時半

3 4時

4 4時半

男の人が歯医者の予約をしています。男の人は何時の予約にしましたか。

M：あの、急ですみませんが、ちょっと歯の痛みがひどいので、今日の、できるだけ早い時間に診てほしいんですが……。一番早い時間だと、いつになりますか？

F：それは大変ですね。今から一番早いとなると……、11時半ですね。

M：えっと……、それより前は空いてないんですか？

F：はい、予約の患者さんがいらっしゃいまして……。申し訳ございません。

M：じゃあ、午前中に先に仕事を済ませるとして……、午後は何時から診てもらえますか？

F：午後の診察は4時からになりますが、4時半でご予約おとりできます。

M：じゃあ、午後でお願いします。

F：痛みがひどいようであれば、できるだけ午前にいらっしゃったほうがいいかと思いますが……。

M：そうですか？うーん、じゃあやっぱり朝に行こうかな？

F：はい、そのほうがよろしいかと思います。ではこのお時間でご予約お取りしておきますので、お名前とお電話番号をお願いします。

**男の人は何時の予約にしましたか。**

男士預約了牙醫。男士預約了幾點？

男：不好意思，我有點急，因為牙非常痛，想看今天的，最好早一點的診……最早的診療的預約大概是什麼時候？

女：那真的很嚴重，從現在算來最早的診……是11點半喔。

男：那……在那之前沒有空嗎？

女：是的，有之前就預約的患者……很抱歉。

男：那上午把工作都做完……，下午從幾點可以開始看？

女：下午的看診是從4點開始，可以預約4點半。

男：那麻煩預約下午。

女：如果說您牙痛很嚴重的話，我想最好上午來比較好……

男：這樣啊，嗯，那我還是早上去好了？

女：好的，也我覺得那樣比較好。因為要幫您預約這時段，麻煩請寫您的名字和電話號碼。

**男士預約了幾點？**

1. 10點半

2. 11點半

3. 4點

4. 4點半

正答：2

# 12番 (MP3) 022

1 もう若くないから

2 仕事がまだ残っているから

3 カラオケで歌うのがあまり好きじゃないから

4 歌も踊りも下手だから

男の人と女の人が話しています。女の人はどうしてカラオケに行かないと言っていますか。

M：先輩、もうみんなカラオケの店に向かっていますよ。僕たちも仕事終わらせて、早
　　く行きましょう。

F：うん……。私、遠慮しとこうと思って。

M：え？いらっしゃらないんですか？

F：うん。みんなで楽しんできてよ。

M：どうしてですか？仕事なら明日でいいじゃないですか。

F：ま、それはそうなんだけどさ、私あんまり歌うの好きじゃないし……。若い人たち
　　だけで楽しんできて。

M：えー、一緒に「嵐」、歌いましょうよー。僕下手ですけど、その分踊って盛り上げ
　　ますので。

F：ははは、元気ねー。私のことは気にしないで、さ、早く行ったら？

M：せんぱーい、本当に行かないんですかー？

**女の人はどうしてカラオケに行かないと言っていますか。**

男士與女士正在交談。女士説為什麼不去卡拉 OK？

男：學姐，大家已經去卡拉 OK 店了。我們也趕快把工作做完，早一點去吧。

女：嗯……我，不太想去。

男：咦？不去嗎？

女：嗯，你們玩得開心點吧。

男：為什麼呢？如果是要工作，那明天也可以啊？

女：唉，那樣説是沒錯啦，再説我也不太喜歡唱歌……你們年輕人去玩就好了。

男：咦……一起來唱「嵐」的歌吧！我雖然唱得不好，但會跳舞來炒熱氣氛。

女：哈哈哈，真有活力。不要管我啦，好了，不早點過去？

男：學姐，真的不去嗎？

**女士說為什麼不去卡拉 OK？**

1. 因為不年輕了

2. 因為還有工作

3. 因為不太喜歡在卡拉 OK 唱歌

4. 因為唱歌也不行跳舞也不行

正答：3

# <ruby>問題<rt>もんだい</rt></ruby> 3

　<ruby>問題<rt>もんだい</rt></ruby>3では、<ruby>問題用紙<rt>もんだいようし</rt></ruby>に<ruby>何<rt>なに</rt></ruby>もいんさつされていません。この<ruby>問題<rt>もんだい</rt></ruby>は、<ruby>全体<rt>ぜんたい</rt></ruby>としてどんな<ruby>内容<rt>ないよう</rt></ruby>かを<ruby>聞<rt>き</rt></ruby>く<ruby>問題<rt>もんだい</rt></ruby>です。<ruby>話<rt>はな</rt></ruby>しの<ruby>前<rt>まえ</rt></ruby>に<ruby>質問<rt>しつもん</rt></ruby>はありません。まず<ruby>話<rt>はなし</rt></ruby>を<ruby>聞<rt>き</rt></ruby>いてください。それから、<ruby>質問<rt>しつもん</rt></ruby>とせんたくしを<ruby>聞<rt>き</rt></ruby>いて、1から4の<ruby>中<rt>なか</rt></ruby>から、<ruby>最<rt>もっと</rt></ruby>もよいものを<ruby>一<rt>ひと</rt></ruby>つ<ruby>選<rt>えら</rt></ruby>んでください。

## 1<ruby>番<rt>ばん</rt></ruby> (MP3) 023

- メモ -

女の人がワインについて話しています。

F：我こそがワイン愛好家だという人も少なくないと思いますが、ワインの産地と言えば、みなさんはどこを思い浮かべるでしょうか。まずはやはりボルドーなどで有名なフランスですね。他には、手ごろな価格でおいしいと評判のチリのワインもあります。そして今、注目を集めつつある人気のワインがドイツのワイン。こちらは飲み終わったあとも口の中に風味がしばらく漂う、「余韻」が特徴です。こうした口当たりが、日本料理なんかにも合うと好評なんですよ。

**女の人の話のテーマは何ですか。**
1. ワイン愛好家が増えていることについて
2. ワインの産地が変化しつつあることについて
3. おいしいワインの飲み方について
4. 最近流行のワインについて

女士正在討論紅酒。

女：我想有不少人自認為是紅酒愛好者，一提到紅酒產地，大家會想到哪裡呢？第一個想起的應該是以波爾多聞名的法國吧！另外，還有價位合理又好喝而受好評的智利紅酒。還有現在備受矚目的德國紅酒，喝完之後在口中仍暫時留香，充滿「餘韻」是其特色。這種口感很適合日本料理而得到好評。

🈁 **生詞**　ボルドー：波爾多。位於法國西南方的都市，以產紅酒聞名。

女士談話內容的主題是什麼？
1. 有關紅酒愛好者正在增加中
2. 有關紅酒產地不斷地改變
3. 有關美味紅酒的喝法
4. 有關最近流行的紅酒
正答：4

- メモ -

男の先生が学生に話しています。

M：文学史の中井先生に指摘されて気づいたんだけどさ、このレポート、文学史の授業で提出した課題のものと、内容がまったく同じだって言うじゃないか。だめだよそれは。私の授業は文学概論だから、確かに論点が重なる部分はたくさんあると思うよ。でもこれじゃ二重提出になるから、単位を認定するわけにはいかなくなるなあ……。だって二つの課題のうち一つしか提出していないことになるからね。テーマは同じでも視点を変えて書くとか、やっぱりそういうふうにしなければいけないよ。

## 先生が話している内容は何ですか。

1. 一つのレポートを二つのクラスの課題に使用することはよくない
2. 文学史と文学概論のレポート課題は同じテーマが指示された
3. 中井先生の授業の内容は文学概論と重なっている
4. レポートの提出がまだなので、単位を認定することができない

男老師正在對學生談話。

男：經文學史的中井老師指教後我才發現，這份報告，和你在文學史的課繳交的課題報告，據說內容是完全一樣的。這是不行的啊。我教的是文學概論，雖然的確有不少論點重複，但是你這樣就變成把同一份報告用在兩門課上，就無法給你學分喔……因為這變成是兩個作業你只提了其中一項。就算題目相同，也要換個角度來寫，不這樣做不行哦。

老師談的內容是什麼？
1. 把一篇報告用在兩個班級的作業是不好的
2. 文學史和文學概論的報告作業被指定是相同題目
3. 中井老師上課的內容和文學概論重複
4. 尚未繳交報告，所以無法認定學分

正答：1

- メモ -

アナウンサーが自分の仕事について話しています。

F： アナウンサーという仕事は大好きですね。多くの人々や物事との出会いがありますから。今年でこのニュース番組を担当して10年になりますが、長く続けられたのは自分自身の気持ちの切り替えを意識してやってきたからだと言えるかもしれません。毎日数あるニュースや情報をお伝えしなければならないのですが、その内容や伝達目的もさまざまで、そのつど頭をすばやく次の話題に移し、姿勢を正して表情を作り直す、それから原稿を読むようにしていました。そうするとずいぶん気持ちが軽くなるんですよ。

**女の人の話の主な内容は何ですか。**
1. 10年間のニュース番組の歴史
2. 仕事を毎日続けることができた理由
3. 上手にニュースを読む方法
4. この仕事が人気がある理由

播報員在討論有關自己的工作。

女： 我熱愛播報新聞這個工作。因為可以見識很多的人物及事物。到今年為止，我擔任新聞節目的工作已經10年了，能持續這麼久，可以說是因為我一直有意識地去轉換自己的情緒。每天都必須傳達為數眾多的新聞或資訊，其內容、傳達目的非常多樣，我盡可能做到隨時能迅速地轉到下一個話題，改正姿態重做表情，然後再念稿子。如此一來，心情也可以輕鬆許多。

**女士談話的主要內容是什麼？**
1. 10年來節目的歷史
2. 能夠持續每天工作的理由
3. 念好新聞稿的方法
4. 這份工作受歡迎的理由
正答：2

# 4番 (MP3) 026

- メモ -

男の人と女の人が話しています。

F：今、バイト探してるんだって？どんな仕事がしたいの？

M：自分のペースで楽しくできる仕事がいいな。だってさ、このあいだやめたバイト、ノルマがあってけっこうきつかったんだ。

F：あ、あの工場で部品を組み立てるってバイト？

M：うん。家から歩いてすぐだったから、行き帰りは便利だったんだけどね。

F：そうよ、交通費かからないからよかったのに。どうして辞めちゃったの？

M：一日一人250個の目標があって、それを達成しないと残業して残りを仕上げなければならなかったんだよ。しかもその時間は時給がつかないって言うんだから、やってられないよ。

**男の人が女の人に言いたいことは何ですか。**

1. 新しいバイトを紹介してほしい
2. 今のバイトの辛いところ
3. 前のバイトを辞めた理由
4. これからやりたいバイトの種類

男士正對著女士説話。

女：聽説你現在在找工作啊？你想做什麼工作呢？

男：如果有能照自己的步調，可以輕鬆做的工作就好了。最近辭掉的打工，要求要達到工作的達成額度，實在是很累人。

女：啊！那個在工廠組裝零件的打工嗎？

男：嗯。但是從家裡走一下就到，來回算是方便的了。

女：對呀，不用花交通費，應該不錯吧，為什麼要辭掉呢？

男：他們設有一天一個人要完成250個的目標，沒達到目標就得加班把剩餘的做完。而且那個時間是沒有薪水的，誰待得下去啊？

🈷生詞　ノルマ：工作定額、勞動基本定額

男士想對女士說的是什麼呢？

1. 希望他介紹新的打工
2. 現在打工的辛苦
3. 辭掉之前工作的理由
4. 今後想從事的打工類型

正答：3

- メモ -

首相が演説しています。

M：消費税率の引き上げが国民の日常生活に大きな影響をもたらすこと、特に消費低迷につながることを心配する声も出ています。今回の決断はそうした意見も考慮した上での判断なのです。少子高齢化が急速に進む中、財源の確保は必要不可欠なことです。タバコや酒の税率がすでに限界に達していることを考えると、これは自然な流れと考えていただくのも一つの見方ではないでしょうか。

**演説で主張している内容は何ですか。**
1. 消費が限界に近付いていることついて
2. 消費税による景気低迷の責任について
3. 新しい税金の種類について
4. 消費税率の引き上げの必要性について

首相正在發表演説。

男：有人認為提高消費税率給國民的日常生活帶來很大的影響，特別擔心會造成消費意願的低迷。但這次在做出這個決定時，我們已經把相關意見納入考量。在少子高齡化急速進展的現今，確保財源是不可或缺的。從另一個角度看，菸、酒類的税率已達到極限，因此我希望大家能夠了解，這是自然必經的趨勢。

演說中主張的內容是什麼？
1. 關於消費已接近極限的事
2. 關於因消費税而帶來景氣低迷的責任
3. 關於新的税金種類
4. 關於提高消費税率的必要性
正答：4

- メモ -

女の人が最近の流行について話しています。

F：近頃は「おうちカフェ」を楽しむ女性が増えているようです。おいしいコーヒーや紅茶を、おしゃれな外のカフェなんかじゃなくて、家でゆっくり味わいたいということなんです。買ってくるときには、いつもより少し高級な茶葉を選んだり、少し高くても外国製のコーヒーメーカーを使って、いつでも好きなときに喫茶店と同じコーヒーを味わえるようにしているそうです。確かに外でお茶することを考えれば、高い材料をそろえたとしても、結果的にこちらのほうがお安くつくのかもしれませんね。昨今の経済不況による節約の工夫が、こんなところにも表れているんですよ。

**女の人は何について話していますか。**
1. 自宅で飲むコーヒーや紅茶のほうがおいしいと思う女性が増えたこと
2. 高級なコーヒーや紅茶が女性の間で流行っていること
3. カフェなどで飲むコーヒーや紅茶代が高いと考えている女性が増えていること
4. 経済不況の影響で、喫茶店がコーヒーや紅茶の価格を安くしていること

女士針對最近的流行在談話。

女：最近喜歡享受「自家咖啡店」的女性似乎增加了。也就是她們喜歡在家裡悠閒地品嚐好喝的咖啡或紅茶，而不是在時髦的咖啡廳裡。聽說他們來購物的時候，總是選比平時來得高級的茶葉，即使價格上貴一點，也要使用外國製的咖啡壺，以便在任何喜歡的時間都可喝到和一般咖啡廳味道相同的咖啡。的確，想想在外面喝茶這件事，即便是買齊了價格高的材料，結果還是在家裡喝比較划算。由於現今經濟的不景氣所帶來的節約風潮，也在這地方表露無遺。

**女士針對什麼在談話？**
1. 認為在自家喝咖啡或紅茶比較好喝的女性增加了
2. 高級的咖啡和紅茶在女性之間流行
3. 認為在咖啡館等場所喝咖啡或紅茶的費用很貴的女性增加
4. 由於經濟不景氣的影響，咖啡館調降咖啡或紅茶的價格

正答：3

- メモ -

男の人が自分の仕事について話しています。

M：中学のころから父に船に乗せてもらっていました。そのころはまだ力もなかったので、船の隅っこでじっと父の動きを見ていたり、ちょっと網の整理を手伝ったり、という程度だったんですがね。高校を卒業してからは本格的に漁師の仕事をするようになりました。それからは魚のとり方からこの辺の海の潮の流れまで、すべて父から教わったんです。そしてこの船も昨年引退した父から譲り受けました。私にとっては大きな存在ですよ、本当に。私はこの海の仕事が大好きですが、息子は……どうでしょうかね。私のように好きでやってみたいと言えば、もちろん継いでほしいですね。この船も。

**この男の人の話のテーマは何ですか。**
1. 漁師の仕事の厳しさについて
2. 船の乗り方について
3. 自分の息子が漁師になったことについて
4. 父から受けた影響について

男士針對自己的工作在談話。

男：從中學時開始我就請父親讓我搭船。因為那時還沒有力氣，所以都在船的角落目不轉睛地看著父親的動作，或是幫忙整理網子這類的事。高中畢業後，就正式地從事漁夫的工作。接下來從捕魚的方法到這附近海的潮流流向，都是父親教我的。而且這船是去年退休的父親給我的。對我而言意義非凡，真的。我雖然很喜歡這份海的工作，但我兒子……（之後）會怎麼樣呢。如果他也像我一樣喜歡這一行，想試試看的話，我當然希望他能夠繼承，還有包括這艘船也是。

這男士談話主題是什麼？
1. 關於漁夫工作的辛勞
2. 關於船的搭乘方法
3. 關於自己兒子也成為漁夫
4. 關於受到父親的影響
正答：4

- メモ -

女の人が飼っている犬について話しています。

F：この茶色い２匹はですね、知り合いの知り合いから「ウチでは飼えないから預かってほしい」と言われてやってきたんです。飼い犬が産んだ子犬だって話してました。こっちの３匹は去年うちの娘が公園で捨てられていたのを、かわいそうだからって家に連れて帰ってきて、それ以来ここにいるんです。この、足をけがしている犬は、たぶん事故にあったんだと思います。歩けずに道にいたところをたまたま通りかかって、そのまま病院に連れて行きました。首輪がついていたのでどこかで飼われていたんだと思うんですが、飼い主が現れなくて……。ペットはかわいいからとすぐに飼って、面倒になったからといって、簡単に手放す人がいるのは本当に心が痛みます。そんなこんなで、ウチはついつい犬が増えてしまうんですよ。

**女の人が言いたいことは、何ですか。**
1. 飼い犬がたくさん小犬を産んで、毎日大変だ
2. 飼い主は一度飼ったペットを最後まで大切に世話してほしい
3. かわいがってた犬を手放すことは本当に心が痛む
4. 足をけがした犬の飼い主が見つからなくて、困っている

女士針對所飼養的狗談話。

女：這２隻茶色的，是朋友的朋友說：「因為我們家不能養，想寄養在你這裡」而來的。聽說是飼養的狗所生的小狗。這邊的３隻是去年被棄養在公園的，我女兒說覺得很可憐，所以把牠們帶回家來，之後就一直待在這裡。這隻腳受傷的狗，應該是遇上意外，不良於行，只能待在路上。我偶然間經過那裡，就這樣把牠帶去醫院。因為有戴著狗鍊，我也認為應是有人飼養的狗，但沒有飼主來認領……因為寵物很可愛，想要的時候就想馬上飼養，覺得麻煩時就把牠棄養的行為真的是令人痛心。就因為那樣，我們家的狗就在不知不覺中增加了。

**女士想說的事是什麼？**
1. 養的狗生了很多小狗，每天非常辛苦
2. 飼主養了的寵物，希望能珍惜照顧牠到最後
3. 把寵愛的狗棄養真的是令人痛心
4. 找不到腳受傷的狗主人很困擾

正答：2

- メモ -

解說

男の人が趣味について話しています。

M：この笛を始めたのは……、そうですね、10年ほど前になります。旅行先の土産物屋で売っていて、音色がとても昔懐かしく感じたんですよ。いや、子供のころにこの楽器を持っていたというわけではないんです。見たことも、聞いたこともありませんでした。でも、この竹でできた素朴な感じとちょうどいい大きさ、それに店で吹かれていた「ふるさと」って曲が、そう思わせたのかもしれませんね、ははは。

**男の人は何と言っていますか。**

1. 小さいときも、この竹で作られた笛を持っていた
2. 笛が趣味になったのは、10年前のことだ
3. 子供への土産にこの笛はちょうどいい
4. この笛で「ふるさと」という曲を吹くことが好きだ

男士針對興趣的談話。

男：開始吹這笛……想一想，是十多年前的事了。這在旅行的地方的紀念品店賣的，覺得音色很令人懷念。不，並不是説小時候我有玩過這樂器。別説看了，我連聽也沒聽過。但我覺得這竹子做的笛子很有純樸感且又大小適中，加上店裡又在吹奏〈故鄉〉這曲子，或許就是因為這樣子才讓我那麼想，哈哈哈。

**男士說了什麼？**
1. 小時候也有拿過這竹子所製成的笛子
2. 吹笛的興趣是在 10 年前所開始的
3. 要給小孩伴手禮品這笛子恰恰好
4. 喜歡用這笛子吹奏〈故鄉〉這曲子

正答：2

- メモ -

ニュースのアナウンサーがある事件について話しています。

F：3ヶ月前に発生し、いまだ解決に至っていないこの事件。犯人はこの家族が留守中に窓から侵入したものと見られています。2階のベランダの窓ガラスを割って、子供部屋から中へ、そして夫婦の寝室へ進んだのでしょう。そこに足跡が残されていました。そのあと下の階のリビングやキッチンへ移動、引き出しや本棚の中に金目のものがないか物色していたようです。和室で金庫を見つけ、鍵を持っていた道具で壊しています。中の現金数十万円を奪ったあと、道具をその場に捨てたまま玄関の鍵を開け、そこから外へ逃げたことがわかっています。

**アナウンサーは犯人の行動についてどう説明していますか。**
1. 犯人はこの家が留守中に玄関の鍵を壊して侵入した
2. 犯人は2階の寝室やキッチン、それに和室を物色していた
3. 犯人は現金数十万円を金庫から奪い、窓ガラスを割って逃げた
4. 犯人はいくつかの証拠を現場に残して外へ出た


新聞播報員針對某事件談話。

女：3個月前所發生，至今仍未解決的這起事件。推測犯人是在這一家外出時從窗戶入侵。把2樓陽台的窗戶玻璃弄破後，從兒童房進到裡面，再潛入夫婦的寢室內吧。在那裡有留下腳印。那之後好像是往下一層樓的客廳及廚房移動，在抽屜或書架裡物色有沒有值錢的物品。犯人在和室裡找到金庫，用他們帶去的工具破壞金庫的鎖。目前得知犯人偷走裡面的數十萬日圓現金後，就把工具丟在現場，打開大門從那往外逃走了。

**新聞播報員對犯人的行動如何說明？**
1. 犯人在這家人不在時破壞大門的鎖後進入
2. 犯人物色2樓的寢室及廚房、和室的物品
3. 犯人從金庫奪走數十萬日圓現金，將玻璃窗戶打破逃走
4. 犯人在現場留下幾個證據往外逃走
正答：4

# 問題4

<ruby>問題<rt>もんだい</rt></ruby>4では、<ruby>問題用紙<rt>もんだいようし</rt></ruby>に<ruby>何<rt>なに</rt></ruby>もいんさつされていません。まず、<ruby>文<rt>ぶん</rt></ruby>を<ruby>聞<rt>き</rt></ruby>いてください。それから、それに<ruby>対<rt>たい</rt></ruby>する<ruby>返事<rt>へんじ</rt></ruby>を<ruby>聞<rt>き</rt></ruby>いて、1から3の<ruby>中<rt>なか</rt></ruby>から、<ruby>最<rt>もっと</rt></ruby>もよいものを<ruby>一<rt>ひと</rt></ruby>つ<ruby>選<rt>えら</rt></ruby>んでください。

## 1<ruby>番<rt>ばん</rt></ruby> (MP3) 033

- メモ -

### 解說

F：めったなことがない<ruby>限<rt>かぎ</rt></ruby>り、<ruby>社長<rt>しゃちょう</rt></ruby>はここまで<ruby>口<rt>くち</rt></ruby>は<ruby>出<rt>だ</rt></ruby>さないよ。

M：1. すべてに<ruby>目<rt>め</rt></ruby>を<ruby>通<rt>とお</rt></ruby>さないと<ruby>気<rt>き</rt></ruby>がすまないんですね。

　　2. すっかり<ruby>変<rt>か</rt></ruby>えてしまったようですね。

　　3. ずいぶん<ruby>社員<rt>しゃいん</rt></ruby>を<ruby>信用<rt>しんよう</rt></ruby>しているんですね。

**生詞** めったなこと：稀少、不常／口を出す：干涉、插嘴

女：除非是有很不尋常的狀態，否則社長是不會干涉到這個程度的。

男：1. 沒有全部過目就不放心的啊。

　　2. 好像完全變了呢。

　　3. 他很相信職員呢。

正答：3

- メモ -

解說

M：午後は天気が崩れる恐れがあるよ。
F：1. 今こんなに天気いいのに？
　　2. さあ、天気予報見てないから、わからないよ。
　　3. じゃあもうすぐ雨があがるね。

生詞　天気が崩れる：天氣變壞

男：下午恐怕天氣會變壞哦。
女：1. 什麼？現在天氣明明這麼好？
　　2. 嗯，我沒看氣象預報，所以不知道耶。
　　3. 那雨就快停囉。
正答：1

- メモ -

解説

F：あの企画、ついに通ったんだって？
M：1. うん、どんな企画にするか、考えているんだ。
　　2. 少なくとも1、2週間はかかるかもね。
　　3. ああ、時間がかかった分、とても嬉しいよ。

女：聽説那個企劃案終於通過啦！
男：1. 嗯，我正在想要做怎樣的企劃。
　　2. 可能至少要花1、2個禮拜吧。
　　3. 啊～因為花了很多時間，所以特別高興。
正答：3

- メモ -

**解説**

M：これが一番売れたなんて、信じがたいな。

F：1. ずっと信じてほしかったね。

2. やっぱり私の言ったとおりだったでしょ。

3. もう少し安くしたほうが売れるんじゃない？

🈁詞 信じがたい：難以相信／～がたい：難～

男：說這個是最熱賣的，真是難以置信。

女：1. 我一直希望你能相信。

2. 我說的果然沒錯吧！

3. 再便宜一點應該可以賣得好吧。

正答：2

# 5番 (MP3) 037

- メモ -

解説 ▶

F：あの、この部分はもっと慎重に塗ってくれる？

M：1. はい、丁寧にやるように心がけます。

　　2. はい、できるだけ早く塗ります。

　　3. はい、他にもやってみることにします。

女：那個，這個部分可以更仔細小心地塗上去嗎？

男：1. 好，我會注意小心地做。

　　2. 好，我盡量塗快點。

　　3. 好，其他的我也來做看看。

正答：1

ばん

- メモ -

---

## 解説 ▶

M：えっと、さっき何か言いかけてたよね？

F：1. じゃあ、何回か電話してみるよ。

　　2. そう、もう少しで話せると思うよ。

　　3. あ、宿題について聞きたかったんだ。

**生詞**　　言いかける：說一半沒說完／～かける：只做到一半沒完成

男：嗯，剛才你好像有什麼話說到一半？

女：1. 那，我再打幾次電話試試。

　　2. 對，我想再一下下就可以說了。

　　3. 哦！我是想問有關作業的事啦。

正答：3

- メモ -

**解説**

F：河合君、明日こそ遅刻しないでちゃんと来るかな？

M：1. もっと早く起きるべきだったね。

　　2. 彼が遅刻しないなんて珍しいこともあるもんだね。

　　3. あいつならまた寝坊しかねないね。

**生詞**　　寝坊する：睡過頭／～かねない：可能～

女：河合他明天會不會準時來啊？

男：1. 應該要更早起床才行。

　　2. 真難得啊，他居然也可以準時到。

　　3. 他呀！可能又會睡過頭吧。

正答：3

- メモ -

**解說**

M：え？昼食抜きで仕事してるの？

F：1. はい、先に食べておこうかと思って。

　　2. はい、先にやってしまおうと思って。

　　3. はい、さっきまで仕事でした。

**生詞**　昼食抜き：去掉午餐、沒吃午餐／～抜き：除去～

男：什麼？沒吃午餐在工作？

女：1. 對，我想先去吃了。

　　2. 對，我想先把它做完。

　　3. 對，一直工作到剛才。

正答：2

- メモ -

**解説** ▶

F：コーヒーか、何かお飲みになりませんか？

M：1. いや、ご遠慮なく。

　　2. いいえ、おかわりなく。

　　3. いえいえ、おかまいなく。

女：咖啡、紅茶之類的，要喝點什麼飲料嗎？

男：1. 請別客氣。

　　2. 不用，不用再續杯。

　　3. 不用不用，請您別費心。

正答：3

# 10番 🎧 MP3 042

- メモ -

解説

M：3日間、どうもお世話になりました。

F：1. では、おじゃまします。

　2. お気をつけて。

　3. お帰りなさい。

男：三天來謝謝您的照顧。

女：1. 那我打擾了。

　2. 回程多小心。

　3. 您回來了。

正答：2

- メモ -

解說

F：恐れ入ります、山田はただ今席をはずしておりまして……。

M：1. いいえ、どういたしまして。

　　2. そうですが、少々お待ちください。

　　3. じゃ、伝言をお願いできますか？

生詞　席をはずす：離席

女：很抱歉，山田現在不在位置上……

男：1. 不，不客氣。

　　2. 是的，請稍待一會兒。

　　3. 那，可以麻煩您幫我留言嗎？

正答：3

- メモ -

---

**解説**

M：その金額じゃ、顧客が離れていくんじゃないのか？

F：1. では、もっと上乗せしてみましょうか。

2. それなら商品価格を少しおさえましょうか。

3. そうすると、当社の儲けも出るわけですね。

**生詞** 儲けが出た：有賺到錢、獲利

男：那個金額的話，顧客不會跑光嗎？

女：1. 那再往上加吧。

2. 那將商品價格壓低一些吧。

3. 這樣做的話，我們公司會賺錢呢。

正答：2

# 問題5

問題5では長めの話を聞きます。この問題には練習はありません。

メモをとってもかまいません。

## 1番、2番、3番、4番

問題用紙に何もいんさつされていません。まず話を聞いてください。それから、質問とせんたくしを聞いて、1から4の中から、最もよいものを一つ選んでください。

## 1番 （MP3）045

- メモ -

解説

### 1番

男の人と女の人が、就職について話しています。

M：さっちゃん、来年就職だろ？どんな仕事を希望してるの？

F：去年から就活始めてるんだけどさ、サービス業中心って感じかな。

M：サービス業？サービス業ったっていろいろあるだろ？仕事のほとんどはサービス業だよ。

F：え？そうなの？えっと……デパートで働きたいの。

M：うーん、デパートの仕事もいろいろあるじゃない？服や靴を売ったりする人や、商品を買いに外国なんかへ行ったり、あとお客さんを案内する仕事とか……。

F：あ、それ、受付係ってやつね。

M：ああ、そうだね。他にはお客さんを集めるための宣伝の仕事。広告を考えたりとか、何かイベント活動を計画したりとかさ。

F：へえ、いろいろあるね。

M：で？さっちゃんは何がしたいの？

F：うーん、私、デパ地下が好きだから……。

M：じゃあ食品売り場だね？

F：あ、それ、いいね！ときどき試食もできるし。

M：売ってる人は試食禁止だよ。

## 女の人はどんな仕事に興味がありますか。

1. デパートの企画宣伝担当者
2. 受付案内係
3. 商品バイヤー
4. 販売員

男士和女士正在討論求職的事。

男：小咲，妳明年就要找工作了吧？妳想做什麼工作？

女：我從去年就開始在找工作了，大概是以服務業為主吧！

男：服務業？服務業也有各式各樣的啊！幾乎所有的工作都是服務業呀！

女：哦？是嗎？嗯……我想在百貨公司上班。

男：嗯……百貨公司的工作也有很多種呀！有負責賣衣服、賣鞋子的、到國外去買進商品的、還有負責介紹待客的等等……

女：啊，那個，是櫃台服務人員吧！

男：啊，對啊。其他還有為了招攬客人而做宣傳的工作。就像要構思廣告啦，規劃宣傳活動等……

女：哦，有很多種嘛。

男：所以，妳想做什麼啊？

女：嗯，我喜歡百貨公司的地下樓賣場，所以……

男：那就是食品賣場囉。

女：啊！那個不錯啊！還常常可以試吃呢！

男：賣的人不准試吃啦！

## 女士對什麼工作有興趣呢？

1. 負責百貨公司企劃宣傳的人
2. 服務台負責待客的人
3. 負責採買進貨的人
4. 販賣員

正答：4

- メモ -

## 2番

男の人と女の人が買い物をしながら話しています。

M：今履いてるの、もう古くなったから買い換えようと思ってるんだ。

F：そうなんだ。次はどんなのにするの？

M：ファスナーじゃなくて、ひもで結ぶタイプの。色は……明るい感じ。

F：ひものは不便じゃない？脱いだり履いたりするのに時間かかりそう。

M：僕は見た目重視！色もどんな服にも合う色がいいし。これなんかどう？

F：うーん、でも冬用のを探してるんでしょ。黒とかの方がいいんじゃないの？

M：黒のは家にあるから、別の色にしたいんだ。

**男の人は何を買いたいと言っていますか。**

1. 靴
2. 鞄
3. 明るい色のセーター
4. 黒いズボン


男士和女士一邊購物一邊談話。

男：現在穿的已經很舊了，我想淘汰買新的。

女：是喔。新的要買什麼樣子的呢？

男：不要拉鍊，要綁帶子那類型的。顏色呢，要明亮一點的。

女：綁帶子不會不方便嗎？穿脫會花時間的。

男：我重視的是外表美觀，顏色也是找可以搭配各式服裝的比較好。這個怎麼樣？

女：嗯……不過你不是要找冬天用的嗎？黑色的不是比較好嗎？

男：黑的家裡就有了，我想買別的顏色。

**男士說想要買什麼？**

1. 鞋
2. 皮包
3. 亮色的毛衣
4. 黑色的長褲

正答：1

- メモ -

解説 ▶

## 3 番

男の人と女の人がヨーグルトの食べ方について話しています。

F：健康のためにヨーグルトを毎日食べてるって聞いたけど。

M：うん、続けてるよ！半年ほど前からね。

F：へえ、継続してるってすごいね。毎日だと飽きない？

M：いろいろな食べ方してるから、飽きたりしないよ。フルーツを切ってその上にかけて食べたりとか、牛乳に混ぜて飲んだりもするよ。

F：へえ、自分で作るの？

M：うん、簡単だからね。ゼリーやプリン、それにヨーグルトを混ぜて焼いたヨーグルトケーキとかも作れるようになったんだ。

F：へえ。私、実はヨーグルト苦手なのよね。ちょっと酸っぱいじゃない？

M：あ、なるほど。お勧めがあるんだけど、バナナといっしょだと甘くなるんだよね。牛乳もいっしょに混ぜて毎朝一杯飲んでみたら？

F：ふーん、簡単な食材だから続けられそうね。私もやってみようかな。

**女の人は何をしてみると言っていますか。**

1. ヨーグルトでケーキを作ってみる。
2. 毎晩ヨーグルトを食べることを半年続けてみる。
3. 牛乳と果物をヨーグルトに混ぜて飲んでみる。
4. 切ったバナナの上にヨーグルトをかけて食べてみる。

男士和女士針對優格的吃法在交談。

女：我聽説你為了健康每天在吃優格。

男：對啊，我一直有在吃喔！從半年前左右開始的。

女：咦，持續吃喔，真了不起。每天吃不會膩嗎？

男：因為我嘗試各種吃法，所以不會厭煩。像切水果然後加在上面吃，有時混著牛奶一起喝。

女：咦，你自己做的嗎？

男：對啊，因為很簡單。我也學會把果凍或布丁加在優格上，做出優酪乳蛋糕了。

女：真的啊。説實在的我對優格實在不行。你不覺得有點酸嗎？

男：啊，這樣啊。我有個方法。你可以和香蕉一起吃會變甜喔，或是加牛奶打一打，每天早上喝一杯如何呢？

女：嗯，因為是簡單的食材，好像可以一直持續。我也來做做看好了。

**女士說想嘗試做什麼？**

1. 用優格做蛋糕。
2. 每天晚上吃優格持續半年。
3. 把牛奶和水果加到優格試著喝看看。
4. 在切好的香蕉上加入優格。

正答：3

- メモ -

## 4番

両親が子供の教育について話しています。

M：いくらこの子に期待してるからって、ちょっといろいろと習わせすぎじゃないか？

F：小さいうちにいろいろな体験をさせたいのよ。その中で何に一番興味があるか、どんなことが上手なのか、息子の才能を知ることはとても大切なことじゃない？

M：言いたいことは分かるけど、まだ3歳だよ。そんなに急いでやることないんじゃないかな。

F：幼稚園や小学校に入ってからじゃ遅いのよ。時間が限られてしまうから、今のうちにやらせておきたいの。

M：月曜日は英語とお絵かき、火曜日は水泳、水曜日は……、毎日こんなんじゃ、遊ぶひまもないだろ。

F：この時期の習い事は、遊びと同じだからいいのよ。

**男の人が言いたいことは何ですか。**

1. 習い事だといっても、子供は遊んでいる。
2. 習い事の時間が限られている。
3. 子供の年齢が高すぎる。
4. 子供の習い事の数が多すぎる。

父母親針對小孩的教育在交談。

男：雖然妳說對小孩有很多的期待，但妳不會覺得讓他學太多了嗎？

女：我是讓他在小的時候，做各式各樣的體驗。從其中找出對什麼最有興趣，對什麼最拿手，知道小孩的才能不是很重要嗎？

男：妳想說的我可以了解，但他才三歲唷。沒有必要那麼著急吧。

女：等進幼稚園或小學之後就太慢了，因為時間會被限制。所以我想趁現在讓他做。

男：星期一學英文和繪畫、星期二游泳、星期三……，每天都這樣了，根本連玩的時間都沒有吧。

女：這時期的學習和玩耍一樣，所以沒關係。

**男士想說的是什麼？**

1. 雖然說是學習，但小孩都在玩。
2. 學習的時間太過受限。
3. 小孩的年紀太大。
4. 小孩學習的科目太多。

正答：4

# 5番、6番

まず、話を聞いてください。それから、二つの質問を聞いて、それぞれ問題用紙の1から4の中から、最もよいものを一つ選んでください。

## 5番 (MP3) 049

### 質問1

1 北海道
2 鬼怒川温泉
3 加賀温泉
4 沖縄

### 質問2

1 北海道
2 鬼怒川温泉
3 加賀温泉
4 沖縄

## 5番

F1：お正月休み、皆さんはどのような計画をたててらっしゃいますか？この休みを利用して旅行でも……とお考えの方々に、今日はとっておきのオススメツアーをご紹介します。まずはこちら、やっぱり冬はスキーやスノーボード、という方へ、北海道スキーリゾートの旅3泊4日。ご宿泊ホテルはゲレンデのすぐそば。毎日滑りたい、というあなたにピッタリです。雪は見たいけどスキーやスノボはちょっと、という方にはこちら。鬼怒川温泉2日間。雪を見ながらの露天風呂は最高ですね！夜のお食事はお部屋でゆっくりアンコウ鍋を召し上がっていただきます。同じ温泉でもカニを食べたいという方はこちら。石川県の加賀温泉、こちらも1泊2日の旅。日本海で獲れた新鮮なカニをご賞味いただけます。せっかくの休暇、この寒さから逃れたい方にオススメなのは青い海の沖縄。同じ日本にもかかわらず、この時期の平均気温は15度前後と、暖房要らず。3日間の滞在期間、海で遊ぶもよし、世界遺産を周るもよし、もちろん新鮮な海の幸もたくさん味わえます。

F2：今年のお正月はどこで過ごそうかしらね。

M：去年はスキー三昧だったから、僕は温泉でゆっくりしたいな。

F2：え、子どもたちは今年こそ上手に滑りたいって、張り切ってたわよ。

M：また滑るの？

F2：去年は長野だったけど、今年は場所を変えてやるのもいいんじゃない？

M：寒いのはもういいよ。今年は暖かく過ごしたいよ。

F2：沖縄は15度もあるんですってね。

M：いやいや、暖かい部屋でカニ鍋を食べながら旨い酒を飲みたいんだ。

F2：あら、あなたお酒目当て？でもスキーできないんじゃ、あの子たちがっかりするわよ。かわいそうじゃない。

## 質問1

男の人はどの旅行がいいと言っていますか。

## 質問2

女の人はどの旅行がいいと言っていますか。

女1：新年假期大家有什麼計畫呢？對於想要利用這個假期去旅行的人，今天我在這裡為大家介紹幾個值得推薦的行程。首先，我為冬天還是想去滑雪、玩滑板的客人推薦4天3夜的北海道滑雪休閒之旅。投宿飯店就在滑雪道旁邊。非常適合想每天都去滑雪的你。對於想要賞雪，但不太想滑雪、玩滑板的人我們會推薦這個——鬼怒川溫泉兩天之旅。邊賞雪邊泡露天溫泉是最棒的享受。晚餐可以在房間內好好地享用美味的鮟鱇魚鍋。一樣去泡溫泉，對想吃螃蟹的人我們準備了這個——石川縣的加賀溫泉，也是兩天一夜的行程。可以品嚐到在日本海捕獲的新鮮螃蟹。難得的休假，想要逃離嚴寒氣候的客人，我們推薦您到碧海晴空的沖繩。雖然同樣位處日本，這個時期的平均溫度為15度上下，不需要開暖氣。在3天的停留時間內，您可以從事海上娛樂，也可以暢遊世界遺產，當然也可以享用許多新鮮的海產料理。

女2：今年的過年要去哪裡過呢？

男：　去年滑雪滑得很過癮了，我想去好好地泡一下溫泉。

女2：什麼？兒子們信誓旦旦說今年一定會滑得很好呢。

男：　還要滑啊？

女2：去年是去長野，今年換個地方不就好了？

男：　我不要再去受寒了。今年我想在暖和的地方過。

女2：她剛說沖繩有15度耶。

男：　不是啦，我是想在暖呼呼的房間裡，邊吃螃蟹鍋邊喝點美酒啦。

女2：哦！你的主要目的是喝酒吧！可是不能滑雪的話孩子們會很失望的呢，這樣不是太可憐了嗎？

**生詞**　おすすめツアー：推薦行程／〜にピッタリ：完全適合〜／

　　　　　〜にもかかわらず：儘管〜／三昧：〜盡情／張り切る：幹勁十足

問題1

男士說哪個行程比較好？

1. 北海道
2. 鬼怒川溫泉
3. 加賀溫泉
4. 沖繩

正答：3

問題2

女士說哪個行程比較好？

1. 北海道
2. 鬼怒川溫泉
3. 加賀溫泉
4. 沖繩

正答：1

# 6番 (MP3) 050

## 質問1

1　モックバーガー
2　回転寿司太郎
3　和定食サトウ
4　ムーンバックス

## 質問2

1　モックバーガー
2　オムレット
3　和定食サトウ
4　ムーンバックス

# 6番

館内アナウンスをしています。

F1：本日はグルメセンタービルにお越しいただき、誠にありがとうございます。ご来店のお客さまに館内のご案内と、本日のオススメをご紹介させていただきます。１階ホール横、赤い看板が目印のモックバーガーでは、ハンバーガーとポテト、サラダ、さらにお飲み物がセットになったランチボックスが、学生さんに大人気のメニューでございます。ふわふわ卵がくせになるオムライスの店、オムレットは、２階エスカレータを上って右手のお店でございます。その反対側には、一皿たった105円が好評の回転寿司太郎。こちらのお店はホームページにあるクーポン券をご持参いただければ、割引価格になる特典がございます。同じ和食でも家庭の味を、という方には、和定食サトウのお昼の定食がオススメでございます。焼魚定食、肉じゃが定食など、家庭の定番の味を750円からご飯とお味噌汁のセットでお召し上がりいただけます。こちらの和定食サトウ、３階奥の展望広場前にございます。おいしいお昼ご飯でおなかがいっぱいになった方にはスイーツなどはいかがでしょうか。１階入り口外にございますコーヒーショップ・ムーンバックス。こちらのコーヒー味のロールケーキは女性のみならず、男性にもご好評をいただいております。味わい深いエスプレッソとともにいかがでしょうか？

F2：ねえねえ、どこで食べる？

Ｍ：やっぱり今日はお寿司だろ。

F2：お寿司？私、お刺身がちょっと……。

Ｍ：あ、そういえばそうだって言ってたね。じゃあ、オムライスの店にする？それとも……ハンバーガーのセットもおいしそうだな。

F2：うん。あ、モックバーガー、すごい並んでる……。

Ｍ：あ、本当だ。じゃあ、和定食の店ってのがあるけど、これはどう？

F2：うん、私はいいけど……優君、お寿司が食べたいんでしょ？

Ｍ：さっき見たら、寿司定食ってのもあったんだ。

F2：じゃ、そこにしようか。そのあとは１階外の店でお茶しようね！

Ｍ：あいかわらず、陽子ちゃんは甘いものが好きだね。

## 質問１

二人はどこで昼食を食べますか。

## 質問２

二人は昼食のあとどの店へ行きますか。

館內正在廣播。

女1：本日歡迎光臨美食中心大樓，誠摯地感謝您。接下來為來賓介紹館內的活動和本日推薦。一樓大廳的側邊，是紅色看板的摩客漢堡，漢堡和薯條加上沙拉、飲料的套餐，是學生的人氣商品。香嫩滑口的蛋，讓你一吃就上癮的蛋包飯專賣店，歐姆雷特在二樓手扶梯的右方，在它對面的左側有一盤只要 105 日圓，廣受好評的迴轉壽司太郎。如持有這家店網頁的優惠券，還有特別優惠。同樣想吃日式餐點，也想品嚐家庭風味套餐的客人，推薦日式定食 Satou 的午餐定食。烤魚套餐、馬鈴薯燉肉套餐等等，只要 750 日圓就可品嚐到家庭特有的風味，並附有白飯和味噌湯可一起享用。這家日式定食 Satou 在三樓裡的展望廣場前。剛享用完美味午餐的客人，要不要來點甜點呢？一樓入口處外的咖啡廳月巴克，這家店的咖啡蛋糕卷，不光是受到女性歡迎，就連男性也讚不絕口。和香醇的義式咖啡一起享用，如何呢？

女2：喂，要在哪吃呢？

男：　今天還是吃壽司吧。

女2：壽司？我對生魚片有點……

男：　噢，這樣一説妳以前有提過。那要不要吃蛋包飯？還是……漢堡套餐看起來也很好吃耶。

女2：對呀，啊，摩客漢堡排超多人的……

男：　啊，真的耶。那還有日式套餐的店，這個如何呢？

女2：嗯，我是可以啦……但是小優不是想吃壽司嗎？

男：　我剛才看了一下，好像也有壽司套餐這樣的東西耶。

女2：那我們去那邊吧。之後在一樓外的店喝個茶吧。

男：　妳真是一點也沒變啊，陽子就是喜歡甜的。

## 問題 1

### 兩人要在哪吃中餐？

1. 摩客漢堡
2. 迴轉壽司太郎
3. 日式定食 Satou
4. 月巴克

正答：3

## 問題 2

### 兩人在中餐後要去哪家店？

1. 摩客漢堡
2. 歐姆雷特
3. 日式定食 Satou
4. 月巴克

正答：4

# 4

# 模擬試題

第一回　文字・語彙

## 問題1 ＿＿＿＿＿の言葉の読み方として最もよいものを、１・２・３・４から一つ選びなさい。

**1** 大地震で被害にあった人のために、寄付することにした。
1　きふ　　　　2　きいふ　　　　3　よりつけ　　　4　よせつけ

**2** どうぞ冷めないうちにお召し上がりください。
1　ひめない　　2　つめない　　　3　さめない　　　4　れいめない

**3** このホームページで毎日外国為替レートをチェックしている。
1　ためかえ　　2　りょうがえ　　3　かきとめ　　　4　かわせ

**4** 彼女は結婚してから料理の腕前が上がった。
1　うでまえ　　2　わんぜん　　　3　わんまえ　　　4　うでぜん

**5** クレジットカードの分割払いで商品を買った。
1　ふんわり　　2　わけわり　　　3　ぶんかつ　　　4　ふんがつ

**問題2** ＿＿＿＿の言葉を漢字で書くとき、最もよいものを１・２・３・４から一つ選びなさい。

**6** 一生懸命勉強して、第一しぼうの大学に合格した。

　　１　志望　　　　　２　脂肪　　　　　３　希望　　　　４　志願

**7** わたしの会社の名刺には日本語と英語でかたがきが書いてある。

　　１　片書き　　　　２　肩書き　　　　３　型書き　　　４　方書き

**8** 今はせんもん学校でコンピューターを勉強している。

　　１　専門　　　　　２　専問　　　　　３　専攻　　　　４　専業

**9** 気がつくと、あたりはすっかり暗くなっていた。

　　１　辺り　　　　　２　周り　　　　　３　近り　　　　４　当り

**10** 人を頼らずに、自分じしんで考えなければならない。

　　１　地震　　　　　２　自信　　　　　３　自身　　　　４　自尽

第一回 文字・語彙

**問題3**　（　　　　）に入れるのに最もよいものを、1・2・3・4から一つ選びなさい。

**11** あの野球選手は天才ではなく、努力（　　　　）なのだ。

1　家　　　　　　2　屋　　　　　　3　化　　　　　4　者

**12** いいアイデアを思い（　　　　）ときは、すぐにメモしておくとよい。

1　切った　　　　2　込んだ　　　　3　ついた　　　4　やった

**13** 一人では生きていけない（　　　　）弱い子供たちを傷つける親がいる。

1　か　　　　　　2　さ　　　　　　3　た　　　　　4　な

**14** 塾での（　　　　）クラスは中学三年生の国語です。

1　受け付け　　　2　受け取り　　　3　受け持ち　　4　受け売り

**15** この島でこのような悲惨な事件が起こるとは信じ（　　　　）。

1　たかい　　　　2　やすい　　　　3　ぎみだ　　　4　がたい

**問題４** （　　　　）に入れるのに最もよいものを、１・２・３・４から
一つ選びなさい。

**16** 社員の大規模な（　　　　）により、飛行機が飛ばなくなった。
　　１　アポ　　　　　　２　スト　　　　　　３　テロ　　　　　４　ゼミ

**17** （　　　　）休暇はどのぐらいの期間とることができますか。
　　１　早退　　　　　　２　出世　　　　　　３　妊娠　　　　　４　育児

**18** 旅行もいいが、やはり自分の部屋がいちばん（　　　　）がいい。
　　１　居心地　　　　　２　やる気　　　　　３　やりがい　　　４　生意気

**19** 彼女は小さいころから甘やかされて育ったので、とても（　　　　）。
　　１　あいまいだ　　　２　大ざっぱだ　　　３　さわやかだ　　４　わがままだ

**20** 商品を注文する前に、先に（　　　　）を送ってもらった。
　　１　見本　　　　　　２　合図　　　　　　３　作物　　　　　４　見事

**21** 朝晩（　　　　）寒くなってきましたが、お変わりございませんか。
　　１　ばったり　　　　２　ぎっしり　　　　３　めっきり　　　４　じっくり

**22** 湖にはボートを（　　　　）いる人や釣りをしている人たちがいる。
　　１　こいで　　　　　２　はって　　　　　３　こって　　　　４　もれて

**問題5** ＿＿＿＿＿の言葉に意味が最も近いものを、1・2・3・4から一つ選びなさい。

**23** 必要な部分をコピーして、ここにペーストしてください。

1 切り取り 　　2 設定 　　　　3 貼り付け 　　4 印刷

**24** その選手は足の痛みをこらえて走り続けた。

1 放っておいて 　2 ふさいで 　　　3 治して 　　　4 がまんして

**25** この電車はまもなく駅に到着いたします。

1 急に 　　　　2 もうすぐ 　　　3 ひとまず 　　4 いったん

**26** あの人は後から来たのに、列の前に並んでずうずうしい人だ。

1 頼もしい 　　2 人なつっこい 　3 荒っぽい 　　4 厚かましい

**27** あの人はいくら頼んでも耳を貸そうとしない。

1 答えよう 　　2 会おう 　　　　3 手伝おう 　　4 聞こう

**問題6**　　　　次の言葉の使い方として最もよいものを、1・2・3・4から一つ選びなさい。

**28** なんだかんだ

1　最近なんだかんだ暖かくなってきたようだ。

2　すみませんが、なんだかんだ書くものを貸していただけますか。

3　なんだかんだ言っても、結局彼のことが好きなんでしょう。

4　あの人はセンスが悪いので、なんだかんだの服ばかり着ている。

**29** 生き生きとした

1　いつまでもお元気で、長く生き生きとしてください。

2　ゆっくり休んだら、すっかり生き生きとした。

3　このクッキーは生き生きとしておいしいですね。

4　この作家の文章はとても生き生きとした表現ですばらしい。

**30** かつぐ

1　大きな荷物を肩にかついで世界中を旅行した。

2　彼は事業がうまくいって、かなりかついでいるようだ。

3　どうぞごゆっくりかついでください。

4　先生の話を聞くときは、机にひじをかつがないでください。

**31** 席を外す

1 電車で小さい子どもを抱いたお母さんに席を外した。

2 吉田は本日席を外していますので、来週会社に戻ります。

3 ミーティングが終わったら、席を外しておいてください。

4 山本は今席を外しておりますが、折り返しお電話いたしましょうか。

**32** 合同

1 野球は選手全員が合同するスポーツだ。

2 我が社はこの度アメリカのＡ社と合同を結びました。

3 ５年生と６年生が合同で運動会の練習をした。

4 全ての金額を合同すると、100 万円を超えた。

**問題7** 次の文の（　　　　）に入れるのに最もよいものを、1・2・3・4から一つ選びなさい。

**33** 大学の授業は、宿題（　　　　）、レポート（　　　　）で忙しい。

1 つつ/つつ　　2 やら/やら　　3 たり/たり　　4 て/て

**34** 子どもが道で転んで、傷（　　　　）になった。

1 だけ　　　　2 まみれ　　　　3 だらけ　　　　4 ぎみ

**35** 夫婦二人（　　　　）の生活を楽しんでいます。

1 きり　　　　2 ばかり　　　　3 さえ　　　　4 ただ

**36** 彼は非常に苦労した（　　　　）、大金持ちになった。

1 とき　　　　2 かぎり　　　　3 きり　　　　4 すえ

**37** 勉強すれ（　　　　）、する（　　　　）、成績は上がるよ。がんばって！

1 ば/ば　　　　2 ほど/ほど　　　3 ほど/ば　　　4 ば/ほど

**38** 実力からすれば、Ａチームが勝つ（　　　　）いる。

1 にして　　　　2 にきまって　　　3 になって　　　4 にあって

**39** コンピューター関連の仕事は、若い人（　　　　）です。

1 むき　　　　2 ため　　　　3 より　　　　4 がち

**40** A：「昨日は今年一番の寒さだった（　　　　）。」

B：「そうですか。本当に寒かったですよね。」

1　こと　　　　　　2　よか　　　　　　3　とか　　　　4　もの

**41** 帰国するに（　　　　　）、お世話になった方々にご挨拶した。

1　さいし　　　　2　とき　　　　　　3　うえに　　　4　まえに

**42** 試験に先（　　　　　）、試験監督からいろいろな注意事項を言われた。

1　だって　　　　2　に　　　　　　　3　まで　　　　4　から

**43** さんざん迷った（　　　　）、彼とは結婚しないことにした。

1　いじょう　　　2　うえは　　　　　3　あげく　　4　ことに

**44** 今日こそ宿題をしようと思い（　　　　　）、ついゲームをしてしまった。

1　うえ　　　　　2　あと　　　　　　3　さい　　　　4　つつ

問題8　　　　次の文の　＿★＿　に入る最もよいものを、1・2・3・4から一つ選びなさい。

（問題例）

あそこで　＿＿＿　＿＿＿　＿★＿　＿＿＿　は山本さんです。

1　CD　　　　　　2　聞いている　　3　を　　　　　4　人

（解答の仕方）

1. 正しい文はこうです。

| あそこで　＿＿＿　＿＿＿　＿★＿＿＿　＿＿＿　は山本さんです。 |
| 1 CD　　3 を　2 聞いている　4 人 |

2. ＿★＿　に入る番号を解答用紙にマークします。

（解答用紙）　　　　（例）　　①　●　③　④

---

**45**　朝食　＿＿＿　＿＿＿　＿★＿　＿＿＿　ひとが多い。

1　で　　　　　　2　ぬき　　　　3　会社に　　　4　行く

**46**　彼は　成績優秀　＿＿＿　＿★＿　＿＿＿　＿＿＿　もすばらしい。

1　のみ　　　　　2　人柄　　　　3　である　　　4　ならず

**47** あなたの ＿＿＿ ＿＿＿ ★ ＿＿＿ ことか。

    1　どんなに      2　返事を      3　いた      4　待って

**48** この不景気で給料 ＿＿＿ ★ ＿＿＿ ＿＿＿ をえない。

    1　の      2　を      3　下げざる    4　額

**49** 彼の絵には ＿＿＿ ＿＿＿ ★ ＿＿＿ がある。

    1　人を      2　どこか      3　もの      4　ひきつける

**問題９**　　次の文章を読んで、文章全体の内容を考えて、　50　から　54　の中に入る最もよいものを、１・２・３・４から一つ選びなさい。

---

「すっぴん」(注1) の女性が好き、という男性が増えてきた。女性タレントがブログ(注2) ですっぴん写真を公開すれば、ネットには　50　する声があふれ、化粧品会社による「好きな女性の化粧方法」の調査でも「すっぴん」を　51　男性がじつに90％以上に達する。周りを見渡しても、きちんとメイク(注3) している女性よりすっぴん女性のほうが好きと言う男性が多い。

　52　男性はすっぴんが好きなのだろう。20～30代の男性二十数人に聞いたところ、「化粧の濃い女性は派手で遊んでいそう」「化粧品の匂いが　53　」…等々と、その理由は人それぞれだ。ちなみに、昔の日本の身分の高い男性は、皆、化粧をしていた。男性が化粧をしなくなったのは、たかだか100年前からにすぎない。明治の近代化政策によって外見の「男らしさ」が重要視されるようになってからで、それまでは男性もずっと化粧を　54　のだ。

---

（注１）すっぴん：素顔、化粧をしていない顔

（注２）ブログ：インターネットで公開する日記

（注３）メイク：化粧

---

**50**　１　批判　　　　２　絶賛　　　　３　認識　　　　４　決意

**51**　１　了解しない　２　了解する　　３　支持しない　４　支持する

**52**　１　なぜ　　　　２　そして　　　３　けれど　　　４　また

**53**　１　下手　　　　２　苦手　　　　３　得意　　　　４　上手

**54**　１　しない　　　２　する　　　　３　していた　　４　していない

**問題１０** 次の（１）から（５）の文章を読んで、後の問いに対する答え
として最もよいものを、１・２・３・４から一つ選びなさい。

（１）

　ビジネスシーンにおいて「（　　　　）」を用いる男性が非常に多いのですが、
これは間違いです。基本的に「（　　　　）」という一人称は、自分と同等、ま
たはそれ以下の人に対してのみ用いる言葉ですから、目上や他社の人には、「私」
を用いるのが常識です。たとえ、上司があなたに「（　　　　）」を用いて話を
したとしても、部下はきちんと「私」を用いて話をするべきです。書面などでは「小
生」を用いてもかまいません。

（『ビジネスマナー・知識実例事典』主婦と生活社による）

55 （　　　　）に共通して入る最も適当な言葉はどれか。

1　あなた

2　きみ

3　おまえ

4　ぼく

（2）

　今やレストランはどこに行ってもほとんどおいしいですし、そうではないレストランを見つけることのほうが難しいです。そうなってくると、レストランの格差がどこで生じるかといえば、僕らの仕事しかないのです。最高の料理やワインをさらにおいしく感じていただく。100点満点の料理を、自分たちの言葉だったり、置き方だったり、話し方だったりで飾り付け、120点や130点にして出すことが可能です。居心地の良さや、楽しく過ごせる時間。お客さまの求められる思いを受け取り、一つひとつのアイテムを活かして全体を演出する。モノではなく、コトを売っているのが僕らの仕事です。

（岡部一巳『こうして僕は人気レストランのオーナーになった！』角川マガジンズによる）

**56** 筆者の仕事はどのような仕事か。

　1　レストランに点数をつける仕事

　2　おいしくないレストランを見つける仕事

　3　レストランでサービスをする仕事

　4　レストランで料理を作る仕事

（3）

　転職をする場合に、資格があったほうが有利だということを考えて、資格を取りに行く人が結構いる。もちろん、資格を持っている人は、持っていない人より、差をつけることができる。採用担当者も、ポイントを上げるだろう。資格を持っている人と、持っていない人がいて、そのほかの点数が同じなら、間違いなく資格を持っている人のほうを採用するだろう。採用担当者が評価するのは、資格を取ろうという熱意とまじめさなのだ。熱意が形になっているという点で、精神論を語るより、目に見える説得力があるということなのだ。<u>そういう理由</u>から、資格は転職に有利だ。

（中谷彰宏『面接の達人2008 転職版』ダイヤモンド社による）

**57**　「そういう理由」は何を指しているか。
　　1　その人が精神論を語ろうとする理由
　　2　資格を取りに行く人がたくさんいるという理由
　　3　その人の熱意やまじめさがわかるという理由
　　4　資格のある人が必ず採用されるという理由

（4）

　正論が通じない理由の一つは、正論を言うとき、自分の目線は必ず相手より高くなっているからです。相手は、正しいことだからこそ傷つき、でも正しいから拒否もできず、かといって、すぐに自分を変えることもできず、「わかっているのにどうして自分は変われないんだ」と苦しむことにもなりかねません。ですから相手は、あなたのことを「自分を傷つける人間だ」と警戒<sub>（注）</sub>します。だから、あなたの言う内容が、どんなに正しく、相手の利益になることでも、相手は耳を貸そうとしないのです。

（山田ズーニー『話すチカラをつくる本』知的生き方文庫による）

（注）警戒：注意して用心する

**58** 筆者の言いたいことは次のどれか。

　1　相手が自分を警戒しているときは、正論を言うべきではない。

　2　相手より上の立場から自分の意見を言っても、相手には伝わらない。

　3　相手に正論を言われたら、拒否したほうがいい。

　4　正しいことを言えさえすれば、相手は必ず理解してくれる。

（5）

---

2016年2月21日

株式会社エヌエス

小山直己様

中丸商事株式会社

坂本雅夫

不良品の納入について

謹啓

平素格別のお引き立てをいただき、ありがとうございます。

さて、1月17日付でご注文いたしました「S-400-P」100個、本日到着いたしました。すぐに受け入れ検査をしたところ、100個のうち28個にひび割れ等の不良がありました。至急正常品の納入をしていただくとともに、再びこのようなことがないようよろしくお願いいたします。

謹白

---

**59** この手紙について正しいものはどれか。

1　「中丸商事株式会社」は「株式会社エヌエス」に「S-400-P」を28個注文した。

2　「中丸商事株式会社」は「S-400-P」の納品について、「株式会社エヌエス」に感謝している。

3　「株式会社エヌエス」が送った「S-400-P」は1月17日に「中丸商事株式会社」に着いた。

4　「株式会社エヌエス」はすぐに「S-400-P」を28個送らなければならない。

**問題１１**　　次の（1）から（3）の文章を読んで、後の問いに対する答え
として、最もよいものを、１・２・３・４から一つ選びなさい。

（１）

　私たちは生まれた自分のままで生きるわけにはいきません。社会的に構成された
「自分」の位置に立つことが必要です。

　最初に「ひとは気がついたら『自分』になっています」と述べました。つまり、
社会的な「自分」を意識する自分はすでにそこにいるわけです。「自分」は私たち
が外へ向かって社会的に表示する外面と、私たち自身の内側の二つがあると考える
ことができます。私たちはみんな「自分」を二重に生きていると言えます。

　ここで若い人たちに伝えたいのは、「自分」が不確定であったり不安定であった
りすることを恐れたり、気にしたりする必要はまったくないということです。か
えって、①「自分」が単一の裏も表もないような一元的な個性であったら、警戒が
必要です。「自分」は内面の自分によって規制されてはいても、つねに、外部や他
者との交流のなかにあり、ＡになったりＢになったりしたりするものです。「自分
探し」という言葉がありますが、「自分」の真実を求めようとしても何も見つから
ないはずです。むしろ、「自分」はこれだ！として、「自分」の本質を発見してし
まったかのごとく考えてしまう人のほうがずっと問題です。②その人にとって「現
在の自分」が普遍で絶対的に見えようとも、それは錯覚にすぎないと言えます。

（諏訪哲二『学校のモンスター』による）

**60** ①「自分」が単一の裏も表もないような一元的な個性であったら、警戒が必要であるのはなぜか。

1　一つだけしかない個性は危険だから。

2　個性が一つだけということはありえないから。

3　裏と表が無くなると個性も無くなるから。

4　自分というのは常に一元的なものだから。

**61** ②その人とはどんな人を指すか。

1　ほんとうの自分を見つけたと思う人。

2　自分の真実を求めようと思う人。

3　自分が不確定であったり不安定である人。

4　現在の自分を常に見ている人。

**62** 筆者がこの文章で言いたいことは何か。

1　人は社会的な面と個人的な面を合わせもつ存在である。

2　本当の自分の個性とは一つしかないものである。

3　子どもから大人になるとき人間はすべて二重人格になる。

4　自分の本質を発見できる人はほとんどいない。

（2）

　①歴史を考えると、すぐにぶつかる問題がある。それは、時間をどうやって認識するか、という問題だ。空間のほうは、視覚を通してかなりの程度カバーできるから、問題はすくないが、時間のほうは、直接認識することは、人間にはできない。

　これは、われわれが日常経験することだけれども、このあいだ、なにかがあった、ということは覚えていても、それが二日まえのことだったのか、三日まえのことだったのか、一週間まえのことだったのか、一ヶ月まえのことだったのか、あるいは去年のことだったのか、②そういうことになると、きわめて漠然とした記憶しかないのがふつうだ。

　これはなぜかというと、時間には目盛りがないという、時間の本質から来ている。時間というと、なにかわかったような気がしても、実はつかまえどころがないのが時間だ。どれぐらいの時間が経過したかという、時間の長さを直接はかる基準がそもそもない。人間の感覚には、もともと時間をはかる機能はそなわっていない。だから時間を認識するためには、ただ一つしか方法はない。それは、③空間を一定の速度で運動している物体を見て、その進んだ距離を時間の長さに置きかえる方法である。

（岡田英弘『歴史とはなにか』による）

**63** ①歴史を考えると、すぐにぶつかる問題がある。とはどういう意味か。

1　歴史のことを考えると、すぐに障害物に当たる。

2　歴史について考えると、すぐに頭が痛くなる。

3　歴史のことを考えると、すぐに連想するものがある。

4　歴史について考えようとすると、すぐに困難点を見出す。

**64** ②そういうこととは何か。

1　我々が日常経験すること。

2　時間の記憶がはっきりしないこと。

3　去年になにかが起こったこと。

4　時間に目盛りがないこと。

**65** ③空間を一定の速度で運動している物体の例はどれか。

1　飛行機

2　雲

3　月

4　宇宙

（3）

　ファミリーレストランなどで①「こちら和風セットになります」といった言い方が聞かれます。この表現は、文法的には正しいのですが、話し手の伝えたいことと聞き手の期待することが食い違ってしまうために、②不自然に感じられます。

　「なる」という動詞は、『明鏡国語辞典』では、「人為的ではなく、自然のなりゆきで推移変化して別の状態が現れる意」と説明しています。「こちら和風セットになります」がお客の側からして不自然に感じられるのは、この＜非人為的＞と＜新たな状況の出現＞の二つが場面にそぐわない (注) からでしょう。

　「なる」の表す＜新しい状況の出現＞には、実は二つの場合があります。一つは、もの自体が変化することを表す「なる」です。子供の年を聞かれて、「この子は（来月）三歳になります」とか「先月で三歳になりました」とか答えるのがこの用法で、「三歳」への変化を表します。

　一方、相手の予想から外れるかもしれないが、③手順に添って詰めていくとこうならざるをえないという内容を伝える場合にも「なる」が使われます。すでに三歳になった子供について、「この子は（もう）三歳になります」と答えることも出来ますが、これは、子供が「三歳」に変化するのではなく、もっと小さいだろうと考えているであろう相手に、ちゃんと数えると「三歳」という内容が導き出されることを伝えています。

（北原保雄（編）『問題な日本語』による）

（注）そぐわない：適当ではない、合わない

**66** ① 「こちら和風セットになります」という言葉を言うのは誰か。

　1　ファミリーレストランの客。

　2　ファミリーレストランの店員。

　3　この文章の筆者。

　4　この文章の読者。


**67** ②不自然に感じられます。とはどういう意味か。

　1　文法的に正しくないと思われる。

　2　日本人として正しくないと思われる。

　3　意味的に正しくないと思われる。

　4　環境的に正しくないと思われる。


**68** ③手順に添って詰めていくとこうならざるをえないという内容とはどういう
意味か。

　1　手続き

　2　結論

　3　原因

　4　詳細

**問題１２**　　次の文章は、「相談者」からの相談と、それに対するＡとＢからの回答である。三つの文章を読んで、後の問いに対する答えとして、最もよいものを１・２・３・４から一つ選びなさい。

相談者：

　今年４月から中学生になる子どもに、携帯電話を持たせるかどうかで迷っています。先日、ご近所の方から、「中学生になると、学校や塾で帰りが遅くなるから、携帯電話を持たせたほうがいい」と言われました。また、「友だちとの付き合いに必要だから」と子どもに言われて携帯電話を買ったご家庭もあるそうです。でも、私は、「子どもに携帯電話を持たせると、勝手に使って、電話代が高くなるのではないか」と心配してしまいます。

　皆さんは、いつからお子さんに携帯電話を持たせましたか？

回答者：Ａ

　うちは、子どもが中学１年生の時から持たせています。理由は、習い事で、夜、一人で行動する必要があるためです。親が送り迎えをすればいいじゃないか、とも言われましたが、私も夫も仕事をしているので、送り迎えをする時間がありません。今は特に問題は無いのですが、今後、いろいろと問題も起きるのだろうなと覚悟はしています。

　うちは、あまり機能が付いていない携帯電話を使用しています。インターネットへ接続することもできません。今後も携帯からの接続は許すつもりはありません。しかし、私も夫も、携帯電話は「連絡手段」として必要なものだと思っています。

回答者：B

　うちは、子どもが高校に入学した時に買いました。そして、携帯電話の予算は月5000円、子どもへの小遣いも月5000円と決めました。つまり、携帯電話の利用を控えれば、自分の小遣いに回せるようにしています。

　中学生の時、数名、持ってないお子さんもいましたが、クラスの半分以上のお子さんが携帯電話を持っていました。理由は習い事や塾で帰りが遅くなるから、ということでした。うちの子どもも欲しがりましたが、うちは駅から近く、学校や塾への行き帰りもあまり時間がかからないので、その時は持たせませんでした。

**69**　相談者が「携帯電話」に持っているイメージはどんなものか。
1　「携帯電話」は子どもにとって必要かもしれない。
2　「携帯電話」は子どもが使うとお金がかかる。
3　「携帯電話」は子どもにとって面白いかもしれない。
4　「携帯電話」は塾に行く子どもが持つものだ。

**70**　回答者AとBが「携帯電話」に持っているイメージはどれか。
1　Aは危険なものだと思っているが、Bは必要だと思っている。
2　Aは必要だと思っているが、Bは特に良し悪しについて判断していない。
3　Aは特に良し悪しについて判断していないが、Bは危険だと思っている。
4　Aはインターネットが必要だと思っているがBはいらないと思っている。

## 問題１３　次の文章を読んで、後の問いに対する答えとして、最もよいものを、１・２・３・４から一つ選びなさい。

オープン初日、そろいの黒エプロン姿の女性スタッフが並んで客を迎えた。「いらっしゃいませ」。緊張のせいか声は控えめで表情も硬い。①それでも７月から準備を進めてきただけあって、的確に注文をさばく。横浜市の市民施設フォーラム南大田（横浜市南区）に開店した「めぐカフェ」。地場野菜 (注1) を使った手作りスープとパンのセットが看板メニューだ。１０人ほどいるスタッフの多くがニート (注2) やひきこもり (注3) 経験者という全国的にも珍しい店だ。時給制で調理やホール (注4)、レジ (注5) の仕事をこなす。月曜と水曜の週２日、１１時半〜１６時に営業する。

スタッフは財団法人横浜市男女共同参画推進協会が主催する「ガールズ編　仕事準備講座」の修了生。講座ではパソコン技術などを学んだ。ただ仕事から長年離れていたり働いた経験がなかったりして②本格的な就職に結びつかない。そこで就労体験を積む場をつくろうと協会が修了生にカフェ開店を呼びかけた。

落ち着いた接客態度から信頼をあつめるＡ子さん (37)。高校卒業後に勤めた会社は長続きしなかった。対人関係が苦手で職場にうまくなじめなかった。医師に対人緊張だと診断され、その後１３年間仕事に就かず、両親のもとで暮らしてきた。働きに出られず家にいる娘に両親は当初戸惑ったが、徐々にありのままの姿を受け入れた。

変化のきっかけは３４歳のときに主治医を変えたこと。「それまでの主治医は『あなたは悪くない』と慰めてくれた。気は楽だったけど、働けない状況は１０年以上変わらなかった」。母が探してきた新しい主治医はやさしい言葉は一切なし。代わりに「あなたはどうしたいの？」と問いかけてきた。「③その言葉に背中を押され、もう一度頑張ろうという気持ちになれた」。

Ｂ子さん (28) が働くのは学生時代のアルバイト以来だ。「大変だけど新しいこ

とを身につけるのは思ったより楽しい」と話す。（中略）

　めぐカフェはあくまでも中間施設的な場所。ここから巣立ち、社会の中で働けるようになるのがスタッフに共通する思い。④挑戦は始まったばかりだ。

（『日本経済新聞』平成 22 年 11 月 16 日付け記事による）

（注1）地場野菜：その地域で栽培される野菜

（注2）ニート：ここでは仕事に就かず技術や資格もない人のこと

（注3）ひきこもり：ここでは家に閉じこもって外に出ない人のこと

（注4）ホール：接客

（注5）レジ：会計

**71** ①それでも 7 月から準備を進めてきただけあって、的確に注文をさばく。とは具体的にはどういう状況か。

　1　開店したばかりでメニューは少ないが、注文した料理はおいしい。

　2　7 月から開店したので、お客さんへのサービスには慣れている。

　3　7 月からサービスの練習してきたので、どんな注文でも対応できる。

　4　7 月から訓練をしていたので、店員としての働きはよくできる。

**72** ②本格的な就職に結びつかない。のは誰か。

　1　「めぐカフェ」のスタッフ。

　2　「ガールズ編　仕事準備講座」の修了生。

　3　財団法人横浜市男女共同参画推進協会。

　4　A 子さんと B 子さん。

**73** ③その言葉に背中を押され、もう一度頑張ろうという気持ちになれたのは誰か。

1　それまでの主治医。

2　新しい主治医。

3　Ａ子さんの母。

4　Ａ子さん。

**74** ④挑戦とは何のことか。

1　スタッフが「めぐカフェ」の経営を順調に行い、店を大きくすること。

2　スタッフが店員として一人前になり、社会で働けるようになること。

3　スタッフが「めぐカフェ」ではなく、別の喫茶店を作ること。

4　スタッフが主治医を変えて、精神状態を良くすること。

問題１４　　右のページは、外国人向けのアルバイト情報である。下の問い
　　　　　　に対する答えとして、最もよいものを１・２・３・４から一つ選
　　　　　　びなさい。

**75** 中国人就学生のチンさんは日本でアルバイトをしたいと思っているが、働け
るのは１日４時間以内である。また、夜 10 時以降は働きたくない。半年前
に日本語能力検定で N2 に合格したところである。チンさんが応募できる仕
事はいくつあるか。

1　1つ
2　2つ
3　3つ
4　4つ

**76** 日本人男性と結婚したアメリカ人の主婦、エミリーさんは、アルバイトを探
している。日本語はすでに N1 に合格しており、アルバイトの時間や勤務場
所などは特に制限がない。下の４つのうち、どの仕事を選べばいいか。

1　日本企業でのインターン生
2　ホテル内バーでの勤務
3　PC や電話でのベトナム現地調査
4　デパート内婦人服販売員

## 外国人向けアルバイト募集

### 家電量販店販売員

所在地：○○駅徒歩 8 分
給料：時給 1,000 円＋交通費全額
勤務時間：9:00 ～ 22:30 の間で
　　　　　8 時間
　　　　　週 5 日（週休二日）
期間：長期
応募資格：・中国語ネイティブ
　　　　　・日本語 N1 以上

### 翻訳業務

所在地：◇◇駅徒歩 10 分
給料：時給 1,000 円＋交通費全額
勤務時間：9:00 ～ 18:00
　　　　　月～金曜（土日祝日休）
期間：長期
応募資格：・韓国語ネイティブ
　　　　　・日本語・英語ビジネス
　　　　　　レベル
　　　　　・建築知識ある方歓迎

### コンビニ惣菜の製造

所在地：××駅より送迎バス
給料：時給 780 円＋交通費全額
勤務時間：14:00 ～ 17:00
　　　　　月～金曜週 2 日以上
応募資格：・日本語レベル不問
　　　　　・年齢性別経験不問
　　　　　・短期勤務も OK

### 日本企業でのインターン生

所在地：△△駅徒歩 10 分
給料：時給 900 円＋交通費全額
勤務時間：10:00 ～ 18:00
　　　　　月～金曜週 2 日以上
応募資格：・日本語 N1 程度
　　　　　・大学・大学院留学生
　　　　　・就職前に日本企業で就業
　　　　　　体験ができます

### ホテル内バーでの勤務

所在地：△△駅徒歩 1 分
給料：時給 900 ～ 1,000 円＋交通費全額
勤務時間：14:30 ～ 23:30 の間で
　　　　　7.5 時間
　　　　　金土日を含む週 5 日
　　　　　（週休二日）
期間：短期・長期
応募資格：・英語ネイティブの方
　　　　　・日本語 N2 以上

### PC や電話でのベトナム現地調査

所在地：○○駅徒歩 3 分
給料：時給 1,000 円＋交通費全額
勤務時間：10:30 ～ 19:30 の間、
　　　　　希望時間で
期間：1 ヶ月程度
応募資格：・ベトナム語ネイティブ
　　　　　・英語ビジネスレベル
　　　　　・日本語 N3 以上
　　　　　・WEB スキルある方

### デパート内婦人服販売員

所在地：××駅徒歩 1 分
給料：時給 1,200 円＋交通費全額
勤務時間：9:00 ～ 22:00 の間で
　　　　　7.5 時間
　　　　　金土日を含む週 5 日
　　　　　（週休二日）
期間：長期
応募資格：・ファッションが好きな方
　　　　　・永住者・配偶者ビザの方
　　　　　・中国語ネイティブ
　　　　　・日本語 N1 以上

### 居酒屋ホールスタッフ

所在地：◎◎駅徒歩 5 分
給料：時給 1,000 円＋交通費全額
　　　（研修期間は時給 950 円）
勤務時間：15:00 ～翌 2:00 の間
　　　　　シフト制
　　　　　週二日以上
期間：長期
応募資格：・日本語会話できる方
　　　　　・未経験者歓迎

# 問題1

問題1では、まず質問を聞いてください。それから話を聞いて、問題用紙の1から4の中から、最もよいものを一つ選んでください。

## 1番 MP3 051

1. 課長と相談して退職日を決める
2. 同僚たちに退職することを言う
3. 退職申請を提出する
4. 人事部に退職手続きについて詳しく聞く

## 2番 MP3 052

1. 説明会のポスターとチラシを作る
2. 留学の説明会を行う
3. 留学のチラシを郵便で送る
4. 宣伝のポスターを学校に貼る

## 3番 （MP3）053

1. 料理を皿に盛りつける
2. 冷蔵庫のケーキを取ってくる
3. 父をここへ連れてくる
4. 音楽をかける

## 4番 （MP3）054

1. 子供部屋の布団を取り込む
2. 洗濯物を取りに行く
3. 寝室を掃除する
4. 乾いた服を乾燥機に入れる

## 5番 （MP3）055

1. 新幹線の切符を買う
2. 駅のトイレへ行く
3. お弁当を買いに行く
4. 先にホームへ入る

# 問題2

　問題2では、まず質問を聞いてください。そのあと、問題用紙のせんたくしを読んでください。読む時間があります。それから話を聞いて、問題用紙の1から4の中から、最もよいものを一つ選んでください。

## 1番 MP3 056

1. 二条橋の場所を忘れてしまった
2. 駅までの道が分からなくなってしまった
3. ひとつ前の駅で降りてしまった
4. 約束の時間に遅れてしまった

## 2番 MP3 057

1. 2050円
2. 2500円
3. 5000円
4. 5200円

## 3番 MP3 058

1. 子供と話してみる
2. 子供を泣き止ませる
3. 子供を案内所か交番へ連れて行く
4. 子供の親に連絡する

# 4番 (MP3) 059

1. この女の人のことが好きじゃないから
2. チョコレートが好きじゃないから
3. 服やかばんがほしいから
4. メッセージのカードがあるチョコレートがほしいから

# 5番 (MP3) 060

1. けがをしているのにテニスをしたこと
2. 準備体操を急にやったこと
3. 突然体を動かしてしまったこと
4. 徐々に腰を動かしてしまったこと

# 6番 (MP3) 061

1. プライベートの部屋
2. リビングルーム
3. 本を読んだり音楽を聴いたりする部屋
4. 服などを置いておく部屋

# 問題3

　問題3では、問題用紙に何もいんさつされていません。この問題は、全体としてどんな内容かを聞く問題です。話しの前に質問はありません。まず話を聞いてください。それから、質問とせんたくしを聞いて、1から4の中から、最もよいものを一つ選んでください。

## 1番 (MP3) 062

- メモ -

## 2番 (MP3) 063

- メモ -

**3番**  064

- メモ -

**4番** MP3 065

- メモ -

**5番** MP3 066

- メモ -

# 問題4

　　問題4では、問題用紙に何もいんさつされていません。まず、文を聞いて
ください。それから、それに対する返事を聞いて、1から3の中から、最も
よいものを一つ選んでください。

## 1番 (MP3) 067

- メモ -

## 2番 (MP3) 068

- メモ -

## 3番 (MP3) 069

- メモ -

# 4番 <sup>ばん</sup> (MP3) 070

- メモ -

# 5番 <sup>ばん</sup> (MP3) 071

- メモ -

# 6番 <sup>ばん</sup> (MP3) 072

- メモ -

第一回　聽解

7番 MP3 073

- メモ -

8番 MP3 074

- メモ -

9番 MP3 075

- メモ -

# 10番 (MP3) 076

- メモ -

# 11番 (MP3) 077

- メモ -

# 12番 (MP3) 078

- メモ -

# 問題5

問題5では長めの話を聞きます。この問題には練習はありません。メモをとってもかまいません。

## 1番、2番

問題用紙に何もいんさつされていません。まず話を聞いてください。それから、質問とせんたくしを聞いて、1から4の中から、最もよいものを一つ選んでください。

## 1番 (MP3) 079

- メモ -

## 2番 (MP3) 080

- メモ -

# 3番

　まず、話を聞いてください。それから、二つの質問を聞いて、それぞれ問題用紙の1から4の中から、最もよいものを一つ選んでください。

# 3番 （MP3）081

## 質問1

1. 1番乗り場
2. 2番乗り場
3. 3番乗り場
4. 4番乗り場

## 質問2

1. 1番乗り場
2. 2番乗り場
3. 3番乗り場
4. 4番乗り場

**問題1**　＿＿＿＿の言葉の読み方として最もよいものを、1・2・3・4から一つ選びなさい。

**1** 最近は<u>小児科</u>の医師の不足が大きな問題になっている。
　　1　こじか　　　　2　こどもか　　　　3　しょうじか　　4　しょうにか

**2** <u>登山</u>が趣味で、休みの日はよく山に出かけている。
　　1　とやま　　　　2　とさん　　　　　3　とざん　　　　4　とうざん

**3** このレストランは<u>景色</u>がいいので、とても人気がある。
　　1　けいろ　　　　2　けしき　　　　　3　けいしき　　　4　けいしょく

**4** その道の先にはさらに<u>険しい</u>山道が続いている。
　　1　けわしい　　　2　くわしい　　　　3　あやしい　　　4　けんしい

**5** 彼女は<u>末っ子</u>なので、家族の皆からかわいがられてきた。
　　1　まつっこ　　　2　すえっこ　　　　3　ひよっこ　　　4　みっこ

**問題2**　＿＿＿＿＿の言葉を漢字で書くとき、最もよいものを１・２・３・４から一つ選びなさい。

**6** 本日の会議のしゅっけつを確認します。

1 出席　　　　2 出勤　　　　3 出欠　　　　4 出荷

**7** 一流のコーチに習って、柔道のわざを磨いた。

1 術　　　　2 専　　　　3 技　　　　4 態

**8** 彼は入社してから営業としてじっせきを上げてきた。

1 成績　　　　2 業績　　　　3 実績　　　　4 実積

**9** 日本は周りを海でかこまれた国である。

1 囲まれた　　2 包まれた　　3 含まれた　　4 望まれた

**10** 来月から他のぶしょへ異動することになった。

1 部所　　　　2 部処　　　　3 部署　　　　4 部暑

**問題3**　　（　　　　）に入れるのに最もよいものを、１・２・３・４から一つ選びなさい。

11 こちらは女性（　　　　）トイレですから、あちらをお使いください。
　　1　向け　　　　　2　式　　　　　　3　用　　　　　4　風

12 最近太り（　　　）なので、ダイエットしなければならない。
　　1　やすい　　　　2　ぎみ　　　　　3　ぶり　　　　　4　っぽい

13 順番待ちの列に（　　　　）をしてはいけません。
　　1　割り込み　　　2　差し入れ　　　3　割り引き　　　4　追い越し

14 今年の優勝決定戦は、心に残る（　　　　）勝負となった。
　　1　良　　　　　　2　超　　　　　　3　高　　　　　4　名

15 通報を受けた警察は、逃げる泥棒を追い（　　　　）。
　　1　ぬいた　　　　2　こした　　　　3　ついた　　　　4　かけた

**問題4**　　（　　　）に入れるのに最もよいものを、1・2・3・4から一つ選びなさい。

**16** 彼はいつも先生の（　　　）をして、みんなを笑わせている。

1　冗談　　　　　2　まね　　　　　3　いやみ　　　4　文句

**17** 猫はとても（　　　）深い動物だ。

1　用心　　　　　2　引用　　　　　3　心地　　　　4　注目

**18** 10年前に別れた彼女のことが（　　　）忘れられない。

1　いまに　　　　2　いまにも　　　3　いまだに　　4　いまさら

**19** わたしは手先が（　　　）なので、工作が下手だ。

1　派手　　　　　2　不器用　　　　3　下品　　　　4　無邪気

**20** 普段あまり使わないものは（　　　）にしまっておきましょう。

1　物事　　　　　2　物置　　　　　3　物音　　　　4　物語

**21** インフルエンザの（　　　）が足りなくなっている。

1　ビタミン　　　2　ワクチン　　　3　ウイルス　　4　ビニール

**22** 先生は学生の話を（　　　）ながら聞いた。

1　こだわり　　　2　つまずき　　　3　かじり　　　4　うなずき

問題5 ＿＿＿＿＿の言葉に意味が最も近いものを、1・2・3・4から一つ選びなさい。

**23** その壁にもたれると危ないですよ。

1 ぶつかる 　　 2 寄りかかる 　　 3 ひっくり返る 　 4 つかまる

**24** 転んだときにけがをしたので、手当てしてもらった。

1 治療 　　 2 準備 　　 3 世話 　　 4 手入れ

**25** 会議で話し合ったところ、さらにやっかいな問題が出てきた。

1 あいまいな 　 2 ありふれた 　 3 面倒な 　　 4 すばらしい

**26** たいして親しくない友人から結婚式に招待された。

1 全然 　　 2 少し 　　 3 それほど 　 4 反対に

**27** 彼は頭が固い上司にいつも腹を立てている。

1 頭が悪い 　　 2 意地悪な 　　 3 頑固な 　　 4 ひきょうな

問題6　　　次の言葉の使い方として最もよいものを、1・2・3・4から一つ選びなさい。

28 見習う

1　今日の試験は辞書を見習って書いてもいいです。

2　少しはお兄さんを見習って勉強しなさい。

3　半年かかって、やっと運転免許を見習った。

4　車の工場を見習ってから、レポートを書いた。

29 目がない

1　彼女は恋人ができてから、目がなくなってしまった。

2　わたしの父はお酒に目がないんです。

3　彼は孫に対して目がないかわいがり方だ。

4　部長は他人のレポートはまったく目がなかったようだ。

30 しぼむ

1　何回も洗濯をしたせいで、服がしぼんでしまった。

2　外が寒いので、窓がしぼんでいる。

3　みかんをしぼんで、ジュースを作った。

4　昨日もらった風船がしぼんで小さくなった。

**31** ワンパターン

1　この道ではワンパターンしないでください。

2　母が作る料理はワンパターンだ。

3　オリンピックでワンパターンの競技に出場した。

4　喫茶店でワンパターンを注文した。

**32** 日時

1　彼は働き者なので、日時仕事ばかりしている。

2　看護婦の仕事は生活の日時が不規則だ。

3　科学技術は日時進歩している。

4　次の会合の日時をみんなに知らせた。

問題7　　　次の文の（　　　　）に入れるのに最もよいものを、1・2・3・4から一つ選びなさい。

**33**　今回の成功は、皆様のご協力の結果に（　　　　）なりません。

    1　もの　　　　　　2　こと　　　　　　3　あと　　　　4　ほか

**34**　傘を忘れた日に（　　　　）、雨が降るんだよね。

    1　とって　　　　　2　かぎって　　　　3　のって　　　　4　たいして

**35**　あんないい人が犯人だなんて、絶対にあり（　　　　）よ。

    1　うる　　　　　　2　うない　　　　　3　える　　　　4　えない

**36**　待遇改善<sup>たいぐうかいぜん</sup>の問題について、社長と話し合おうでは（　　　　）か。

    1　ある　　　　　　2　ない　　　　　　3　いる　　　　4　おる

**37**　免許はとった（　　　　）、まだ一度も運転したことがない。

    1　ものの　　　　　2　ものが　　　　　3　ことの　　　　4　ことが

**38**　彼は病気である（　　　　）かかわらず、仕事を続けている。

    1　のみ　　　　　　2　ぬき　　　　　　3　にも　　　　4　まで

**39**　台風は、明日の朝、日本列島に上陸する（　　　　）があります。

    1　いっぽう　　　　2　こと　　　　　　3　おそれ　　　　4　もの

**40** この会はメンバー同士の交流を目的（　　　　）設立されました。

1　ために　　　　　2　として　　　　　3　ので　　　　4　から

**41** 学生に（　　　　）、宿題は少ないほうがいいに決まっている。

1　たいすれば　　2　したら　　　　　3　かんして　　4　ついて

**42** 本日は雨天に（　　　　）、試合は中止いたします。

1　つき　　　　　2　して　　　　　　3　ので　　　　4　ため

**43** なるほど、道に迷う（　　　　）だ。この地図は間違っているよ。

1　ため　　　　　2　もの　　　　　　3　こと　　　　4　わけ

**44** 息子さんも、もう大学生ですか。時間がたつのは、早い（　　　　）ですね。

1　ため　　　　　2　もの　　　　　　3　こと　　　　4　はず

問題8　　　次の文の　__★__　に入る最もよいものを、1・2・3・4から一つ選びなさい。

（問題例）

あそこで　_____　_____　__★__　_____　は山本さんです。

1　CD　　　　　　2　聞いている　　3　を　　　　　4　人

（解答の仕方）

1. 正しい文はこうです。

> あそこで　_____　_____　_____　__★__　_____　_____　は山本さんです。
>
> 　　　　1 CD　　3 を　　2 聞いている　　4 人

2. __★__　に入る番号を解答用紙にマークします。

（解答用紙）　| （例） | ① ● ③ ④ |

---

**45**　自分の失敗は　_____　_____　__★__　_____　はない。

1　する　　　　　　2　自分で　　　　3　なんとか　　4　ほか

**46**　私は警官として　_____　__★__　_____　_____　ません。

1　したに　　　　　2　当然の　　　　3　ことを　　　4　すぎ

**47** 彼女はきれい ＿＿＿＿ ＿＿＿＿ ★ ＿＿＿＿ 人です。

1　より　　　　　2　という　　　　3　魅力が　　　4　ある

**48** あ、駅に行く ＿＿＿＿ ★ ＿＿＿＿ ＿＿＿＿ も寄ってきてよ。

1　ついでに　　　2　へ　　　　　　3　のなら　　　4　郵便局

**49** この鳥は尾が ＿＿＿＿ ＿＿＿＿ ★ ＿＿＿＿ 呼ばれている。

1　オナガドリ　　2　長い　　　　　3　ことから　　4　と

問題9　　　　次の文章を読んで、文章全体の内容を考えて、 50 から 54 の中に入る最もよいものを、1・2・3・4から一つ選びなさい。

朝ご飯は大切だとよく言われる。分かってはいるけれど、朝は一分でも長く寝ていたい 50 だ。特に冬の寒い朝など、起きるのが辛い。つい出勤時間ぎりぎりまでベッドの中にいて、朝ご飯を食べる時間がなくなってしまう。きちんと朝ご飯を食べないと体 51 と思いつつ、ついコーヒー一杯くらいで、家を出てしまう。まあ、サラリーマンだから仕方がないと思っていた。ところが、昨日、久しぶりに体重を量ってみて、 52 。なんと半年で３キロも増えていたのだ。これはやはり朝ご飯を食べないことが原因なのではないかと思う。朝ご飯を 53 会社に行くと、昼ごろはとてもお腹が空くし、夜は仕事が終わった安心感から、つい 54 食べてしまう。しかも外食が多いから、カロリーも高い。これからは健康のために、きちんと朝ご飯を食べる習慣をつけようと思う。

**50** 　1　もの　　　　2　こと　　　　3　わけ　　　　4　から

**51** 　1　を良い　　　2　を悪い　　　3　に良い　　　4　に悪い

**52** 　1　よろこんだ　2　おどろいた　3　うれしかった　4　まよった

**53** 　1　食べれば　　2　食べないで　3　食べて　　　4　食べたら

**54** 　1　すこし　　　2　あまり　　　3　　ちょっと　4　たくさん

**問題１０**　　次の（1）から（5）の文章を読んで、後の問いに対する答えとして最もよいものを、１・２・３・４から一つ選びなさい。

（1）

　「正しい」日本語とは、アナウンサーが話すようなきれいな日本語を言うのではありません。現実に言葉を使って何かを伝えようとするとき、むしろうまく伝わらないことのほうが多いのではないでしょうか。語学の教科書に出てくる会話のようにスムーズに流れるほうが珍しいと思います。とすると、豊かな表現やコミュニケーションをするためには、多少文章や発音がギクシャク(注)しても、誠意を持って相手に伝えようという気持ちのこもった日本語が「正しい」日本語ではないでしょうか。

（浅倉美波他『日本語教師必携ハート＆テクニック』による）

（注）ギクシャクする：話し方や動作が滑らかではない

**55**　筆者の言う「正しい日本語」とはどういうことか。
　　１　語学の教科書に出てくる会話のような日本語
　　２　相手に伝えようという気持ちのこもった日本語
　　３　アナウンサーが話すようなきれいな日本語
　　４　文章や発音がギクシャクした日本語

（2）

　県内の高校生を対象に、県高校司書研修会が昨年実施した読書に関するアンケート調査で、1か月に1冊も本を読まない生徒が男子で58.0%、女子で52.3%と、いずれも半数を超えることが明らかになった。

　本を読まない理由（複数回答）については、「雑誌やマンガの方が好き」が最も多く、男子37%、女子43%に達した。ほかに、「携帯電話、パソコンの方が楽しい」（男子26%、女子36%）などが上位を占め、他のメディアに押され気味となっている事情がうかがえた。

（『読売新聞』2011年2月17日付けによる）

56　文章の内容と合っているのはどれか。

　　1　1か月に1冊も本を読まない生徒は、男子よりも女子のほうが多い。

　　2　本を読まない理由について、「携帯電話、パソコンの方が楽しいから」と答えた男子は37%であった。

　　3　県内の半数以上の高校生が1か月に1冊も本を読まないことがわかった。

　　4　本を読まない理由について、「雑誌やマンガの方が好き」と答えた男子学生はほとんどいなかった。

（3）

　いい大学に行って、いい会社や官庁に入ればそれで安心、という時代が終わろうとしています。それでも、多くの学校の先生や親は「勉強していい学校に行き、いい会社に入りなさい」と言うと思います。勉強していい学校に行き、いい会社に入っても安心なんかできないのに、どうして多くの教師や親がそういうことを言うのでしょうか。それは、多くの教師や親が、どう生きればいいのかを知らないからです。勉強していい学校に行き、いい会社に入るという生き方がすべてだったので、そのほかの生き方がわからないのです。

(村上龍『13歳のハローワーク』による)

**57**　「それ」は何を指しているか。

1　多くの教師や親が、どう生きればいいのかを知らないこと

2　いい大学に行って、いい会社や官庁に入ればそれで安心、という時代が終わろうとしていること

3　勉強していい学校に行き、いい会社に入っても安心なんかできないこと

4　多くの学校の先生や親が「勉強していい学校に行き、いい会社に入りなさい」と言うこと

（4）

---

件名：「YC100-N」の納品延期について

OMI 工業株式会社　三宅様

いつもお世話になっております。

先日お申し出のあった「YC100-N」10 本の納品延期の件ですが、社内で検討いたしましたところ、貴社にもやむを得ない事情がおありとのことですので、今回については 10 日間の納期延期を了承いたしました。

ただ、次回からはこのようなことがないように、よろしくお願いいたします。

ナガノ商事　森田

---

**58** このメールについて正しいものはどれか。

1　「ナガノ商事」は「OMI 工業」に納品延期を断った。

2　「ナガノ商事」は「OMI 工業」に納品延期を依頼した。

3　「OMI 工業」は 10 日以内に「YC100-N」10 本を納品しなければならない。

4　「OMI 工業」は「ナガノ商事」に「YC100-N」を注文した。

（5）

　ビジネスの会話は大きく二つにわけられます。一つは商談、もう一つは雑談です。「商談」は商品・サービスの特徴やコスト、費用対効果を説明するものです。「雑談」は、文字どおり、一見すると、仕事に関係のない、とりとめのない話です。（中略）商談できっちり仕事での責任を果たし、雑談で相手を楽しませて、自分を気に入ってもらう。これをうまく行うことこそが重要であり、「雑談なんてどうでもいい」というのは誤解なのです。

（梶原しげる『最初の 30 秒で相手の心をつかむ雑談術』による）

**59** 筆者の言いたいことは次のどれか。

1　「商談」も「雑談」もどちらも重要だ。

2　「商談」は重要だが、「雑談」はあまり重要ではない。

3　「商談」よりも「雑談」のほうが重要である。

4　「商談」も「雑談」もどちらも重要ではない。

**問題１１**　次の（１）から（３）の文章を読んで、後の問いに対する答え
　　　　　　　として、最もよいものを、１・２・３・４から一つ選びなさい。

（１）

　私たちが「学ぶ」ということを止めないのは、ある種の情報や技術の習得を社会
が要求しているからとか、そういうものがないと食っていけないからとか、そうい
うシビアな (注) 理由によるものではありません。

　もちろん、そういう理由だけで学校や教育機関に通う人もいますけれど、①そう
いう人たちは決して「先生」に出会うことができません。だって、その人たちは「他
の人ができることを、自分もできるようになるため」にものを習いにゆくわけです
から。資格を取るとか、ナントカ検定試験に受かるとか、免状を手に入れるとか、
そういうことは、「学び」の目的ではありません。「学び」にともなう副次的な現
象ではありますけれど、それを目的にする限り、そのような場では、決して先生に
出会うことはできません。

　先生というのは、②「みんなと同じになりたい人間」の前には決して姿を現さな
いからです。だって、そういう人たちにとって、先生は不要どころか邪魔なものだ
からです。

　先生は「私がこの世に生まれたのは、私にしかできない仕事、私以外の誰によっ
ても代替できないような責務を果たすためではないか……。」と思った人の前だけ
に姿を現します。この人のことばの本当の意味を理解し、この人の本当の深みを
知っているのは私だけではないか、という③幸福な誤解が成り立つなら、どんな形
態における情報伝達でも師弟関係の基盤となりえます。

（内田樹『先生はえらい』による）

（注）シビアな：非常に厳しい

**60** ①そういう人たちとはどんな人たちを指すか。

1 「技術」や「情報」を学ぶことがいやな人たち。

2 「技術」や「情報」を学ぶことだけを考えている人たち。

3 「技術」や「情報」がなくて食べていけない人たち。

4 「技術」や「情報」の重要さを知っている人たち。

**61** ②「みんなと同じになりたい人間」の性質を表していない文はどれか。

1 ある種の情報や技術の習得を社会が要求していると思っている。

2 ある種の情報や技術の習得を目的として学校や教育機関に通う。

3 他の人ができることを、自分もできるようになるために教育を受ける。

4 この世に生まれたのは、自分にしかできない仕事をするためだと思っている。

**62** ③幸福な誤解とはどういう意味か。

1 幸福な気分になるが、絶対に真実ではない解釈。

2 幸せになるためにどうしても必要となる嘘。

3 誤解をしても、幸福になりたいという気持ち。

4 真実かどうかは分からないが、幸福な気持ちになる考え。

（2）

　エピクロスは、快楽主義者とされております。たしかに彼は、快楽というものを、たいへんに重んじました。エピキュリアン（快楽主義者）ということばは、エピクロスの名に由来しているのです。

　けれど、多くの人たちが「快楽」と思っていることと、エピクロスが考えていた「快楽」とは、かなり違います。①それによって、エピクロスは誤解されつづけてきました。エピクロスほど誤解された思想家はいない、と言ってもいいくらいです。

　では、エピクロスの言う「快楽」とは、どのようなものなのでしょう。一言で言えば、「足るを知る」ということです。足るを知らないからこそ、人びとは欲望にさいなまれ、②人生を苦痛の連続にしてしまうのだ、と彼は考えました。つまり、エピクロスにとっては、苦痛のないことが快楽の何よりの条件であったわけです。

　ところが、肉体は、きりなく快楽を欲するものです。ですから、その欲求のままになっていれば、無限の時間が必要になります。そのあげく、人間は欲望の奴隷となり、快楽ではなく、逆に苦痛を手にすることになる、と彼は言います。エピクロスはそのような苦痛を欲しないのです。それよりも、いっさいの苦痛を取り除いて、心乱されぬ平安な日々を送ること、そのほうを彼は選ぶのです。

（森本哲郎『ことばへの旅2』による）

**63** ①それとは何を指すか。

1 エピクロスが快楽主義者と思われていること。

2 エピクロスの快楽の定義はほかの人たちと違うこと。

3 エピクロスが快楽を大変重要だと考えたこと。

4 エピクロスは皆に誤解されつづけてきたこと。

**64** 人びとが②人生を苦痛の連続にしてしまうのはなぜか。

1 人は常に新しい欲望を追い続けるから。

2 人は欲望は絶対に実現されないから。

3 人はいつも欲望に負けてしまうから。

4 人は欲望の実現のために頑張るから。

**65** エピクロスの考える「快楽」とはどのようなものか。

1 たくさんの時間をかけて多くの欲望を実現すること。

2 欲望をなるべく無くして、心安らかになること。

3 肉体の快楽よりも精神的な快楽を多く求めること。

4 人生の悩みや苦しみを無くそうと努力すること。

（３）

　私が小・中学生の頃（三十年ほど前の話です）、理科の授業では、観察ということが特に強調されていたように思います（あるいは今でもそうかも知れません）。事実をありのままに見て記述せよ。先入観を捨てて観察すれば、自然の中にひそむ法則を見出す事ができるに違いない。観察を強調する背景には、このような思想があったように思われます。観察される出来事は、すべてある特定の時と場所で起こる一回起性の出来事です。このような一回起性の出来事をいくつも観察して、そこから共通の事実を見出す事を①「帰納」と呼びます。また共通の事実は通常、「法則」と呼ばれます。帰納により正しい法則を見出す事こそ、科学者のとるべき方法であると主張する思想的立場が帰納主義です。②これはまた、観察、すなわち経験を重視する立場でもありますから、そちらにウェートを置く(注)ときは、経験主義とも呼ばれます。

　あなたが、ある時、家の前を飛んでいるカラスをみたら黒かった、という経験をしたとします。また別のある時、お寺の屋根にとまっているカラスも黒かった、畑で悪さをしていたカラスも黒かった、というようないくつもの経験を重ねて、「カラスは黒い」という言明をしたとします。おおげさに言えば、あなたは③帰納主義的方法により法則を見出した事になります。

（池田清彦『構造主義科学論の冒険』による）

（注）ウェートを置く：重視する

**66** ①「帰納」とは何か。

　1　ある法則を観察して、一つの共通の事実を見出すこと。

　2　個々の出来事をたくさん観察して、ある法則を見出すこと。

　3　特定の時間と場所での出来事を観察して、ある事実を見出すこと。

　4　観察を強調して、多くの自然の法則を見出すこと。


**67** ②これはなにを指すか。

　1　法則

　2　科学者

　3　思想的立場

　4　帰納主義


**68** ③帰納主義的方法により法則を見出した事とは何を指しているか。

　1　近所のカラスの動きを注意深く観察したこと。

　2　何回もカラスを見てカラスは黒いものだと思ったこと。

　3　科学者のようにカラスの生態について観察したこと。

　4　何回もカラスと出会う経験をしてそれを重視したこと。

**問題１２**　次の文章は、「相談者」からの相談と、それに対するＡとＢからの回答である。三つの文章を読んで、後の問いに対する答えとして、最もよいものを１・２・３・４から一つ選びなさい。

相談者：

　最近、アメリカの大手書店が破産した、というニュースを聞きました。原因は、電子書籍の普及で紙の本が売れなくなっているからだそうです。

　私は「本は紙に印刷されたものを読むほうがいい」と思っていました。しかし、電子書籍はどんどん普及しているようですね。最近、電子書籍の値段が安くなっていることや何百冊もの本を一つの端末に入れることができることなどを聞きました。こうしてみると、①やはり電子書籍に変えたほうがいいのかと思い始めました。お二人はどう思いますか。

回答者：Ａ

　私は電子書籍を持っていませんが、これだけ普及しているところを見ると、やはり魅力があるのでしょう。

　私はもともと本をたくさん読むほうでしたが、ここ数年、あまり本を読まなくなりました。それは、通勤の際に本を持ち歩くのが面倒だからです。本は意外と重いものです。単行本なんて家の中でしか読めない。おかげですっかり読書量が減ってしまっていました。最近、重量の軽い電子書籍で、読書量を維持したほうがいいかもしれない、と思い始めています。

回答者：B

　何もかもが電子化されていくスピードは怖いほどですね。便利といえば便利になりましたが、同時に、人々が頭を使わなくなっているような気がします。電子書籍はたしかに便利だと思います。しかし、紙に印刷された本を読んだ時の感覚と、電子書籍で読んだ時の感覚は、本当に同じでしょうか。電子書籍で読んでも、内容は頭に残らないのではないでしょうか。

　昔と比べて、格段に便利になった今の状況を否定するつもりは全くありません。しかし、現在、便利さの一方で、人々が機械に頼りすぎているような気がしてなりません。

**69** 相談者が①やはり電子書籍に変えたほうがいいのかと思い始めました。と言う理由は何か。

1　アメリカの大手書店が破産したから。
2　ほかの人がみんな電子書籍に変えたから。
3　電子書籍の長所を知ったから。
4　電子書籍のほうが売れているから。

**70** 回答者AとBの意見について正しいものはどれか。

1　Aは電子書籍に興味を持っているが、Bは電子書籍に批判的である。
2　Aは電子書籍に積極的に賛成しているが、Bは電子書籍に興味がない。
3　Aは電子書籍に賛成も反対もしていないが、Bは電子書籍に賛成である。
4　AもBも電子書籍に批判的である。

**問題１３**　　次の文章を読んで、後の問いに対する答えとして、最もよいものを、１・２・３・４から一つ選びなさい。

　今でも小学校や中学校の音楽室なるものに入ると、バッハ、ハイドン、ベートーヴェン、ブラームスといった「楽聖」たちの肖像画がずらりと掲示されていたりする。それらはいずれも二百年まえから三百年も前の肖像で、それを眺める子供たちひとりひとりの受け取り方はさまざまであろうが、それを賛嘆の眼で仰ぎ見る子は例外で、多くの子にとっては遠い過去の中に存在した、自分達とは無縁のだれかだとしか思えないだろうが、その肖像画はまた「音楽」というものを「学ぶ」という面白くもない作業を自分たちに押しつける元凶であるということは①直感的にわかる。これらの元凶たちがいるお蔭（かげ）で、ハ長調とかイ短調とか、交響曲とか、ソナタ形式といった②宇宙人の言葉のようなものを覚えさせられ、テストされるのである。それは多元方程式や微積分を習わされるのと同様で、九九．九％の人間にとって、卒業後の実人生で一度もお目にかからない、役に立たない言葉なのである。だが、クラシック音楽の世界ではいまでもそうしたエイリアン（注1）語のようなものがもっともらしく使われ、しかめっつら（注2）の解説者といった存在も登場する。そんな知識がなくとも音楽に感動することはできる。③その昔、来日した外国のヴァイオリンの名人の演奏を聞いた六世菊五郎（注3）が「たいした三味線（注4）弾きだ」といって感嘆したという話が伝えられている。その楽器をヴァイオリンと呼ぼうが三味線と呼ぼうが、音楽と名人技のもたらす面白さが菊五郎に伝わったのは事実で、そこにはソナタ形式もハ長調もないのである。だが、そんな直感的鑑賞法をいまのクラシックの世界は赦（ゆる）してくれない。菊五郎以外の者がヴァイオリンを指して三味線といえば、その人は心の底から軽蔑（けいべつ）されてしまうであろう。

「ヴァイオリンと呼ぼうと三味線と言おうと大差ないではないか、要は耳と心だ」といった言動はクラッシックの権威を破壊するニヒリズム (注5) である。学者、評論家、作曲家、演奏家のいずれであるかを問わず、この世界でメシを食っている人間にとって、その権威性と難解性とはいまある意味で彼らの財産であり、それを演奏したり解説することによって、彼らより無知な大衆の上に優越感を以って君臨するのである。

（石井宏『反音楽史　さらば、ベートーヴェン』による）

（注１）エイリアン：宇宙人、異性人

（注２）しかめっつら：気難しい顔

（注３）六世菊五郎：歌舞伎界で権威のある有名な歌舞伎俳優

（注４）三味線：日本の伝統的な弦楽器

（注５）ニヒリズム：虚無主義

**71** ①直感的にわかる。のは誰か。

1　楽聖たち

2　例外的な子

3　多くの子

4　無縁のだれか

**72** ②宇宙人の言葉を文章中の別の表現で言うと、どれか。

1 「音楽」というものを「学ぶ」という面白くないこと。

2 実人生で一度もお目にかからない、役に立たないもの。

3 遠い過去の中に存在した、自分達とは無縁の人。

4 多元方程式や微積分を習わされる99.9%の人。

**73** ③その昔、来日した外国のヴァイオリンの名人の演奏を聞いた六世菊五郎が「たいした三味線弾きだ」といって感嘆したという話についての筆者の気持ちはどれか。

1 この話に共感している。

2 この話に驚いている。

3 この話に戸惑っている。

4 この話に賛成している。

**74** この文章で筆者が言いたいことは何か。

1 クラシック音楽は難解だから演奏者には敬意を払うべきだ。

2 クラシック音楽を聞く前にまず言葉を知らなくてはならない。

3 クラシック音楽は音楽関係者がわざと難解なものにしている。

4 クラシック音楽の権威性や難解性はある程度仕方がないものである。

**問題１４**　　右のページは、電子レンジの取扱説明書の一部分である。下の問いに対する答えとして、最もよいものを１・２・３・４から一つ選びなさい。

**75**　保証期間中に電子レンジが故障した場合にとる行動として、<u>正しくないの</u>はどれか。

1　食品をあたためるのをやめて、電源プラグを抜く。

2　この電子レンジの製造メーカーに出張修理を依頼する。

3　取扱説明書の「故障かな？」のページを読む。

4　この電子レンジを買った店に電話して、故障の状態などを伝える。

**76**　販売店に無料で修理してもらえるのは、次のうちどれか。

1　留学生のイーさんは、先月日本で買ったこの電子レンジを国に持って帰り使用したところ、故障した。

2　買ってから３ヶ月で調子が悪くなったが、保証書をなくしてしまった。

3　昨年 12 月にこの電子レンジを購入し家庭で数回使用したが、今年 10 月に突然動かなくなった。

4　購入してから半年後、キャンプのときに車の中で使用した後、変な音がするようになった。

第二回 讀解

# 保証とアフターサービス（よくお読みください）

## 修理を依頼されるときは

出張修理

1. 「故障かな？」（44～45ページ）を調べてください。
2. それでも異常があるときは使用をやめて、必ず電源プラグを抜いてください。
3. お買いあげの販売店に次のことをお知らせください。
   ・品名：電子レンジ
   ・形名（本書の表紙に記載）
   ・お買い上げ日（年月日）
   ・故障の状態（具体的に）
   ・住所　　　　・お名前
   ・電話番号　　・ご訪問希望日

   この製品は、日本国内用に設計されています。外国では使用できません。またアフターサービスもできません。

## 保証期間中

• 修理に際しましては保証書をご提示ください。保証書の規定に従って販売店が修理させていただきます。

## 保証期間が過ぎているときは

• 修理すれば使用できる場合には、ご希望により有料で修理させていただきます。

## 保証書（別添）

• 保証書は「お買い上げ日、販売店名」などの記入をお確かめのうえ、販売店から受け取ってください。
  保証書は内容をよくお読みの後、大切に保存してください。

• 保証期間……お買い上げの日から１年間です。
  保証期間中でも有料になることがありますので、保証書をよくお読みください。

※ 一般家庭用以外（例えば、業務用、車、船への搭載）に使用された場合の故障などは有料です。

# 問題 1

問題1では、まず質問を聞いてください。それから話を聞いて、問題用紙の1から4の中から、最もよいものを一つ選んでください。

## 1番 MP3 082

1. ダンスの練習
2. 踊りを考える
3. 音楽の CD を買いに行く
4. ダンスに合う曲を探す

## 2番 MP3 083

1. 別の電車に乗り換える
2. 駅で証明書をもらう
3. 駅から学校へ電話をかける
4. 急いで学校まで走る

## 3番 (MP3) 084

1. 出張先の会社に連絡する
2. ケータイにメールを送る
3. パソコンにメールが来ているかチェックする
4. 留守番電話にメッセージを残す

## 4番 (MP3) 085

1. 植物を家の中へ持ってくる
2. 自転車を玄関の中へ入れる
3. 軒先に植木鉢を移動する
4. 雪かきをする

## 5番 (MP3) 086

1. 体温を測る
2. ベッドのある部屋へ行く
3. ソファーの上で少し寝る
4. 夕食の準備をする

# 問題2

　問題2では、まず質問を聞いてください。そのあと、問題用紙のせんたくしを読んでください。読む時間があります。それから話を聞いて、問題用紙の1から4の中から、最もよいものを一つ選んでください。

## 1番 MP3 087

1. 先生とペアになって会話練習ができたこと
2. 若い人たちより好奇心旺盛なこと
3. 中国語だけではなく、中国文化も勉強できたこと
4. 孫と同じ年齢の人たちといっしょに勉強したこと

## 2番 MP3 088

1. ハンバーグを春らしい野菜の煮物に替える
2. ハンバーグを中心に春らしい食材をまわりにおく
3. 野菜の煮物を中心に、五目御飯と赤飯を加える
4. 春の野菜のたけのこを五目御飯に入れる

## 3番 MP3 089

1. 以前より明るくなった
2. まじめに仕事をするようになった
3. 後輩とのコミュニケーションが増えた
4. お世話になることが多くなった

## 4番 (MP3) 090

1. 飛行機の予定がまだ決まらないから
2. オーストラリアでの予約がいっぱいだから
3. 旅行会社が代わりのチケットを用意してくれないから
4. ホテルやダイビングの予約がいっぱいだから

## 5番 (MP3) 091

1. 急に引っ越ししたから
2. 新しい家を探さなければならないから
3. 娘の転校が一段落しているから
4. 引っ越しした後もしばらく忙しいから

## 6番 (MP3) 092

1. 子犬がいなくなる悲しい映画だったから
2. 映画がかわいそうな内容だったから
3. 実家が懐かしくなったから
4. 実家の子犬がいなくなったから

# 問題3

　問題3では、問題用紙に何もいんさつされていません。この問題は、全体としてどんな内容かを聞く問題です。話しの前に質問はありません。まず話を聞いてください。それから、質問とせんたくしを聞いて、1から4の中から、最もよいものを一つ選んでください。

## 1番 （MP3）093

- メモ -

## 2番 （MP3）094

- メモ -

# 3番 (MP3) 095

ばん

- メモ -

# 4番 (MP3) 096

ばん

- メモ -

# 5番 (MP3) 097

ばん

- メモ -

# 問題4

　問題4では、問題用紙に何もいんさつされていません。まず、文を聞いてください。それから、それに対する返事を聞いて、1から3の中から、最もよいものを一つ選んでください。

**1番** (MP3) 098

- メモ -

**2番** (MP3) 099

- メモ -

**3番** (MP3) 100

- メモ -

# 4番 (MP3) 101

- メモ -

# 5番 (MP3) 102

- メモ -

# 6番 (MP3) 103

- メモ -

7番 MP3 104

- メモ -

8番 MP3 105

- メモ -

9番 MP3 106

- メモ -

１０番　(MP3) 107

- メモ -

１１番　(MP3) 108

- メモ -

１２番　(MP3) 109

- メモ -

# 問題5

問題5では長めの話を聞きます。この問題には練習はありません。
メモをとってもかまいません。

## 1番、2番

問題用紙に何もいんさつされていません。まず話を聞いてください。それから、質問とせんたくしを聞いて、1から4の中から、最もよいものを一つ選んでください。

### 1番 (MP3) 110

- メモ -

### 2番 (MP3) 111

- メモ -

# 3番
ばん

　まず、話を聞いてください。それから、二つの質問を聞いて、それぞれ問
題用紙の 1 から 4 の中から、最もよいものを一つ選んでください。

# 3番 MP3 112
ばん

## 質問1
しつもん

1. ビール工場
こうじょう

2. フラワーパーク

3. 水族館
すいぞくかん

4. 温泉
おんせん

## 質問2
しつもん

1. ビール工場
こうじょう

2. フラワーパーク

3. ふるさとプラザ

4. 温泉
おんせん

# 模擬試題解析｜第一回正答表

## 言語知識（文字 · 語彙 · 文法 ）· 讀解

| 問題 1 | 1 | 2 | 3 | 4 | 5 | | | | | | | |
|---|---|---|---|---|---|---|---|---|---|---|---|---|
| | 1 | 3 | 4 | 1 | 3 | | | | | | | |
| 問題 2 | 6 | 7 | 8 | 9 | 10 | | | | | | | |
| | 1 | 2 | 1 | 1 | 3 | | | | | | | |
| 問題 3 | 11 | 12 | 13 | 14 | 15 | | | | | | | |
| | 1 | 3 | 1 | 3 | 4 | | | | | | | |
| 問題 4 | 16 | 17 | 18 | 19 | 20 | 21 | 22 | | | | | |
| | 2 | 4 | 1 | 4 | 1 | 3 | 1 | | | | | |
| 問題 5 | 23 | 24 | 25 | 26 | 27 | | | | | | | |
| | 3 | 4 | 2 | 4 | 4 | | | | | | | |
| 問題 6 | 28 | 29 | 30 | 31 | 32 | | | | | | | |
| | 3 | 4 | 1 | 4 | 3 | | | | | | | |
| 問題 7 | 33 | 34 | 35 | 36 | 37 | 38 | 39 | 40 | 41 | 42 | 43 | 44 |
| | 2 | 3 | 1 | 4 | 4 | 2 | 1 | 3 | 1 | 1 | 3 | 4 |
| 問題 8 | 45 | 46 | 47 | 48 | 49 | | | | | | | |
| | 3 | 1 | 4 | 4 | 4 | | | | | | | |
| 問題 9 | 50 | 51 | 52 | 53 | 54 | | | | | | | |
| | 2 | 4 | 1 | 2 | 3 | | | | | | | |
| 問題 10 | 55 | 56 | 57 | 58 | 59 | | | | | | | |
| | 4 | 3 | 3 | 2 | 4 | | | | | | | |
| 問題 11 | 60 | 61 | 62 | 63 | 64 | 65 | 66 | 67 | 68 | | | |
| | 2 | 1 | 1 | 4 | 2 | 3 | 2 | 3 | 2 | | | |
| 問題 12 | 69 | 70 | | | | | | | | | | |
| | 2 | 2 | | | | | | | | | | |
| 問題 13 | 71 | 72 | 73 | 74 | | | | | | | | |
| | 4 | 2 | 4 | 2 | | | | | | | | |
| 問題 14 | 75 | 76 | | | | | | | | | | |
| | 2 | 2 | | | | | | | | | | |

## 聽解

| 問題 1 | 1 | 2 | 3 | 4 | 5 | | | | | | | |
|---|---|---|---|---|---|---|---|---|---|---|---|---|
| | 4 | 1 | 3 | 2 | 2 | | | | | | | |
| 問題 2 | 1 | 2 | 3 | 4 | 5 | 6 | | | | | | |
| | 3 | 1 | 1 | 2 | 3 | 4 | | | | | | |
| 問題 3 | 1 | 2 | 3 | 4 | 5 | | | | | | | |
| | 3 | 4 | 2 | 4 | 2 | | | | | | | |
| 問題 4 | 1 | 2 | 3 | 4 | 5 | 6 | 7 | 8 | 9 | 10 | 11 | 12 |
| | 3 | 2 | 2 | 1 | 1 | 1 | 2 | 3 | 3 | 2 | 1 | 1 |
| 問題 5 | 1 | 2 | 3 | | | | | | | | | |
| | 4 | 4 | 2 1 | | | | | | | | | |

# 言語知識｜文字・語彙

## 問題 1

**1** 正答：1　為了大地震中受災的人，決定要捐贈。
　⚠️ 寄：**音** き　**訓** よ－る、よ－せる
　　付：**音** ふ　**訓** つ－ける、つ－く
　　寄付：きふ，捐贈。

**2** 正答：3　請趁還沒有冷掉時享用。
　⚠️ 冷：**音** れい
　　　　**訓** さ－める、ひ－える、
　　　　ひ－やす
　　冷めない：さめない，沒有冷掉。

**3** 正答：4　利用這個網頁每天查看外國的匯率。
　⚠️ 為：**音** い
　　替：**音** たい
　　　　**訓** か－える、か－わる
　　為替：かわせ，匯款、匯票。

**4** 正答：1　她結婚之後料理的手藝變好了。
　⚠️ 腕：**音** わん　**訓** うで
　　前：**音** ぜん　**訓** まえ
　　腕前：うでまえ，能力、本事、手藝。

**5** 正答：3　用信用卡的分期付款買了東西。
　⚠️ 分：**音** ぶん、ふん
　　　　**訓** わ－ける、わ－かれる
　　割：**音** かつ　**訓** わ－る、わり
　　分割：ぶんかつ，分割、分開。

## 問題 2

**6** 正答：1　拚命地讀書，考上了第一志願的大學。
　1　志願
　2　脂肪
　3　きぼう，希望
　4　しがん，志願

**7** 正答：2　我公司的名片上印有日文和英文的頭銜。
　1　×
　2　頭銜，職稱
　3　×
　4　住宿之人加注於所居住之住所之語

**8** 正答：1　現在在專門學校學習電腦。
　1　專門　　　　2　×
　3　專攻　　　　4　專業

**9** 正答：1　一回過神，周圍已經完全變暗了。
　1　附近，周圍
　2　まわり，附近，周圍
　3　×
　4　×

**10** 正答：3　不要依賴別人，必須靠自己本身思考。
　1　地震　　　　2　自信
　3　本身　　　　4　自殺

## 問題 3

**11** 正答：1　那個棒球選手並不是天才，而是勤奮的人。
　1　人　　　　2　店
　3　化　　　　4　者

**12** 正答：3　當想到好的點子時，馬上記錄下來才好。
　1　放棄，下決心　2　深信
　3　想到　　　　　4　×

**13** 正答：1　有些父母也許是因為無法一個人活下去，而傷害弱小的孩子。
　1　「か」為接頭語，常出現於形容詞前
　2　×
　3　×
　4　×

**14** 正答：3 在補習班負責的班級是國中三
年級的國語課程。
1 受理，櫃檯
2 接受
3 擔任，負責
4 承銷，販賣

**15** 正答：4 難以相信這個島竟然發生了這
樣悲慘的事件。
1 ×　　　　2 容易
3 有～傾向　4 難以

## 問題 4

**16** 正答：2 因為職員的大規模罷工，飛機停
飛了。
1 預約　　　2 罷工
3 恐怖行動　4 研討會

**17** 正答：4 育嬰假可以請多久呢？
1 早退　　　2 成功
3 懷孕　　　4 育嬰

**18** 正答：1 旅行也很好，但還是自己的房間
的感覺最好。
1 感覺
2 幹勁
3 有價值，值得
4 傲慢，自大

**19** 正答：4 她從小就被嬌生慣養，所以非常
任性。
1 曖昧　　　2 粗枝大葉
3 爽朗　　　4 任性

**20** 正答：1 訂購商品之前，請對方先寄樣品
來。
1 樣品　　　2 信號
3 農作物　　4 精彩，徹底

**21** 正答：3 早晚很明顯地變冷了，您一切安
好嗎？
1 突然　　　2 滿滿地
3 明顯地　　4 慢慢地

**22** 正答：1 湖上有划著小船以及在釣魚的
人們。
1 划　　　　2 貼
3 講究　　　4 洩漏

## 問題 5

**23** 正答：3 請複印必要的部分，貼在這裡。
1 剪下　　　2 設定
3 貼上　　　4 印刷

**24** 正答：4 那個選手忍著腳痛繼續跑。
1 抛，扔　　2 堵住
3 治癒　　　4 忍耐

**25** 正答：2 這輛電車即將抵達車站。
1 突然　　　2 快要
3 暫且　　　4 一旦

**26** 正答：4 那個人明明後到卻排在隊伍前
面，是個很厚臉皮的人。
1 可靠的　　2 和藹可親的
3 粗魯的　　4 厚臉皮的

**27** 正答：4 不管怎麼拜託那個人，他都不聽
別人的話。
1 回答　　　2 碰面
3 幫忙　　　4 聽

## 問題 6

**28** 正答：3 這個那個，這樣那樣，各種
3 不管怎麼説，結果還是喜歡
他對吧！

**29** 正答：4 栩栩如生的
4 這個作家的文章具有非常
栩栩如生的表現，太了不
起了。

**30** 正答：1 扛，挑
1 把大行李扛在肩上，到世界
各地旅行。

**31** 正答：4 離開座位

4 山本現在不在座位上，我請他回電給您好嗎？

**32** 正答：3 聯合
3 5年級和6年級聯合進行運動會的練習。

# 言語知識｜文法

## 問題 7

**33** 正答：2 大學的課程，要做作業啦報告啦，很忙的。
⚠ 正確答案2的「やら」為同類事物的列舉，表「～啦，～啦」的意思。1的「つつ」表「一邊～，一邊～」的意思。3的「たり」表「又～，又～」的意思。4的「て」為相繼發生的動作使用，接動詞、形容詞的連用形。

**34** 正答：3 孩子在路上跌倒了，滿是傷痕。
⚠ 正確答案3的「～だらけ」表「滿是～、淨是～、全是」的意思。1的「～だけ」表「只有、只能」的意思。2的「～まみれ」表「渾身都是～」的意思。4的「～ぎみ」表「樣子，～傾向」的意思。

**35** 正答：1 很享受只有夫婦兩人的生活。
⚠ 正確答案1的「～きり」表「只有～」的意思。2的「ばかり」表「左右、大約」的意思。3的「～さえ」表「連～、甚至～」的意思。4的「ただ」表「唯、只」的意思，放於名詞前面。

**36** 正答：4 他非常辛苦的結果，最後成為了大富翁。
⚠ 正確答案4的「すえ」表「最後、結果」的意思。1的「とき」意思是「～時候」的意思。2的「かぎり」接在動詞字典形的

後面表「只要～就～」的意思。3的「～きり」表「僅～、只～」的意思。

**37** 正答：4 越用功成績就會越好喔，加油！
⚠ 正確答案4的「ば／ほど」表「越～，越～」的意思。

**38** 正答：2 以實力而言，肯定是A隊獲勝。
⚠ 正確答案2的「～にきまって」表「肯定、一定」的意思。1的「名詞＋にして」表「是～，同時也是～」的意思。3的「名詞＋になって」表「變成～」的意思。4的「名詞＋にあって」表「處於～情況」的意思。

**39** 正答：1 電腦相關的工作，適合年輕人。
⚠ 正確答案1的「～むき」表「適合～、傾向～」的意思。2的「ため」表「為了」的意思。3的「～より」表「從～、比～」的意思。4的「～がち」表「容易～、常常～」的意思。

**40** 正答：3 Ａ：「據説昨天是今年最冷的一天。」
Ｂ：「這樣啊！真的很冷耶。」
⚠ 正確答案3的「とか」表不確實的傳聞「據說」的意思。1的「こと」表「據說」須用「～ということだ」或「～とのことだ」的形式。2的「よか」為「よりか」的縮略，表「比起～」的意思。4的「もの」當終助詞時，表帶有不滿、撒嬌等情緒陳述理由。

**41** 正答：1 我在回國之際，向照顧我的人打了招呼。
⚠ 正確答案1的「～にさいし」表「當～的時候」的意思。2的「～とき」表「～時候」的意思，前面不加「に」。3的「～うえに」表「加上～、而且～」的意思。4的「～まえに」表「～

之前」的意思，前面不加「に」。

42 正答：1 在考試之前，監考官說明了各種注意事項。
　　! 正確答案1的「～先だって」表「在～之前」的意思。2的「先に」表「先、先前」的意思。3的「～まで」表「到～」的意思。4的「～から」表「從～」的意思。

43 正答：3 再三煩惱之後，最後決定不和他結婚了。
　　! 正確答案3的「あげく」表「最後、最終」的意思。1的「～いじょう」為接續助詞時，表「既然～」的意思。2的「～うえは」表「既然～」的意思。4的「ことに」無此用法。

44 正答：4 雖然想著今天一定要做作業，卻不知不覺就玩了遊戲。
　　! 正確答案4的「つつ」在此表逆接，為「雖然、儘管」的意思。1的「うえ」表「在～上、根據～」的意思。2的「あと」表「後面、後邊」的意思。3的「さい」表「時候、時機」的意思，前面不接「動詞ます形」。

## 問題8

45 正答：3 朝食　ぬき　で　会社に
　　　　　　 行く　ひとが多い。
　　　　　　　　★
　　不吃早餐就去公司的人很多。

46 正答：1 彼は　成績優秀　である
　　　　　　 のみ　ならず　人柄
　　　　　　　　　　　　　　★
　　もすばらしい。
　　他不僅成績優異，連人品都很好。

47 正答：4 あなたの　返事を　どんなに
　　　　　　 待って　いた　ことか。
　　　　　　　　★
　　我是多麼期待著等待你的回答。

48 正答：4 この不景気で給料　の
　　　　　　 額　を　下げざる　をえない。
　　　　　　　　　　★
　　在這不景氣之下，不得不降低薪資的金額。

49 正答：4 彼の絵には　人を　どこか
　　　　　　 ひきつける　もの　がある。
　　　　　　　　　　　★
　　他的畫在某些地方有吸引人之處。

## 問題9

　　喜歡女性「素顏 (註1)」的男性增加了。女性藝人在部落格 (註2) 公開素顏照片的話，網路上就充斥著讚不絕口的聲音。根據化妝品公司的「喜愛的女性化妝法」調查中，支持「素顏」的男性高達90%。即使觀察四周，比起化妝 (註3) 的女性，聲稱比較喜歡素顏女性的男性較多。
　　為什麼男性喜歡素顏？詢問了二十幾位20～30歲的男性，得到的答案有「化濃妝的女性好像很愛玩」「不喜歡化妝品的味道」……等等，理由因人而異。順便一提，從前在日本，地位高的男性都有化妝。男性變得不再化妝，最多也不過是100年前的事。由於明治的近代化政策，外貌的「男子氣概」開始被重視。在那之前男性一直都是化著妝的。

（註1）すっぴん：素顏、沒化妝的臉
（註2）ブログ：在網頁公開的日記
（註3）メイク：化妝

50 正答：2 絶賛：讚不絕口

51 正答：4 支持する：支持

**52** 正答：1　なぜ：為什麼

**53** 正答：2　苦手（にがて）：不擅長、不喜歡

**54** 正答：3　していた：「化粧していた」表過去持續的狀態

# 言語知識｜讀解

## 問題 10

（1）

　　在商業的場面，使用「僕（boku）」的男性非常多。但是這是錯誤的。基本上「僕（boku）」這種第一人稱，是對自己的同輩或晚輩所使用的詞，所以對長輩或其他公司的人，使用「私（watashi）」乃是常識。例如，即使上司對你用「僕（boku）」，部下仍應該規矩地使用「私（watashi）」。在書面等等的場合，使用「小生」也沒關係。

（出自《商業禮儀・知識實例百科事典》
主婦和生活社）

**55** 正答：4　（　　　　）中能填入共通的最適當的詞為何者？
　　　　　　4　僕（boku）

（2）

　　現在不管去到什麼餐廳，幾乎都很美味，不好吃的餐廳反而比較難找。如此一來，如果要談餐廳的區別是從何處產生？那就只能從我們的工作來區別了，也就是讓最高級的料理和酒更令人感到美味。將 100 分的料理，用我們的言語、擺盤方式，或是說話技巧來裝飾，可以讓它變成 120 分或 130 分再上桌。想要舒適自在的氣氛，或是想度過歡愉時光，我們聽取顧客所追求的想法，靈活運用每一個物件來做整體的演出。我們的工作並不是販賣餐點，而是販賣「用餐」這件事。

（出自岡部一巳《就這樣我成為了人氣餐廳的老闆！》
角川雜誌）

**56** 正答：3　筆者從事什麼工作？
　　　　　　3　在餐廳服務的工作

（3）

　　在轉職時，心想著擁有證照比較有利，而去考證照的人相當多。當然，有證照的人和沒證照的人是有差別的。負責錄用的人也會給有證照的人較高分吧！如果有證照和沒證照的人，在其他方面的分數一樣的話，毫無疑問地，會錄用有證照的人吧！負責錄用的人所評估的是想取得證照的熱情和認真。由把熱情化為形式的論點來看，與其說精神論，不如說是具有眼見為憑的說服力。從那樣的理由看來，證照對轉職是有利的。

（出自中谷彰宏《面試的達人 2008 轉職篇》鑽石社）

**57** 正答：3　「那樣的理由」是指什麼？
　　　　　　3　了解那個人的熱情和認真的理由

（4）

　　正論行不通的理由之一，即是在談正論的時候，自己的身段必定變得比對方高。正因為是正確的事，所以對方會受傷。但因為是正確的，所以也不能拒絕。即使如此，又不能馬上改變自己，煩惱著「我明明知道，但為什麼無法改變自己呢」而感到痛苦。因此對方就把你當成「傷害自己的人」而產生警戒心（註）。所以不管你說的內容多麼正確，即使對對方有益，對方也不會聽。

（出自山田 zuni 的《培養說話力之書》
知性生活態度文庫）

（註）警戒（けいかい）：注意而小心

**58** 正答：2　筆者想說的為以下何者？
　　　　　　2　居於對方的上方，即使說自己的意見，也無法傳達給對方。

（5）

2016 年 2 月 21 日

NS 股份有限公司
小山直己　先生

中丸商事股份有限公司
坂本雅夫

關於瑕疵品的出貨

謹啟

　　平時承蒙您的照顧，很謝謝您。
　　1 月 17 日 所 訂 購 的 100 個
「S-400-P」，今日已到貨。立即受理檢
查之後，發現 100 個裡面有 28 個有裂痕
等瑕疵的部分。需要緊急寄送正常品，同
時也請貴公司防止這樣的事再次發生。

敬上

**59** 正答：4　關於這封信的內容，何者是正確
　　　　　　的？
　　　　　　4　「NS 股份有限公司」必須
　　　　　　　　馬上送 28 個「S-400-P」

## 問題 11

（1）

　　我們無法隨心所欲地活下去。而必須要站
在社會面構成的「自我」的位置。

　　剛開始我說「當人們發覺時，就已是『自
我』了」。也就是意識到社會面的「自我」時，
自己就已經存在了。「自我」可分為我們面對
外面社會的外部，和我們本身的內部。我們可
以說都是以雙重的「自我」生活著。

　　在此想要向年輕的人傳達的是，完全沒
有必要因為「自我」是不確定或不安定而害
怕。反倒是，①如果「自我」是單一的、完全
沒有表裡的個性，那就需要警戒了。「自我」
即使被內在的自我所控制著，但在與外部和
他人的交流當中，有時變成 A，有時變成 B。
有所謂「自我探尋」這種詞語，但即使想要
找尋「自己」的真實，也應該什麼都找不到。
甚至說著「『自我』就是這個啦！」就以為已
經發現「自我」的本質，那樣的人才是問題。
②對那種人而言，即使認為「現在的自我」是
普遍地，絕對地顯現，那也不過是錯覺罷了。

（出自諏訪哲二的《學校的怪物》）

**60** 正答：2　①為什麼「自我」是單一的、完
　　　　　　全沒有表裡的個性的話，需要警
　　　　　　戒呢？
　　　　　　2　因為不可能只有一種個性。

**61** 正答：1　②那種人是指什麼人？。
　　　　　　1　以為找到真正自我的人。

**62** 正答：1　筆者在這篇文章中想要描述的
　　　　　　是什麼？
　　　　　　1　人是兼具有社會面和個人
　　　　　　　　面的存在。

（2）

　　①只要一思考到歷史，就直接會碰到一
個問題。就是如何認知時間的問題。空間的部
分，可以透過視覺而有相當程度的彌補，所以
問題很少。時間的部分，人類無法直接地
認知。

　　可能我們在日常生活中都曾經歷過，即使
記得最近有發生過什麼事，也會想那是兩天前
的事嗎？一個禮拜前的事嗎？一個月前的事
嗎？或是去年的事？②一說到那樣的事，只有
非常模糊的記憶是很正常的。

　　這是由於時間的本質裡並沒有刻度。所謂
的時間，就是即使好像知道，但實際上卻抓不
到。而所謂的經過多少時間，原本就沒有直接
測量時間長度的基準。人體的感官中，原本就
不具備衡量時間的功能，因此為了認知時間，
僅有一個方法。那就是，③看著在空間中以一
定速度運動的物體，以其前進的距離來換算成
時間的長度。

（出自岡田英弘《歷史是什麼？》）

**63** 正答：4　①只要一思考到歷史，就直接會
　　　　　　碰到一個問題是什麼意思？
　　　　　　4　一想要思考歷史，馬上就發
　　　　　　　　現到困難。

**64** 正答：2　②一說到那樣的事是什麼？
　　　　　　2　時間的記憶不太清楚。

**65** 正答：3　③把空間以一定速度運動的物
　　　　　　體的例為何者？
　　　　　　3　月

（3）

　　在家庭式的餐廳之類的地方聽到①「這是和式的定食」的説法。這個表現在文法上是正確的，但是在説話者想傳達的和聽話者所期待的事不同，所以②令人感到不自然。

　　「なる」這個動詞，在《明鏡國語辭典》的説明為「非人為的，由於自然的推移變化而呈現別的狀態」。客人之所以感覺「這是和式的定食」不自然，乃是因為〈非人為〉和〈新狀況的出現〉兩個和場面不相稱的(註)緣故吧！

　　「なる」所表現出的〈新狀況的出現〉其實有兩種情況。一個是事物本身變化的「なる」。被問到孩子的年紀時，回答「這孩子（下個月）三歲了」或「上個月三歲了」就是這樣的用法，表示往「三歲」的變化。

　　另一種是或許不符合對方的預測，但是③不得不按照程序去做的狀況下也會使用「なる」。已經滿三歲的孩子的話，也可以回答「這孩子（已經）三歲了」，但是這並不是孩子變成「三歲」了，而是因應對方可能認為孩子很小的想法，為了導出三歲所做的傳達。

（出自北原保雄（編）『問題日文』）

(注) そぐわない：不適當，不合

66 正答：2　①「這是和式的定食」是誰説的？
　　　　　　2　家庭式餐廳的店員。

67 正答：3　②令人感到不自然是什麼意思？
　　　　　　3　意思上是不正確的。

68 正答：2　③不得不按照程序去做是什麼意思？
　　　　　　2　結論

諮詢者：
　　對於今年 4 月升國中的孩子，我很猶豫要不要買手機給他。前天，鄰居告訴我「升國中之後，因為學校或補習班下課回家的時間比較晚，讓他帶手機比較好」。而且也有一些被孩子告知「跟朋友來往時也需要用到」而買手機的家庭。但是我擔心「買手機給孩子的話，他會不會隨便使用，電話費也會變貴」。
　　各位是從何時開始買手機給孩子的呢？

回答者：A
　　我們家是在小孩念國中 1 年級時買的。理由是因為上課的緣故，晚上必須一個人行動，所以需要。也有人説親自接送不就好了，但是我和我先生都在上班，沒有時間接送。雖然現在並沒有什麼問題。不過我們有所覺悟今後或許會發生各種問題也説不定。
　　我們家用的是沒什麼附加功能的手機。也不能上網。今後也不打算允許使用手機上網。但是，我和我先生都認為，手機是「聯絡方法」的必要工具。

回答者：B
　　我們家是小孩升高中時買的。然後，手機的預算是 5,000 日圓，給孩子的零用錢也訂為 5,000 日圓。也就是只要克制手機的利用，就可以當成自己的零用錢。
　　國中的時候，也有幾名沒有手機的小孩，但是班上一半以上的小孩都有手機。理由是上學或上補習班會晚歸。那時我們家的孩子也很想要，但是我們家因為離車站很近，到學校和補習班的往返也不用花太多時間，所以那個時候沒有買給他。

**69** 正答：2 諮詢者對「手機」抱持什麼印象？

　　　　2　孩子一用「手機」會花錢。

**70** 正答：2 回答者 A 和 B 對「手機」所抱持的印象是什麼？

　　　　2　A 認為是必要的，B 沒有特別判斷是好或壞。

## 問題 13

開幕當天，穿著一致黑色圍裙的女性店員並排著歡迎客人。「歡迎光臨」，不知是否因為緊張的緣故，聲音很壓抑，表情也很生硬。①即使如此，因為 7 月就開始進行準備，所以可以看到他們非常確實地替客人點菜。這是在橫濱市的市民廣場南大田（橫濱南部）開店的「Megu 咖啡廳」。使用當地栽培的蔬菜(註1)手工製作而成的湯和麵包的套餐是這裡的招牌菜。10 人左右的店員大多有過尼特族(註2)和足不出戶的經驗的人(註3)，在全國而言也是很稀奇的店。採時薪制，負責的工作有調理或接待客人(註4)，收銀(註5)。營業時間為每週一和三的 11 點半～ 16 點。

店員是財團法人橫濱市男女共同參加推進協會主辦的「女孩篇　工作準備講座」的結業生，在講座中學習了電腦等技術。但是因為長年離開職場，沒有工作經驗，所以②沒有辦法正式銜接上工作。協會為了創造出累積就業體驗的場所，因此號召結業生開咖啡廳。

由於沉穩的接客態度而獲得信賴的 A 小姐（37）。高中畢業之後任職的公司都做不久。因為不擅長待人接物而無法融入職場。被醫師診斷出社交恐懼症之後的 13 年，她沒有工作而依附父母生活。對於無法出去工作的女兒，當初雙親也很驚慌失措。但是逐漸就慢慢接受了。

產生改變的契機是在 34 歲時換了主治醫生。「到目前為止主治醫生都是安慰她説『不是妳不好』，所以心情是很輕鬆，但是不能工作的狀態仍持續了 10 年」。母親找來的新主治醫生不使用任何溫柔的言語，反而問我「妳想怎麼辦？」。「③我被那句話推了一把，逐漸產生了再努力一次的心情」。

B 小姐（28）在這之前的工作，是學生時代的打工。她説「雖然很辛苦，但是學新的東西比想像中要快樂」。（中略）

Megu 咖啡廳終究只是過渡期的設施。能從這裡出發再回到社會工作，才是店員共通的希望。因此④挑戰才剛開始呢！
（出自《日本經濟新聞》平成 22 年 11 月 16 日新聞）

（註1）地場野菜：當地栽培的蔬菜

（註2）ニート：在此指沒有就職也沒有技術和證照的人

（註3）ひきこもり：在此指關在家裡不出去的人

（註4）ホール：接待客人

（註5）レジ：收銀

**71** 正答：4 ①即使是因為 7 月才開始進行準備，但是可已看到他們非常確實地替客人點菜。具體來説是什麼狀況？

　　　　4　因為從 7 月才開始訓練服務，所以可以説店員做得很好。

**72** 正答：2 ②沒有辦法正式銜接上工作。是指誰？

　　　　2　「女性篇　工作準備講座」的結業生。

**73** 正答：4 ③我被那句話推了一把，逐漸的產生了再努力一次的心情是指誰？

　　　　4　A 小姐。

**74** 正答：2 ④挑戰是指什麼？

　　　　2　作為店員都能獨當一面，在社會上工作。

## 外國人打工募集

### 家電量販店販賣員

所在地：○○車站徒步 8 分
薪資：時薪 1,000 日圓＋交通費全額
勤務時間：9:00 ～ 22:30 之間的 8 小時
　　　　　每週 5 天（週休二日）
期間：長期
應徵資格：‧中文母語者
　　　　　‧日文 N1 以上

### 翻譯業務

所在地：◇◇車站徒步 10 分
薪資：時薪 1,000 日圓＋交通費全額
勤務時間：9:00 ～ 18:00
　　　　　星期一～五（六日國定假日休）
期間：長期
應徵資格：‧韓文母語者
　　　　　‧日文‧英文商用程度
　　　　　‧歡迎有建築知識者

### 便利商店小菜製造

所在地：從 ×× 車站有接送巴士
薪資：時薪 780 日圓＋交通費全額
勤務時間：14:00 ～ 17:00
　　　　　星期一～五每週 2 天以上
應徵資格：‧日文能力不拘
　　　　　‧年齡性別經驗不拘
　　　　　‧短期勤務也 OK

### 日本企業的實習生

所在地：△△車站徒步 10 分
薪資：時薪 900 日圓＋交通費全額
勤務時間：10:00 ～ 18:00
　　　　　星期一～五每週 2 天以上
應徵資格：‧日文 N1 程度
　　　　　‧大學‧研究所留學生
　　　　　‧就職前可以在日本企業體驗

### 飯店內酒吧的勤務

所在地：△△車站徒步 1 分
薪資：時薪 900 ～ 1,000 日圓＋交通費全額
勤務時間：14:30 ～ 23:30 之間的 7.5 小時
　　　　　包括五六日的每週 5 天（週休二日）
期間：短期‧長期
應徵資格：‧英文母語者
　　　　　‧日文 N2 以上

### 利用 PC 或電話的越南當地調查

所在地：○○車站徒步 3 分
薪資：時薪 1,000 日圓＋交通費全額
勤務時間：10:30 ～ 19:30 之間，依希望的時間
期間：1 個月左右
應徵資格：‧越南語母語者
　　　　　‧英文商用程度
　　　　　‧日文 N3 以上
　　　　　‧具網頁技能的人

### 百貨公司內女裝販賣員

所在地：×× 車站徒步 1 分
薪資：時薪 1,200 日圓＋交通費全額
勤務時間：9:00 ～ 22:00 之間的 7.5 小時
　　　　　包括五六日的每週 5 天（週休二日）
期間：長期
應徵資格：‧喜歡流行的人
　　　　　‧持永久居留證或配偶簽證的人
　　　　　‧中文母語者
　　　　　‧日文 N1 以上

### 居酒屋會場的幹部

所在地：◎◎車站徒步 5 分
薪資：時薪 1,000 日圓＋交通費全額
　　　　（研修期間時薪 950 日圓）
勤務時間：15:00 ～隔天 2:00 之間　排班制
　　　　　每週二天以上
期間：長期
應徵資格：‧會用日語交談的人
　　　　　‧歡迎無經驗者

75 正答：2　中國就學生的陳同學想在日本打工，可以工作的時間是1天4小時。而且晚上10點以後不想工作。半年前日語能力檢定考試N2合格了。陳同學能應徵的工作有幾個？
　　2　2個

76 正答：2　和日本男性結婚的家庭主婦美國人Emliy小姐在找打工。日語已N1合格了，打工的時間和工作場所並沒有特別的限制。以下四者當中，選哪一個比較好？
　　2　飯店內酒吧的勤務

# 聽解

## 問題1

**1番** MP3 051

会社で女の人が退職について上司と話しています。女の人はこのあとまず何をしますか。

F：課長、あれからいろいろ考えたんですが、このプロジェクトがいち段落したら、やはり会社を辞めさせていただきたいと思います。

M：うーん、そうか。私としてはさびしい限りだし、会社にとっても残念なことだが、仕方ないね。

F：ご理解いただき、ありがとうございます。できる限りご迷惑にならない時期を見て退職日を決めたいんですが……。

M：わかった。そうしてくれると助かるよ。今担当してるのは、あとどのく

らいかかりそうなの？

F：夏が過ぎれば落ち着くと思います。8月末あたりには終われるかと……。

M：なるほど。たしか社の規定に、何ヶ月前に退職申請を出さなければならないってのがあるから、それを先に人事に確かめたほうがいいね。

F：はい。

M：それを考慮した上で担当先にも協力してもらい、引継ぎの件を考えようか。

F：そうですね。

M：えっと、山田さんたち同僚のみんなは、もうこのこと知ってるの？

F：いえ、まだ誰にも話せてなくて……。

M：時期をみてみんなにも話しておかないとね。あ、それとも私からみんなに話そうか？

F：今度、自分の口から話します。みなさまには今までよくしてもらいましたので。

M：うん、そうか。

**女の人はこのあとまず何をしますか。**

女士在公司和上司談關於離職的事。女士在這之後要做什麼？

女：課長，那之後我想了很多，這個企劃告一段落之後，我想還是讓我辭職。

男：嗯，這樣啊！不僅我會很寂寞，對公司也是很可惜的事，但是也沒辦法啦……

女：謝謝您的諒解。我會盡可能找不會造成困擾的時期來決定離職日……

男：我知道了，能這樣做實在幫了大忙。你現在負責的部分，之後還須要花多少時

間呢？

女：過了夏天我想大致會穩定，8月底左右應該可以結束……

男：原來如此。不過依公司的規定，好像幾個月前必須提出離職的申請，最好事先和人事部確認。

女：好。

男：考慮好之後，請妳負責的單位協助，安排交接的事吧？

女：是的！

男：對了，山田小姐的同事，大家都知道這件事了嗎？

女：不，我還沒有跟任何人説……

男：要看準時期和大家説喔！啊，還是由我來跟大家説呢？

女：這次我自己説。因為到目前為止都很受大家的照顧。

男：嗯！那好吧！

**女士在這之後要做什麼？**

1. 和課長商量決定離職日
2. 和同事們説離職的事
3. 提出離職申請
4. 向人事部詳細詢問離職手續的事

正答：4

**2番** MP3 052

留学コーディネーターの男性が、ある学校の先生と話しています。男性はこのあとまず何をしなければなりませんか。

M：……ということで、留学希望の学生を集めていただき、ぜひ説明会をさせていただければと考えております。

F：そうですね。うちとしましても卒業後に留学を希望している学生も多少なりともいると聞いていますので、そうした機会があれば、学生たちも興味を持って参加するんじゃないか

と思います。

M：ああ、そうおっしゃっていただけるとありがたいです。

F：いえいえ、こちらこそよろしくお願いします。……と言いましても、私たちは希望者を集めて場所を提供するぐらいしかできませんが。

M：ええ、はい、それだけでもこちらとしては助かります。

F：えっと、まず学生に告知しなければなりませんね。

M：はい、そうです。

F：そのためにはやはり何かポスターやチラシなど、そういうのがあったほうがいいんですが……。

M：はい、もちろんこちらで用意させていただきます。では社にもどり、早速作成します。完成したら郵送いたしますのでよろしくお願いします。

F：はい。そうしましたら、うちはそれを学生に配るなり、壁に貼るなりしていきますね。

M：はい、そんな感じでお願いします。

**男性はこのあとまず何をしなければなりませんか。**

留學顧問的男士正在和某所學校的老師説話。男士在這之後必須要先做什麼？

男：……所以，我想請您集合有留學意願的學生，讓我們召開説明會。

女：也對！我也聽説我們學校有一些希望畢業後留學的學生，如果有那樣的機會的話，我想學生們也會有興趣參加的。

男：啊，很感謝您這麼説。

女：不，我才要請您多多指教……即使這麼説，我們也只是提供希望留學者的集合場所而已。

男：嗯，是的，雖然只是如此，對我們來説已是幫了大忙。

女：啊！首先必須要告知學生。

男：是，沒錯。

女：為此還是必須要有什麼海報或宣傳單等，有那樣的東西會比較好……

男：啊！是，沒錯。當然那由我們來準備，那麼我到公司後馬上製作，一完成就郵寄給您。

女：好，那麼我們會發給學生，或貼在牆壁上。

男：好，是的。那就這樣拜託您了。

**男士在這之後必須要先做什麼？**

1. 製作説明會的海報和宣傳單
2. 舉辦留學説明會
3. 郵寄留學的宣傳單
4. 在學校張貼宣傳的海報

正答：1

## 3番 🎵MP3 053

母親と息子が話しています。息子はこのあとまず何をするように言われましたか。

M：お母さん、お料理できた？

F：はいはい、あとはお皿に盛りつければOKよ。

M：じゃ、ケーキはどこ？

F：さっき冷蔵庫に入れておいたでしょ。じゃ、博、出してきて。

M：うん。よいしょ。やったあ、これで準備完了！

F：はい、できたわね。あ、このプレゼント、ケーキのろうそくを消したあと

に渡すのよ。忘れないでね。

M：わかってるよ。パパ、びっくりするかな？

F：もちろん。それに博の選んだプレゼントなら、パパ何でも喜んでくれるわよ。

M：えへへ。

F：じゃ、始めようか。パパ呼んできて。

M：うん、お誕生日会始めるよって言っていいの？

F：だめだめ、ここに連れてくるまで秘密にしておいて。

M：うん、分かったー！ママ、音楽かけておいてね。

F：了解。

**息子はこのあとまず何をするように言われましたか。**

母親和兒子正在談話。兒子在這之後被吩咐首先要做什麼？

男：媽！菜做好了嗎？

女：好了好了！只要盛入盤子就OK了。

男：那麼，蛋糕在哪裡？

女：剛剛不是放入冰箱了嗎？那麼，小博，把它拿出來。

男：好，嘿咻！好了，準備好了！

女：好，做好了嗎！啊！這禮物，在蠟燭吹熄後給他喔！不要忘記了。

男：我知道啦。爸爸會嚇一跳吧！

女：當然。而且只要是小博選的禮物，不管是什麼爸爸都會很高興的。

男：哈哈哈！

女：那麼，開始吧！叫爸爸過來。

男：嗯！説是生日宴會要開始了可以嗎？

女：不行不行，帶他過來前要保守祕密。

男：嗯！我知道了！媽媽！先放音樂吧！

女：知道了。

**兒子在這之後被吩咐首先要做什麼？**

1. 盛菜到盤子

2. 取出冰箱的蛋糕

3. 帶爸爸過來

4. 放音樂

正答：3

**4番** MP3 054

<ruby>女<rt>おんな</rt></ruby>の<ruby>人<rt>ひと</rt></ruby>が<ruby>家<rt>いえ</rt></ruby>で<ruby>夫<rt>おっと</rt></ruby>と<ruby>話<rt>はな</rt></ruby>しています。<ruby>女<rt>おんな</rt></ruby>の<ruby>人<rt>ひと</rt></ruby>はこのあと<ruby>何<rt>なに</rt></ruby>をしますか。

M：ああ、<ruby>午後<rt>ごご</rt></ruby>から<ruby>雨<rt>あめ</rt></ruby>だって<ruby>言<rt>い</rt></ruby>ってるよ。

F：まあ、それは<ruby>大変<rt>たいへん</rt></ruby>。<ruby>早<rt>はや</rt></ruby>く<ruby>取<rt>と</rt></ruby>り<ruby>込<rt>こ</rt></ruby>まないと。

M：<ruby>手伝<rt>てつだ</rt></ruby>おうか？

F：ええ、<ruby>助<rt>たす</rt></ruby>かるわ。じゃあ２<ruby>階<rt>かい</rt></ruby>の<ruby>子供<rt>こども</rt></ruby><ruby>部屋<rt>べや</rt></ruby>のほうをお<ruby>願<rt>ねが</rt></ruby>いできる？

M：<ruby>洗濯物<rt>せんたくもの</rt></ruby>、２<ruby>階<rt>かい</rt></ruby>に<ruby>干<rt>ほ</rt></ruby>したのか？

F：<ruby>洗濯物<rt>せんたくもの</rt></ruby>は<ruby>私<rt>わたし</rt></ruby>がやるわよ。あなたは<ruby>布団<rt>ふとん</rt></ruby>をお<ruby>願<rt>ねが</rt></ruby>い。

M：あ、ああ。わかった。

F：それが<ruby>終<rt>お</rt></ruby>わったら<ruby>私<rt>わたし</rt></ruby>たちの<ruby>寝室<rt>しんしつ</rt></ruby>の<ruby>布団<rt>ふとん</rt></ruby>も<ruby>干<rt>ほ</rt></ruby>しているから、そっちもお<ruby>願<rt>ねが</rt></ruby>いね。

M：ああ、けっこうあるな。

F：<ruby>家事<rt>かじ</rt></ruby>っていうのはこんなものよ。<ruby>主婦<rt>しゅふ</rt></ruby>は<ruby>毎日<rt>まいにち</rt></ruby><ruby>忙<rt>いそ</rt></ruby>しいんだから。ああ、<ruby>洗濯物<rt>せんたくもの</rt></ruby><ruby>乾<rt>かわ</rt></ruby>いてないだろうな。<ruby>乾燥機<rt>かんそうき</rt></ruby>に<ruby>入<rt>い</rt></ruby>れなきゃいけないかも。

M：わかってるよ、いつもご<ruby>苦労<rt>くろう</rt></ruby>さま。

**<ruby>女<rt>おんな</rt></ruby>の<ruby>人<rt>ひと</rt></ruby>はこのあと<ruby>何<rt>なに</rt></ruby>をしますか。**

女士在家和丈夫說話。女士在這之後要做什麼？

男：啊！聽說從下午開始會下雨唷。

女：哇！那慘了，不快點拿進來不行。

男：我來幫忙吧！

女：好，得救了！那２樓的小孩房可以拜託你嗎？

男：衣服曬在２樓嗎？

女：衣服我自己來，麻煩你收棉被。

男：啊，喔！我知道了。

女：那邊做完之後，我們的房間也曬著棉被，那個也麻煩你囉。

男：啊啊，有很多耶！

女：家事就是這樣喔！主婦每天都很繁忙啦！啊！衣服可能沒乾，或許必須要放入烘乾機。

男：我知道了，平時辛苦妳了。

**女士在這之後要做什麼？**

1. 把曬在小孩房的棉被拿進來

2. 去拿洗好的衣服

3. 掃臥室

4. 把乾的衣服放入烘乾機

正答：2

**5番** MP3 055

<ruby>駅<rt>えき</rt></ruby>で<ruby>男<rt>おとこ</rt></ruby>の<ruby>人<rt>ひと</rt></ruby>と<ruby>女<rt>おんな</rt></ruby>の<ruby>人<rt>ひと</rt></ruby>が<ruby>話<rt>はな</rt></ruby>しています。<ruby>男<rt>おとこ</rt></ruby>の<ruby>人<rt>ひと</rt></ruby>はこのあと<ruby>何<rt>なに</rt></ruby>をしますか。

M：ごめんごめん、<ruby>待<rt>ま</rt></ruby>たせちゃったね。

F：もう、ハラハラさせないでよ。９<ruby>時<rt>じ</rt></ruby>４２<ruby>分発<rt>ふんはつ</rt></ruby>だから、あと１０<ruby>分弱<rt>ぷんじゃく</rt></ruby>ね。

M：うん。<ruby>切符<rt>きっぷ</rt></ruby>は<ruby>僕<rt>ぼく</rt></ruby>が<ruby>持<rt>も</rt></ruby>ってたんだよね……。

F：そうよ。だからあなたが<ruby>来<rt>こ</rt></ruby>ないから、みんなホームに<ruby>入<rt>はい</rt></ruby>れなかったのよ。

M：わかった、だからごめんって。じゃ、トイレに<ruby>行<rt>い</rt></ruby>ってから<ruby>改札<rt>かいさつ</rt></ruby><ruby>入<rt>はい</rt></ruby>ろうか。

F：え？時間あるの？新幹線乗ってからにしなさいよ。

M：ちょっと僕は我慢できないかも。すぐもどるから。

F：もう、急いでよ！由紀と高田君はお弁当買いに行ってるけど、もうすぐもどってくると思うんだよね。

M：なんだ、それじゃあ今のうちにすませてくるよ。

F：じゃあ、切符ちょうだい！二人が来たら先にホームへ行っとくわよ。

**男の人はこのあと何をしますか。**

男士和女士在車站説話。男士在這之後要做什麼？

男：抱歉抱歉，讓妳久等了。

女：你別讓我擔心啦！9點42分發車，只剩不到10分了。

男：嗯！車票是在我這裡嘛……

女：對啦！你不來的話，大家都進不了月台。

男：我知道了啦！所以説對不起嘛！那麼，我去一下廁所再去剪票口。

女：喂！還有時間嗎？搭上新幹線再去啦！

男：我不能忍了啦，我馬上回來。

女：真是的，快點啦！由紀和高田去買便當了……不過應該馬上就會回來。

男：什麼嘛！那麼我也趁現在去。

女：那，先給我票！他們兩個人來了我們就先到月台唷。

**男士在這之後要做什麼？**

1. 買新幹線的票
2. 去車站的廁所
3. 去買便當
4. 先進入月台

正答：2

**1番** 🎧 MP3 056

男の人が女の人に道をたずねています。男の人は何をしてしまったと言っていますか。

M：すみません、ちょっとおたずねしたいんですが、二条橋ってこの道をまっすぐであってます？

F：二条橋って……、もっとあっちの方向になるんですけど。

M：え？

F：駅で言うと、もうひとつ向こうなんですが。

M：あ、しまった！降りるところ間違えた。ひとつ向こうってことは、北町駅ってことですか。

F：ええ、そこの駅からだと歩いて2、3分で橋が見えてきますよ。

M：わかりました。どうもありがとうございました。

**男の人は何をしてしまったと言っていますか。**

男士正在向女士問路。男士説他做了什麼？

男：對不起，請問一下，二條橋是這條路直走，對嗎？

女：二條橋……要更往那邊的方向。

男：什麼？

女：以車站來説，是再下一站喔！

男：啊！糟了！下錯地方了。再下一站是北町車站嗎？

女：是的！從那個車站只要走2、3分鐘就可以看見橋了。

男：我知道了。很謝謝妳。

**男士說他做了什麼？**

1. 忘了二條橋的場所
2. 不知道到車站的路
3. 在前一站下了車
4. 約定的時間遲到了

正答：3

## 2番 MP3 057

男の人が電話で問い合わせています。男の人が今日払うことができる金額はいくらですか。

M：もしもし、あの、電話料金の支払いについてなんですが。

F：はい、料金についてのお問い合わせですね。

M：いや、えっと、今月の料金を今日までに払わなければならなかったので、さっきコンビニに行ったんですが、2万円以上の支払いはコンビニでは対応できないって言われたんです。それで、銀行でお支払いくださいってことだったんですが、もうこの時間だと銀行も開いてないし……、どうすればよろしいでしょうか。

F：2万円以上の料金のお支払いですね。お客さま、ちなみに今月の電話料金はおいくらです。

M：えっと、2万500円って書いてます。

F：はい、わかりました。お支払期限が今日までですと、とりあえず本日中に料金の一割をコンビニでお支払いください。そのための「決済番号」

を後ほどお知らせいたします。残りの分は一週間以内に当社支店でお支払いいただければけっこうです。

M：助かります。ではそうしていただけますでしょうか。よろしくお願いします。

**男の人が今日払うことができる金額はいくらですか。**

男士正在用電話詢問。男士今天能付多少金額呢？

男：喂！我想詢問關於電話費支付的事。

女：是，您要詢問的是與費用有關的事嗎？

男：不，那個，這個月的電話費必須在今天以前支付，所以我去了便利商店，但便利商店說無法受理2萬日圓以上的支付。所以，我要到銀行付，但這個時間銀行也沒開了……我該怎麼辦呢？

女：2萬日圓以上金額支付對嗎。順便請問一下客人您這個月的電話費是多少？

男：那個嗎！上面寫著2萬零500日圓。

女：是，我知道了。支付的期限是到今天，所以暫且請您在今天內到便利商店支付百分之十的費用。稍後會通知您交易代碼。餘款就請您在一週內到本公司的據點繳納即可。

男：得救了。那就這樣做吧。麻煩妳了。

**男士今天能付多少金額呢？**

1. 2,050 日圓
2. 2,500 日圓
3. 5,000 日圓
4. 5,200 日圓

正答：1

## 3番 MP3 058

男の人と女の人が話しています。二人はまず何をすると言っていますか。

F：ねえねえ、あの子、迷子じゃない？

M：え？迷子？

F：ほら、あそこのベンチで一人でいる子。

M：あ、あの子？迷子じゃないんじゃない？おとなしく座ってるし。

F：一時間ほど前にもあそこにいるの、私見たのよ。そのときは大きな声で泣いてたのよね、確か。

M：そうなの？ただ誰かを待ってるだけじゃない？

F：あんなに小さい子が？ひとりで？ぜったい変よ。警察に連絡したほうがいいかも。それとも交番へ連れて行く？

M：その前にさ、ちょっと声かけてみたほうがいいんじゃない？何もないかもしれないし。

F：そうね、近くに案内所もあったから、もし本当に親とはぐれたんだったら、そこにいっしょに行ってもいいしね。

**二人はまず何をすると言っていますか。**

男士和女士正在談話。兩個人說首先要把孩子怎麼樣呢？

女：喂喂！那個孩子，是迷路的孩子嗎？

男：咦？迷路的孩子？

女：你看，那邊長凳有一個孩子自己一個人坐在那裡。

男：啊，那個孩子？不是迷路的孩子吧？很乖地坐著耶！

女：1個小時左右前就在那裡了，我看到他那個時候大聲地哭，真的。

男：真的嗎？不是在等誰而已嗎？

女：那麼小的孩子？而且一個人？太奇怪了，聯絡警察比較好吧！或者帶去派出所？

男：在那之前先問看看比較好吧！或許什麼事也沒有。

女：也對，附近也有詢問處，如果真的和父母走失的話，也可以一起去那裡。

**兩個人說首先要把孩子怎麼樣呢？**

1. 和孩子說話看看
2. 讓孩子停止哭泣
3. 帶孩子到詢問處或派出所
4. 聯絡孩子的父母

正答：1

**4番** MP3 059

男の人と女の人がバレンタインデーのチョコレートについて話しています。男の人はどうしてチョコレートはいらないと言っていますか。

F：ねえ、明日はバレンタインデーでしょ。チョコレート、期待しててね。

M：ああ、ありがとう。でも……、気持ちだけでうれしいよ。だから別に……。

F：え？いらないってこと？

M：実はそんなに好きじゃないし……。

F：ちょっと、それどういう意味！

M：え、違う違う。甘いのってあんまり……。えっと、じゃあ、何か別のものをちょうだいよ。服とかかばんとか。あ、いやいや、メッセージが書いてあるカードさえあればうれしいよ。

F：もう！何もあげない！

**男の人はどうしてチョコレートはいらないと言っていますか。**

男士和女士正談著關於情人節的巧克力。男士為什麼説不要巧克力？

女：喂，明天是情人節耶！期待我的巧克力吧。

男：啊！謝謝。但是……有這份心我就很高興了。所以不用特別……

女：咦？你是説不需要嗎？

男：其實我不是很喜歡像那樣的……

女：等一下，那是什麼意思！

男：啊，不是啦，我不太喜歡甜的……那個，那麼，妳給我別的東西吧！衣服啦皮包啦。啊！不，只要寫一張卡片給我就很高興了。

女：真是的！我什麼都不給你啦！

男士為什麼説不要巧克力？

1. 因為不喜歡這個女生
2. 因為不喜歡巧克力
3. 因為想要衣服和皮包
4. 因為想要有附卡片的巧克力

正答：2

**5番** MP3 060

男の人と女の人が話しています。男の人は何がよくなかったと言っていますか。

M：いててて……。

F：どうしましたか？腰を痛めたんですか？

M：うん、ちょっと昨日のテニスでね。

F：久しぶりになさったんですか？

M：そうなんだけどさ。やっぱり準備体操なしに急にやったのがだめだったみたい。

F：ああ、徐々に体を動かすようにすればよかったですね。

**男の人は何がよくなかったと言っていますか。**

男士和女士正在談話。男士説什麼不好呢？

男：痛痛痛……

女：怎麼了？腰痛嗎？

男：嗯，因為昨天的網球。

女：很久沒打了嗎？

男：對啊！沒做暖身操就突然去打，果然不行的樣子。

女：嗯嗯，慢慢地活動身體的話就好了。

男士說什麼不好呢？

1. 受傷卻打網球
2. 突然做暖身體操
3. 突然活動身體
4. 慢慢活動腰部

正答：3

**6番** MP3 061

女の人が不動産屋のスタッフといっしょにマンションの部屋を見ています。男の人は北向きの部屋をどのように使えばいいと言っていますか。

F：うん、なかなかいい部屋ね。

M：ええ、間取りも広く、部屋も二つありますしね。

F：でもリビング以外はそんなの広いわけじゃないのね。ひとつは北向きだし。

M：ええ、こちらの小さいお部屋は衣服などを保管しておくクローゼットとして、大きいお部屋は南向きなので、本を読んだり音楽を聴いたり、プライベートルームとしてお使いいただけます。

F：ベッドはどちらにおけばいいかしら。

M：もちろん広いほうのお部屋がいいと思いますよ。

**男の人は北向きの部屋をどのように使えばいいと言っていますか。**

女士和不動產的職員一起看公寓的房間。男士說應該怎樣使用朝北的房間才好呢？

女：嗯，相當好的房子呢。

男：是的，隔間很寬也有2間房間。

女：但是客廳以外就不是那麼寬敞，而且一間是朝北。

男：是的，這邊的小房間可做為保管衣服的櫥子，大的因為是朝南，所以可以做為讀書聽音樂的私人房間。

女：床要放在哪裡呢？

男：當然是寬廣的房間較好。

**男士說應該怎樣使用朝北的房間才好呢？**

1. 私人的房間
2. 客廳
3. 讀書聽音樂的房間
4. 放衣服的房間

正答：4

## 問題3

### 1番 MP3 062

村上市というところで開催されたあるイベントについての話です。

M：育児に積極的に参加しようとする父親、「イクメン」を支援しようというイベントが、村上市市民ホールで開催されました。イクメンのお父さんが増えていることをうけて行われたこのイベント、子供と過ごす時間を楽しんでもらおうと、身近な材料を使ってできる遊びや、子供の世話をする際の注意点や工夫を紹介したり、いっしょにものづくりを体験するといった内容で、参加者は一日中、イベントを満喫していました。参加した父親からは「これからはもっと子供と遊びたい」「育児の参考になった」などの感想が聞かれました。

**この日開催されたイベントの一番の目的は何ですか。**

1. 育児を体験した父親の世話をする
2. 「イクメン」の仕事探しを支援する
3. 多くの男性に育児に興味を持ってもらう
4. 子供たちに新しい遊びを体験してもらう

這是關於在村上市這個地方所舉辦的某個活動的對話。

男：各位想要積極參與育嬰的父親，支援「育嬰男士」的活動，在村上市的市民大廳召開了。受到育嬰爸爸增加所影響，而舉辦的這個活動，為了使其享受和孩子所度過的時間，介紹了使用我們身邊的材料就能做的遊戲，以及照顧孩子時要注意的地方和辦法，或一起體驗製作東西等內容，使參加者享受了一整天的活動。從參加的父親那聽到了「今後也想多多跟孩子一起玩」「得到很大的參考」等感想。

**這天所舉辦的活動的最大目的是什麼？**

1. 照顧體驗育嬰的父親
2. 支援育嬰男士找工作
3. 希望多數的男士對育嬰抱有興趣
4. 希望孩子們體驗新的遊戲

正答：3

## 2番 🎧 MP3 063

女の人がある経験について話しています。

F：ええ、私の場合、症状が出たとか、どこか痛むとか、そういうことで病院へ行ったわけではなかったんですね。一度もこういうことをしたことがないって友達に話したら、時間があるときにやっておいたほうがいいって言われたんです。それでたまたま空いた時間に行ってみたというわけなんですが、そしたらそこで病気だってことがわかって……。自分でも驚きましたよ。本当、あのとき友達のアドバイスを聞いておいてよかったです。おかげで初期段階での発見となり、治療も比較的簡単ですみましたが、やっぱりときどき自分の体や健康をちゃんと確認できる機会をつくったほうがいいし、将来のために今から健康的な生活を習慣づけていくべきだ、ということが分かりました。

**女の人が一番伝えたいことは何ですか**

1. 病気を発見したらすぐ治療したほうがいい
2. 病気かどうか分からないときは病院へ行かないほうがいい
3. 比較的簡単な検査をしたほうがいい
4. 自分の健康について定期的に検査したほうがいい

女士正在敘述某個經驗。

女：那個，我的情況，不會因為有症狀啦或哪裡痛就到醫院去，我和朋友説我一次也沒做過，就被他説有時間時去做比較好。然後碰巧有時間我就去了，於是才發現生病了……我自己也嚇了一跳呢！那個時候有聽朋友的建議真是太好了。託那次的福，在初期階段就發現，治療也比較簡單。我了解到偶爾還是要製造可以好好確認自己健康的機會比較好，為了將來的身體，從現在應該好好養成健康的生活習慣。

女士最想傳達的是什麼？
1. 發現疾病時要趕快治療
2. 不知道是不是生病的時候，不要去醫院比較好
3. 做簡單的檢查比較好
4. 關於自己的健康，要定期做檢查比較好

正答：4

## 3番 🎧 MP3 064

女性があるインタビューに答えています。

F：まったくその国のことを知らない状態で赴任することになったんです。もちろん、その国の言葉も全然話せませんでしたので、簡単な英語でやりとりするしかありませんでした。でも身振り手振りで何とかなるものなんですね。ま、私が外国人だということで周りのみなさんが親切に接してくださったのかもしれませんね。そういったこの国の方々との心のつながりや人々の温かさをお伝えし、そこで私が感じたことや教えられたこともご紹介するという内容になっています。執筆は帰国してから3ヶ月くらいで書き終わりました。このた

び、このような形で出版できること
となり、とてもうれしい気持ちです。
少しでも多くの方々に手にとっても
らい、読んでいただければと思って
います。

**この女性はどうしてこの話をしていま
すか。**
1. 初めて外国へ行くことが決まったから
2. 自分が書いた本が発売されるから
3. 英語があまり話せなくても身振りで伝
   わることがわかったから
4. 多くの方に外国で作った映画を見にき
   てほしいから

女士正在回答著某個訪談。
女：我在是完全不了解那個國家的狀態下而
　　赴任的。當然也完全不會說那個國家的
　　話，所以只好用簡單的英文溝通。但是
　　比手畫腳也總會有辦法。啊，也許因為
　　我是外國人，所以周圍的人都對我很親
　　切。像這樣的，和這個國家的人的心靈
　　相通或傳達人們的溫暖，內容會介紹我
　　在此所感覺到的事，或是他們教我的事。
　　執筆是回國後3個月就寫完了。此次，
　　以這樣的形式出版，除了非常高興的心
　　情，同時也希望能有多一點的人閱讀。

**這位女士為什麼說這些話？**
1. 因為初次決定到外國去
2. 因為自己寫的書即將出版
3. 因為了解到即使不太會說英文，藉由比手畫
   腳也能傳達
4. 因為希望更多的人來看在國外製作的電影
正答：2

**4番** 🎵MP3 065
男性が会社で部下に注意をしています。

M：今回のことはもう向こうの会社も準
　　備を始めちゃってるって話なので、
　　このまま進めるとして……。でもよ
　　く考えてごらんよ。業務提携契約っ
　　ていうのは、会社間の契約だから、
　　それを自分の判断だけで返事するっ
　　ていうのは危険すぎるよ。せめてま
　　ず私に話してもらえればよかったん
　　だけどね。個人で勝手に動いてもらっ
　　ちゃこまるよ。何かあってもフォロー
　　のしようがないから。わかる？今後、
　　気をつけるようにね。

**男性は何について注意していますか。**
1. 会社の判断である会社と契約したこと
2. 自分だけで仕事をフォローしたこと
3. 向こうの会社がすでに準備を始めたこと
4. 部下が勝手に仕事の契約を結んできた
   こと

男士正在提醒公司的某個部下。
男：這次的事對方的公司也已經開始準備了，
　　所以就這樣進行下去……但是要好好思
　　考喔！所謂業務的合作契約，就是公司
　　間的契約，所以僅憑自己的判斷就回覆
　　實在太危險了。至少要先跟我商量才是。
　　個人擅自行動是很令人困擾的。要是發
　　生了什麼事，我想要幫都幫不了。知道
　　嗎？今後要小心喔。

**男士正在提醒他什麼？**
1. 依公司的判斷和某個公司簽契約
2. 只有自己協助工作
3. 對方的公司已開始做準備
4. 部下擅自簽訂公司契約
正答：4

**5番** 🎧MP3 066

先生が学生と話しています。

M：あ、これは他のみなさんとはひと味
　　違った作品に仕上がっていますね。
　　なるほど、ピントや角度がとても
　　おもしろいですね。うーん、光と影
　　の対比もきれいに出ているし、色も
　　はっきりしている。なかなかいい撮
　　り方ができている証拠です。さあ、
　　この調子でどんどん練習していきま
　　しょう。

先生は何について話していますか。
1. 学生が描いた絵
2. 学生の撮った写真
3. 学生が色を塗ったポスター
4. 学生が作ったテスト

老師和學生正在談話。

男：啊！你完成了和別人不同味道的作品呢。
　　原來如此，焦距和角度非常有趣！嗯！
　　光線和影子的對比也很漂亮地表現出來，
　　顏色也很分明。是拍攝很好的證據。好！
　　就這樣持續地增加張數，好好練習吧。

老師談論著什麼？
1. 學生畫的畫
2. 學生拍的照片
3. 學生上色的海報
4. 學生製作的考試
正答：2

---

**1番** 🎧MP3 067

F：コーヒーをお持ちいたしました。
M：1. もうこれで十分です。
　　2. ありがとうございました。またお
　　　越しください。
　　3. あ、悪いね。そこに置いといてく
　　　れます？

女：這是您要的咖啡。
男：1. 這就足夠了。
　　2. 謝謝。請您再光顧。
　　3. 啊！不好意思，可以幫我放在那
　　　裡嗎？
正答：3

**2番** 🎧MP3 068

M：手元のライトがちょっと暗くてね。
F：1. 少し離してみたら？
　　2. 新しい電球に換えてみたら？
　　3. もっと明るく笑ってみたら？

男：我手邊的燈有點暗喔！
女：1. 離遠一點點看看？
　　2. 換新的燈泡看看？
　　3. 再笑開朗一點看看？
正答：2

**3番** 🎧MP3 069

F：ちょっと妙な予感がするんだけ
　　ど……心配だわ。
M：1. それはよかった、おめでとうござ
　　　います。
　　2. だいじょうぶ、安心してください。
　　3. おっしゃるとおりでした。

女：我有怪怪的預感……有點擔心。
男：1. 那太好了，恭喜妳。

2. 不要緊，請安心。

3. 如同您所説。

正答：2

## 4番 🎧 MP3 070

M：何ともみっともない格好だね。

F：1. あ、ちょっと急いでたから、部屋着で来ちゃった。

2. そんないいものじゃないわよ。

3. だって、今日は久しぶりのお出かけだからね。

男：怎麼穿得那麼邋遢啊！

女：1. 啊，我有點趕，所以穿著居家服就來了。

2. 不是那麼好的東西啦！

3. 因為，今天是隔了很久的外出。

正答：1

## 5番 🎧 MP3 071

F：あのこれ、ほんの気持ちなんですが……。

M：1. お気遣いいただかなくてもよかったのに。

2. そんなこと覚えなくてもよかったのに。

3. 多ければ多いほうがよかったのに。

女：啊！這個，是我的小小心意……

男：1. 您不用這麼費心也沒關係。

2. 那種事不用記得也沒關係。

3. 明明越多越好。

正答：1

## 6番 🎧 MP3 072

M：今回は結論を見送ることにしたよ。

F：1. ではまた日を改めて、というこ

とで。

2. ようやく決まりましたか。

3. これではっきり分かりましたね。

男：這次就決定暫緩考慮結論。

女：1. 那麼改天再行決定。

2. 總算決定了嗎。

3. 這就很明白了。

正答：1

## 7番 🎧 MP3 073

F：このあたりは夜、ぶっそうなんですよ。

M：1. けっこう人気があるんですね。

2. 帰りが遅くならないようにしなきゃね。

3. 道も明るくて歩きやすいですね。

女：這附近晚上很危險耶！

男：1. 相當有人氣呢。

2. 不能太晚回家呢。

3. 路上也很明亮好走呢。

正答：2

## 8番 🎧 MP3 074

M：この人、最近よくテレビで見るなぁ。

F：1. もらったんじゃない？

2. 買いやすいんだよ。

3. 売れてるんだね。

男：這個人，最近經常在電視上看到耶！

女：1. 不是拿到的嗎？

2. 容易買到啊。

3. 很熱門呢。

正答：3

## 9番 🎧 MP3 075

F：ここ、女性に評判の店なの。

M：1. 少しくらい悪くても気にしな

いよ。
2. なかなか難しいかもね。
3. 人気の秘密は何？

女：這裡是很受女性好評的店。
男：1. 即使有一點錯也不用在意。
　　2. 或許相當困難呢。
　　3. 有人氣的祕密是什麼呢？

正答：3

## 10番 MP3 076

M：自転車のスピードを落とすにはどう
　すればいいですか。
F：1. ハンドルをまわしてください。
　　2. ブレーキをかけてください。
　　3. タイヤをつけてください。

男：要降低腳踏車的速度該怎麼做呢？
女：1. 請轉動車把手。
　　2. 請煞車。
　　3. 請裝輪胎。

正答：2

## 11番 MP3 077

M：君にはチームの柱になってほし
　いんだ。
F：1. はい、みんなをまとめていこうと
　　思います。
　　2. はい、まずは少ないほうが安全
　　です。
　　3. はい、後輩に譲ってもいいです。

男：我希望你成為隊伍的棟梁。
女：1. 是，我想要整合大家。
　　2. 是，首先少一點比較安全。
　　3. 是，可以讓給晚輩。

正答：1

## 12番 MP3 078

F：やっと仲直りしたの？
M：1. 最初からけんかなんてしてないよ。
　　2. 半年前に結婚したはずよ。
　　3. もう聞いてしまったよ。

女：兩個人總算和好了嗎？
男：1. 一開始就沒有吵架啦。
　　2. 半年前應該結婚了。
　　3. 已經聽到了。

正答：1

## 問題5

## 1番 MP3 079

女性があるスポーツ選手にインタビューし
ています。

F：佐藤選手に前からお聞きしたかった
　ことがあるのですが、あの……、す
　ごい人気じゃないですか。行くとこ
　ろ、練習するところにずっとカメラ
　やファンがついてまわっていますが、
　気になったり、練習の邪魔になった
　りしませんか？
M：ははは、いや、応援していただいた
　り注目してくださるのはありがたい
　ことですからね。ただやはり、ちょっ
　と多すぎるかな、と感じるときはあ
　りますよ、正直。
F：ええ、スター選手の宿命ですね。で
　もそれがプレッシャーに感じられた
　りするとき、佐藤選手はどのように
　克服していらっしゃるんですか。
M：特に何をするわけでもないんですが

ね。ただ、例えば今日はこれを練習しなければいけない、というのをしっかり頭に入れて、それをやり遂げることに集中する。そうすれば自然と自分だけの世界に入れる気がしますね。

F：ああ、さすがですね。

**この選手は自分の周りのことについて、どう思っていますか。**

1. いつもカメラなどがついてまわるので、練習の邪魔になる
2. ファンやカメラが常にプレッシャーになる
3. ファンがいるときに練習するわけにはいかない
4. 自分自身が集中すれば何の問題もない

女士正在訪問某位運動選手。

女：從以前就有一件事情想問佐藤選手。那個……你非常有人氣不是嗎？去的地方，練習的地方一直都有鎂光燈和粉絲跟在你身旁，難道不會在意，或是成為練習的阻礙嗎？

男：哈哈哈，不，因為被聲援或是被注目都是令人很感激的事。只是説實話，還是有感覺太多的時候。

女：是的，可以説是明星選手的宿命嗎？但是當你感到壓力的時候，佐藤選手怎麼樣去克服呢？

男：並沒有特別做什麼啦！只是譬如説今天必須得練習這個，把這種想法深植腦中，專注去完成它。那麼做的話，我發覺自然就會能進入只有自己的世界了。

女：啊！不愧是佐藤選手。

---

這個選手對於自己周圍的事，認為如何呢？

1. 總是有鎂光燈等跟著轉，阻礙練習
2. 粉絲或鎂光燈常造成壓力
3. 粉絲在的時候不能練習
4. 只要自己本身集中就沒有問題

正答：4

## 2番 MP3 080

男の人と女の人が、レストランで会計をすませたあと話しています。

F：けっこう高い店だったね。

M：うん、1万円しか持ってなかったから、びっくりしたよ。

F：こういうところであんまり食べたことないから、持ち合わせてなかったのよね。

M：えっと、さっき君にいくらもらったんだっけ？

F：5千円札渡したよ。おごってくれるって話だったけど、今日はいいよ。いつもどおり割り勘にしましょ。じゃ、はい。のこり2500円。

M：そういうわけにはいかないよ。君の誕生日なんだから。5000円明日、必ず返すから。

F：もういいよ。じゃあさ、割り勘じゃない代わりに、明日返さなくてもいいよ。

M：いやいや、必ず返すよ。覚えとかなくちゃ。

**このレストランの食事代は、二人合わせていくらでしたか。**

1. 5000円

2. 7500 円<br>
（ななせんごひゃく えん）

3. 1万2500円<br>
（いち まん にせんごひゃく えん）

4. 1万5000円<br>
（いち まん ごせん えん）

男士和女士在餐廳結完帳後正在談話。

女：好貴的店呢。

男：嗯！我只有帶1萬日圓而已，嚇死我了。

女：不常來這種地方吃飯，所以沒有帶那麼多。

男：那個，剛剛妳給了我多少錢？

女：給了你5千日圓紙鈔！你說要請我的事，今天就算了吧！照平時各付各的吧！那麼，來，這是剩下的2,500日圓。

男：不可以那樣啦！是妳的生日耶……5,000日圓我明天一定會還妳的。

女：好了啦！那麼，不要各付各的話，那你明天不用還啦。

男：不不，一定要還啦！我一定要記住。

這間餐廳的餐費，兩個人合起來多少錢？

1. 5,000日圓
2. 7,500日圓
3. 1萬2,500日圓
4. 1萬5,000日圓

正答：4

**3番** MP3 081

バスターミナルでアナウンスをしています。

F：神急バスをご利用のみなさまに、バス路線のご案内をさせていただきます。工業団地方面へお越しのお客さまは、1番乗り場から発車のバスにご乗車ください。海洋水族館行きは2番乗り場からご乗車いただけます。大宮駅バスターミナル方面のバスは3番乗り場から、各種高速バスは4番からの発車となっております。

M：由美ちゃんは大学へ行くとき、どのバスで行くの？

F：いつも使ってるのは、2番から出ているバスだけど、急ぐときは大宮駅まで行って、そこから電車を使うときもあるよ。

M：え？それって、今から僕らが乗るバスと同じ？

F：乗り場は同じだけど、たぶん別のバスよ。番号が違うから。今日は大宮駅のもっと先まで乗るから。

M：ちょっと待って。じゃあ、工業団地行きのバスに乗ってもいいんじゃない？

F：えっと、ああ、そっちでも行けるかもね。じゃ、今日はいつも乗らない路線にしてみようか？

**質問1**

女の人はふだんどのバス乗り場を利用することが多いといっていますか。

**質問2**

二人は今日どの乗り場からバスに乗りますか。

公車的發車處正在廣播。

女：搭乘神急巴士的各位，讓我來導覽巴士的路線。要往工業住宅區的客人，請搭乘從1號乘車處發車的巴士。往海洋水族館的請從2號乘車處搭車。往大宮公車發車處的巴士從3號乘車處發車，各種高速巴士則從4號發車。

男：由美去大學時，搭哪一種巴士去？

女：經常搭的是從2號發車的巴士，也有時

候趕時間就搭到大宮車站，再從那裡坐電車。

男：啊！那個，是和我們現在搭的巴士一樣嗎？

女：乘車處一樣，不過應該是別的巴士，因為號碼不同。今天要搭到比大宮更遠的站。

男：等一下，那麼搭往工業住宅區的巴士也可以不是嗎？

女：這個嘛！啊！那或許也有到耶！那麼，今天搭看看平時不搭的路線吧！

**問題 1**

女士說平時利用哪個巴士乘車場較多呢？

1. 1 號乘車場
2. 2 號乘車場
3. 3 號乘車場
4 4 號乘車場

正答：2

**問題 2**

兩個人今天從哪個乘車場搭巴士？

1. 1 號乘車場
2. 2 號乘車場
3. 3 號乘車場
4. 4 號乘車場

正答：1

## 言語知識（文字 ・ 語彙 ・ 文法）・ 讀解

| 問題 1 | 1 | 2 | 3 | 4 | 5 | | | | | | |
|---|---|---|---|---|---|---|---|---|---|---|---|
| | 4 | 3 | 2 | 1 | 2 | | | | | | |
| 問題 2 | 6 | 7 | 8 | 9 | 10 | | | | | | |
| | 3 | 3 | 3 | 1 | 3 | | | | | | |
| 問題 3 | 11 | 12 | 13 | 14 | 15 | | | | | | |
| | 3 | 2 | 1 | 4 | 4 | | | | | | |
| 問題 4 | 16 | 17 | 18 | 19 | 20 | 21 | 22 | | | | |
| | 2 | 1 | 3 | 2 | 2 | 2 | 4 | | | | |
| 問題 5 | 23 | 24 | 25 | 26 | 27 | | | | | | |
| | 2 | 1 | 3 | 3 | 3 | | | | | | |
| 問題 6 | 28 | 29 | 30 | 31 | 32 | | | | | | |
| | 2 | 2 | 4 | 2 | 4 | | | | | | |
| 問題 7 | 33 | 34 | 35 | 36 | 37 | 38 | 39 | 40 | 41 | 42 | 43 | 44 |
| | 4 | 2 | 4 | 2 | 1 | 3 | 3 | 2 | 2 | 1 | 4 | 2 |
| 問題 8 | 45 | 46 | 47 | 48 | 49 | | | | | | |
| | 1 | 3 | 3 | 1 | 1 | | | | | | |
| 問題 9 | 50 | 51 | 52 | 53 | 54 | | | | | | |
| | 1 | 4 | 2 | 2 | 4 | | | | | | |
| 問題 10 | 55 | 56 | 57 | 58 | 59 | | | | | | |
| | 2 | 3 | 4 | 3 | 1 | | | | | | |
| 問題 11 | 60 | 61 | 62 | 63 | 64 | 65 | 66 | 67 | 68 | | |
| | 2 | 4 | 4 | 2 | 1 | 2 | 2 | 4 | 2 | | |
| 問題 12 | 69 | 70 | | | | | | | | | |
| | 3 | 1 | | | | | | | | | |
| 問題 13 | 71 | 72 | 73 | 74 | | | | | | | |
| | 3 | 2 | 1 | 3 | | | | | | | |
| 問題 14 | 75 | 76 | | | | | | | | | |
| | 2 | 3 | | | | | | | | | |

## 聽解

| 問題 1 | 1 | 2 | 3 | 4 | 5 | | | | | | |
|---|---|---|---|---|---|---|---|---|---|---|---|
| | 4 | 2 | 2 | 1 | 3 | | | | | | |
| 問題 2 | 1 | 2 | 3 | 4 | 5 | 6 | | | | | |
| | 4 | 2 | 3 | 1 | 4 | 3 | | | | | |
| 問題 3 | 1 | 2 | 3 | 4 | 5 | | | | | | |
| | 4 | 2 | 3 | 4 | 4 | | | | | | |
| 問題 4 | 1 | 2 | 3 | 4 | 5 | 6 | 7 | 8 | 9 | 10 | 11 | 12 |
| | 3 | 1 | 1 | 3 | 2 | 2 | 3 | 1 | 1 | 1 | 3 | 2 |
| 問題 5 | 1 | 2 | 3 | | | | | | | | |
| | 4 | 2 | 1 \| 2 | | | | | | | | |

# 言語知識｜文字・語彙

## 問題 1

**1** 正答：4 最近兒科醫生的不足成了一大問題。

> ! 小：音 しょう 訓 ちい－さい
> 児：音 に、じ
> 科：音 か
> 小児科：しょうにか，意指兒科。

**2** 正答：3 因為爬山是我的興趣，所以假日常常出去爬山。

> ! 登：音 と 訓 のぼ－る
> 山：音 さん 訓 やま
> 登山：とざん，發音有連濁現象，意指爬山。

**3** 正答：2 因為這家餐廳的風景很好，所以非常地受歡迎。

> ! 景：音 けい
> 色：音 しき、しょく 訓 いろ
> 景色：けしき，意指風景。「景」在這裡是比較特殊的唸法。

**4** 正答：1 這條路再往前走下去，一路都是更加險峻的山路。

> ! 険：音 けん 訓 けわ－しい
> 険しい：けわしい，意指險峻、陡峭。

**5** 正答：2 因為她是家裡最小的孩子，所以從小都被家人疼愛著長大。

> ! 末：音 まつ 訓 すえ
> 子：音 し 訓 こ
> 末っ子：すえっこ，意指家裡排行最小的孩子。

## 問題 2

**6** 正答：3 確認今天會議出缺席的情況。
1 しゅっせき，出席
2 しゅっきん，上班
3 出缺席
4 しゅっか，出貨

**7** 正答：3 跟一流的教練學習，磨練柔道的技巧。
1 すべ，策略　　2 ×
3 技巧　　　　　4 ×

**8** 正答：3 他進公司之後在業務表現上有實際的績效。
1 せいせき，成績
2 ぎょうせき，業績
3 實際成果
4 實際面積

**9** 正答：1 日本的四周都被海所包圍。
1 被包圍
2 つつまれた，被包裹
3 ふくまれた，被包含
4 のぞまれた，被期望

**10** 正答：3 我下個月開始要調到其他的部門。
1 ×　　　　　　2 ×
3 部門　　　　　4 ×

## 問題 3

**11** 正答：3 因為這是女性用的洗手間，所以請用那邊的。
1 適合　　2 式樣
3 用　　　4 風格

**12** 正答：2 因為覺得最近有點胖了，所以必須要減肥。
1 容易～
2 （覺得）有點～的感覺
3 樣子
4 ～的傾向或要素很強烈

**13** 正答：1　不要在排隊的隊伍中硬插隊。
1　硬插入　　2　投入、裝進
3　打折扣　　4　超過

**14** 正答：4　今年的決賽是一場令人印象深刻的精采比賽。
1　×　　　　2　×
3　×　　　　4　精采的比賽

**15** 正答：4　接到報案的警察，追趕逃跑的小偷。
1　趕過、超過
2　趕過、超過
3　趕上
4　追趕

## 問題 4

**16** 正答：2　他經常模仿老師，逗大家笑。
1　開玩笑
2　模仿
3　令人不舒服
4　發牢騷

**17** 正答：1　貓是很有警戒心的動物。
1　十分謹慎
2　引用
3　感覺，心情
4　注目

**18** 正答：3　對於 10 年前已分手了的她，至今仍然無法忘懷。
1　至今、即將
2　馬上、眼看著就～
3　仍然
4　事到如今

**19** 正答：2　因為我的手不靈巧，所以勞作做得很差。
1　氣派　　　2　笨拙
3　下流　　　4　天真

**20** 正答：2　平時不太使用的東西，先收到儲藏室放吧。
1　事物

2　倉庫、儲藏室
3　聲響
4　故事

**21** 正答：2　流感的疫苗不足。
1　維他命　　2　疫苗
3　病毒　　　4　塑膠

**22** 正答：4　老師一邊點頭一邊聽著學生的話。
1　拘泥、講究
2　跌倒
3　咬
4　點頭

## 問題 5

**23** 正答：2　靠著那面牆壁，是很危險的喔。
1　碰撞　　　2　倚靠
3　翻倒　　　4　抓住
⚠「もたれる」是倚靠的意思，所以和「寄りかかる」的意思最接近。

**24** 正答：1　因為跌倒的時候受了傷，所以接受了治療。
1　治療　　　2　準備
3　照顧　　　4　保養
⚠「手当て」有治療的意思，所以和「治療」的意思最接近。

**25** 正答：3　在會議上討論之後發現有更棘手的問題。
1　曖昧的　　2　常有的
3　麻煩的　　4　絕佳的
⚠「やっかい」是麻煩的意思，所以和「面倒」的意思最接近。

**26** 正答：3　被不是很親密的朋友邀請參加結婚典禮。
1　一點也不　2　一點點
3　不太　　　4　相反的
⚠「たいして～ない」是不太～的意思，所以和「それほど～ない」的意思最接近。

**27** 正答：3 他經常對頑固的上司感到生氣。
1 不聰明的 2 壞心眼的
3 頑固的 4 卑鄙的
⚠ 「頭が固い」是頑固的意思，所以和「頑固」的意思最接近。

## 問題 6

**28** 正答：2 學（以……為榜樣）
2 你至少也學學你哥哥，好好地用功一下。

**29** 正答：2 著迷、非常喜愛
2 我爸爸非常喜歡喝酒。

**30** 正答：4 枯萎、萎縮
4 昨天拿到的氣球萎縮變小了。

**31** 正答：2 只有一種樣式（千篇一律）
2 媽媽做的菜都是千篇一律。

**32** 正答：4 時間和日期
4 把下次要開會的時間和日期通知大家。

# 言語知識｜文法

## 問題 7

**33** 正答：4 這次會成功全是因為大家的協助。
⚠ 正確答案4的「ほかならない」是「別無其他、就是～」的意思。其他1、2、3都沒有直接接「なりません」的用法。

**34** 正答：2 偏偏在忘記帶傘的日子就下雨對吧。
⚠ 正確答案2的「～にかぎって」是「偏偏～就～」的意思。1的「～にとって」是「對～來說（而言）」的意思。3的「～に

のって」有「趁勢」的意思。4的「～にたいして」是「對～」或「相對於～」的意思。

**35** 正答：4 那麼好的人居然是犯人，絕對不可能啦。
⚠ 「あります＋得る（有可能）」有「ありうる」和「ありえる」兩種讀音，但是在否定形的時候只有「ありえない」的用法，意思是「不可能發生」。

**36** 正答：2 關於改善待遇的問題，我們應該要和老闆好好地協商不是嗎？
⚠ 「意向形＋（よ）うではないか／じゃないか」表示說話者對多數人提議、邀請的用法。

**37** 正答：1 雖然拿到了駕照，但從來沒開過車。
⚠ 正確答案1的「ものの」是「雖然～但是～」的意思。並無2、3、4選項的用法。

**38** 正答：3 他儘管生病也還繼續工作。
⚠ 正確答案3的「～にもかかわらず」是「儘管～也還～」的意思。並無1、2、4選項後接「かかわらず」的用法。

**39** 正答：3 颱風明天早晨恐怕會登陸日本列島。
⚠ 「～おそれがあります」，表示擔心事物會有不好的演變。「有～之虞」「恐怕會～」。

**40** 正答：2 這個會是以會員之間的交流為目的所設立的。
⚠ 正確答案2的「として」是「作為～」的意思。1和3都不能直接和名詞「目的」連接。4的「から」如果和名詞「目的」連接，就變成助詞「從～」的意思，與語意不合。

**41** 正答：2　從學生的立場來看，作業當然是越少越好。

⚠ 正確答案 2 的「〜にしたら」是「從〜的立場來看」的意思。1 的「〜にたいして」是「對〜」或「相對於〜」的意思。3 的「〜にかんして」和 4 的「〜について」都是「關於〜」的意思。唯 3 的用法比 4 的用法更加生硬，但二者皆與語意不合。

**42** 正答：1　本日比賽因雨取消。

⚠ 正確答案 1 的「〜につき」是「因為〜所以〜」的意思。2 的「〜にして」有「以（用）〜」以及「是〜而（又）」的意思。3 和 4 都不能直接和「に」連接。

**43** 正答：4　原來如此，難怪你會迷路。這張地圖不對喔！

⚠ 正確答案 4 的「わけだ」有敘述事情當然結果的用法。在這裡是「怪不得」的意思。1 的「ためだ」是「因為」的意思。2 的「ものだ」有很多意思。主要是說明「事物的本質」，或對「一般的常理、道德、社會常識」表示感嘆，多帶有訓誡的意思。3 的「ことだ」則是表示「忠告、命令」的意思。

**44** 正答：2　你兒子（令郎）已經是大學生了啊。時間真的是過得真快啊。

⚠ 正確答案 2 的「ものだ」有很多意思。主要是說明「事物的本質」，或對「一般的常理、道德、社會常識」，表示感嘆，多帶有訓誡的味道。在這裡是「本質就是這樣」的意思。1 的「ためだ」是「因為」的意思。3 的「ことだ」則是表示「忠告、命令」的意思。4 的「はずだ」是對某人、事物的了解，認為「應該〜」的意思。

---

### 問題 8

**45** 正答：1　自分の失敗は　自分で　なん
とか　する　ほか　はない。
　　　　★

自己的失敗除了自己想辦法以外，沒有其他的辦法。（自己的失敗只能自己想辦法解決。）

**46** 正答：3　私は警官として　当然の
ことを　したに　すぎ　ません。
　　　　★

身為警察，我只不過是做了一個（警察）應當做的事而已。

**47** 正答：3　彼女はきれい　という　より
魅力が　ある　人です。
　　　★

與其說她漂亮，還不如說她是有魅力的人。

**48** 正答：1　あ、駅に行く　のなら　ついでに
　　　　　　　　　　　　　　★
郵便局　へ　も寄ってきてよ。

啊，你既然要去車站的話，那也順便繞去郵局一下吧。

**49** 正答：1　この鳥は尾が　長い　ことから
オナガドリ　と　呼ばれている。
　★

這種鳥由於尾巴很長，所以叫做長尾鳥。

---

### 問題 9

　　大家常說早餐很重要。雖然我也知道，但早上就算一分鐘也好，總想多睡一會兒。特別是在寒冷的冬天早上，起床真是件痛苦的事。不知不覺地就會在被窩裡

賴床到快要上班的時間，吃早餐的時間就這樣沒有了。雖然知道沒吃早餐對身體不好，但最後還是只喝杯咖啡就出門了。唉，我想身為上班族這也是沒有辦法的事。不過，很久沒有量體重，昨天一量嚇了一跳。居然才半年就胖了3公斤。我認為原因應該還是沒有吃早餐的關係。沒吃早餐就去公司上班的話，到了中午時候肚子就會很餓，到了晚上由於工作結束後的安心感，不自覺地就會吃太多。而且又因為經常外食，熱量也高。今後為了健康，我想應該要養成好好吃早餐的習慣。

**50** 正答：1　もの：事物的本質（就是這樣）

**51** 正答：4　に悪い：對～不好

**52** 正答：2　おどろいた：吃驚

**53** 正答：2　食べないで：沒吃～就～

**54** 正答：4　たくさん：很多

# 言語知識｜讀解

## 問題 10

（1）
　　所謂「正確」的日語，並不是要和播報員一樣說得一口漂亮的日語才行。實際上，當我們想要透過使用語言傳達些什麼的時候，無法適切傳達的事情反而比較多，不是嗎？我覺得像語學教科書上面出現的會話般流暢的對話算是比較罕見的。這麼說來，為了能有豐富的表達和溝通，就算文章或發音有點生澀僵硬（註）也沒關係，只要誠心誠意想傳達給對方知道的心情表達出來的日語，就是「正確」的日語，不是嗎？
（出自淺倉美波等著《日本語教師必備心胸與技巧》）

（註）ギクシャクする：不靈活指說話方式或動作不流暢

**55** 正答：2　作者所說的「正確的日語」指的是什麼？

　　2　懷著想傳達給對方知道的心情所表達出來的日語

（2）
　　去年，縣高中圖書館研習會以縣內的高中生為對象，進行了一項與閱讀有關的問卷調查。調查中顯示，1個月內連1本書也沒讀的學生為男生58.0%、女生52.3%，可明顯得知全都超過了半數。
　　至於不看書的理由（複選），以「比較喜歡看雜誌、漫畫」為最多、男生為37%、女生為43%。其他像「用手機、電腦比較有趣」（男生26%、女生36%）等理由也占前幾名，可以看出有被其他媒體壓制的感覺。
（出自《讀賣新聞》2011年2月17日）

**56** 正答：3　與文章內容符合的敘述是下列哪一個？

　　3　發現縣內超過半數以上的高中生1個月連1本書都沒看的事實。

（3）
　　考上好的大學，進好的公司或公家機關就可以安心，這樣的時代已經要結束了。即便如此，我想很多學校的老師或父母還是會說：「好好用功考上好的學校，進好的公司」吧。就算用功考上好的學校，進好的公司也無法安心，但是為什麼還有這麼多老師或父母會這麼說呢？那是因為，有很多的老師或父母不知道要怎麼生活才好。因為用功考上好的學校，進好的公司這樣的生活方式就是他們的一切，所以他們不知道其他的生活方式。
（出自村上龍《13歲的職業介紹所》）

**57** 正答：4　「那」指的是什麼呢？

　　4　很多的學校老師或父母都說「用功考上好的學校，進好的公司」這件事

（4）

---

標題：關於「YC100-N」交貨日期的延期

OMI 工業股份有限公司　三宅先生

　　感謝您平常的照顧。
　　關於前幾天您所提出 10 枝「YC100-N」的交貨延期乙事，經過本公司內部討論之後，考慮到貴公司也有情非得已的理由，因此這次同意給予 10 天的交貨延期時間。
　　但期望今後不要再發生同樣的事情。
　　　　　　　　　　　　長野貿易　森田

---

**58** 正答：3　關於這個電子郵件的敘述下列哪項是正確的？
　　　　　3　「OMI 工業」必須要在 10 天之內出貨 10 枝「YC100-N」。

（5）
　　商業的會話大致可分為兩種，一種是商談，另外一種是閒談。「商談」是說明商品・服務的特色或者成本、CP 值。「閒談」就如同字面，乍看之下與工作無關，漫無邊際的談話。（中略） 在商談時好好地完成工作上的責任；在閒談時使對方高興，讓對方中意自己。把這些事情做好才是最重要的，說「閒談什麼的無關要緊」的，那是一種誤解。
（出自梶原茂《最初的 30 秒就抓住對方的心的閒談術》）

**59** 正答：1　作者想表達的是下列哪個呢？
　　　　　1　「商談」與「閒談」兩個都重要。

（1）
　　我們之所以持續「學習」，並不是因為社會要求我們必須學會某種資訊或技術，或是沒有這樣的東西就沒有辦法生活下去等等現實的(註)理由。
　　當然也是有只因為那樣的理由就去上學或去教育機構上課的人，①但是這樣的人們絕對不可能遇到「老師」。因為這些人是「因為別人可以做到的事，自己也要可以做得到」才去學習的。像是考取證照啊，考上什麼檢定之類的，或是取得證書等等，但這些並不是「學習」的目的。雖然也有因「學習」而衍生的次要現象，但是只要以此為目的，在那種地方是絕對不會遇到老師的。
　　因為所謂的老師不會出現在②「想要和大家一樣的人」的面前。因為對這些人來說，老師不僅不需要而且還很礙事。
　　「我生在這個世界上就是為了完成只有我才能做得到的事，除了我以外，誰也無法替代的任務……」老師只會出現在有這樣認知的人的面前。理解這個人說話真正的語意，知道這個人真正深度的人只有我不是嗎？如果形成這種③幸福的誤解的話，不論在什麼樣的形態中的資訊傳達都可能成為師生關係的基礎。
　　　　　　　（出自內田樹《老師很偉大》）
（註）シビアな：嚴厲的、現實的

**60** 正答：2　①這樣的人們是指什麼樣的人們？
　　　　　2　只想學「技術」或「資訊」的人們。

**61** 正答：4　哪一個句子不是表示②「想要和大家一樣的人」的性質？
　　　　　4　認為我生在這個世界上就是為了完成只有我才能做得到的事。

**62** 正答：4　③幸福的誤解是什麼意思？
　　　　　4　是不是真實不知道，但是覺得幸福的心情的想法。

（2）

伊比鳩魯（Epicurus）被視為享樂主義者。確實他非常重視享樂。享樂主義（Epicurean）這個字的由來，就是從伊比鳩魯的名字而來。

但是，很多人所認為的「享樂」和伊比鳩魯所思考的「享樂」是相當不一樣的。①因此伊比鳩魯一直以來都被誤解。我們甚至可以說：沒有一個思想家像伊比鳩魯那樣被誤解。

那麼，伊比鳩魯所想的「享樂」到底是什麼呢？一言以蔽之就是「知足」。伊比鳩魯認為：正因為不知足，所以人們才會被慾望折磨，②把人生變成苦痛的連續。也就是說，對伊比鳩魯而言，沒有苦痛就是享樂最重要的條件。

然而，肉體追求享樂是無止境的。因此，如果按照你的欲求一直追求下去的話，那就需要無限的時間。伊比鳩魯說：最後，人類終將成為慾望的奴隸，所得到的不是享樂反而是苦痛。伊比鳩魯並不想要那樣的苦痛。與其追求慾望的苦痛，他選擇去除一切的苦痛，每天安心地過平安的日子。

（出自森本哲郎《前往語言之旅2》）

**63** 正答：2　①因此是指什麼？
　　　　　　 2　伊比鳩魯的享樂的定義和其他人不一樣。

**64** 正答：1　人們②把人生變成苦痛的連續。是為什麼？
　　　　　　 1　因為人經常會不斷地追求新的慾望。

**65** 正答：2　伊比鳩魯所想的「享樂」是什麼樣的東西？
　　　　　　 2　儘量把慾望去除，求得心安。

（3）

在我國小‧國中的時候（差不多是30年前的事了），那時候上理科的課，特別強調觀察（或許現在還是一樣也說不定）。忠實地記述你看到的事實。如果能夠捨棄先入為主的觀念來觀察，就一定可以找出自然中所隱藏的法則。一般認為，在強調觀察的背後，有著這樣的一種思想。所觀察的事件，全部都是在某個特定的時間和場所所發生的一次性的事件。透過多次對這種一次性事件的觀察，就可以從中找出共通的事實，稱之為①「歸納」。另外，共通的事實，通常稱之為「法則」。主張唯有藉由歸納找出的正確的法則，才是科學家應該採用的方法，這樣的思想立場就是歸納主義。②這種立場本身也因為是重視觀察，也就是經驗的立場。所以側重(註)經驗的時候，也稱為經驗主義。

假設你曾經有一天，看到一隻烏鴉飛過你家門前，然後你感覺到烏鴉很黑。另外你又在別的時候，看到停留在寺廟屋頂的烏鴉也是黑的，在田裡作壞事的烏鴉也是黑的，像這樣的經驗重複幾次，我們就會做出「烏鴉是黑的」這個斷言。說的誇張一點，就是你③藉由歸納主義的方法找出了法則。

（出自池田清彥《結構主義科學論的冒險》）

（註）ウェートを置く：把重點放在～上、重視

**66** 正答：2　所謂①「歸納」是什麼？
　　　　　　 2　觀察很多一個一個的事件，然後找出某個法則。

**67** 正答：4　②這是指什麼？
　　　　　　 4　歸納主義

**68** 正答：2　③藉由歸納主義的方法找出了法則這件事是指什麼事？
　　　　　　 2　觀察很多次烏鴉都覺得烏鴉是黑的這件事。

諮詢者：

　　最近，聽到美國的大書店宣告破產的新聞。原因據說是因為電子書的普及導致紙本的書籍滯銷。

　　我以前一直認為「書，應該是讀印刷在紙上的比較好」。但是現在電子書似乎逐漸在普及當中。最近電子書越來越便宜，聽說數百本的書都可以放進一台終端機裡。這樣看來，①我開始認為還是換成電子書比較好吧。不知兩位的想法為何？

回答者：A

　　我雖然沒有電子書，但是看到它這麼樣的普及，我想應該還是有它的魅力在吧。

　　我本來是屬於多讀書的那一類，但這幾年變得不太讀書了。那是因為通勤的時候帶著書很麻煩。書本出乎意料地重。像單行本那種的就只有在家看。因此閱讀量就減少很多。最近開始覺得用重量較輕的電子書來維持我的閱讀量，或許比較好也說不定。

回答者：B

　　不管什麼東西都不斷電子化的速度真是讓人感到害怕。說便利確實變便利了，但是我覺得電子化的同時，人就越來越不使用頭腦了。電子書的確很便利。但是，閱讀印刷在紙上的書時的感覺，和讀電子書時的感覺，真的一樣嗎？即使讀了電子書，我想內容應該不會留在腦裡吧？

　　和以前相比，現在變得便利許多。我完全沒打算要否定現在的狀況。可是，我不禁覺得在便利性的另一面，人們也太過依賴機器了。

**69** 正答：3　諮詢者説①我開始認為還是換成電子書比較好吧。的理由使什麼？

　　　　3　因為知道電子書的優點。

**70** 正答：1　關於回答者 A、B 的意見，正確的是哪一個？

　　　　1　A 對電子書有興趣，B 並不那麼認同電子書。

　　即使是現在，進入國小，國中的音樂教室，都可以看到掛著一大排巴哈、海頓、貝多芬、布拉姆斯等「樂聖」的肖像畫。這些每一個都是二百年到三百年前的肖像，凝視這些肖像的孩子們每一個人的領會都不一樣，但以讚嘆的眼神仰望的小孩算是例外，對很多小孩子來說，他們只會覺得那些都是存在遙遠的過去和自己無緣的某人而已吧。他們①直覺地感到這些肖像畫也是把「學習」「音樂」這種東西的無聊工作強加在自己身上的元凶。拜這些元凶之賜，被迫要去記像 C 大調啊，A 小調啊，交響曲啊，奏鳴曲等彷彿②外星人的語言，而且還被迫要考試。這和被迫要學多元方程式或微積分是一樣的。對 99.9％的人來說，這些都是畢業後的實際人生當中一次也沒有見過，毫無用處的單字。但是在古典音樂的世界，即使是現在這種像外星人(註1)語的東西也還煞有其事地在使用中。還有板著臉嚴肅表情(註2)的解說員也依然上場。即使沒有那樣的知識，也可以為音樂所感動。據傳③在很久以前，聽了來日本的國外小提琴名家的演奏的六世菊五郎(註3)，感嘆地説出「實在是了不起的三味線(註4)演奏家」的故事。那個樂器不管是叫做小提琴也好，三味線也罷，菊五郎感受到了音樂和名家技巧所帶來的趣味是事實，那裡面並沒有奏鳴曲也沒有 C 大調。然而，在現今的古典世界是不容許像那樣的直覺鑑賞法的。如果菊五郎以外的人指著小提琴説三味線的話，那個人大概會被人打從心裡看不起吧。

　　「稱為小提琴和叫做三味線，不是沒有太大的差別嗎？重要的是耳朵和心」這種言行是破壞古典權威的虛無主義(註5)，不管是學者、評論家、作曲家、演奏家，對吃這行飯的人來說，其權威性和難解性，在現在某種意義來說是他們的財產，藉由演奏和解說，他們在比他們無知的大眾之上，以優越感君臨天下。

（出自石井宏《反音樂史　永別了，貝多芬》）

（註1）エイリアン：外星人、異星人

（註2）しかめっつら：愁眉苦臉、嚴肅的表情
（註3）六世菊五郎：在歌舞伎界具權威的名歌舞伎演員
（註4）三味線：日本傳統的弦樂器
（註5）ニヒリズム：虛無主義

71 正答：3 ①直覺地感到的是誰？
　　　　　 3　很多的孩子

72 正答：2 把②外星人的語言用文章中別
　　　　　 的表現來說的話，是哪一個？
　　　　　 2　在實際的人生當中一次也
　　　　　 　 沒有見過，毫無用處的
　　　　　 　 東西。

73 正答：1 關於③在很久以前，聽了來日本
　　　　　 的國外小提琴名人演奏的六世
　　　　　 菊五郎，感嘆地說出「實在是了
　　　　　 不起的三味線演奏家」的故事。
　　　　　 作者的心情是哪一個？
　　　　　 1　對這個故事有同感。

74 正答：3 在這篇文章中作者想表達的是
　　　　　 什麼？
　　　　　 3　古典音樂是音樂相關人士
　　　　　 　 故意把它變成難懂的東西。

## 問題 14

## 保證和售後服務（請詳細閱讀）

### 委託修理時

到府維修

1. 「是不是故障了？」請查閱（44～45頁）。
2. 查閱確認後依舊有異常時請停止使用，
　 並請務必拔掉電源插頭。
3. 請通知原購買經銷商以下資料。
　 ·品名：微波爐
　 ·形名（本書的封面所記載）
　 ·購買日期（年月日）
　 ·故障的情形（請具體說明）
　 ·住址　　　　　·姓名
　 ·電話號碼　　　·方便到府的日期
　 本產品僅設計為日本國內使用。外國
　 無法使用。且無法提供售後服務。

### 保證期間中

● 請於維修時出示本保證書。依保證書之
　 規定由經銷商維修。

### 超過保證期間時

● 如尚能修理使用時，將詢問顧客意願後
　 收取修理費用。

### 保證書（另附）

● 保證書請確認是否填上「購買日期及經銷
　 商店名」後，由經銷商處領取。
　 本保證書請詳細閱讀內容後，妥善保存。

● 保證期間……購買日起 1 年有效。
　 即使在保證期間中也有須付費的情形，請
　 詳讀保證書內容。

※ 一般家庭用以外（例如：業務用或搭載
　 於車、船）的使用，其故障時則須付費。

75 正答：2 在保證期間內微波爐故障時所採取的行動，哪一個是<u>不正確</u>的？
2 請這個微波爐的製造廠商到府維修。

76 正答：3 可以請經銷商免費維修的是下列哪一個？
3 去年 12 月買了這台微波爐，在家只用了幾次，但是今年 10 月卻突然不能使用了。

# 聽解

## 問題 1

### 1番 MP3 082

<ruby>学生<rt>がくせい</rt></ruby>が<ruby>文化祭<rt>ぶんかさい</rt></ruby>の<ruby>準備<rt>じゅんび</rt></ruby>について<ruby>話<rt>はな</rt></ruby>しています。<ruby>二人<rt>ふたり</rt></ruby>はこのあとまず<ruby>何<rt>なに</rt></ruby>をすると<ruby>言<rt>い</rt></ruby>っていますか。

F：じゃあ、うちのクラスは<ruby>舞台<rt>ぶたい</rt></ruby>でダンスを<ruby>披露<rt>ひろう</rt></ruby>する、ということでいいかな。

M：<ruby>賛成<rt>さんせい</rt></ruby>！じゃ、<ruby>早速準備<rt>さっそくじゅんび</rt></ruby>して、<ruby>早<rt>はや</rt></ruby>く<ruby>練習開始<rt>れんしゅうかいし</rt></ruby>しよう。

F：そうだね。えっと、<ruby>準備<rt>じゅんび</rt></ruby>って<ruby>言<rt>い</rt></ruby>っても、<ruby>買<rt>か</rt></ruby>うものとか、そんなにないよね。

M：<ruby>衣装<rt>いしょう</rt></ruby>はおそろいのTシャツとかでいいよね。<ruby>当日<rt>とうじつ</rt></ruby>までに<ruby>用意<rt>ようい</rt></ruby>すればいいし。

F：じゃ、とにかくどんなダンスにするかだね。オススメのCDなんかある？

M：<ruby>音楽<rt>おんがく</rt></ruby>ならインターネットで<ruby>探<rt>さが</rt></ruby>して、<ruby>気<rt>き</rt></ruby>に<ruby>入<rt>い</rt></ruby>ったものをダウンロード<ruby>購入<rt>こうにゅう</rt></ruby>する<ruby>方法<rt>ほうほう</rt></ruby>もあるよ。

二人はことあとまず何をすると言っていますか。

學生在談論有關文化祭準備的事情，兩人說接下來要先做什麼？

女：那麼，我們班就決定在舞台表演舞蹈，沒問題吧？

男：贊成！那麼要快點準備，趕緊開始練習吧。

女：是啊。嗯……說到要準備，應該也沒有什麼東西要買吧。

男：衣服的話只要大家都穿一樣的T恤就可以了吧。只要在表演當天以前準備好就可以了。

女：那麼，總之要先決定跳什麼舞。你有沒有推薦的CD之類的？

男：音樂的話有一個方法就是利用網路去找，然後購買下載喜歡的音樂就可以了。

兩人說接下來要先做什麼？
1. 練習跳舞
2. 想舞步
3. 去買音樂CD
4. 尋找適合舞蹈的音樂

正答：4

### 2番 MP3 083

<ruby>通学途中<rt>つうがくとちゅう</rt></ruby>で<ruby>学生<rt>がくせい</rt></ruby>が<ruby>話<rt>はなし</rt></ruby>をしています。このあと<ruby>二人<rt>ふたり</rt></ruby>は<ruby>何<rt>なに</rt></ruby>をすると<ruby>言<rt>い</rt></ruby>っていますか。

F：ねえ、<ruby>電車<rt>でんしゃ</rt></ruby>のスピード<ruby>遅<rt>おそ</rt></ruby>くない？<ruby>時間過<rt>じかんす</rt></ruby>ぎてるのにまだ<ruby>着<rt>つ</rt></ruby>かないよ。

M：あれ？<ruby>今放送<rt>いまほうそう</rt></ruby>で<ruby>言<rt>い</rt></ruby>ってる。……<ruby>前<rt>まえ</rt></ruby>の<ruby>電車<rt>でんしゃ</rt></ruby>が<ruby>事故<rt>じこ</rt></ruby>だって。えっと、10<ruby>分<rt>ぷん</rt></ruby>から15<ruby>分<rt>ふん</rt></ruby>、<ruby>到着<rt>とうちゃく</rt></ruby>が<ruby>遅<rt>おく</rt></ruby>れますって。

F：え、やばいよ。<ruby>学校<rt>がっこう</rt></ruby>に<ruby>遅刻<rt>ちこく</rt></ruby>しちゃうかも。<ruby>次<rt>つぎ</rt></ruby>の<ruby>駅<rt>えき</rt></ruby>で<ruby>別<rt>べつ</rt></ruby>の<ruby>電車<rt>でんしゃ</rt></ruby>に<ruby>乗<rt>の</rt></ruby>り<ruby>換<rt>か</rt></ruby>える？

M：<ruby>線路<rt>せんろ</rt></ruby>は<ruby>同<rt>おな</rt></ruby>じなんだから、<ruby>意味<rt>いみ</rt></ruby>ないよ。それより<ruby>学校<rt>がっこう</rt></ruby>に<ruby>連絡<rt>れんらく</rt></ruby>したておいたほ

うがいいんじゃない。

F：あ、でも今ケータイ持ってないわ。学校には持ってくるなってことになってるから。駅降りたら、公衆電話探す？

M：そういえば、駅の人に言えば、確か電車が遅れましたっていう証明書がもらえるはずだよ。それ先生に見せれば問題ないよ。

F：あ、そうだね。それに急いで歩けば、ぎりぎりセーフかもしれないし。

## このあと二人は何をすると言っていますか。

在上學途中學生們正在談話。接下來兩人說要做什麼？

女：欸，你不覺得電車速度太慢了嗎？明明都超過時間了卻還沒到。

男：咦？現在正在廣播……說前一班電車發生了事故。嗯……說會晚10到15分鐘到站。

女：欸，糟了！可能會遲到。要不要到下一站改搭別的電車？

男：都是同一條路線，這樣沒意義啊。還是先跟學校聯絡比較好吧？

女：啊，可是我現在沒帶手機耶。因為學校規定不能帶手機到學校。要不要下車，找公共電話？

男：聽妳這麼一說才想到，跟車站的人說的話，應該可以拿到電車誤點的證明不是嗎？把那個證明拿給老師看的話就沒問題了吧。

女：嗯，也是啦。而且走快一點的話說不定可以及時趕到。

**接下來兩人說要做什麼？**

1. 改搭別的電車

2. 在車站拿證明

3. 從車站打電話到學校

4. 趕快跑到學校

正答：2

## 3番 MP3 084

ある会社で男性と女性が話しています。女性はこのあと何をしますか。

M：来週営業会議があること、ちゃんと井上さんにも伝えた？彼今出張先だから、今週はもうもどってこないだろうし。

F：はい、ケータイに何度もかけてはいるんですが、なかなかつながらなくて……。

M：あ、そうなんだ。電波悪いのかな？

F：いえ、ずっと留守電になっているので、メッセージは残しておいたんですけど。

M：ああ、マナーモードにしたまま忘れちゃってるのかもね。営業先の会社に電話するっていうのも変だし、じゃ、一応メールもしといてね。

F：はい、ケータイのほうならたぶん気づいてくれると思いますので……。

## 女性はこのあと何をしますか。

某公司內男士與女士正在談話。女士接下來要做什麼？

男：下禮拜要開營業會議的事，有通知井上先生了嗎？他現在在出差的地方，這個禮拜大概不會回來吧。

女：是的！我已經打好幾次手機，但是都不通……

男：啊，這樣子啊。是收訊不好嗎？

女：不是。一直都是語音留言，不過我也有
　　先留了言。

男：啊～説不定是轉成震動忘了恢復標準模
　　式吧。打電話到對方公司也很奇怪，那
　　麼，也先傳一下簡訊吧。

女：是的，我想他應該會注意到手機的留
　　言吧。

女士接下來要做什麼？

1. 聯絡前往出差的公司
2. 傳送手機簡訊
3. 檢查電腦是有否傳電子郵件來
4. 在電話答錄機留言

正答：2

## 4番 MP3 085

おとこ
男の人と女の人が話しています。男の人は
このあと何をしますか。

M：あれ？寒いと思ったら雪が降ってき
　　たね。

F：ああ、これは今夜積もりそう。庭の
　　植木鉢、玄関の中に入れたほうがい
　　いんじゃない？

M：そうだね。昨日植えたばかりだから、
　　雪が積もったりしたら花やられちゃ
　　うよ。あと自転車も入れておこうか？

F：軒先にあるから大丈夫だと思うよ。
　　そこだと積もらないし。

M：あー、明日の朝は雪かきしなきゃい
　　けないのかなー？

F：ここらへんはそんなに積もらない
　　わよ。

おとこ ひと
男の人はこのあと何をしますか。

男士與女士正在談話。男士接下來要做什麼？
男：咦？總覺得冷，原來是下起雪來了。

女：啊！看來今天晚上大概會積雪吧。要不
　　要把院子裡的花盆搬進來玄關比較好？

男：是啊！昨天才剛種的，如果積雪的話花
　　就會受損。之後腳踏車要不要也先搬
　　進來？

女：腳踏車放在屋簷下應該沒問題。那裡不
　　會積雪。

男：啊～明天早上可能得要鏟雪了！

女：這一帶不會積那麼厚的啦。

男士接下來要做什麼？

1. 把植物搬進屋內
2. 把腳踏車搬進玄關
3. 把花盆移到屋簷下
4. 鏟雪

正答：1

## 5番 MP3 086

ははおや むすこ はな
母親と息子が話しています。母親はこれか
なに
ら何をしますか。

M：お母さん、どうしたの？熱があるの？

F：ううん、ちょっと疲れが出ただけだ
　　と思う。

M：僕、体温計持ってきてあげようか？

F：熱はないわよ。ここでしばらく横に
　　なっていればすぐよくなるわ。

M：だめー、ここじゃなくてちゃんとベッ
　　ドに行ってよー。

F：少しの間だけだから、ソファーでい
　　いわよ。

M：じゃあ僕、布団持ってきてあげる！

F：まあ、ありがとう。

M：夕飯の準備は僕がやるからね！

F：それはあとでやるわよ。そんなに心
　　配しないでね。

ははおや なに
母親はこれから何をしますか。

媽媽跟兒子正在談話。媽媽接下來要做什麼？

男：媽妳怎麼了？發燒了嗎？

女：沒有啦，我想只是太累了而已。

男：要不要幫妳拿體溫計來？

女：我沒有發燒啦。我在這裡躺一下待會兒
　　就會好了。

男：不行！不要在這裡，去床上好好休息啦。

女：只休息一下而已，在沙發就可以了啦。

男：那我去拿棉被來給妳。

女：哎呀。謝謝你。

男：晚餐我來準備就好。

女：那個我待會兒再做，你不用這麼擔心。

**媽媽接下來要做什麼？**

1. 量體溫
2. 去有床鋪的房間
3. 在沙發上小睡一下
4. 準備晚餐

正答：3

## 問題2

### 1番 MP3 087

男の人が先生と話しています。男の人は一番よかったことは何だったと言っていますか。

F：それでは今日の講義はこれで終わります。次回は来週の火曜日です。ではさようなら。

M：あ、先生。今日はどうもありがとうございました。中国語の勉強って実におもしろいですね。

F：あら、山田さん。お疲れさまでした。楽しんでいらっしゃるようですね。

M：いやー、楽しんでいますよ！周りが結構若い子ばかりで、最初はついて

いけるかな、なんて心配してたんですがね。ペアになって会話練習をする時間があるじゃないですか。みんないろいろ気を遣ってくれてね、ははは。ずいぶん助けられてますよ。私からしたら、孫と同じ年の人たちと仲良くさせてもらって、うれしい限りですよ。

F：まあ、それはよかった。

M：先生、来週は中国の文化紹介なんかもしてくださいよ。

F：まあ、山田さんって好奇心旺盛！でもそれもいいかもしれませんね。やってみましょう。

**男の人は一番よかったことは何だったと言っていますか。**

男士和老師正在談話。男士說最好的事是什麼？

女：那麼今天課就上到這裡。下一次是下個
　　禮拜二。那麼，再見了。

男：啊，老師，今天真謝謝您。學習中文真
　　的很有趣。

女：哎呀，是山田先生，辛苦了。看你似乎
　　很樂在其中。

男：是啊～真的很開心！周遭大多都是年輕
　　人，剛開始還有點擔心能不能跟得上呢！
　　不是有分組做會話練習嗎，大家在很多
　　地方都特別顧慮到我，哈哈哈。真的受
　　到了很多幫助呢！就我來說，可以和孫
　　子同年齡的人相處融洽，沒有比這個更
　　高興的了。

女：哎呀。那真是太好了。

男：老師，下個禮拜也可以為我們介紹一些
　　中國的文化吧。

女：哎呀～山田先生好奇心真是旺盛！不過

這也是不錯的提議，那就來做看看吧！

男士說最好的事是什麼？
1. 可以跟老師一組練習會話
2. 比年輕人更有旺盛的好奇心
3. 不只是中文，也學了中國的文化
4. 能和孫子同年齡的人一起學習

正答：4

## 2番 MP3 088

ある食品会社の社員が相談しています。二人はお弁当をどのように変えることにしましたか。

M：あの、春のお弁当フェアで売る、スペシャル弁当の中身なんですが……。

F：ああ、先日もう一度考え直してって言っておいた分ね。

M：はい、ちょっと今考えているのが、ご飯と、野菜の煮物を別の物に替えようかな、と。

F：うん、おかずのメインがハンバーグって部分はそのままで行くのね。

M：はい、現段階ではとりあえずそれ以外のものを考え直しています。まずもともとの五目御飯を、桜色の赤飯に変えたいんですが、そうするとちょっと予算オーバーで。

F：うーん、じゃあこの野菜の煮物をたけのことか、春らしいもの1種類だけポンってもってくればいいんじゃない？その分の予算をご飯類にまわせるよね。

M：あ、そうですね。それだとメインの肉も少し大きくできるかも。

F：ああ、よくなりそうじゃない。

二人はお弁当をどのように変えることにしましたか。

某家食品公司的員工正在商量，兩個人決定怎麼變更便當的菜色？

男：那個，有關在春季便當展示場賣的特製便當裡的食材……

女：啊，你上次說要再重新考慮一次的那一件事……

男：對，我剛剛想了一下，想把飯跟燉煮的蔬菜換成別的菜色……

女：嗯，主菜部分還是維持原來的漢堡肉吧。

男：嗯，現階段就只先考慮主菜以外的部分。首先想把原來的什錦飯，改成櫻花色（淡紅色）的紅豆糯米飯，可是這樣一來就會有點超過預算。

女：嗯～那就把燉煮蔬菜的部分，換一種比較有春天氣息的蔬菜，比如說竹筍之類的，這樣不就好了嗎？這個部分的預算不是就可以挪到飯類這裡來嗎？

男：啊，是啊，這麼一來主菜的肉也可以稍微大塊一點也說不定。

女：啊，這樣好像變得很不錯耶。

兩個人決定怎麼變更便當的菜色？
1. 將漢堡肉換成有春天氣息的燉煮蔬菜
2. 以漢堡肉為主，周圍配置具春天氣息的食材
3. 以燉煮蔬菜為主，加上什錦飯和紅豆糯米飯
4. 把春筍放入什錦飯裡

正答：2

## 3番 MP3 089

ある社員のことについて男性と女性が話しています。二人は高橋さんがどう変わったと言っていますか。

M：あの企画が成功して以来、高橋さんってずいぶん明るくなったんじゃない？

F：ああ、あのときの活躍はすごかったですよね。でも彼女、前からずっとあんな感じで、明るく元気な人でしたよ。

M：あ、そう？私があんまり今まで見てなかっただけかな？ははは。

F：まじめさや元気さは相変わらずなんですが、下の子たちから慕われるようになったみたいですよ。

M：ほっほー、後輩の憧れの的になってるってわけか。

F：ははは、そうですね。高橋さん自身も「私は世話好きなんだ」って、言ってましたっけ。

M：いいことじゃないか。

**二人は高橋さんがどう変わったと言っていますか。**

男士和女士正在談論某位職員的事。他們說高橋小姐變成什麼樣子呢？

男：自從那個企劃成功以後，你不覺得高橋小姐整個變得開朗起來？

女：是啊，那個時候的表現真是非常耀眼呢。不過，她從以前開始就是那個樣子，本來就是開朗又有活力的人啊。

男：噢，是嗎？只是我到現在很少看到而已是嗎？哈哈哈。

女：認真的程度和活力的程度都沒變，不過好像變得很受後輩仰慕的樣子喔。

男：噢……原來是變成後輩仰慕的對象啊。

女：哈哈哈，是啊。高橋小姐自己好像也說過「我喜歡幫助人」。

男：這樣不是很好嗎？

**他們說高橋小姐變成什麼樣呢？**

1. 變得比以前開朗

2. 變得認真工作起來

3. 跟後輩的交流增加了

4. 受到很多的照顧

正答：3

**4番** MP3 090

ある男性と女性が話しています。この男性はどうして怒っていますか。

M：もう、まいったよ。なかなかスケジュールが決められなくて。

F：どうしたの？

M：予約していた飛行機が、オーバーブッキングか何かで席がとれてないって、昨日電話がかかってきたんだ。

F：ああ、来週オーストラリアに遊びに行くって言ってたあれ？じゃあもう行けないの？

M：いちおう旅行会社が何とかほかのチケットを探してくれてるんだけど、同じ日がとれるとは限らないらしい。

F：え？それって……

M：そうなんだよ。向こうでのホテルとか、ダイビングの予約とか、全部自分でネットでやっちゃったから、変更となるとちょっと面倒なんだよね。

**この男性はどうして怒っていますか。**

某位男士跟女士正在談話，這個男士為什麼生氣？

男：真是糟糕。行程一直都沒辦法定下來。

女：怎麼回事？

男：原本訂好的飛機，昨天打電話來，說因為過量預定（超賣）什麼的，沒有訂到位子。

女：啊，就是你之前說過下個禮拜要去澳洲

玩的那件事是嗎？那已經不能去了嗎？

男：旅行社說要設法先幫我找看看有沒有其他的票，但聽說不一定能訂得到同一天的票。

女：欸？那是什麼意思……

男：就是啊。澳洲那邊的飯店，潛水的預約，我已經全部都自己用網路訂好了，如果要更改的話，那就麻煩了。

**這個男士為什麼生氣？**

1. 因為飛機票都還沒決定
2. 因為澳洲的行程的預定已經都滿了
3. 因為旅行社不幫忙準備替代的機票
4. 因為旅館和潛水的預約已經滿了

正答：1

## 5番 🎵MP3 091

ある華道の教室で男の人と女の人が話しています。女の人がしばらく休む理由はなんですか。

M：あれ、久しぶり。ずいぶんこのクラスお休みしてたよね。

F：すみません、ご心配おかけしちゃって。ちょっとね、引っ越すことが決まってね。

M：え、そうなの？それで忙しかったんだ。

F：そう。私もさ、好きではじめたお花だから休みたくなかったんだけどね。新しいうちを探したりもう大変で……。やっと来週引っ越せそうなの。

M：じゃあ、今日がここ最後ってこと？

F：いやいや、そんな遠いところじゃないのよ。でも引っ越してからも娘の転校手続きやらがあるでしょ。い

ろいろ一段落したらまた再開するつもりだけど、いつ戻ってこられるかしら……。

M：そう、じゃあまたしばらくはお休みするんだね。

**女の人がしばらく休む理由はなんですか。**

在某間插花教室裡男士和女士正在談話。女士要停一陣子不來的理由是什麼？

男：咦，好久不見。妳好像好一陣子沒來上課了是吧。

女：真是抱歉，讓您擔心了。因為我決定要搬家了。

男：欸，是嗎？所以才會這麼忙。

女：是啊。我也不想請假啊。我也是因為喜歡才開始學插花的。但是找新家已經很累人了……終於下個禮拜有可能可以搬了。

男：那，今天這是最後一次上課囉？

女：沒有啦，沒有搬那麼遠啦。不過搬家後，還有我女兒的轉學手續之類的啊。等到事情都告一段落之後，就會再回來上課，只是什麼時候才回得來呀……

男：這樣啊。那也就是說短期間還要再停一陣子囉。

**女士要停一陣子不來的理由是什麼？**

1. 因為突然搬了家
2. 因為必須去找新家
3. 因為女兒的轉學已經告一段落了
4. 因為搬家後暫時還很忙

正答：4

## 6番 🎵MP3 092

映画を見たあとに男の人と女の人が話しています。男の人はどうして泣いてしまったといっていますか。

M：ああ、久々にいい映画を観たって感

第二回模擬試題解析　聽解　369

じだね。

F：びっくりしたよ。途中で横を見たら、ぽろぽろ涙流してるんだもん。確かに悲しいストーリーだったわね。あの子犬、かわいそう過ぎる。

M：僕も小さいときから同じような種類の犬を飼っていてね。名前がトラって言うんだ。

F：へえ、トラちゃんも映画のようにいなくなっちゃったとか？

M：トラは今も実家にいるよ。もう老犬だけどね。あの犬を見てるとさ、最近忙しくて全然実家のある田舎に帰ってないなーと思って。

F：うん。それで泣いちゃったの？

M：うん。

**男の人はどうして泣いてしまったといっていますか。**

看完電影後男士和女士正在談話。男士説他為什麼哭了？

男：啊，感覺好久沒看到這麼好的電影了。

女：嚇了我一跳。中途我看了一下旁邊，看到你淚流滿面。確實是個悲傷故事呢。那隻小狗實在是太可憐了。

男：我小時候也養過同樣品種的狗。名字叫做小虎。

女：嘿，小虎是不是像電影裡那樣不見了之類的？

男：小虎現在還在我老家呢。不過已經是隻老狗了。看到那隻狗，就會想到最近很忙完全沒有回鄉下的老家了。

女：喔。所以你才哭了嗎？

男：嗯。

**男士説他為什麼哭了？**

1. 因為是一部小狗不見的悲傷電影
2. 因為電影內容很可憐
3. 因為很懷念老家
4. 因為老家的小狗不見了

正答：3

## 問題3

**1番** MP3 093

あるトークショーで司会の女性が話しています。

F：本日は、今ミセスの間で絶大な支持を得、テレビや雑誌で引っ張りだこのメークアップ・アーティスト、松田ミエさんをお迎えいたしました。皆さまご存知の通り、松田さんは30代から50代の女性のお化粧法、特に若返りメイクで注目を集めています。そんな大活躍の松田さんも家では二児の母。お子さまを立派にお育てになりながら、妻として、母として、またカリスマ・アーティストとしてのこれまでの歩みを中心にお話を伺ってまいりたいと思っています。まだ同時に、視聴者の方々からのご質問も受け付けておりますので、メールやファックスでどしどしご意見をお寄せください。

**今回のトークショーの内容はどんなものだと言っていますか。**

1. 松田さんの化粧技術について
2. 松田さんの質問について
3. 松田さんの家庭料理について

## 4. 松田さんの経験したことについて

在某個談話性節目（脱口秀）中女主持人正在說話。

女：今天，我們邀請到了在女性間獲得絕大的支持，電視和雜誌都爭相邀請的這位彩妝師——松田愛美小姐。如同各位所知，松田小姐以30幾歲到50幾歲的化妝法，特別是使人年輕化的化妝術受到注目。如此活躍的松田小姐其實在家也是兩個小孩的媽媽。她一方面把孩子們教育得非常優秀，另一方面又身兼人妻、人母及具有超凡魅力的藝術家。因此接下來我想以她到目前為止一路走來的心路歷程為主來訪問她。另外，我們也同時開放受理觀眾們的提問，因此也請大家踴躍地把您的意見用電子郵件或傳真寄送過來。

這次的談話性節目的內容是說什麼呢？
1. 關於松田小姐的化妝技術
2. 關於松田小姐的提問
3. 關於松田小姐的家庭料理
4. 關於松田小姐的經驗

正答：4

## 2番 MP3 094

女の人があるイベントについてスタッフに話しています。

F：ご参加の方々には受付をすませたあと、外のグラウンドのほうへ進んでいただきます。朝から始まって午後4時まで、基本的に参加者の皆様はこちらでの活動となり、午前中の間我々スタッフは体育館でお昼の準備をします。イベントは一日中ですので体もかなり冷えるでしょう。当日は10度以下まで気温が下がることが予想されておりますので、体が温まるようなスープ等をご用意しようと思います。人数が多いですので、足りなくならないようたくさん作っておくようにしましょう。参加者の皆様には、そうですね……。正午から1時間ほどで食事をとってもらいましょうか。

女の人はイベントの何について話していますか。
1. 会場の設置場所について
2. 当日の昼食について
3. イベントの内容について
4. 当日の仕事時間について

女士正在說有關某個活動的事。

女：請參加的人員完成報到手續後，往外面的運動場移動。從早上開始到下午4點為止，基本上都在這裡活動，上午的時間我們工作人員會在體育館準備午餐。因為是一整天，所以大家身體應該會覺得很冷。當天的氣溫預測將會下降到10度以下，所以大家還是最好準備像湯之類能讓身體暖和的東西。因為人數很多，量可以多做一點。至於參加者們，嗯……還是讓他們從正午開始約1個小時左右的時間來用餐吧！

女士正在說有關於活動的什麼事情呢？
1. 關於會場的設置地點
2. 關於當天的中餐
3. 關於活動內容
4. 關於當天的工作時間

正答：2

**3番** 🎧 MP3 095

ある職場で男性が話しています。

M：うん、気持ちは分かるよ。今日は1時間早く、4時で上がりたいって、ちゃんと前もって申し出てくれていたしね。えっと確か、お嬢さんの誕生日でしたっけ。一度了解したことを僕がいまさら覆しているって言うのは重々承知した上で、今こうしてお願いしているんだ。本当、申し訳ないけど、急患だって言うことで、理解してくれないかな。看護師の君としても目の前の患者さんを放っておくのは気が引けるだろ？悪いけど、よろしく頼むね。

**男の人は今何をしているのですか。**

1. 仕事を早く終わるようにお願いしている
2. 子供との約束を守るように進めている
3. 部下に残業を頼んでいる
4. 患者さんに入院するように勧めている

在某個工作地點，男士正在說話。

男：嗯，我可以了解你的心情。你說今天要提早1小時，想要在4點下班。你事前也有正式提出申請。嗯，沒記錯的話，今天是你女兒的生日吧。為什麼我已經認可一次的事情現在再來推翻，這也是我考慮再三之後，才像現在這樣來拜託你的。真的，非常抱歉。因為有急病的患者的關係，不曉得你能不能諒解。你身為一個護士，棄眼前的病患於不顧你也會覺得羞愧吧？很抱歉，拜託你了。

**男士現在正在做什麼？**

1. 正在拜託把工作早點做完
2. 勸說能遵守跟孩子的約定
3. 正在拜託部下加班
4. 正在勸患者住院

正答：3

**4番** 🎧 MP3 096

女性があるアルバイトの女の子のことについて話しています。

F：先月から手伝ってくれてる、ヤンさんだっけ？がんばってるみたいね。遅刻しないように、いつも学校が終わったらまっすぐ来てくれて、すぐ早番のバイトの子と交代できるように、気遣ってくれてるみたいだし。みんなは日本語がまだあまり分からないみたいですって言ってたけど、そんなことないと思うわ。ただちょっと恥ずかしがり屋なだけ。だって面接のときは問題なく話せてたし、おとなしすぎるってわけでもないし、この調子でどんどんやってほしいわね。

**女性は女の子のことをどう言っていますか。**

1. 日本語がまだ不自由
2. よく他の子にアルバイトを代わってもらってる
3. おとなしすぎる
4. 少し内気な性格

女士正在敘述一個女工讀生的事。

女：上個月開始來幫忙我的那個人，是楊小姐吧？好像滿認真的。為了不要遲到，

經常都在放學後直接就過來，以便能馬上就和早班的工讀生交班，她都有顧慮到我們。雖然大家說她好像還不太會說日文，但是我並不這麼認為。她只是有點害羞罷了。因為她在面試的時候都沒有語言溝通上的問題，又不會太過於文靜，希望她照這個情況一直做下去。

**女士怎麼敘述這個女孩子？**
1. 日語還不行
2. 經常請別人代班
3. 太文靜
4. 個性有一點內向
正答：4

## 5番 🎧 MP3 097

医者と患者が話しています。

M：鈴木さん、検査の結果が出て、原因がある程度分かってきました。症状は極端なビタミンの欠乏からくるものだと思います。

F：え？私、ビタミンはちゃんと摂ってましたけど……。

M：うん、最近よくあるんですよ。白い肌や美容のためにビタミンCやDのサプリメントを定期的に摂取している女性は多いんですが。今回のはビタミンB12が体内で不足したことで、手足の神経に影響を与えて、動かしづらいとか、しびれが出たりという症状が出たわけです。

F：ああ、そういうことだったんですか。

**医者はこの患者の病気の原因はなんだったと言っていますか。**
1. 美容のためのダイエットのしすぎ

2. サプリメントの過剰摂取
3. 手足の体力不足
4. 特定のビタミンの体内欠乏

醫生和病人正在談話。

男：鈴木小姐，檢查的結果已經出來了，某種程度上來說，我們也知道病因是什麼了。我認為是症狀是由於極度的缺乏維他命所引起的。

女：欸？我每天都有攝取維他命啊……

男：嗯，最近常有這種情況，有許多女性為了美白、美容而定期攝取維他命C和D的營養補給品。這次是因為體內的維他命B12不足，影響手腳的神經，造成行動不便與麻痺。

女：啊～原來是這麼一回事。

**醫生說這位患者的病因是什麼？**
1. 為了美容而過度減肥
2. 過度攝取營養補給品
3. 手腳無力
4. 體內缺乏特定的維他命
正答：4

## 問題4

## 1番 🎧 MP3 098

F：こちらのお魚は丸ごと食べられるように調理されています。

M：1. 先に食べるんですね。
　　2. 冬だけ味わえる魚ということですね。
　　3. 頭の先から尻尾まで食べられるんですね

女：這魚被烹煮成整條都可以吃。

男：1. 要先吃是吧。
　　2. 就是說只有冬天才吃得到的魚吧。

3. 從頭到尾都可以吃是吧。

正答：3

## 2番 🎧 MP3 099

M：ここに置いてあった僕の辞書、心当たりないかな？

F：1. さあ、見てないけど。
2. どこでも売ってるけど。
3. 私一度使ってみたいんだけど。

男：妳有沒有看到我放在這裡的字典？
女：1. 呀，沒有看到耶。
2. 到處都有賣啊。
3. 我想用一次看看。

正答：1

## 3番 🎧 MP3 100

F：今回は2クラス合同で発表してください。

M：1. いっしょにするということですね。
2. 同時に終わるということですね。
3. 順に続くということですね。

女：這次請兩個班級共同發表。
男：1. 也就是説一起做的意思吧。
2. 也就是説同時結束的意思吧。
3. 也就是説依照順序的意思吧。

正答：1

## 4番 🎧 MP3 101

M：両者の扱い方が不公平なんじゃないんですか。

F：1. 一度も使ったことはないけど。
2. 昨日から始めたはずだけど。
3. 同じように接してるつもりだけど。

男：對兩者的待遇是否有一點不公平？

女：1. 連一次都沒有使用過。
2. 應該是從昨天開始的。
3. 本來是想同等對待的。

正答：3

## 5番 🎧 MP3 102

F：だんだん集中力が欠けてきたようだね。

M：1. やればやるほど調子が上がってくるよ。
2. うん、疲れが出てきたようね。
3. そろそろ買いに行けそうかもしれない。

女：好像越來越無法集中注意力。
男：1. 越做越狀況越好。
2. 嗯，好像露出了疲態。
3. 也許差不多可以去買了。

正答：2

## 6番 🎧 MP3 103

M：あれ、彼女、あたかも成功したかのように喜んでいるけど。

F：1. やっと成功できてうれしいんですね。
2. いえ、成功はしてないはずですが……
3. 精巧につくられているそうですよ。

男：欸，她宛如已經成功般地雀躍。
女：1. 終於成功了很高興吧。
2. 不，應該沒有成功才對。
3. 聽説做得很精巧。

正答：2

## 7番 🎧 MP3 104

F：こんなに素晴らしい景色、めったに見られないんですよ。

M：1. 二日に一度ぐらいでしょうか。

2. ひどい話ですね。

3. しっかり目に焼き付けておきましょう。

女：像這樣優美的景色，不是常常可以看到的喔。

男：1. 差不多兩天一次吧。

2. 很過分的話耶。

3. 要牢牢地銘記在腦海裡。

正答：3

### 8番 MP3 105

M：ここはレジャー用のボート置き場だそうです。

F：1. 週末、このへんは人が多そうですね。

2. どんな荷物を運ぶんですか。

3. だから近くに工場が多いんですね。

男：聽說這裡是休閒用小船的存放處。

女：1. 週末這一帶人好像很多。

2. 要搬什麼行李呢？

3. 所以附近工廠很多。

正答：1

### 9番 MP3 106

F：ついに優勝ですね！おめでとうございます！

M：1. やっと、努力が実りましたよ。

2. もう少しだったのにね。

3. ありがとう、今年で15歳になりました。

女：終於獲得冠軍，恭喜！

男：1. 終於，努力有了成果。

2. 還差一點呀。

3. 謝謝，今年15歲了。

正答：1

### 10番 MP3 107

M：こんなの三日間じゃできっこないよ。

F：1. やってみればできそうじゃない。

2. 思いのほか早くできたね。

3. そんなに簡単にやっちゃったの？

男：像這種三天是做不到的啦。

女：1. 做做看，有可能做得到不是嗎。

2. 出乎意料很快就完成了。

3. 那麼簡單就完成了嗎？

正答：1

### 11番 MP3 108

F：みんなで考え抜いた上での結論になります。

M：1. 結局話し合わなかったんですね。

2. 何を抜いたんですか。

3. アイデアは出し尽くしたんですね。

女：大家百般思考後所做成的結論。

男：1. 結果還是沒有討論。

2. 拔了什麼東西。

3. 點子出盡了吧。

正答：3

### 12番 MP3 109

M：どうぞ、これ、お土産です。

F：1. 明日からご旅行ですか。

2. どちらにいらしたんですか。

3. もうお帰りですか、お気をつけて。

男：這是禮物，請收下。

女：1. 明天起要去旅行嗎？

2. 您去了哪裡呢？

3. 您要回去了嗎？請小心。

正答：2

## 問題 5

### 1 番 🎧 MP3 110

会社で男性と女性が話しています。

F ：山本さん、すみません。遅くなりましたが、先月の出張の交通費を精算させていただこうと思っているんですが、ちょっと確認させてください。えっと、お聞きしているのは10月5日、6日、15日、18日、そして21日の合計5回であっていますか？

M ：あ、はい。でも18日と21日は午前と午後、一日二回行ったんですよ。

F ：そうですか。一回1500円支給されることになっていますので、全部で……

**男の人の先月の出張回数と交通費はどうなりますか。**

1. 五回、7500円
2. 五回、10500円
3. 七回、7500円
4. 七回、10500円

在公司，男士和女士正在談話

女：山本先生，不好意思。雖然遲了些，想和您結算上個月出差的交通費，請讓我確認一下。嗯，我所知道的是10月5日、6日、15日、18日，還有21日共計5次，對吧。

男：啊，是的。但是18日和21日的早上和下午，一天去了兩次喔。

女：是嗎。因為規定一次支付1,500日圓，所以總共是……

**男士上個月的出差次數和差旅費為多少？**

1. 5次，7,500日圓
2. 5次，10,500日圓
3. 7次，7,500日圓
4. 7次，10,500日圓

正答：4

### 2 番 🎧 MP3 111

女の人が電話でたずねています。

F1：あの、3月に受験した日本語会話能力テストの結果が電話で確認できるとお聞きしたんですが……。

M ：はい、テストの合否確認ですね。では自動音声サービスのほうにおつなぎいたします。しばらくすると音声案内がありますので、その通りにダイヤルを押してください。そのままお待ちください。

F2：（ピー）こちらは自動音声サービスです。テストの合否確認であれば、最初に「01」を押してください。そのあとはテストを受験した月を指定しますが、1月であれば「01」、12月であれば「12」を押してください。最後に受験者それぞれの受験番号を押してください。その後、音声で合否が確認できます。

F1：私の受験番号は「268」だから、……

**女の人はこのあと何番を押しますか。**

1. 「0101268」
2. 「0103268」
3. 「01120268」
4. 「01030268」

女士正在打電話詢問事情。

女 1：那個，聽説 3 月考的日語會話能力測驗的結果可以用電話做確認……

男：是的，您是要確認是否合格對吧。那麼我幫您轉接到語音服務。您就這樣稍一會兒不要掛斷。過一會兒會有語音介紹，請依指示撥號。

女 2：（語音）嘿！這是自動語音服務系統，如需確認考試結果，請先按「01」。接著請按考試的月分，如果是 1 月的話就按 01，12 月的話就按 12。最後再按考生的准考證號碼，之後就可得知結果。

女 1：我知道了。我的准考證號碼是「268」所以……

**女士之後要按幾號？**

1.「0101268」
2.「0103268」
3.「01120268」
4.「01030268」

正答：2

**3番** 🎧MP3 112

ガイドの人が旅行客に話しています。

F1：お客さま、こちらが本日のフリープランについております「沖島観光周遊チケット」です。島内の五つの観光地を周るときにご利用いただけます。ご利用方法は、例えば水族館へご入場になりたいとき、この中の「水族館券」を切り取って入場の際係のものにお渡しくだされればけっこうです。

M：よし、じゃあまずビール工場から見学するか。

F2：まあ、早速試飲しようなんて考えてるんじゃないの？ここ一番遠いじゃない。まずはここから近いフラワー

パークに行って、花を見ましょうよ。

M：でも、水族館は見るのに時間がかかりそうだから、まず最初に周っておいたほうがいいかもね。

F2：そうね、このふるさとプラザっていうのもゆっくり見たいから、そのあとに行く？

M：ここは君がお土産を買いたいんだろ。荷物になるから最後でいいんじゃない？

F2：お土産もそうだけど、ここで昼食をとるっていう意味でも言ってるのよ。水族館を見終わったら、だいたいお昼の時間でしょ。

M：わかったよ。じゃあ、そのあとはビールだ！

F2：はいはい。そして次は……温泉入る？

M：そしたらさ、さっきのフラワーパーク、行く時間あるかな？

F2：花より温泉を優先したいな。花は時間があまったら行きましょう。

M：それでいいの？

F2：うん、別にかまわないわ。

**質問 1**

二人が昼食のすぐあとに行くところはどこですか。

**質問 2**

女の人はどこへ行かなくてもいいと言っていますか。

導遊和遊客正在對話：

女1：這位客人，這是今天自由行程附的沖島觀光周遊券。在您參觀島內的五個觀光勝地時，可以使用此周遊券。使用方法為，例如想參觀水族館時只要在進場時將「水族館券」撕下交給負責的工作人員即可。

男：好。那麼就先從啤酒工廠開始參觀吧。

女2：唉呀，你是不是想趕快去試喝？啤酒工廠離這裡不是最遠嗎？首先應該去距離這裡最近的花園賞花吧。

男：參觀水族館可能最費時，或許先繞去參觀比較好。

女2：說得也是。這個叫做故鄉廣場的我也想慢慢看，要在水族館之後去嗎？

男：妳想在這裡買禮物對吧。這樣行李會增加，所以最後再去比較好吧？

女2：我的意思不只是要買禮物，也要在這裡吃午餐啊。參觀完水族館，差不多是午餐的時間對吧。

男：知道了啦。那，之後接著要去啤酒工廠！

女2：好啦。然後是……泡溫泉？

男：這樣一來，剛剛的花園，還有時間去嗎？

女2：與其賞花我想先去泡湯。花園等有剩時間再去吧。

男：這樣好嗎？

女2：嗯，沒關係啦。

## 問題1

**兩人在午餐之後要去的地方是哪裡？**

1. 啤酒工廠
2. 花園
3. 水族館
4. 溫泉

正答：1

## 問題2

**女士說哪裡不去也沒關係？**

1. 啤酒工廠
2. 花園
3. 土產店
4. 溫泉

正答：2

# N2　言語知識（文字・語彙・文法）・読解　解答用紙（第一回）

受験番号
Examinee Registration
Number

名前
Name

< ちゅうい　Notes >

1. くろいえんぴつ（HB、No.2）で
かいてください。
Use a black medium soft
(HB or No.2) pencil.

2. かきなおすときは、けしゴムで
きれいにけしてください。
Erase any unintended marks
completely.

3. きたなくしたり、おったりしないで
ください。
Do not soil or bend this sheet.

4. マークれい　Marking examples

| よい Correct | わるい Incorrect |
|---|---|
| ● | ⊘ ⊘ ⊙ ◑ ⊖ ① |

## 問題 1

| 1 | ① | ② | ③ | ④ |
| 2 | ① | ② | ③ | ④ |
| 3 | ① | ② | ③ | ④ |
| 4 | ① | ② | ③ | ④ |
| 5 | ① | ② | ③ | ④ |

## 問題 2

| 6 | ① | ② | ③ | ④ |
| 7 | ① | ② | ③ | ④ |
| 8 | ① | ② | ③ | ④ |
| 9 | ① | ② | ③ | ④ |
| 10 | ① | ② | ③ | ④ |

## 問題 3

| 11 | ① | ② | ③ | ④ |
| 12 | ① | ② | ③ | ④ |
| 13 | ① | ② | ③ | ④ |
| 14 | ① | ② | ③ | ④ |
| 15 | ① | ② | ③ | ④ |

## 問題 4

| 16 | ① | ② | ③ | ④ |
| 17 | ① | ② | ③ | ④ |
| 18 | ① | ② | ③ | ④ |
| 19 | ① | ② | ③ | ④ |
| 20 | ① | ② | ③ | ④ |
| 21 | ① | ② | ③ | ④ |
| 22 | ① | ② | ③ | ④ |

## 問題 5

| 23 | ① | ② | ③ | ④ |
| 24 | ① | ② | ③ | ④ |
| 25 | ① | ② | ③ | ④ |
| 26 | ① | ② | ③ | ④ |
| 27 | ① | ② | ③ | ④ |

## 問題 6

| 28 | ① | ② | ③ | ④ |
| 29 | ① | ② | ③ | ④ |
| 30 | ① | ② | ③ | ④ |
| 31 | ① | ② | ③ | ④ |
| 32 | ① | ② | ③ | ④ |

## 問題 7

| 33 | ① | ② | ③ | ④ |
| 34 | ① | ② | ③ | ④ |
| 35 | ① | ② | ③ | ④ |
| 36 | ① | ② | ③ | ④ |
| 37 | ① | ② | ③ | ④ |
| 38 | ① | ② | ③ | ④ |
| 39 | ① | ② | ③ | ④ |
| 40 | ① | ② | ③ | ④ |
| 41 | ① | ② | ③ | ④ |
| 42 | ① | ② | ③ | ④ |
| 43 | ① | ② | ③ | ④ |
| 44 | ① | ② | ③ | ④ |

## 問題 8

| 45 | ① | ② | ③ | ④ |
| 46 | ① | ② | ③ | ④ |
| 47 | ① | ② | ③ | ④ |
| 48 | ① | ② | ③ | ④ |
| 49 | ① | ② | ③ | ④ |

## 問題 9

| 50 | ① | ② | ③ | ④ |
| 51 | ① | ② | ③ | ④ |
| 52 | ① | ② | ③ | ④ |
| 53 | ① | ② | ③ | ④ |
| 54 | ① | ② | ③ | ④ |

## 問題 10

| 55 | ① | ② | ③ | ④ |
| 56 | ① | ② | ③ | ④ |
| 57 | ① | ② | ③ | ④ |
| 58 | ① | ② | ③ | ④ |
| 59 | ① | ② | ③ | ④ |

## 問題 11

| 60 | ① | ② | ③ | ④ |
| 61 | ① | ② | ③ | ④ |
| 62 | ① | ② | ③ | ④ |
| 63 | ① | ② | ③ | ④ |
| 64 | ① | ② | ③ | ④ |
| 65 | ① | ② | ③ | ④ |
| 66 | ① | ② | ③ | ④ |
| 67 | ① | ② | ③ | ④ |
| 68 | ① | ② | ③ | ④ |

## 問題 12

| 69 | ① | ② | ③ | ④ |
| 70 | ① | ② | ③ | ④ |

## 問題 13

| 71 | ① | ② | ③ | ④ |
| 72 | ① | ② | ③ | ④ |
| 73 | ① | ② | ③ | ④ |
| 74 | ① | ② | ③ | ④ |

## 問題 14

| 75 | ① | ② | ③ | ④ |
| 76 | ① | ② | ③ | ④ |

# N2 聴解 解答用紙（第一回）

受験　番　号
Examinee Registration
Number

名　前
Name

< ちゅうい Notes >

1. くろいえんぴつ (HB、No.2) で
かいてください。
Use a black medium soft
(HB or No.2) pencil.

2. かきなおすときは、けしゴムで
きれいにけしてください。
Erase any unintended marks
completely.

3. きたなくしたり、おったりしないで
ください。
Do not soil or bend this sheet.

4. マークれい Marking examples

| よい<br>Correct | わるい<br>Incorrect |
|---|---|
| ● | ⊘ ◌ ◍ ⊖ ⦶ ● |

## 問題 1

| | | | | |
|---|---|---|---|---|
| 1 | ① | ② | ③ | ④ |
| 2 | ① | ② | ③ | ④ |
| 3 | ① | ② | ③ | ④ |
| 4 | ① | ② | ③ | ④ |
| 5 | ① | ② | ③ | ④ |

## 問題 2

| | | | | |
|---|---|---|---|---|
| 1 | ① | ② | ③ | ④ |
| 2 | ① | ② | ③ | ④ |
| 3 | ① | ② | ③ | ④ |
| 4 | ① | ② | ③ | ④ |
| 5 | ① | ② | ③ | ④ |
| 6 | ① | ② | ③ | ④ |

## 問題 3

| | | | | |
|---|---|---|---|---|
| 1 | ① | ② | ③ | ④ |
| 2 | ① | ② | ③ | ④ |
| 3 | ① | ② | ③ | ④ |
| 4 | ① | ② | ③ | ④ |
| 5 | ① | ② | ③ | ④ |

## 問題 4

| | | | |
|---|---|---|---|
| 1 | ① | ② | ③ |
| 2 | ① | ② | ③ |
| 3 | ① | ② | ③ |
| 4 | ① | ② | ③ |
| 5 | ① | ② | ③ |
| 6 | ① | ② | ③ |
| 7 | ① | ② | ③ |
| 8 | ① | ② | ③ |
| 9 | ① | ② | ③ |
| 10 | ① | ② | ③ |
| 11 | ① | ② | ③ |
| 12 | ① | ② | ③ |

## 問題 5

| | | | | | |
|---|---|---|---|---|---|
| 1 | | ① | ② | ③ | ④ |
| 2 | | ① | ② | ③ | ④ |
| 3 | (1) | ① | ② | ③ | ④ |
| | (2) | ① | ② | ③ | ④ |

# N2　言語知識（文字・語彙・文法）・読解　解答用紙（第二回）

受　験　番　号
Examinee Registration Number

名　前
Name

< ちゅうい　Notes　>

1. くろいえんぴつ（HB、No.2）で
かいてください。
Use a black medium soft
(HB or No.2) pencil.

2. かきなおすときは、けしゴムで
きれいにけしてください。
Erase any unintended marks
completely.

3. きたなくしたり、おったりしないで
ください。
Do not soil or bend this sheet.

4. マークれい　Marking examples

| よい<br>Correct | わるい<br>Incorrect |
|---|---|
| ● | ⊘ ⊗ ◌ ◍ ⦶ ⊖ ● |

**問題 1**

| | | | | |
|---|---|---|---|---|
| 1 | ① | ② | ③ | ④ |
| 2 | ① | ② | ③ | ④ |
| 3 | ① | ② | ③ | ④ |
| 4 | ① | ② | ③ | ④ |
| 5 | ① | ② | ③ | ④ |

**問題 2**

| | | | | |
|---|---|---|---|---|
| 6 | ① | ② | ③ | ④ |
| 7 | ① | ② | ③ | ④ |
| 8 | ① | ② | ③ | ④ |
| 9 | ① | ② | ③ | ④ |
| 10 | ① | ② | ③ | ④ |

**問題 3**

| | | | | |
|---|---|---|---|---|
| 11 | ① | ② | ③ | ④ |
| 12 | ① | ② | ③ | ④ |
| 13 | ① | ② | ③ | ④ |
| 14 | ① | ② | ③ | ④ |
| 15 | ① | ② | ③ | ④ |

**問題 4**

| | | | | |
|---|---|---|---|---|
| 16 | ① | ② | ③ | ④ |
| 17 | ① | ② | ③ | ④ |
| 18 | ① | ② | ③ | ④ |
| 19 | ① | ② | ③ | ④ |
| 20 | ① | ② | ③ | ④ |
| 21 | ① | ② | ③ | ④ |
| 22 | ① | ② | ③ | ④ |

**問題 5**

| | | | | |
|---|---|---|---|---|
| 23 | ① | ② | ③ | ④ |
| 24 | ① | ② | ③ | ④ |
| 25 | ① | ② | ③ | ④ |
| 26 | ① | ② | ③ | ④ |
| 27 | ① | ② | ③ | ④ |

**問題 6**

| | | | | |
|---|---|---|---|---|
| 28 | ① | ② | ③ | ④ |
| 29 | ① | ② | ③ | ④ |
| 30 | ① | ② | ③ | ④ |
| 31 | ① | ② | ③ | ④ |
| 32 | ① | ② | ③ | ④ |

**問題 7**

| | | | | |
|---|---|---|---|---|
| 33 | ① | ② | ③ | ④ |
| 34 | ① | ② | ③ | ④ |
| 35 | ① | ② | ③ | ④ |
| 36 | ① | ② | ③ | ④ |
| 37 | ① | ② | ③ | ④ |
| 38 | ① | ② | ③ | ④ |
| 39 | ① | ② | ③ | ④ |
| 40 | ① | ② | ③ | ④ |
| 41 | ① | ② | ③ | ④ |
| 42 | ① | ② | ③ | ④ |
| 43 | ① | ② | ③ | ④ |
| 44 | ① | ② | ③ | ④ |

**問題 8**

| | | | | |
|---|---|---|---|---|
| 45 | ① | ② | ③ | ④ |
| 46 | ① | ② | ③ | ④ |
| 47 | ① | ② | ③ | ④ |
| 48 | ① | ② | ③ | ④ |
| 49 | ① | ② | ③ | ④ |

**問題 9**

| | | | | |
|---|---|---|---|---|
| 50 | ① | ② | ③ | ④ |
| 51 | ① | ② | ③ | ④ |
| 52 | ① | ② | ③ | ④ |
| 53 | ① | ② | ③ | ④ |
| 54 | ① | ② | ③ | ④ |

**問題 10**

| | | | | |
|---|---|---|---|---|
| 55 | ① | ② | ③ | ④ |
| 56 | ① | ② | ③ | ④ |
| 57 | ① | ② | ③ | ④ |
| 58 | ① | ② | ③ | ④ |
| 59 | ① | ② | ③ | ④ |

**問題 11**

| | | | | |
|---|---|---|---|---|
| 60 | ① | ② | ③ | ④ |
| 61 | ① | ② | ③ | ④ |
| 62 | ① | ② | ③ | ④ |
| 63 | ① | ② | ③ | ④ |
| 64 | ① | ② | ③ | ④ |
| 65 | ① | ② | ③ | ④ |
| 66 | ① | ② | ③ | ④ |
| 67 | ① | ② | ③ | ④ |
| 68 | ① | ② | ③ | ④ |

**問題 12**

| | | | | |
|---|---|---|---|---|
| 69 | ① | ② | ③ | ④ |
| 70 | ① | ② | ③ | ④ |

**問題 13**

| | | | | |
|---|---|---|---|---|
| 71 | ① | ② | ③ | ④ |
| 72 | ① | ② | ③ | ④ |
| 73 | ① | ② | ③ | ④ |
| 74 | ① | ② | ③ | ④ |

**問題 14**

| | | | | |
|---|---|---|---|---|
| 75 | ① | ② | ③ | ④ |
| 76 | ① | ② | ③ | ④ |

# N2 聴解 解答用紙（第二回）

受験番号
Examinee Registration Number

名前
Name

〈 ちゅうい Notes 〉

1. くろいえんぴつ (HB、No.2) で
   かいてください。
   Use a black medium soft
   (HB or No.2) pencil.

2. かきなおすときは、けしゴムで
   きれいにけしてください。
   Erase any unintended marks
   completely.

3. きたなくしたり、おったりしないで
   ください。
   Do not soil or bend this sheet.

4. マークれい Marking examples

| よい Correct | わるい Incorrect |
|---|---|
| ● | ⊘ ◌ ◑ ◍ ⊖ ● |

## 問題 1

| | | | | |
|---|---|---|---|---|
| 1 | ① | ② | ③ | ④ |
| 2 | ① | ② | ③ | ④ |
| 3 | ① | ② | ③ | ④ |
| 4 | ① | ② | ③ | ④ |
| 5 | ① | ② | ③ | ④ |

## 問題 2

| | | | | |
|---|---|---|---|---|
| 1 | ① | ② | ③ | ④ |
| 2 | ① | ② | ③ | ④ |
| 3 | ① | ② | ③ | ④ |
| 4 | ① | ② | ③ | ④ |
| 5 | ① | ② | ③ | ④ |
| 6 | ① | ② | ③ | ④ |

## 問題 3

| | | | | |
|---|---|---|---|---|
| 1 | ① | ② | ③ | ④ |
| 2 | ① | ② | ③ | ④ |
| 3 | ① | ② | ③ | ④ |
| 4 | ① | ② | ③ | ④ |
| 5 | ① | ② | ③ | ④ |

## 問題 4

| | | | |
|---|---|---|---|
| 1 | ① | ② | ③ |
| 2 | ① | ② | ③ |
| 3 | ① | ② | ③ |
| 4 | ① | ② | ③ |
| 5 | ① | ② | ③ |
| 6 | ① | ② | ③ |
| 7 | ① | ② | ③ |
| 8 | ① | ② | ③ |
| 9 | ① | ② | ③ |
| 10 | ① | ② | ③ |
| 11 | ① | ② | ③ |
| 12 | ① | ② | ③ |

## 問題 5

| | | | | | |
|---|---|---|---|---|---|
| 1 | | ① | ② | ③ | ④ |
| 2 | | ① | ② | ③ | ④ |
| 3 | (1) | ① | ② | ③ | ④ |
| | (2) | ① | ② | ③ | ④ |

國家圖書館出版品預行編目（CIP）資料

日檢 N2 應考對策 / 中國文化大學日本語文學系，中
國文化大學推廣部作 . -- 初版 . -- 臺北市：日月文化，
2016.04
384 面 ; 19×26 公分 . -- (EZ Japan 檢定 ; 27)
ISBN 978-986-248-542-2( 平裝附光碟片 )

1. 日語　2. 能力測驗

803.189　　　　　　　　　　　　　105001999

EZ JAPAN 檢定 27

# 日檢N2應考對策（附2回模擬試題＋1MP3）

作　　　者：中國文化大學日本語文學系、中國文化大學推廣部
審　　　訂：志村雅久
主　　　編：鄭雁聿
責 任 編 輯：楊于萱
校　　　對：方献洲、林孟蓉、陳順益、黃金堂、陳毓敏、藤本紀子、
　　　　　　田中綾子、楊于萱、鄭雁聿、林毓珊
封 面 設 計：許偉志、曾晏詩
內 頁 排 版：健呈電腦排版股份有限公司
錄 音 後 製：純粹錄音後製有限公司

發 行 人：洪祺祥
副 總 經 理：洪偉傑
副 總 編 輯：曹仲堯
法 律 顧 問：建大法律事務所
財 務 顧 問：高威會計師事務所
出　　　版：日月文化出版股份有限公司
製　　　作：EZ叢書館

地　　　址：臺北市信義路三段151號8樓
電　　　話：(02)2708-5509
傳　　　真：(02)2708-6157
客 服 信 箱：service@heliopolis.com.tw
網　　　址：www.heliopolis.com.tw
郵 撥 帳 號：19716071日月文化出版股份有限公司

總 經 銷：聯合發行股份有限公司
電　　　話：(02)2917-8022
傳　　　真：(02)2915-7212
印　　　刷：中原造像股份有限公司
初　　　版：2016年4月
初 版 8 刷：2024年4月
定　　　價：380元
I S B N：978-986-248-542-2

全書音檔線上聽